西游记

（上）

（明）吴承恩　著

中国文联出版社
http://www.clapnet.cn

目录

少年读

西游记

西游记

第一回

美猴王出世

精彩预告

　　花果山上的石头崩裂,石猴横空出世。寻得水帘洞安身,石猴被尊为美猴王。美猴王拜菩提祖师为师,取名为孙悟空。孙悟空机灵聪慧,习得七十二变化和筋斗云。孙悟空为何会被赶下山?为何会被菩提祖师叮嘱,以后不管发生什么事,都不许说是他的徒弟?

话说盘古开天辟地之后，经过数千年的演变，世界逐步分为四个大洲，分别是：东胜神洲、西牛贺洲、南瞻（zhān）部洲、北俱芦洲。相传在东胜神洲有一个名为傲来国的小国，这个小国临近大海，海里有一座山，被当地人称为花果山。话说那花果山，山势险峻，山清水秀，奇峰林立，这里的气候十分宜人，树木苍翠，遍地都是珍稀药材，林中遍布飞禽走兽。

在花果山的山顶上竖立着一块石头，高三丈六尺五寸，方圆两丈四尺，石头表面还有一些小孔，猛一看去，好像是谁刻意按照九宫八卦的样子刻上去似的。这块石头四面只有一些花草，并没有什么树木遮挡，它千万年来一直矗立（chù lì，高耸直立）在那里，经历风吹雨打。不知何时，这块石头通了灵智，有了思维，开始吸收天地灵气、日月精华，渐渐地成了一块仙石。忽然有一天，山顶传来一声巨响，天摇地动，山上的鸟兽四散奔逃。等到一切都平息之后，有胆大的动物四处查看，发现原来是山上那块石头崩裂了，露出一块圆圆的石头，最后化成一个石猴。

这石猴天生天养，本领高强，刚出世就闹出这般大的动静，一眨眼就从眼中射出两道金光，这两道金光直冲天上，甚至惊动了天上的玉皇大帝。玉皇大帝暗自称奇，就到了灵霄宝殿，召集众位仙人，命令两员大将出南天门外查看，这两人正是千里眼和顺风耳。他们出了南天门，一个看，一个听，打探清楚后，回到天宫向玉帝禀报（bǐng bào，下属对上级报告）说："臣等奉旨查看，发现下界东胜神洲傲来国的近海有一座山，这座山叫花果山，山上有一颗开了灵智的石头，孕育出一个石猴，那金光便是石猴眼里放出的。"千里眼和顺风耳知道玉帝心里担忧什么，又进言说："那石猴吃了凡间的水和食物以后，眼里的金光自然会消失的。"玉帝听了，也就没把这个小小的石猴放在心上。

那石猴来历不凡，刚刚出生就行动自如，它胆大心细，而且异常聪慧。他饿了就吃野果，渴了就饮泉水，每天和一群猴子一起玩耍，夜晚与群猴一起宿在石崖下边。就这样过去了很长时间，慢慢地，到了天气炎热的时候。一天，群猴玩了半天，觉得身上很热，便一窝蜂地挤到一个山洞里去洗澡。

群猴洗了澡，不热了，就开始嬉戏，正玩闹时，发现那股涧（jiàn）水奔流不息，但是又望不见源头，不禁勾起了好奇心，于是便争先恐后顺着溪流向山上爬，想看看那水的源头在哪儿。爬到头的时候，猴子们都惊呆了。原来那股溪流的源头是一道瀑布，那瀑布犹如一道水帘挂在陡峭（dǒu qiào，山势高而陡峻）的山壁上，水流倾泻而下，水声震耳欲聋，犹如千军万马奔腾，气势十分壮观。正当群猴吃惊之际，一只老猴突发奇想，指着瀑布说："哪一个有本事的，钻进去看看，又不伤身体，我们就拜他为王。"老猴连喊了三遍，其他的猴子面面相觑，一个也不敢应。正在为难之际，那石猴心中转了几个念头，突然从草丛里钻了出来，应了那只老猴的要求。随即，他咬紧牙关，紧闭双眼，身子一蹲，纵身跳进瀑布。

那石猴跳进瀑布，发现瀑布后边别有洞天，那里没有水，却有一座石板桥，桥下的流水冲过石缝倒挂下来，遮住了洞口。石猴走上桥头，只见桥那边是一个山洞，中间有一块石碑，上面镌刻（juān kè，雕刻）着一行楷书大字："花果山福地，水帘洞洞天"。那个石洞非常宽阔，洞内还有石锅、石灶、石碗、石盆、石床、石凳，好像是普通人家的住处似的，但是对于群猴来说，作为安身之地真是再好不过了。石猴心中一喜，又原路返回，把里面的情形对猴子们说了一遍。猴子们一听自己有了安身之地，也都十分欢喜地跟着石猴跳过瀑布，钻进石洞。进洞之后，群猴一看洞内情形，也都高兴疯了，四处抢占自己喜爱的东西，有的去争抢石盆，有的去抢占石碗，有的去灶台上玩耍，有的在石床上打闹……

这时，石猴提出："且慢，刚才在洞外说的话还算数吗？"当时提议的老猴连忙说："算，算，算！"就这样，猴子们履行（lǚ xíng，实行职责）诺言，将洞内物品放好，然后一个个拜伏在地，让石猴做了大王，并经过商讨，决定称石猴为"美猴王"。

群猴就这样在水帘洞里扎下了根，日日嬉戏。一天，群猴正在欢宴，美猴王忽然哭了，猴子们询问之后得知，原来自家大王触景生情，想到寿命不长，不能一直快活，所以心中愁闷。猴子们也都敛了笑容，暗自发愁。这时，一个通背猿猴跳出来，高声叫道："大王不必烦恼！我听说大千世界古洞仙山之中，多有佛祖、神仙。大王可以拜他们为师，学点本领，就能长生不老。"美猴王听了，心中一喜，当即决定下山寻访仙人，学习法术，猴子们也都又开心起来。

第二天，猴子们砍树伐木，学着山间猎人的方法，编了一个小小的筏子（fá zi，水上交通工具，用竹或木编排而成，或用牛羊皮等制囊而成），以供自家大王渡海，又采来许多水果，放在筏子上，

让美猴王路上食用。一切准备就绪后，猴王辞别了猴子们，开始了访仙问道的旅程。

猴王乘着木筏，在大海中不知漂了多少天，吃尽了苦头，终于漂到了一个浅海岸边，正好是南赡部洲境内。猴王弃了木筏，爬上岸，正好碰到有人在海边捕鱼，他走近之后，吓得那些人四散奔逃，美猴王抓住一个跑得慢的，仔细看了看自己和他们有什么不同，然后剥了他的衣服，也学那些人套在自己身上，但是因为自己太瘦小，所以衣服穿在身上有些宽宽大大，摇摇晃晃，很是可笑。美猴王却不管这些，他知道自己与这些人都不同，就进了城，看旁人是怎么做的，小心模仿，学说人话，学人的礼仪。也多亏他天资聪颖，行动敏捷，这才没露出马脚。他见人家都穿鞋，就去了一家卖鞋的店里，想找双鞋穿。那家店的老板喜欢养鸟，有一只心爱的画眉鸟，老板爱之如命，时刻带着它。美猴王瞅准机会躲到梁上，拽着挂着鸟笼的绳子往上拉，老板大惊，急忙拽住笼子，等老板松手之后，美猴王再拉，如此两三次，老板就一直盯着笼子，不敢动，美猴王趁机用钩子从老板后边勾住一双鞋，然后离开了那里。

就这样，美猴王一边走一边学习。有一天，美猴王到了西牛贺洲境内，见到一座山，那里山清水秀，风景秀丽。猴王心中很高兴，断定那里必定有神仙。猴王便沿着一条山间小径往山上走去，走了不远，树林里传来一阵隐隐约约的歌声：观棋柯烂，伐木丁丁，云边谷口徐行。卖薪沽酒，狂笑自陶情。苍

径秋高，对月槐松根，一觉天明。认旧林，登崖过岭，持斧断枯藤。收来成一担，行歌市上，易米三升。更无些子竞争，时价平平。不会机谋巧算，没荣辱，恬淡延生。相逢处，非仙即道，静坐讲《黄庭》……

　　猴王听见歌词中好像有"仙""道"二字，心中十分欣喜，便循着歌声寻去。猴王找到了唱歌的人，对他说："你一定是一位仙人！"并坚持要拜那人做师父。那人吃了一惊，问清楚猴王的来意之后，就对猴王说："我只是个普通的樵夫，以砍柴为生，哪是什么神仙。"他告诉猴王这里确实有神仙，便是须菩提祖师，就住在那座灵台方寸山上的斜月二星洞里。猴王拜谢了樵夫，就急急忙忙赶往方寸山。不久，猴王就来到了仙人洞府前面，只见洞门口写着十个大字：灵台方寸山，斜月三星洞。猴王不敢贸然（mào rán，轻率的样子）敲门，只是在洞前静静地等候。不一会儿，洞门打开，里面走出一位伶俐（líng lì，机灵）的童子。猴王急忙上前讲明来意，仙童打量了一下猴王，说："我师父正在讲学，忽然叫我出来开门，说有个修行的来了，想必就是你了，请跟我进去吧！"说完转身进去了，猴王深知仙人本领高强，不敢大意，便整整衣冠，跟在童子后边进了仙人洞府。进去之后，只见正有一人端坐在讲台上讲课，旁边围着几十个学道的仙童。

　　猴王听了童子的回话，知道讲道之人正是菩提祖师，便连忙下跪磕头，要须菩提祖师收他做徒弟。须菩提祖师看了看猴王，便问猴王是哪里人氏。猴王回答说："弟子是东胜神洲傲来国花果山水帘洞人氏。"菩提祖师听了却大怒道："把他赶出去，这种撒谎欺诈的人还学什么道！"猴王不知道自己哪里说谎了，只好连忙跪下磕头："弟子说的全是实话。"菩提祖师不相信，认为两地距离很远，猴王不可能是从东胜神洲傲来国来的。猴王仍然不停地磕头："弟子漂洋过海，吃尽千辛万苦，才来到这儿。"祖师看了看猴王又问道："你姓什么，叫什么名字？"猴王说："我无名无姓，也没有父母，是从石头里蹦出来的。"菩提祖师听了之后，心中大概有了底，又掐指一算，知道猴王将来要帮助唐僧历经劫难去西天取经，就答应收猴王为徒弟，并给猴王取名"孙悟空"。猴王自出生之后，无名无姓，此时得到了菩提祖师的赐名，心中十分高兴，连连磕头叩谢菩提祖师。孙悟空拜师成功之后，每天和师兄们一起讲经论道，闲的时候就打扫庭院，不知不觉，六七年过去了。

　　有一天，菩提祖师登坛讲道，弟子们都在下边聚精会神地听讲。菩提祖师讲道实在精妙，孙悟空听了之后，心中十分开心，不禁手舞足蹈起来。菩提祖师见了，就问孙悟空为什么不好好听讲，孙悟空说是因为听到了精妙之处，情不自禁。

　　菩提祖师问孙悟空来这儿多长时间了，孙悟空也不知道多长时间，只记得自己常去后山打柴，后山上的桃树结果，他吃了七次了。菩提祖师说："那山名唤烂桃山，你既然吃了七次，想必是七年了。你想要从我这儿学些什么道呢？"之后又将术、

流、静、动等道法讲给孙悟空听。悟空就问菩提祖师学这些有什么用，能不能长生，听说这些道法既不能长生，又没有什么用处，便不想学，连连摇头。菩提祖师假装生气，说："你这泼猴，这也不学，那也不学，究竟想学什么！"说完，用戒尺在悟空头上轻轻敲了三下，然后，背着手走进房里去了。菩提祖师离开之后，众师兄都责怪孙悟空不该惹师父生气，但是孙悟空却明白了师父的用意，心中暗自高兴。

当天晚上，到了三更时分，夜深人静，众人都结束了一天的劳作，进入了甜美的梦乡。这时候，孙悟空确定众师兄都睡着了以后，就悄悄起身，来到祖师住的后门外。走近一看，那后门半掩半开着，孙悟空更加肯定自己的猜测。孙悟空轻轻推门进去，抬头一看，见菩提祖师正背对着自己躺在床上睡觉，就不敢打扰，静静地跪在床前等候。菩提祖师醒后见了悟空，心中了然，并暗自惊讶：这猴子真聪明，明白了我的意思，不过，让我再来试探试探他，免得他是因为其他事情才过来的。菩提祖师故意问道："你这泼猴，不好好睡觉，跑到这儿来干什么？"孙悟空跪下："不是师父你叫我三更从后门进来吗？"菩提祖师心中很高兴，因为孙悟空真的很聪慧，明白了他白天的举动所蕴含（yùn hán，包含在内）的意义，就把七十二变的口诀传授给了悟空。悟空牢记在心，从此之后，日夜勤加修炼，没过多久，他就把七十二变全部学会了。

后来，菩提祖师见孙悟空这么勤奋好学，心中十分赞赏，又决定把筋斗云的口诀传授给悟空。这筋斗云可是一项了不起的法术，只要念动真言，一个筋斗就能十万八千里。这天，菩提祖师问孙悟空道法修炼得怎么样，孙悟空说："多谢师父教导，弟子现在已经会飞了。"菩提祖师就让孙悟空飞一下看看。孙悟空表演了一下，菩提祖师笑着说："你这不算是腾云驾雾，只能是'爬云'。真正的腾云驾雾可以在一天之内将四海游遍。"孙悟空想这个太难了，办不到。菩提祖师却说："世上无难事，只怕有心人。"菩提祖师还亲自给孙悟空示范了一下，只见菩提祖师念了几句咒语，一个翻身就不见了踪影，孙悟空用手搭棚，极目远望，却看不到菩提祖师的踪影。一会儿，菩提祖师从远处飞过来，递给孙悟空一个桃子，并告诉他，这是从孙悟空的老家——花果山摘来的。孙悟空一听，十分高兴，眼睛一转，心中转过一个念头："我要是学会了这项本领，那岂不是想去哪儿就去哪儿？"孙悟空这么一想，就更愿意学习这项法术了。就这样，菩提祖师就将筋斗云的口诀传给了孙悟空。

　　一天，师兄弟们在一起玩耍，大家就起哄叫悟空表演一下自己学习的法术，孙悟空一高兴就同意了，决定表演一下七十二变。只见孙悟空念动咒语，将身子一摇，变成了一棵枝繁叶茂的青松，一点儿都看不出本来的面目。师兄弟们一齐喝起彩来，却不料一下惊动了菩提祖师。菩提祖师出来一看，很生气，他把悟空叫到房里，狠狠地训斥了一顿："你学了一点本领，就在人家面前摆弄，这要惹祸的。"最后，菩提祖师又叫悟

空回花果山去，悟空惊闻此言，眼中含泪，苦苦哀求，想留下来。祖师就是不答应，说："你我之间并无多少恩义，你只要以后不惹祸、不牵连我就行。"悟空没有办法，只好含着热泪，再三拜谢祖师，与众人挥泪告别，然后离开了斜月三星洞。

临行前，祖师又再三叮嘱悟空："你这一离去，以你的性格肯定会惹祸，所以，以后不管发生什么事，都不许说你是我的徒弟，你要敢说一个字，我就叫你万劫不复。"孙悟空急忙说："弟子不敢，绝不会提起师父一个字，只会说是我自己生来就会。"

孙悟空离开了斜月三星洞，念动真言，翻了一个筋斗，回到东胜神洲，不到一个时辰，就回到了花果山，还远远地看到了水帘洞。

西游趣闻

须菩提祖师为何赶走了孙悟空

孙悟空为求得长生不老之法，来到灵台方寸山，拜在须菩提祖师门下学艺。这期间，由于深得师父喜爱，悟空学得七十二变化和筋斗云。

后来，悟空与师兄弟玩耍，众人起哄让悟空表演法术，这泼猴骨子里本就爱显摆，又有些虚荣，所以扬扬得意地表演起来，谁知，竟惊动了须菩提祖师。这下可好，祖师要将悟空逐出师门，任他怎样求饶都不为所动。须菩提祖师为何要赶走悟空并不让他提及自己呢？

因为师父对悟空那么偏心，师兄弟们是羡慕嫉妒甚至恨的，祖师深知这一点；祖师还知，必会有人求悟空教授，若悟空不依，定会招来杀生之祸。所以，祖师无论如何都不会再留悟空一日。另外，悟空有着护唐僧取经的使命，须菩提祖师自然会顺应天意，不耽误悟空的前程。

须菩提祖师不让孙悟空说出自己，首先是因为如果他允许孙悟空拿自己撑腰，以孙悟空的性格，必然会更加天不怕，地不怕，惹出许多麻烦，以至于背上毁师灭祖的不仁不义之名，所以这是对孙悟空的成全；其次，须菩提祖师也是成全自己，他要继续远离俗世，长隐于这灵台方寸山中，他不想让世人打扰了自己的清静修行。

观棋柯烂

出自南朝梁任昉《述异记》。卷上载："信安郡石室山，晋时王质伐木至，见童子数人棋而歌，质因听之。童子以一物与质，如枣核，质含之不觉饥。俄顷，童子谓曰：'何不去？'质起，视斧柯烂尽。既归，无复时人。"晋代有个叫王质的人，到石室山砍柴遇到仙，看仙人下棋，结果要回去的时候斧头柄却烂了，回去后也见不到他认识的人了。就是说仙界的一会儿，人间已不知过了多少年了。

第二回

龙宫借宝

精彩预告

　　孙悟空回到花果山，打跑了欺负猴子猴孙、霸占水帘洞的混世魔王。孙悟空整顿猴兵猴将，实力壮大，得到附近七十二洞妖王的参拜。孙悟空始终缺少称手的兵器，他从东海老龙王那里借来了什么兵器？是如何借来的？他又是如何把生死簿上自己的名字勾掉的？

孙悟空回到花果山，寻了个好地方，降下云头，嘴里还大喊着："孩儿们，我回来了，你们的大王回来了！"一边喊一边找自己的猴子猴孙。只听美猴王喊了几声之后，从那山崖下的石坎里、花草里、树木里等各种地方跳出来无数个大大小小的猴子，这些猴子一窝蜂地围着美猴王，很好奇自己家大王这些年都学会了什么。有一只老猴子，在群猴之中很有威信，在群猴安静下来之后，那只老猴子就上前对美猴王说："大王，你这一去怎么这么长时间？我们近来被一群妖怪欺负，那群妖怪抢占了我们的水帘洞，还捉走了我们许多的猴子猴孙，大王如果再不回来，我们就无家可归了！"美猴王大怒，就问那一只老猴子："那些妖怪是什么来头？"美猴王想去寻仇。小猴就说领头的叫混世魔王。悟空一听大怒："什么妖魔，竟然如此大胆，你们别怕，看我把他们赶出去。"说完，在小猴的带领下，直奔水帘洞。

到了水帘洞前，美猴王纵身一跃，跳下了筋斗云，只见那洞府之前有几个小妖正在玩耍，孙悟空一把抓住一个小妖说："我是水帘洞洞主老孙，你家什么混世魔王，竟敢霸占我的水帘洞，欺负我家猴子猴孙，快去叫他出来！"那小妖被美猴王抓住了，心里正害怕，又听说抓着自己的是水帘洞那位一直在外面访仙求道的美猴王，心中更害怕了。等孙悟空一说完，他就慌慌张张地跑进洞里喊道："大王！大王！大事不好了！"那混世魔王听见小妖怪的喊声，心中烦闷，呵斥道："怎么啦！"小妖怪跪下禀报说："门外来了个猴子，自称花果山水帘洞洞主，他说你在他不在的时候屡次欺负他家的猴子猴孙，如今他回来了，特地来找你寻仇！"那混世魔王一听就笑了，早就听说那个水帘洞有个美猴王，说是出外访仙求道了，可惜一直没有机

会比个高低。混世魔王问小妖怪："他拿着什么兵器来的？"小妖怪回想了一下，然后说："没看见他带什么兵器，赤手空拳来的，正在门外叫阵呢！"混世魔王思量了一番，喊道："把我的披挂兵器拿来！"小妖应声去了。

美猴王在外边正等得不耐烦的时候，混世魔王出来了。这混世魔王身高三丈，头戴金盔（kuī），身穿铁甲，手里拿着一把明晃晃的大刀，高声喝道："哪个是水帘洞洞主？"孙悟空嗤笑（轻蔑地笑。嗤，chī）道："你这个妖怪，眼睛这么大，怎么就看不见俺老孙？"混世魔王见孙悟空像个小孩，根本就不把孙悟空放在眼里。孙悟空一纵身，跳上前去，劈脸就打，那混世魔王放下大刀，空手来抓孙悟空。孙悟空既身手灵活，又力大无穷，只几下就把混世魔王打得动弹不得，直喊饶命。

孙悟空赶走了混世魔王，将那些大小妖怪全部消灭，把被混世魔王掳（lǔ，抢取）去的猴子猴孙们全部救回来了，还把被混世魔王带走的东西也拿回来了。小猴们又回到了水帘洞，他们摘下花果山上的各种鲜果，找到美酒，庆祝孙悟空学艺归来。

孙悟空拿着从混世魔王那里夺过来的大刀，带着猴子们在花果山上把竹子砍断，打磨成长枪、大刀，整日里教猴子们玩耍、练武。孙悟空试过许多兵器，可总是觉得不合适。而且万一别的妖怪再来进犯，这些猴子用的都是木头做的兵器，肯定抵挡不住，心中一直犯愁。这天，有一只年纪很大的猴子，见识很广，就对孙悟空说："大王，要想找到锋利的兵器也很容易，可以去附近的傲来国的集市上弄些来。"孙悟空听了很高兴，就急急忙忙去了，果然看到很多兵器，然后拔了一撮毫毛，念动咒语，变成一堆猴子，把兵器全带上，带着众猴子打道回府了。

孙悟空整顿了花果山的猴兵猴将，实力壮大。附近的各种妖王，共有七十二洞，都来参拜美猴王，美猴王与他们交好。美猴王一直用的是从混世魔王那儿抢过来的大刀，觉得不顺手，先前给他出主意的那只老猴子就又给他出谋划策，说："我听说龙宫里有许多兵器，大王不如去东海龙宫走一趟，向老龙王借一件兵器。"孙悟空听后，连连称好。

再说孙悟空来到海边，念动咒语，使出避水法，"扑通"一声跳入海中，分开水路，直向龙宫而去。正走着，迎面过来一个巡海的夜叉，夜叉拦住孙悟空，问道："来者何人？"孙悟空说："我是附近花果山水帘洞的孙悟空，和你们家龙王是邻居。"那夜叉听了，急忙转身去龙宫禀报。龙王一听，急忙出来迎接。等到孙悟空来到东海龙宫，老龙王热情地接待了他。孙悟空也不客气，就对老龙王说："我听说龙宫里有许多兵器，今天特地来向老龙王借一件。"

龙王听孙悟空这样说了，也不好推辞，就命令虾兵蟹将拿出一把大刀给孙悟空，孙悟空说："俺老孙不会使刀，换一件吧。"龙王也没多说什么，就命令虾兵蟹将带着大刀退下去，又命令几个鱼白大尉抬过来一杆九股叉。悟空在手里耍

了一阵，连声喊道："太轻，太轻！不趁手。"老龙王大吃一惊，赔着笑脸说："这杆九股叉足足有三千六百斤重呢！"可是孙悟空一直喊着："太轻！"老龙王没办法，又叫手下抬来一根方天戟（jǐ），这戟重七千二百斤，孙悟空见了，急忙上前接过来，在手里掂了掂，耍了几个招式，说："还是轻了点！"老龙王听后，惊出一身冷汗。他对孙悟空说："这方天戟是我们龙宫里面最重的兵器了，再也找不出比这更重的了。"孙悟空哪里肯依，他对老龙王说："东海龙王怎会没有宝贝，你再想办法找找。今天要是拿不到啊，俺老孙还就不走了！不走了！"站在一旁的龙婆对龙王使了个眼色，把龙王拉到一旁说："我看这位上仙绝非等闲之辈，正巧咱们海底的那根定海神针这几天突然霞光艳艳，瑞气腾腾，会不会和这只猴王有缘！"老龙王心中却有些犹豫，孙悟空又在那边闹腾，龙婆又劝道："不管怎么样，赶紧把他打发走吧！"老龙王心想：定海神针那么重，这只泼猴还不一定能够拿得动，正好让他知难而退。这么一想，老龙王觉得也不错，就对正在撒泼的孙悟空说："上仙，上仙，我这儿有一根定海神针，倒是挺重，是大禹治水的时候，断定江海深浅的一块神铁，因为太重，没有人能移动，就一直在我们这里。"孙悟空一听，连忙说："拿出来看看。"老龙王连连摇头："抬不动，抬不动，只能请大仙亲自去看。"孙悟空就让老龙王带他前去。

悟空跟着老龙王来到龙宫后面，那里藏着无数奇珍异宝，走近一看，只见海水里放出万道金光。老龙王就指着万千海藏中的某一物对悟空说："大仙，那放金光的就是！"孙悟空上前一看，顺手摸了摸，原来是根铁柱子，有皇宫门口的石柱那么粗，有两丈那么长。孙悟空绕着这根铁柱转了一圈，抱怨道："这铁柱太粗太长，要是能够再细一点儿、短一点儿就好了。"不料话音未落，那铁棍就好像听懂了似的，自己细了一圈，缩短了一截儿。悟空十分喜欢，又说道："再细些更好！"那铁棍真的又听话地细了一圈。老龙王在一旁见了这样的奇观，心中也在暗自嘀咕（dí gu，低声说话）：莫非这定海

神针真的和这泼猴有缘？只见这时孙悟空将那铁棍变小变细之后，拿在手里，低头仔细一看，只见那铁棍两头有两道金箍（gū），紧挨着金箍的地方还有一行字：名为"如意金箍棒"，重一万三千五百斤。孙悟空心中暗喜，这宝贝既然叫"如意金箍棒"，想必能够如人所愿吧。孙悟空一边走，还一边不停地念叨"变大""变小"，如意金箍棒就随着他的心意变大变小。孙悟空得了称心如意的宝贝，十分高兴，就兴奋地耍了几招，把龙王的水晶宫弄得天翻地覆，把老龙王、龙婆、龙子龙女、虾兵蟹将都给吓坏了。

孙悟空得了趁手的兵器，按说就该离去了，可他到了水晶宫的大殿上，又坐了下来，一边感谢老龙王割爱，一边向老龙王讨要盔甲。老龙王为难道："这个实在没有。不如上仙再去别处转转？"孙悟空不依。东海龙王家实在没有盔甲，又害怕孙悟空砸了他的水晶宫，没办法，只得击鼓撞钟，把南海龙王敖钦、西海龙王敖闰（rùn）、北海龙王敖顺一起请来。四海龙王聚齐之后，敖钦先说："大哥，出什么紧急的事了？你竟然击鼓撞钟喊我们！"东海龙王就把事情的缘由向三位弟弟解释了一番，三位龙王一听就生气了，直接要转身回自己的地盘点齐兵将来捉拿孙悟空。老龙王急忙拦住，说："那定海神针十分厉害，轻易砸一下就被砸死了。"西海龙王敖闰一想也是，就帮着老龙王劝其他两位龙王，说："咱们不可与他动手，暂时拿一副盔甲给他好了，等他走了，咱们就去玉帝那儿告他一状，请玉帝收拾他。"龙王们一听，觉得很有道理，就同意了。北海龙王说："我有一双藕丝步云履。"西海龙王说："我今天正好带了一副锁子黄金甲。"南海龙王随后拿出一顶凤翅紫金冠。老龙王就把几位龙王引入宫殿，把东西凑齐给了孙悟空。孙悟空十分高兴，穿上盔甲，双手抱拳说："打搅，打搅。"然后挥舞着金箍棒，一路打出水晶宫去。四海龙王被气得不轻，可又不敢阻拦孙悟空，就是拦了也拦不住。没办法，只好放任孙悟空离去，他们在后边嚷嚷（nāng nang，小声嘟囔）着要把孙悟空的恶行上奏玉帝。

再说孙悟空回到花果山后，只见四只老猴率领着猴子们在桥边等候，看到孙悟空从水中忽然分水而出，身上没有一点儿被水沾湿，都佩服孙悟空本领高强。众猴子簇拥（cù yōng，很多人紧紧围绕着或卫护着）着孙悟空回到了水帘洞。

孙悟空坐在宝座上，将金箍棒竖立在那里，那些小猴子不知道好歹，再加上好奇心作祟，就想上前把金箍棒拿起来，却不料没有一个能拿得动。孙悟空见了，就上前一把将金箍棒拿起来，笑着向猴子们解释了一番，众猴子听了，都起哄让孙悟空表演一下。

孙悟空让猴群散开一些，将金箍棒拿在手中，说道："小！小！小！"只见那金箍棒果然变小，最后变成一根绣花针那么小，孙悟空一把将金箍棒藏到耳朵里。众猴子都让变大看看，孙悟空就依言从耳朵里取出金箍棒，喊道："大！大！大！"那

金箍棒也依言变大，有二尺那么长，一斗那么粗。孙悟空跳到水帘洞外，变了几个法术，众猴子们都十分佩服。就这样，孙悟空每天除了和猴子们在一起练武玩耍，就是腾云驾雾，四处游玩，广交朋友，先后结识了牛魔王、蛟魔王、鹏魔王、狮驼王、猕猴王、猺（yù，"禺"的古体字，古代传说中的一种猴子）狨王六大王，他们意气相投，也都十分欣赏对方，就结拜为七兄弟，又因连同美猴王，一共是七个大王，并称"七大王"。他们经常在一起饮酒玩乐。

一天，孙悟空在水帘洞大摆筵席（yán xí，酒席），请其余六个大王前来赴宴。尽兴之后，孙悟空将其余六个大王送走，转身回来又和众猴子们一起畅饮，不知不觉就喝多了，然后就迷迷糊糊躺在宝座上睡着了。正睡得香呢，忽然，有两个人拿着一张批文走近前来，孙悟空定睛一看，只见那批文上写着"孙悟空"三个字。那两人走近之后，不容分说，把孙悟空的魂用勾魂锁锁上带走了。

孙悟空踉踉跄跄（liàng liàng qiàng qiàng，走路歪歪斜斜的样子）地跟着他们来到一座城下，这个时候，孙悟空的酒也醒了，他抬头一看，只见那城楼上面挂着一个铁牌，牌上有三个大字——幽冥界。孙悟空猛地一惊，大喊："这幽冥界不是死人住的地方吗？怎么会把我拉到这儿？"那两人说孙悟空阳寿已尽，自然该到这儿来。孙悟空吓得酒也醒了。急忙分辩："俺老孙学习仙法，超出三界外，阎王管不住我！"那二人不听，孙悟空大怒，他从耳朵孔里掏出金箍棒，一晃变大，打死了那两个人，然后一路打进城去。一众小鬼卒被吓得四处躲藏，急忙去森罗殿报告有人闹事。

　　阎王一听有人闹事，就出门查看，见孙悟空法力高强，抵挡不了，就急忙求饶。孙悟空质问阎王为什么要让黑白无常去拘拿自己的魂，阎王赔笑说："天下这么大，同名同姓的数不胜数，想必是拿错了。"孙悟空让阎王拿出生死簿，重新检查一遍，但是发现生死簿上魂字篇第一千三百五十号上有孙悟空的名字，仔细一看，确实显示孙悟空只能活到三百四十二岁，算算时间，孙悟空确实已经活了三百四十二岁，这时应该寿终正寝了。孙悟空不服，就拿过笔来，从生死簿上将自己的名字勾掉。这还不算，他还顺手把生死簿上凡是猴子一类的全给画掉了。最后，把生死簿丢在地上，一路打出幽冥界。那阎王不敢阻拦，只好带着下属去了翠云宫，和地藏王菩萨商量了一番之后，将这件事情禀报给玉帝。

　　这孙悟空一路打出阎王殿，路上被绊了一下，然后猛然惊

醒。孙悟空伸了个懒腰，将自己在阎王殿的壮举向众猴子们讲述了一番，众猴子一听自己以后不必担心阎王派小鬼来捉拿自己的魂魄了，都十分开心，纷纷跪下向孙悟空磕头感谢。此后，他们一起在山中戏耍。

　　这天，玉皇大帝端坐在灵霄殿，召集文武百官议事。殿外有人通禀道："东海龙王有事禀报。"玉皇大帝宣东海龙王觐见（朝见。觐，jìn）。东海龙王就上奏玉帝，控诉孙悟空大闹龙宫，拿走东海的定海神针。玉皇大帝看完奏章，就让东海龙王先回去，说自己会派天兵天将前去捉拿孙悟空。正在这时，阎王又送来奏章，状告孙悟空大闹幽冥界，强行勾销名号。玉帝看完大怒，要派兵前去捉拿孙悟空。正在调兵遣将的时候，太白金星出列对玉帝说："这石猴既是天地生成，又修成仙道，也算是一位神仙。又有诸多高强的本领，玉帝不如下一道招安的圣旨，把他宣上天庭，给他个一官半职，如果他安分守己，那就再给他安排好差事，如果违背了天条，再派兵围剿。"玉皇大帝觉得有道理，就派太白金星去花果山招安。

西游趣闻

孙悟空与金箍棒的渊源

悟空学艺归来，没有称手的兵器，在老猴的指点下，他去龙宫寻宝，半借半抢拿走了如意金箍棒。这金箍棒没人拿得动，为何悟空却能不费吹灰之力，将其变为耳中之物呢？

其一，金箍棒是太上老君冶炼的神铁，其实是有灵性的，大禹将它丢入东海，取意海河永固，它和悟空心意相通，所以只有到了悟空手里它才能变化自如。

其二，孙悟空得到金箍棒，可以说是如来佛祖的安排。因为唐僧手无缚鸡之力，要完成取经大业，必须有人保护，孙悟空便是如来佛祖安排的保护者之一。而要使孙悟空听从安排，必须先降服他，所以，首先，如来佛祖让孙悟空得到金箍棒。因为只有这样，孙悟空才会觉得自己天下无敌，才会变得野心勃勃，才能大闹天宫，搅得天庭乱作一团，如来佛祖才能名正言顺地镇压他。

所以，孙悟空得到金箍棒是偶然，也是必然。也正是因为金箍棒，才成就了孙悟空齐天大圣的威名。

　　除此之外，金箍棒还为悟空去除魔性、化身为佛起了指点迷津的作用，这也是如来佛祖的良苦用心。

太白金星

　　中国古代把金星称为太白星、启明星，后被神化。为道教神，据《七曜禳灾法》描述最初的形象是穿着黄色裙子，戴着鸡冠，演奏琵琶的女性神明，以后形象变化为老迈年长的白须老者，手中持一柄光净柔软的拂尘，八道修远神格清高，时常出现在一些有影响的古典小说中，最著名的是《西游记》。《西游记》有太白金星（李长庚）奉玉皇大帝旨意下界招安之说。

　　阴阳家认为太白金星是武神，掌管战争之事，主杀伐。只要金星在特殊时间、区域出现，是"变天"的象征，是暴发革命或政府变更的前兆，代表要发生大事了。《汉书·天文志》："太白经天，乃天下革，民更王。"唐代玄武门之变前，太史令傅奕曾密奏唐高祖："太白见秦分，秦王当有天下。"秦王李世民登基之后，还不忘此事。

第三回

大闹天宫

精彩预告

孙悟空接受招安，到天庭做了弼马温。接风宴上，孙悟空得知"弼马温"就是个不入流的末等小官，气得回了花果山，自封为"齐天大圣"。托塔李天王奉旨捉拿孙悟空，怎奈巨灵神、哪吒惨败。孙悟空再被招安，被封为齐天大圣，负责看管蟠桃园。孙悟空是如何搅了王母娘娘的蟠桃宴的？他又是如何将太上老君炼丹房里的几葫芦金丹给吃了个精光的？

　　太白金星领了玉皇大帝的招安圣旨，出了南天门，一路赶往花果山。来到花果山，见一群猴子在一片空地上演练，就对他们说自己是天上派来请孙悟空去天上当官的，让他们快进去通报。孙悟空听了大喜，急忙让太白金星进来。太白金星来到孙悟空面前，从黄布包里取出圣旨，说："我是西方太白金星，奉玉帝招安圣旨，特地下界来请你上天去做官。"孙悟空一听很高兴，说："这几天，我正想到天上去玩玩呢！"说完，唤来了四只猴子，让这四只老猴看好家，并嘱咐他们要带着众猴子勤加演练，有什么解决不了的事情就去找他的结拜兄弟。安排好一切

后，孙悟空告别了众猴子，跟着太白金星，驾起祥云，上天宫去见玉皇大帝了。

　　虽说孙悟空和太白金星一块驾着云彩回天庭，但是孙悟空的筋斗云与众不同，十分快，一下把太白金星抛在身后，然后一个人先到了南天门外。孙悟空正要进门，守门的天兵天将把他拦住，不肯放他进去。孙悟空很生气，以为太白金星说谎骗他。正在这时，太白金星气喘吁吁（qì chuǎn xū xū，发出类似呼哧呼哧喘息声的声音）地赶来了，孙悟空一把抓住他责问道："你这老儿，怎么哄我？说玉皇大帝请我来做官，这些天兵天将为什么不让我进！"太白金星忙赔笑，一边让孙悟空息怒，一边解释说这是因为孙悟空刚到天上，守门的这些天兵天将还不认识他，所以不肯放他进去，等他见了玉帝，领了官职，以后就可以随意出入了。孙悟空耍性子说不进去了，太白金星扯着孙悟空，说着好话，然后走进了南天门。孙悟空见天兵天将果然是这样子，就信了太白金星的话，两人往灵霄殿走去。

　　来到灵霄殿，两人不等宣召，就直接进了殿，太白金星弯腰叩拜玉帝，孙悟空却不跪拜；太白金星又教了教他觐见的礼数，但是孙悟空耐心有限，再加上脾气不好，不愿意屈居人下，就马马虎虎地行了礼。玉皇大帝和大臣们见了，也没有多想，以为孙悟空只是自由惯了，不习惯，以后慢慢习惯就好了。玉皇大帝查看半天，发现御马监缺少官员，就叫孙悟空去当弼马温。孙悟空初次上天庭，也不了解具体情况，还以为弼马温是

一个很大的官职，就高高兴兴地随着木德星官上任去了。

孙悟空一直以为玉帝特别下旨让自己上天庭做官，那封自己的官职应该不小，所以他心里很高兴，难得收了自己顽劣的性子，兢兢业业（jīng jīng yè yè，形容做事谨慎，勤奋刻苦，认真负责）地工作。自从当上"弼马温"，孙悟空日日夜夜尽心地照顾着天庭里的天马，把所有的天马都养得膘肥体壮。就这样，日子一天天很快过去了。过了大概半个多月，御马监里的其他几个监事给孙悟空安排了一桌接风的酒席，正畅饮的时候，几人不知怎么突然提到了自己的差事，孙悟空突然问道："我这弼马温是什么官衔呢？"一个监事笑着对孙悟空说："弼马温是个不入流的末等小官，只是负责看马罢了，像你这样，来了之后就踏实苦干的，把天马养得膘肥体壮，也顶多被称赞一句；但是如果养得不好，可是会被责罚的，要是天马不小心有了损伤，那你还要被问罪呢！"孙悟空一听，火冒三丈："这玉帝老儿竟敢这样轻视我！俺老孙在花果山称王称霸，没有谁敢这么对俺！他竟然叫我来给他养马，老子不干了！不干了！"说完，孙悟空"呼啦"一声把桌案掀翻，从耳朵中拿出金箍棒，一晃变大，一路打出去，直到南天门，天兵天将知道他是天庭的官员，也不敢拦他。就这样，孙悟空轻轻松松地出了南天门，然后一个筋斗回花果山去了。

孙悟空驾着筋斗云，一会儿就到了花果山，他跳下云头，正好看见几个老猴子正在带领猴子们操练，他大喊一声："小的们，老孙回来啦！"猴子们一拥而上，围着孙悟空问东问西，孙悟空听到有猴子问他在天上过得怎么样，就一挥手："别提了，玉帝老儿哄俺，封俺一个弼马温，俺还以为是多大的官儿，谁知道是让俺给他养马！俺老孙不干！"猴子们听了都很生气，异口同声地说："大王神通广大，怎么能去养马，就是做个齐天大圣也可以。"孙悟空一听，连声说好，急忙吩咐下去，让下边的猴子去给他做一面锦旗，上面要写上"齐天大圣"四个大字，还让猴子们都改口，以后不许称孙悟空为"大王"，要改称"齐天大圣"。自此以后，孙悟空自封为齐天大圣。

此时，玉皇大帝已经听说孙悟空嫌官小，私下里大闹了一通，而且未经允许，私自回花果山去了。玉帝十分生气，他派托塔李天王带领天兵天将前去花果山捉拿孙悟空。

李天王和三太子哪吒领了玉帝的旨意，以巨灵神为前锋，带着天兵天将，腾云驾雾来到花果山。托塔李天王命巨灵神前去挑战。巨灵神到了水帘洞外，看见许多妖魔鬼怪在那里舞刀弄枪，就大声喝道："你们快去告诉弼马温，我是天上的将领，如今奉了玉皇大帝的旨意，前来捉拿反贼，让他快点儿出来，乖乖束手就擒。"小猴子一见，忙去报告孙悟空。孙悟空不慌不忙，穿上盔甲，拿着金箍棒，走出水帘洞。

巨灵神见了孙悟空，厉声高喝："泼猴！你认得我吗？"孙悟空反问道："你是什么来头？快快报上名来！"在知道巨灵神是托塔李天王麾（huī，部下）下的先锋大将后，孙悟空哈哈大笑

道："我暂且饶你性命，你回去给玉帝老儿带个信：如果玉帝老儿肯封我做齐天大圣，我们就省得动武；若不依俺老孙，我迟早打上灵霄殿，叫他坐不成宝座。"

巨灵神被孙悟空的话激怒，就抡（lūn，手臂用力旋动）起宣花大斧，朝孙悟空砍去。孙悟空拿出金箍棒，随手一挡，只听"当"的一声，震得巨灵神两臂麻木。两人过了没几招，巨灵神就被孙悟空弄断了兵器，败下阵来。

巨灵神垂头丧气地回了己方阵营，气急败坏的李天王要将巨灵神推出去斩首，众人纷纷为之求情。正在为难之际，哪吒站了出来，主动请求出战，李天王对自己孩子的武艺很有信心，就应允了，也答应暂时放过巨灵神，等回天庭之后再发落。孙悟空打败巨灵神，正准备回水帘洞，忽然哪吒杀了过来，孙悟空再仔细一看，发现哪吒还是个孩子，就嘲笑哪吒是乳臭未干的小毛孩。哪吒本来就有些心高气傲，最恨别人说自己年纪小，看不起自己了，就喝道："泼猴！我是托塔李天王麾下的哪吒三太子！如今奉了玉帝旨意前来捉拿你！"孙悟空说："你看到我那旌（jīng）旗上是什么字了吗？只要玉帝封我这个官衔，我就回去做官，不然，我就打上灵霄宝殿！"哪吒抬头看了一眼，只见那旌旗上写着"齐天大圣"四个大字，大怒道："你这泼猴，凭你也配！看剑！"孙悟空笑嘻嘻地说："看你是小孩，我让你，我站在这儿不动，随便你砍。"哪吒一听，气得大喊一声"变"，马上变出三头六臂，手持斩妖剑、砍妖刀、缚妖

索、降妖杵（chǔ）、绣球、火轮六样兵器，狠狠地朝孙悟空打去。孙悟空不甘示弱，也随即喊了声"变"，也变成三头六臂，六只手持三根金箍棒抵住哪吒的六件兵器。两人大战了几十回合，不分胜负。哪吒见不能取胜，又显出神通，把六件兵器变成千千万万件兵器，朝孙悟空打去。孙悟空也不敢怠慢，喊了声"变"，变出来许多根金箍棒，两人又大战了上百回合。

孙悟空觉得两人一直这么打下去也不行，就找了个时机，偷偷拔下一根毫毛，喊了一声"变"，瞬间幻化出一个自己，孙悟空让幻化出来的自己去正面迎战哪吒，自己的本身却一下子跳到哪吒后边，只见孙悟空抓住哪吒的一个破绽（事情的漏洞。绽，zhàn），一棒打中哪吒的手臂，哪吒疼得大叫一声，败下阵去。托塔李天王见己方阵营接连失败，决定收兵，回天庭向玉帝汇报交战情况。

孙悟空得胜之后就转身回了花果山，大摆筵席，庆贺今日的胜利。他的六个结拜兄弟也前来祝贺他，见孙悟空自称"齐天大圣"，牛魔王就自称"平天大圣"，蛟魔王自称"复海大圣"，鹏魔王自称"混天大圣"，狮魔王自称"移山大圣"，猕猴王自称"通风大圣"，"猕"狨王自称"驱神大圣"。畅饮之后，六个大王就各自回去了，回去之后，也像孙悟空一样，竖起大旗，将自己的名号写在上面。

再说托塔李天王回到天庭之后，径自来到灵霄殿拜见玉帝，将出战的情况告诉玉帝。哪吒三太子也说："孙悟空要求天庭封他为齐天大圣，否则就打上灵霄殿！"玉帝听后大怒，要求天兵天将即刻将孙悟空捉拿归案。正在调兵遣将的时候，太白金星对玉帝说："不如封他为齐天大圣，但不给他事做，不给俸禄（fēng lù，官吏每年或每月所受的财禄），只是一个虚名，这样可以省掉不少麻烦，也能安抚那个泼猴，求个太平。"玉帝听了觉得有理，就写了诏书，让太白金星再去花果山招安。

太白金星又来到了花果山，但是这次没有之前那次那么好的待遇了，他是被几个小猴子用刀枪抵着进去的。等到见了孙悟空，太白金星就先说了一番好话，劝告了孙悟空一番，然后拿出玉皇大帝的诏书说："玉皇大帝本来准备再派大将捉拿你，但是经过我劝谏（jiàn），他决定封你做齐天大圣，特意让我来请你上天庭接受册封。"孙悟空看了看，想了想，觉得就算是假的，自己照样还可以回来，他们也不能拿自己怎么样；就跟着太白金星上天庭去了。

孙悟空和太白金星到了灵霄殿，玉皇大帝果然封孙悟空做了齐天大圣，还在蟠桃园的旁边造了一座齐天大圣府，又送了两瓶御酒，十朵金花，吩咐孙悟空好好做官，不要惹是生非。孙悟空谢过玉皇大帝，便到大圣府去了，进府之后就直接将两瓶御酒打开，与众人畅饮了一番。

实际上孙悟空并没有什么职权，可他也不在乎自己只是空有官衔。他每大在大宫里东游西逛，和各路神仙喝酒闲聊，过得逍遥自在。

一天，玉皇大帝和众位仙家在灵霄殿议事，许旌阳真人对玉皇大帝说："孙悟空整天无所事事，东游西逛，四处结交众位仙家，时间长了，恐怕出事，不如给他一点事做做，免得他太闲了惹祸。"玉皇大帝觉得有道理，而且这么久以来，孙悟空也都安安分分，从来没有犯过错，就下诏派孙悟空去看管蟠桃园。孙悟空也没多想，正闲得没事干，再加上比较喜欢吃桃子，就领旨去了。

孙悟空来到蟠桃园，正准备进入查看的时候，一位小仙出现了，自称是蟠桃园里的土地公。他虽然听说过孙悟空的丰功伟绩，但是没见过孙悟空，还以为是哪里来的新人，不知道规矩，或者走错了路，就拦住了孙悟空，但是在知道孙悟空是被玉皇大帝派来看管蟠桃园的时候，就主动带着大圣查看桃园。

孙悟空看了半天，就问土地公："这蟠桃园里总共有多少株桃树？"土地公回答说："这蟠桃园共有三千六百棵仙桃树：前面一千两百棵，三千年才成熟一次，人吃了能成仙得道；中间的一千两百棵，是六千年才成熟一次，人吃了能长生不老；后面的一千两百棵，是九千年才成熟一次，人吃了能与天地同寿。"孙悟空一听，感到十分新奇，从此他不再出去游玩，而是天天往蟠桃园里跑。

孙悟空本来就喜欢吃桃子，而这仙桃更是仙家珍品，所以他早就有心想摘几个桃子尝尝。可那些力士一直跟在孙悟空左右，孙悟空一直下不了手。这天，孙悟空借口自己想在蟠桃园中的小亭子里小憩一会儿，然后把力士们全部赶到桃园外面。等到四下无人的时候，孙悟空就自己一个人爬上树，专拣熟的、大的摘了许多，饱饱地吃了一顿，然后他找了棵顺眼的桃树，变成一只又大又红的桃子，在上面小憩。

　　碰巧王母娘娘要开蟠桃盛会，叫几个仙女到蟠桃园摘仙桃。仙女们到了蟠桃园之后，四处查看了一下，只见桃树上成熟的桃子没有多少，但是没办法，为了应付差事，她们只好拣着稍微好一点的桃子摘，几个人一边摘桃子，一边聊天。孙悟空听见动静醒来，本以为是来偷桃的，但听了七仙女之间的谈话，知道是王母娘娘要在瑶池召开蟠桃大会，所以派她们前来摘桃准备蟠桃盛会。孙悟空一听，很激动，就直接变出原形，跳到仙女面前，把仙女们吓了一跳。孙悟空很不好意思，急忙道歉，并问仙女自己能不能去，当得知自己没有被邀请的时候，非常生气。他念了个咒语，指着仙女们喊声"住"，用定身法把仙女定在桃树下，自己驾着筋斗云直向瑶池而去。

　　孙悟空去瑶池的路上正好撞见了赤脚大仙，知道赤脚大仙要去瑶池赴宴，孙悟空眼珠一转，计上心头，他骗赤脚大仙说："玉皇大帝因为俺老孙的筋斗云比较快，就托我给赴宴的仙家传个话儿，让你们先去大殿等候，陛下有话吩咐。"赤脚大仙不疑有他，谢过孙悟空，扭身急急忙忙赶往大殿。孙悟空看见赤脚大仙走远了，就摇身一变，化作赤脚大仙的模样，人摇人摆地向瑶池走去。

　　孙悟空来到瑶池，只见桌上摆满了各种珍馐（珍奇名贵的食物。馐，xiū）佳肴，几个仙女、仙童正在忙碌着。孙悟空左右查看一番，发现还未有仙家到来，又被这里的酒香勾起了酒瘾，馋得直流口水。他就拔了些毫毛，喊声"变"，变成许多瞌睡虫，爬到仙女、仙童身上。仙女、仙童一个个全睡着了，孙悟空就趁机拿了许多异果佳肴，又抱起酒坛畅饮起来，不一会儿，就有些醉意了。孙悟空也知道自己坏了王母娘娘的蟠桃宴会，玉皇大帝要是知道了，肯定不会放过自己，所以想急忙溜走。但是，喝醉的孙悟空竟糊里糊涂地来到了太上老君的住所。孙悟空想：既然来了，正好去看看太上老君。谁知道进去之后怎么都找不到太上老君，反倒是一不小心进了太上老君的炼丹房。孙悟空进去之后，看到里面存放着几个葫芦的金丹，他趁着醉意，索性把太上老君炼的金丹吃了个精光。这时，孙悟空的酒也醒了一半。孙悟空心想：这下闯大祸了，不如赶紧找个地方躲躲。孙悟空就急忙掉转方向，悄悄出了南天门，一个筋斗翻回花果山去了。

西游趣闻

弼马温到底是个什么官

弼马温是避马瘟的谐音，弼，是辅助的意思；瘟，是发病的意思。关于弼马温有两种说法：其一，东汉人在马厩之中养猴，以趋避马瘟，所以猴子便有了弼马温之称；其二，避马瘟源于古时候民间一种传说，即将母猴子的尿与马尿混合在一起喂马，可以避免马生病。

故事中，孙悟空觉得弼马温是个末流的小官，一气之下返回了花果山。为皇帝养马果真是个低贱的官职吗？其实不然。

历史上赫赫有名的秦始皇的先祖，就是给周穆王养马赶马车的车夫，却官封伯爵。秦汉时期的三公之首就叫作大司马，他的职责便是总管天下兵马。所以，管马的职务并不低贱。

作者给作为公猴的孙悟空安排了这么一个头衔，是化用"心猿意马"的寓意，孙悟空饲养的天马，其实就是

"心猿意马"。天马被养得肉膘肥满，其实意味着孙悟空的名利心和野心被养得肉膘肥满，所以，原本安于现状的孙悟空开始纠结官大官小的问题，成了一只不安分的猴子。作者的这一写法在幽默之中饱含了对玉帝及人间皇帝的讽刺。

知识链接

王母娘娘

　　王母娘娘又称西王母，居住在昆仑山。先秦文献《山海经》里就有"西王母"一名出现。又因为其名"王母"，所以常被视作玉皇大帝的夫人。《汉武帝内传》记载西王母曾赐给汉武帝四颗仙桃，武帝吃完欲栽种，西王母云："此桃三千年一生实，中夏地薄，种之不生。"故而有王母开蟠桃盛会的说法。

第四回

大战二郎神

托塔李天王奉命率十万天兵天将捉拿孙悟空，再次失败。二郎神奉旨出战，和孙悟空好一番恶斗，却不分胜负。有太上老君暗中相助，二郎神才捉住了孙悟空。斩妖台上，怎奈刀砍斧剁、枪刺剑劈，都伤不了悟空半根毫毛。孙悟空是如何变成火眼金睛的？他又是如何被压在如来佛祖的五指山下的？

　　孙悟空在太上老君那儿一番折腾，费了不少时间，这时候瑶池被孙悟空用法术弄晕的仙女、仙童相继醒来，看到这种情况都被吓坏了，急忙禀告玉帝。这时候，仙女和赤脚大仙也将情况反映上去，玉皇大帝和众仙家听说之后，一致认为是孙悟空办的坏事。这时，太上老君掐指一算，说声"大事不好"，急急忙忙跑回自己的地方，发现自己的丹药被偷吃了。太上老君一向把自己的丹药当成宝贝，自己都舍不得吃，此时反而被孙悟空吃掉了这么多，生气极了，又一状告到了玉帝那里。玉帝听说孙悟空大闹蟠桃盛会，又偷吃了太上老君为他炼的金丹，恼怒异常，马上传旨，命令四大天王协助托塔李天王和哪吒三太子，率领二十八宿、九曜星官、五方揭谛、四值功曹等天将，带领十万天兵，布下十八道天罗地网，围困花果山，一定要抓住孙悟空。

　　托塔李天王带领天兵天将离开了天宫，出了南天门，来到花果山。李天王命令天兵天将摆开阵势，把花果山围得水泄不通。

　　李天王等到天兵天将布好阵势之后，先派遣九曜星官领兵前去挑战。九曜星官领兵来到水帘洞前，对正在玩耍的小猴子说："齐天大圣在哪儿？我们是天上的神兵，奉了玉帝的旨意，特来捉拿齐天大圣，快叫他出来受降。"

　　孙悟空此时正在和七十二洞的妖王喝酒，听了小猴的报告，也不很在意，让小妖不要管他们。过了一会儿，几个小猴又冲进来向孙悟空报告，孙悟空一听自家的洞门都被打破了，十分生气，说："这几个蟊贼（máo zéi，比喻危害人民或国家的人），本来不想与他们计较，但是他们欺人太甚！"说完拿着金箍棒就冲出水帘洞。

孙悟空一出门就举起金箍棒一阵猛打，打得九曜星官等一个个手忙脚乱，汗水直流，倒拖着兵器，落荒而逃。

托塔李天王一见，马上派四大天王、哪吒三太子和二十八宿将一起围攻孙悟空。孙悟空带领七十二洞主和猴子们摆开阵势迎敌，双方打了很长时间，一直到黄昏时才结束混战。最后七十二洞主全被天兵天将抓去了，只剩孙悟空一人，孙悟空拔了根毫毛，喝声："变！"立即变出千百个使金箍棒的齐天大圣，不一会儿就把四大天王和哪吒三太子打得落花流水。

孙悟空回水帘洞之后，发现自己这方被抓走好些人，但是为了鼓舞士气，就安慰众猴子，劝众猴子养精蓄锐，为明日作战做准备。

托塔李天王等到黄昏时候，收兵回营，清点人数，发现损失了不少兵将，还没有抓到孙悟空。正在烦闷的时候，他的二儿子——二太子木吒来了，木吒向托塔李天王保证自己明天一定会把孙悟空捉回来。托塔李天王听了十分开心，同意木吒出战。

第二天，木吒自告奋勇前去挑战。只见他手提铁棒，端的是威风凛凛（lǐn lǐn，态度严肃，令人敬畏的样子）。他来到水帘洞前

叫阵，悟空出来一看，是个不认识的少年，就笑着说："我便是齐天大圣孙悟空，你是谁？"木吒说："我是托塔李天王的二太子木吒，专门前来捉拿你。"孙悟空冷笑道："你真是人小胆大，凭你这么一个娃娃，先吃老孙一棒！"木吒也不多说，举起铁棒朝悟空打去，二人你来我往，打了几十个回合，正打着，木吒就觉得自己的胳膊被金箍棒震得发麻，打得越来越吃力，最后终于支撑不住，败下阵来。孙悟空见木吒走了，也不追赶，一掉头回水帘洞歇息去了。

托塔李天王所有的招数使遍，不仅没抓到孙悟空，还折损了不少天兵天将，最后没办法，只好上报玉帝，请玉帝裁决。玉皇大帝看了奏章，大吃一惊道："一个小小的猴头，居然有这么大的本领，十万天兵都捉拿不住，叫我再派什么人呢？"正左右为难时，正好观音菩萨前来拜访玉帝，见玉帝发愁，就询问出了什么事。在了解了具体情况之后，观音菩萨就极力向玉皇大帝举荐二郎神。这二郎神不是别人，正是玉皇大帝的亲外甥。玉皇大帝一听，心中一想，自己的外甥本领确实十分高强，再加上还有观音菩萨极力担保，此时又没有其他合适的出战人选，不如就让他试试。玉皇大帝就下了一道圣旨，叫二郎神立即到花果山去。

二郎神领了玉帝的圣旨转身就带着神犬、梅山六兄弟一群人腾云驾雾到了花果山。和托塔李天王等人说明了来意后，二郎神让四大天王将天罗地网围在次日战场的四周，不要封顶，如果自己输了，自己的六兄弟会出手帮忙，然后请托塔李天王手持照妖镜站在空中，以防孙悟空变化成其他事物。双方商定之后，决定第二天立刻就出战。

第二天一早，二郎神就带着哮天犬来到水帘洞前，孙悟空有了前几次的经验，在得知又有一位小将前来挑战时，根本没把二郎神放在眼里，可就是这一大意，让他差点儿吃了大亏。

水帘洞前，孙悟空迎战二郎神的时候，见二郎神打扮得很秀气，以前没见过，就笑嘻嘻地说："你是哪里的小将，胆敢来挑战我！"二郎神大怒道："你这泼猴，死到临头还不知道，我就是二郎真君，如今奉了玉帝的旨意，前来捉拿你！"孙悟空一听就笑了，故意说："我记得当年玉帝的妹妹思凡下嫁给杨君，生了个孩子，曾经斧劈桃山救母，肯定就是你了。我想要骂你几句，但是我们又无冤无仇；我想要打你一棒，但又可惜了你的性命。你快回去吧，让四大天王出来。"二郎神见孙悟空揭他的短处，非常恼怒，大喝一声："泼猴，休得无礼，吃我一刀。"说完，挺起手中的三尖两刃枪向孙悟空刺去。孙悟空见二郎神来势汹汹，忙用金箍棒挡住，两人真是棋逢对手，将遇良才，你来我往，大战了几百回合，不分胜负。

孙悟空和二郎神打得难舍难分，一时陷入了僵局。二郎神见一时难以取胜，便暗暗喊了声"变"，霎时（形容极短的时间。霎，shà）变得身高万丈，那三尖两刃枪也像华山顶峰一样向孙悟空压去。悟空一见，急忙变得和二郎神一样高大，那金箍棒犹

如昆仑山的顶天柱，抵挡住了二郎神的三尖两刃枪。他们俩这一番变化，吓坏了地上的动物，孙悟空手下的猴子猴孙被吓得四散逃亡。

两人又战了几十个回合，孙悟空忽然看到水帘洞外一片混乱，以为自己家里出了什么事，心中慌了神，连忙收回法术，变回原形，转身想走。刚转身，二郎神就追了过来，孙悟空也不恋战。快到洞口的时候，孙悟空正好撞在四大天王张开的天罗地网上，慌忙之间，孙悟空把金箍棒变成绣花针大小，塞到耳朵里，然后就自己变成一只麻雀，躲到一棵树上。

众人一时之间不见了孙悟空的踪影，都以为又让孙悟空逃脱了。二郎神赶到之后，询问了当时的情景，仔细想了想，觉得孙悟空应该没有逃走，就急忙睁开额头上的神眼，看见孙悟空变成一只麻雀站在树梢上。二郎神心想：我吓吓他！就马上变成一只老鹰，向麻雀扑去；孙悟空一见，急忙抖抖翅膀，变成一只大鹚(cí)老，直冲天空，二郎神又变成一只大海鹤来咬悟空；悟空一见，又变成一条鱼，顺流而下。二郎神追到河边，找不到孙悟空的身影，心想：这猴头肯定变成了鱼虾之类的。于是，他变成一只鱼鹰在河上飞行，寻找孙悟空的身影。孙悟空本来变成了一条鱼，正顺流而下，忽然见天上有一只鸟，长得有些奇怪，孙悟空猜想：这只鸟肯定是二郎神变的，是为了捉住我。他急忙转身逆流而上，这时二郎神见了，便想：其他的鱼顺流而下，这条鱼却逆流而上，而且长得这么奇怪，一定是孙悟空变的，便急忙去捉。孙悟空见情势不好，就急忙变成一条小水蛇，二郎神见了，变成一只红顶的灰鹳(guàn)，伸着长嘴，来吃水蛇；孙悟空赶忙变成一只花鸨(bǎo)，孤零零地站在树梢上，但是被二郎神用弹弓打翻，孙悟空趁机向山下飞去。

　　孙悟空来到山下，变成一座土地庙，嘴巴张开，变成庙门，牙齿变成门扇，舌头变成菩萨，眼睛变成窗棂，但是尾巴却不好办，孙悟空想了又想，不知道怎么办，慌忙之中，把尾巴变成旗杆，竖在土地庙后面。

　　二郎神赶到山下，不见孙悟空的影子，却看见一座土地庙，二郎神绕着土地庙转了两圈，总觉得这座土地庙有一些怪异，过了一会儿，他注意到旗杆竖在庙后，不禁笑道："这猴头又在哄我，我见过无数寺庙，从来就没有见到旗杆竖在后面的。这一定

是那泼猴变的，等我上当进去之后，他就一口咬住我！我怎么会进去呢？看我先揭了窗棂（窗格子。棂，líng），然后踢毁门扇，看这猴头还有什么能耐！"孙悟空一听，想道：好狠，好狠！若被他揭瞎了眼，打落了牙，那还了得！就收了法术，"噗"（pū，象声词）的一下，跳到空中不见了。

　　二郎神见孙悟空又不见了，急忙前后寻找，没找到孙悟空，这时候梅山六兄弟也急急忙忙赶来了。二郎神告诉他们，不见了孙悟空的踪影，让他们等一下，自己去问问李天王，看有没有什么收获。二郎神来到天上，问托塔李天王有没有见到孙悟空。托塔李天王忙拿出照妖镜四下照了一遍，急忙说道："那猴头变成了你的模样，正往灌江口去呢！"二郎神大惊，忙向灌江口而去。

　　这时候孙悟空已经来到二郎神的老家灌江口了，他使了个障眼法，变成二郎神的模样，然后下了筋斗云，进了神庙。庙里的鬼判不知道他是孙悟空假扮的，一个个磕头迎接，孙悟空大模大样在中间神位上坐下，让下边的小鬼拿出最近的批文来，自己假装认真批改公文，实际上是在上边胡乱涂改。不一会儿，二郎神来到灌江口，他问守门的："有没有见什么齐天大圣来过这儿？就是一个毛脸的猴子！"众鬼判说："没见过什么齐天大圣，但是今天来了一个和你一模一样的人，正坐在里面呢！"二郎神冲进神庙，悟空一见，现出了本相，还一边大喊："二郎神不用再说了，这间庙宇已经改姓孙了！"二郎神举起三尖两刃枪，劈头就砍，悟空掏出金箍棒，你来我往，两人又大战起来。两人边打边走，又打回花果山，梅山六兄弟也一起上前助战，把孙悟空围在中心，双方打得难解难分。

玉皇大帝派二郎神等人下界去捉拿孙悟空之后，等了一天，却不见有人回来报告消息，就说："去了这么多人，连二郎神也去了，怎么到现在还不见消息？"观音菩萨就说："既然如此，就请陛下与我们一同前往南天门外看一下具体情况。"玉皇大帝同意了。玉皇大帝、太上老君、观音菩萨和众神仙一起来到南天门外观战。玉皇大帝见众天兵天将把孙悟空围在中间，但是仍不能取胜，有些担心地说："连二郎真君也奈何不了这猴头，如何是好？"菩萨就提议说，不如自己拿净瓶杨柳去投孙悟空，如果投中了，就可以让孙悟空分心，二郎神可以趁机抓住他。太上老君觉得这个办法不错，但是他又说："菩萨，你这净瓶杨柳是个瓷器，万一孙悟空用金箍棒一打，就会打碎，不如用我的金刚套吧，这是我用精钢练就，被我用丹炉练出了灵气。让我来助二郎真君一臂之力。"说完，就掏出金刚套，往下一抛。那金刚套从天而降，正好打在孙悟空的头上。

孙悟空正在力战二郎神和梅山六兄弟，不料被金刚套打了一下，"噗"地摔了一跤，头也疼得厉害。这时，二郎神的哮天犬冲上去，咬住了孙悟空的腿肚子，孙悟空一时之间难以起身。二郎神和梅山六兄弟一拥而上，把孙悟空绑了起来。

太上老君见已经捉住了孙悟空，就念了个诀，将那金刚套

又收了回去。托塔李天王、二郎神等押着孙悟空回到天宫，玉皇大帝下令将孙悟空绑在斩妖台上，可是，不论是刀砍斧剁、枪刺剑劈，都伤不了悟空半根毫毛。负责行刑的大力鬼王使尽了招数，最后实在没办法了，只好回禀玉帝。玉帝也犯了难，不知道该怎么处置孙悟空。这时，太上老君对玉皇大帝说："这妖猴吃了蟠桃，饮了御酒，又吃了我的金丹，已成了金刚不坏之身，所以刀枪不入，不如放到我的八卦炉里，用文武火来炼化，把我的仙丹炼化出来，把他烧成灰烬。"玉皇大帝同意了，叫大力鬼王把孙悟空押到太上老君的炼丹房里。孙悟空被关在八卦炉里，太上老君命令童子燃起熊熊大火。孙悟空被关在炼丹炉里，觉得自己本领高强，应该没事，但是忽然之间，炉子开始发烫，里面好热，好像要把人给蒸熟了，过了一会儿，竟然起火了，孙悟空被热得没有办法，只好四处寻找没有火又凉快的地方。最后，他躲在巽（xùn）宫，巽宫里只有风，没有火。只是这里能够挡住火，却挡不住随风飘来的烟，这烟很大，把孙悟空的一双眼睛熏红了，变成了"火眼金睛"。

　　不知不觉，七七四十九天过去了。太上老君估计孙悟空已经被烧成灰烬，就叫童子打开八卦炉，准备开炉取丹。这时候，孙悟空在里面正被熏得难受，忽然听见炉子盖儿好像响了，再猛一睁眼，竟然看见了一丝光亮，就急忙冲着亮光飞过去，一下子从炉子里面蹦了出来。孙悟空一脚踢翻八卦炉，转身就往外走。太上老君赶上去拉住他的胳膊，被他一甩，差点摔倒在地。

孙悟空早就窝了一肚子的火，如今好不容易出了炼丹炉，自然要好好出一口胸中的恶气。于是他从耳朵里掏出金箍棒，如猛虎下山、蛟龙出海，势不可当，一路向灵霄殿打去。众天将一路拼死抵抗。孙悟空闹出的这一番动静惊动了玉皇大帝，玉皇大帝慌了，急忙派人到西天去请如来佛祖前来降妖。

使者到了灵山雷音宝刹之后，将孙悟空所做的事情一一述说，如来佛祖听了之后，就对一众菩萨说："你们不要去了，我去收了这泼猴。"然后如来佛祖带着阿傩、迦叶两位尊者，立即来到了灵霄宫。如来佛祖见众天将还在和孙悟空苦斗，就叫众天将退下，然后把孙悟空叫到自己面前。孙悟空怒气未消，气冲冲地问道："你是什么人，敢来多管闲事？"如来说："我是西方极乐世界的释迦牟尼尊者。听说你屡次在天宫捣乱，不知你是从哪儿修习的法术，又是什么时候得道成仙，竟然这么残暴？"孙悟空对如来说："我是花果山水帘洞的齐天大圣，天生天养，无人教我法术，是我自己悟的。皇帝轮流做，你叫玉帝老儿把灵霄宫让给我，我就罢休，不然，我就叫他不得安宁。"

如来冷笑一声说："原来是一只泼猴，还妄想当玉帝。这样吧，你不是想做玉帝吗？那你得本领高强。我们不如来打个赌吧，你如果一个筋斗能翻出我的手掌，我就叫玉帝把灵霄宫让给你。"

孙悟空听了，暗暗好笑："这如来真是呆子，我一个筋斗能翻十万八千里，怎么会翻不出他的手心。"他急忙问如来："你

说话可作数？"如来说："当然作数！"如来说完，张开右手，那手却不大，只有荷叶那么大。孙悟空一看更高兴了。

"好！"孙悟空应声纵身跳到如来的手心，然后翻起筋斗云来。翻着翻着，他看见有五根柱子，心想：这可能已经到了天的尽头。正准备转身回去，又一想：不如我留个记号，回去找如来佛祖算账，省得到时候他们抵赖。然后他拔根毫毛，变成一支笔，写了"齐天大圣到此一游"几个大字，接着又在其中一根柱子下边撒了一泡尿，再翻起筋斗云，回到原地，对如来说："我已到了天边，早已经翻出了你的手心，你让玉帝老儿把灵霄宫让给我。"

如来佛祖指指手掌，骂道："你这妖猴，你再仔细看看！你何时离开过我的手掌？"孙悟空低头一看，只见如来的中指上写着"齐天大圣到此一游"几个大字，指缝里还有股尿臊气呢。

怎么会有这种事！孙悟空傻眼了。他刚想逃走，谁知道如来手掌一翻，将孙悟空牢牢地压在手掌下面。然后如来将自己的五个手指化作金、木、水、火、土五座连在一起的山峰，人称"五指山"，把孙悟空牢牢地压住了。如来又写了一张帖子，压在山头，做完这一切之后，如来又告诉孙悟空：五百年后你可帮助一位东土大唐的僧人前往西天取经，唯有他能够揭下这山上的帖子，救你出来，如果你能帮助那位僧人取得真经，你就可以修成正果。

西游趣闻

八卦炉为什么烧不死孙悟空

孙悟空被捉住以后，任何斩妖除魔的方法都奈何不了他，于是，太上老君建议将他投入八卦炉中。可是，孙悟空却安然无恙，这是为什么呢？

原来，八卦炉中的八卦，指的是乾、坎、艮、震、巽、离、坤、兑八卦。孙悟空被扔进去以后，就钻在了巽宫位下。巽，代表风，有风则无火，所以孙悟空逃过一难。

那么，在无任何人指点的情况下，孙悟空是怎么知道处于巽位就可以不被烧死呢？原因就是，他对八卦炉的结构了如指掌，这个了如指掌又是怎么回事呢？这还得从孕育孙悟空的石头说起。

《西游记》中对这块石头有这样的描述："那座山正当顶上，有一块仙石。其石有三丈六尺五寸高，有二丈四尺围圆。三丈六尺五寸高，按周天三百六十五度；二丈四尺围圆，按政历二十四气。上有九窍八孔，按九宫八卦。"

这就说明，花果山上孕育孙悟空的这块石头和八卦炉的构造是一样的，所以孙悟空自然就知道八卦炉的"秘密"啦。

第五回

拜师取经

精彩预告

观音菩萨领了差事，要去东土寻找取经人。途中，她点化了卷帘大将，给他取名悟净；她又点化了天蓬元帅，为他取名悟能。观音菩萨来到大唐，寻得合适的取经人——玄奘法师。唐太宗和玄奘法师结为兄弟，赐法号唐三藏，亲自将唐僧送出长安。唐僧开始了取经之旅，他是如何收悟空为徒的呢？

如来佛祖返回西天之后，与众菩萨讲解经文，讲完之后，观天下众生百态，见天下恶人很多，便说："我这有几卷真经，可以劝人为善，想将他们传到四大洲去，但是又害怕轻易给他们，会让他们生了轻视之心，不重视这些经文。所以想派你们其中的一个人，去东土寻找一个虔诚（恭敬而有诚意。虔，qián）的信徒，让他经历千山万水，历经九九八十一难，然后将真经取走传扬。不知道你们谁愿意去？"

最后，观音菩萨领了这个差事。

如来佛祖给观音菩萨五件宝贝，分别是一件袈裟、一根"九环锡杖"、三个箍儿。如来佛祖对观音菩萨说："这袈裟和锡杖到时候给那个取经人用。这三个箍儿也给那个取经人，如果路上碰见了神通广大的妖怪，若是愿意弃恶从善，就让他们戴上这个箍儿，给那个取经人做徒弟，师徒几人一起取经。如果妖怪不听话，只要念一念咒语，他们的脑袋便会非常疼，最后一定会受不了的，自然就乖乖听话了。一会儿我将这三个箍儿

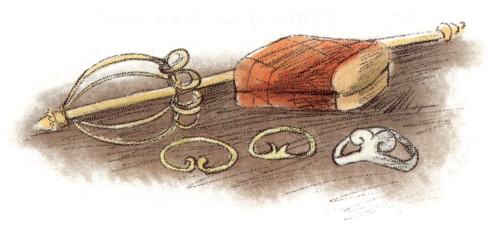

的咒语教给你。”

　　观音菩萨带着木吒出了雷音宝刹。两人换了身形，和普通人一样，一路向东行去。有一天，两人来到了流沙河，忽然从水里跳出来一个妖怪，这个妖怪手持一根宝杖，走上岸想要捉观音菩萨，被木吒抵挡住了。当这个妖怪知道眼前的两人是西天的观音菩萨和木吒时，急忙低头认错。

　　原来他是灵霄宝殿下的卷帘大将，只是因为在蟠桃宴上失手打碎了琉璃（liú lí）盏，被玉帝杖责之后，又被贬下凡尘。他为了疗伤，走了歪路，捉拿过路人，然后吃掉他们，想用这种方法让自己的伤势好得快一些。观音菩萨听后，就点化他皈（guī）依佛门，又给他取了法号“悟净”，让他在此地耐心等候将要去西天取经的人，并护送他去西天取经。

　　观音菩萨告别了卷帘大将，一直向东行去。路上又遇到一个妖魔，原来是被贬下凡的天蓬元帅，他因为喝醉后调戏了嫦娥，被嫦娥告到玉帝那里，玉帝就把他贬下凡尘，但是投胎的时候不小心投错了，于是就变成了一副猪模样，仗着自己有些本领，在这里称霸。

　　观音菩萨又点化了他，给他取法号“悟能”，也让他在此地耐心等候取经人，不可再为非作歹。三人告别之后，观音菩萨又带着木吒向东行去。

　　这天，观音菩萨带着木吒到了东土大唐，到此地之后，听说了一桩奇事，机缘巧合，正好找到了一位合心意的取经人。

原来，有一天，有两位渔民闲聊，其中一个渔民说：长安城里，西门街上，有一个算卦先生，算卦很准，他每天给这位先生送一条鱼，这位先生就给他算一卦，第二天，他到这个先生告诉他的地方去打鱼，每次都能满载而归。正巧有一个巡视的夜叉听见了这番话，急忙禀告了龙王，龙王一听就生气了：照这个样子下去，如果很多人都这样做，那我们水族岂不是要被人捉完了！龙王仔细思考之后，决定去岸上暗地调查一下。

这一天，龙王幻化成了一个书生，到了渔民所说的地方，只见那里围了很多人，龙王走上前去，对算卦先生说："我想算一下这几天的天气。"算卦先生算了一下，说明天会下雨，龙王一听就乐了，心想："下不下雨我说了算，你一介凡人，怎么敢断言明天下雨。我不如趁机戏弄他一番。"于是，龙王又接着问他："先生能不能算一算明天什么时候下雨？会下多少？"算卦先生说："明天辰时开始下雨，未时雨停，一共下三尺三寸零四十八点。"龙王就和算卦先生打赌，如果明天真如算卦先生所说，那龙王就给算卦先生五十两银子；如果不准，那龙王就砸了算卦先生的招牌。

龙王回了水晶宫，正和左右侍从谈论这件事，就见有天兵天将前来传玉帝的旨意，要求龙王明日布雨，所说的时间和数目与算卦先生所说的一分不差。龙王接了旨意就傻了眼，心中十分不甘，倒不是舍不得这五十两纹银，只是不想让这个算命先生再继续给渔民出主意，想把算命先生赶走。有一个夜叉献计说："要赢他很容易，只要布雨的时候时辰错开一点，下雨数量少一点就好了。"龙王一听，没有考虑太多，觉得这样也对，就按照那个夜叉说的做了。

布雨之后，龙王直接到了算卦先生那里，要砸他的招牌。算卦先生说："你大难临头了，还不知悔改。我知道你是龙王，你违背了玉帝的旨意，改了下雨的时间和数目，犯了天条！玉帝派去捉拿你的天兵天将都到你家门口了，你还在这里得意！"

龙王听了这一番话，心惊胆战，急忙向算卦先生求救，算卦先生说："明日午时三刻，你会被押到魏征那里斩首示众，那魏征是唐太宗的丞相，你去求唐太宗，让他帮你一把。"

龙王听了之后，拜谢了算卦先生，回了龙宫。到了晚上，龙王入了唐太宗的梦，求唐太宗相救，唐太宗觉得这个不难办到，就答应了他。

第二天，唐太宗醒过来之后，想起梦中龙王所求，忽然间觉得有一些棘手，因为魏征是出了名的正直，从不会徇私枉法，自己去求情也不会管用，但是龙王这件事又不能不管，怎么办呢？唐太宗左思右想，想出了一个办法。这天下朝之后，唐太宗拉着魏征下棋，就是不让魏征出宫门，以为这样就可以拖住魏征。只要过了时辰，魏征自然也就不能再去行刑了。谁知道魏征下到一半，看着行刑时间将近，突然睡了过去，唐太宗怜惜他为国家日夜操劳，就没喊他，谁知道魏征在睡梦中斩了龙

王。唐太宗知道之后，心中有些担忧。

到了晚上，唐太宗在睡梦中见龙王前来找他索命，因为唐太宗说会救自己，却没有信守承诺。唐太宗受了惊，思虑过重，生了重病，最终决定派人办法事，排查了许久，终于找到了玄奘（zàng）法师。

观音菩萨正好在此地寻找取经人，见了玄奘法师，看出他是金蝉子转世，便在法事上现了真身，让唐太宗选派僧侣去西天取经，并将袈裟和锡杖赐下。最后玄奘法师主动提出自己愿意前往西天取经。唐太宗很高兴，与玄奘法师结为兄弟，赐了法号"唐三藏"，选了个黄道吉日，写了取经文牒（文书。牒，dié），盖了通关大印，亲自把唐僧送出长安。

唐僧带着两个仆人离开了长安，一路上，他们夜宿晓行。这天，他们来到一座山下，这条山路崎岖（qí qū）不平，十分难行。突然，唐僧和两个仆人连人带马跌入坑中，他们正惊慌的时候，四周蹦出几十个妖怪，把唐僧三人押进山洞，当着唐僧的面，把两个仆人剖腹剜（wān）心，吃个精光。

妖怪们吃饱后都去睡觉了，只有唐僧一人被绑在树上，叫天天不应，叫地地不灵。想到迟早要成为妖怪的口中之食，唐僧吓得昏了过去。一直到东方发白，天将亮的时候，忽然来了个白胡子老头，那老头用手一拂，捆着唐僧的绳子就断了，他又对着唐僧吹了一口气，唐僧就醒了过来。他把唐僧救出山洞，告诉唐僧说："我是天上的太白金星，知道你今天有难，所以特地前来救你。你再往前走，一定会有本领高强的人前来帮你，他是你的徒弟。"说完，太白金星跨上一只仙鹤，腾空而去。

唐僧听了太白金星的话，心里有一些困惑，但是也顾不了那么多了，先逃出去再说。唐僧继续前行，一个人又累又饿，心中还十分害怕。正走着，突然间碰见一只大老虎，正当唐僧以为自己要命丧虎口时，有一个猎人出现了，打死了老虎。那猎人是此地的太保，他还热情邀请唐僧去他们那里休息。唐僧修整一番之后，准备上路，太保护送他。这天，他们二人来到五行山，太保告诉唐僧，再往前就出了大唐的地界，自己不能再往前走了，只能护送唐僧到这里。二人正在依依惜别，就听山下传来如雷的喊声："师父快来救我，我保护你到西天取经。"

唐僧被吓了一跳，忙问："这是谁在喊叫？"太保说："这山是五百年前从天上掉下来的，山下压着一只神猴，不怕寒暑，不吃饮食，有土地在此看押他，刚才叫喊的肯定是他。"

他们二人走上前一看：那山下果然压着一只猴子，只见这猴子尖嘴窄腮，火眼金睛，身上满是灰尘。孙悟空见了唐僧忙问道："你可是大唐派往西天取经的高僧？"唐僧答道："正是。"孙悟空一听，高兴极了，便对唐僧说："我是五百年前大闹天宫的齐天大圣，被如来佛祖压在这山下，他叫我保护你去西天取经，以成正果。师父，你快救我出来。"

　　唐僧听了，先是一喜：自己此去路途遥远，困难重重，这下有了护送自己去西天取经的徒弟，但又有些为难，自己没有什么工具，怎么将孙悟空从这座大山下救出来呢？正在为难之际，孙悟空说："你只要把山顶上的金字压帖揭掉，我就能出来了。"

　　唐僧一步一步好不容易爬上山顶，果然看到一块大石头上贴着一个帖子，唐僧走上前跪下，拜了几拜，心中默默祈祷了一番，然后把帖子轻轻揭下。孙悟空听说帖子揭掉了，十分高兴，他对唐僧说："师父，你们走远些，我好出来。"

　　太保领着唐僧往回走，一直走出有六七里路，但是孙悟空还是叫着，让他们再走远一些；他们又走了许久，只听得一声巨响，远远望去，高高的五行山塌了一半，正在惊疑不定的时候，忽然从半空中落下一个人，正好飞到唐僧面前。两人定睛一看，正是原来被压在五指山下的猴子。那猴子见了唐僧就跪下喊"师父"，唐僧问他："你叫什么名字？"孙悟空答道："我叫孙悟空。"唐僧听了很喜欢，又给他起了名字叫"行者"。悟空连声说好。从此，孙悟空又称孙行者。

　　太保对唐

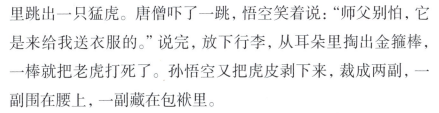

僧说："恭喜长老收了好徒弟！"孙悟空又感谢太保护送自家师父，双方见了礼，两下分别。

辞别了太保之后，孙悟空请唐僧上马，自己挑着行李在前面开路。过了两座山，突然从树林里跳出一只猛虎。唐僧吓了一跳，悟空笑着说："师父别怕，它是来给我送衣服的。"说完，放下行李，从耳朵里掏出金箍棒，一棒就把老虎打死了。孙悟空又把虎皮剥下来，裁成两副，一副围在腰上，一副藏在包袱里。

两人一边赶路，一边闲聊，唐僧感叹孙悟空本领高强，一棒子就打死了一只猛虎，并问棒子哪里去了。孙悟空笑着解释说："这不是普通的棒子，它是定海神针，又叫作'如意金箍棒'，通人意，可大可小，我把它变成绣花针大小，藏在耳朵里了。"

正说着，就到了一个村子里，二人前去投宿。孙悟空敲了敲门，一位老人前来开了门，见了孙悟空的模样，大喊"妖怪"，便要关门。唐僧急忙上前，安抚住了老人，并解释说，孙悟空是自己的徒弟，不是妖怪。老人仔细辨认，认出孙悟空是被压在五指山下的猴子，顿时放了心，请两人进来。老人为二人准

备了饭食，还给唐僧的马喂了草料。唐僧向老人借了针线，在灯下将孙悟空白天胡乱缠上的虎皮解下，缝补了一番，为孙悟空做了一身衣服。孙悟空很开心，当时就穿上了，还再三感谢唐僧。

第二天，两人辞别了老人，孙悟空保护着唐僧，离开五行山，往西走去，不知不觉已经到了初冬时分。师徒俩走进一座深山，忽然听到一声呼哨（hū shào，把手指放入嘴里，吹出像哨子的声音），接着又闯出来六个人，他们手持短剑钢刀，大声喝道："那和尚，留下行李马匹，放你们过去！"唐僧吓得浑身哆嗦，孙悟空扶住唐僧，说："师父放心，都是些送衣服盘缠（pán chan，钱）的。你只管守着我们的衣服、盘缠、马匹，我去和他们理论。"

孙悟空说完，走上前询问："各位，为什么拦着我们的去路？"强盗喝道："我们是专门拦路打劫的山大王，乖乖交出行李马匹，放你们过去，不然叫你们变成肉泥。"悟空一听，冷笑道："原来是几个蟊贼，竟敢来打劫你家孙爷爷，把你们打劫来的珍宝拿出来，我们三七分，我就饶你们的狗命！"几个强盗一听大怒："你这个和尚，我们是打劫你的东西的，你反而要我们的东西！"说着一起冲上来，照着孙悟空乱砍一通。孙悟空站在那里，一动不动，让他们砍了几十下。等到强盗又惊又惧地停下之后，孙悟空从耳朵里掏出金箍棒，晃了晃，变得有碗口粗细。强盗们一见，吓得四处奔跑。孙悟空赶上去，一棒一个，把强盗全都打死了。

悟空打死了强盗，转身去寻找唐僧，本以为会得到唐僧的称赞，谁知却被唐僧埋怨（mán yuàn，因为事情不如意而不满或怨恨）一通："出家人应以慈悲为本，你怎么能随便行凶。他们虽是强盗，可罪不该死！像你这样全无一点慈悲之心，怎么能当和尚，去西天取经？"悟空自有一番道理，说："我不打死他们，他们就要打死你啊！"唐僧又说道："我是出家之人，宁可死也绝不敢行凶。我如果死了，只是一条人命，你却杀了六个人，这怎么算呢？这件事情到哪儿都说不过去！"孙悟空从来没有受过别人的气，见唐僧不停地唠叨、埋怨，心里非常生气，说："我既然做不得和尚，不能到西天取经，那我回花果山算了。"说完，一个筋斗云，便无影无踪了。

唐僧见孙悟空走了，叹了口气说："这猴子，才说了他几句，就跑了。算了，恐怕是注定我不该收这徒弟！"休息一会儿后，唐僧收拾好行李，把行李放在马上，也不骑马了，一只手拄着锡杖，一只手牵着马，自己一个人孤零零地往西走。走了没多久，看见路边有一个老婆婆，手里拿着一件锦衣、一顶花帽。老婆婆见了唐僧，问道："你是哪里来的长老，怎么孤身一人在路上？"唐僧说："贫僧从东土大唐来，奉圣旨前往西天取经。"老婆婆说西天离这儿有十万八千里路，又问唐僧怎么一个人去，怎么没有个陪伴的人。唐僧便把孙悟空赌气走了的事告诉了老婆婆，老婆婆对他说："我这有一件锦衣、一顶花帽，原来是我儿子用的，他只做了三日的和尚，就不幸去世了，既然你有徒弟，我把这锦衣、花帽给你吧。"唐僧推辞说自己的徒弟

已经走了，不会回来了，自己要这些衣服也没有用，老婆婆却一定要唐僧收下，还说："你徒弟既然向西走了，想必是去我家了，我去喊他回来，你让他穿上，我再教你一个'紧箍咒'，如果他不服你管教，你就念这'紧箍咒'，他到时就肯听话了。"说完，老婆婆教了唐僧"紧箍咒"，把锦衣、花帽留给唐僧，自己化作一道金光走了。原来那老婆婆是观音菩萨变的，唐僧急忙撮（此处读 cuō，聚起，多指用簸箕状的器具铲起东西）土焚香，望着天空，对着观音菩萨离开的方向礼拜。

孙悟空离开唐僧，一个筋斗来到东海龙宫，前去拜访老朋友东海龙王。他向东海龙王讲了保护唐僧去西天取经的事，东海龙王说："可喜可贺，将来一定会修成正果。既然如此，你怎么不往西走，反而来了我这龙宫呢？"孙悟空一听，就来了气，蹦上了椅子，蹲在那儿，一挥手："别提了，路上碰见了几个蟊贼，想取那唐僧的性命，俺老孙一生气，把他们给打死了，谁知道那唐僧唠叨个不停，我一生气就转身走了。"东海龙王听了，劝说孙悟空不可为了一时赌气而毁了自己的前程。孙悟空听后有些后悔，就辞别了东海龙王，又一个筋斗回到唐僧身边。

孙悟空回到离开的地方，见唐僧还停留在那里，并未走开，就急忙上前施礼。唐僧问孙悟空去了哪儿，孙悟空说去了东海龙王那儿，唐僧不信，孙悟空解释说自己会驾筋斗云，一个跟头十万八千里，所以才能在一个时辰之内往返东海。孙悟空说着，又要去给唐僧寻找一些斋饭，唐僧告诉悟空，行李里有干粮，可以拿出来充饥。悟空解开行李，见到了漂亮的锦衣和花帽，非常高兴，就问唐僧哪里来的，并让唐僧将这些衣服送给自己。唐僧说："不知道合适不合适，如果合适，你就拿去穿吧！"悟空穿上锦衣，戴上花帽，不大不小，正好合适。唐僧见悟空戴了花帽，就有心试一试，看看效果。他念了一遍紧箍咒，悟空连声喊："头痛！头痛！"唐僧又念了几遍，就停住了，孙悟空这时候已经明白自己上了当，见唐僧不再念咒语了，就急忙脱下锦衣，扯掉花帽，可那花帽边上的金箍却怎么也扯不下来，痛得他满地打滚。孙悟空什么时候吃过这么大的亏，他心里憋着火，转身就掏出金箍棒要打唐僧，唐僧慌忙念"紧箍咒"，孙悟空痛得受不了，就跪下来哀求唐僧："师父，别念了，我愿意保护你到西天取经。"唐僧答应了。

　　孙悟空知道这衣服和金箍是观音菩萨送的，没了办法，只好抖擞（dǒu sǒu，奋发，旺盛的样子）精神，整理好行李，牵着马匹，保护着唐僧向西天而去。

西游趣闻

唐僧为什么不惧万难去取经呢

　　观音菩萨来到大唐，寻到唐僧，派他去西天取经。那么，唐僧，也就是玄奘法师，为什么要去西天取经呢？除了受命于观音，还有其他原因吗？

　　其一，当时的皇帝唐太宗饱受冤魂骚扰，需要有人取到大乘佛经来普度冤魂。

　　其二，唐僧是金蝉子十世，在人间功德已满，需要历经磨难取得真经以便修成正身而回到天宫。

　　其三，也就是玄奘法师取经的历史原因了。

　　南北朝时期，佛教开始兴盛，兴盛的表现之一就是翻译外国佛经。但是，当时的人们只能根据对梵文的理解，运用简单的梵文知识来翻译经典，所以，一些根本性的问题和疑难之处仍悬而未决。后来，随着朝代的更替，语言也发生了变化，所以南北朝时期所翻译的佛经隋唐人很难读懂，更别说梵文的佛经了。鉴于以上两个原因，一些有志之僧就产生了去印度取经的想法，玄奘就是其中之一。他远到印度取经就是想探索佛教和佛教经典里的本源情况，就是为了把佛经里讲的问题弄清楚，看更多的经书。简而言之，就是为了追求真理。

第六回

黑风山除妖

精彩预告

鹰愁涧，小白龙吃了唐僧的白马，在观音菩萨勒令下，化身为白马，负责驮着唐僧去西天取经。观音禅院，孙悟空卖弄袈裟，老和尚想要杀人夺宝。孙悟空借来避火罩，怎奈袈裟被偷。黑熊怪是如何盗得袈裟的？孙悟空又是在谁的帮助下夺回袈裟的？

唐僧师徒二人一路不停，不知不觉就到了冬天。天气寒冷，再加上又下了几场大雪，道路崎岖又有些湿滑，悟空保护着师父艰难地行走着。这天，唐僧师徒来到了蛇盘山的鹰愁涧。这涧水奔流而下，声若惊雷。悟空四下寻找，想找个木筏。忽然，从涧水中蹿出一条小白龙，掀起滔天巨浪，唐僧掉下马，差一点儿被卷走，孙悟空看见了，急忙丢下行李，把唐僧保护好，这小白龙见讨不到便宜，就一口把唐僧的白马吞下肚去，然后再次潜入水中。孙悟空安顿好唐僧，回身前来取行李，发现马不见了，十分恼火，就跳到水面上空，大声叫骂。

那小白龙吃了唐僧的马，填饱了肚子，正在水中歇息，忽然听见有人叫骂，又跳出来，两人一言不合，孙悟空举起金箍棒朝那小白龙打去。那小白龙哪里是孙悟空的对手，只斗了几个回合就潜入涧底，不管孙悟空如何挑战，就是不出来。

孙悟空没有办法，只好把土地神叫来询问。原来，这小白龙是西海龙王的三太子，因触犯了天条，犯了死罪，因观音菩萨亲自为他求情，玉帝才答应饶他一命，罚他在此等候取经人，并护送取经人去西天取经。孙悟空知道情况后，就拜托土地神在此保护唐僧，又派遣一小神去请观音菩萨，自己则前去水面上挑衅。那小神到了南海，见了观音菩萨，说明了原委，观音菩萨就和小神一同来到鹰愁涧。

观音菩萨唤出了小白龙，小白龙见了观音菩萨，知道了唐僧就是自己要保护的取经人，而自己又吃了他代步的白马，心中十分懊悔。观音菩萨就命令小白龙变成白马，负责驮着唐僧去西天取经。小白龙一听，欣然同意，就立即变成了一匹白马，准备驮着唐僧去西天取经。

悟空见观音菩萨降伏了小白龙，又恳求观音菩萨把他头上的金箍取下来，观音菩萨不同意。她害怕孙悟空不遵教令，不知好歹，如果不想个办法管制住他，到时候他肯定会到处闯祸，不会一心一意保护唐僧去西天取经，说不定会像上次一样，一言不合就把唐僧丢下，独自跑了。所以不管孙悟空如何恳求，观音菩萨就是不答应，这下孙悟空没办法了。临别时，观音菩萨又把净瓶中的杨柳叶摘下三片，放在孙悟空脑后，吹了口气，变成三根毫毛，说："危急之时，这毫毛可以随机应变，助你逃脱。"

孙悟空谢过菩萨，又把白龙马牵到唐僧面前，对唐僧说了白龙马的来源，唐僧双手合十，宣了一声佛号，师徒两人便继续赶路。

这白龙马胜过一般的马匹百倍，唐僧骑上这白马，赶路比以前快了许多。这天，他们来到一座山前，隐隐约约看到山坳里有一座楼台。等走近了，觉得好像是一座寺院，当时，天色已晚，他

们决定到寺院去投宿。

　　唐僧和孙悟空来到寺院前，唐僧下了马，只见寺院门上面有三个大字——"里社祠"。院里出来了一个和尚，唐僧见了，忙上前施礼，说明了来意。那和尚十分客气，请唐僧和孙悟空进寺院，又安排他们到后院喝茶，用一些素斋。

　　孙悟空眼睛一扫，见屋檐下有一条搭衣服的绳子，就一把扯下来，拴住了白龙马，这和尚就笑道："这马是哪里偷来的？"孙悟空大怒："我们是前往西天取经的圣僧，怎么会偷马？"和尚说："如果不是偷的，怎么会没有鞍辔（ān pèi，骑马的用具）缰绳？还来扯我的晾衣绳？"唐僧急忙道歉，并解释了一下白龙马的来历，和尚听了之后笑着说："我只是开个玩笑，不瞒你说，我年轻的时候也喜欢骑骏马，后来家中遭了变故，出家做了和尚。我这里还有一副鞍辔，是我的心爱之物，舍不得卖，如今正好配白龙马，明日我就取来送给你们。"唐僧急忙道谢。

　　到了第二天，那和尚果然拿出一副鞍辔赠予唐僧师徒二人，孙悟空接过来，放到白龙马身上，正好合适，师徒二人道谢之后上马离开，无意间回头，却发现原来的寺院已不见了踪影，变成了一片空地。正在惊疑不定的时候，就听半空中传来声音，自称是珞珈山（luò jiā shān，传为观世音菩萨发迹、修行的圣地。今浙江东海普陀。）山神，受观音菩萨所托，前来送鞍辔等物。唐僧听了这番话，急忙下马来，跪在地上拜谢，然后两人收拾收拾，一路向西行去。

就这样走了大概两个月，又到了早春时节，山林苍翠，草木青绿，正走着，唐僧抬眼望见远处似乎有人家，就喊孙悟空："悟空，你看，那里有人家，我们快去投宿。"孙悟空运目一看，原来是座寺院，二人便急忙打马向前。

二人到了寺院门口，叩门之后，向小和尚道明了来意，被迎进了寺院。不一会儿，住持前来拜见，知道师徒二人是从东土大唐远道而来，要在此借宿一晚，就安排小和尚准备素斋。

唐僧吃过饭，道了谢，正想休息。这时，两个小和尚扶着一个老和尚进来，众和尚介绍说："师祖来了。"唐僧急忙弯腰施礼，老和尚还了礼，又坐下来喝茶叙谈。这老和尚已有二百七十多岁，可身体还挺好，也很健谈。

老和尚又叫小和尚上茶。过了一会儿，两个小和尚进来了，一个捧着羊脂玉的盘子，另一个提着一把白铜茶壶，唐僧见了，连声称赞道："好东西！"老和尚心里十分得意，嘴上却说："哪里，哪里，你从大唐来，一定带了奇珍异宝，能否让老僧开开眼界。"唐僧一听，心思急转，怕惹出麻烦，连忙推辞，称自己前往西天取经，路途遥远，除了必需品，什么都没带。孙悟空性子急，一听不服气，大叫道："师父，你那件袈裟不是宝贝嘛，拿出来给他们看看！"唐僧顿时变了脸色，心中暗自埋怨孙悟空。

寺院的和尚听悟空说唐僧的袈裟是宝贝，个个都笑了。老和尚对悟空说："我做了二百多年的和尚，袈裟少说也有七八百

件。"说完，他叫小和尚把他的袈裟挂起来，请唐僧师徒观看。

唐僧和孙悟空一看，都是些穿花纳锦、刺绣纳金的好袈裟，唐僧连连称赞，孙悟空却在一旁冷笑。他不顾唐僧的阻拦，取出两人的行李，打开包袱，拿出袈裟。唐僧的袈裟一拿出来，就放射出光芒，展开之后，更是耀眼。众和尚一个个看得都呆住了：只见那袈裟四周用彩锦镶边，上下用龙须编织成图案，上面缀满了各种珍奇珠宝，真是见所未见的无价之宝啊！

老和尚见了这袈裟，动了心，就说自己活了这么多年，第一次见这样的宝贝，想把玩一番，向唐僧提出把袈裟借走一晚上，明天一早归还。唐僧不好意思拒绝，老和尚高高兴兴地拿着袈裟回后房去了。

唐僧担心袈裟，和尚们走后，他就沉下了脸色，连声责怪孙悟空。孙悟空炫耀了一番之后，心中正高兴，仗着自己本领高强，满不在乎，拍着胸脯对唐僧说："师父你尽管放心，一切包在俺老孙身上。"

老和尚回到自己的房间后，对着袈裟一言不发，看着看着，不禁号啕大哭起来。他对和尚们说："我枉（wǎng，徒然，白白）做了二百多年的和尚，却没缘分得到像这样的一件袈裟，所以越想越伤心。"其余的和尚见老和尚这么伤心，也都很难过，却没有什么办法。

有个小和尚就给老和尚献计说：可以派人观察唐僧师徒二人，等到两人睡着之后，放一把火，把两人烧死，反正他们是从远方来的，在这里没什么熟识的人，就是出了事也不会有人追究。老和尚有些犹豫，不想杀生，但是再一看桌子上摆放着的精美的袈裟，就又有些动心，最后一咬牙，为了得到袈裟，也顾不了许多了，点点头同意了。

到了晚上，唐僧师徒二人安顿好之后，唐僧因为一路辛苦，很快就睡着了；孙悟空翻来覆去，一直没有睡着。正在这时，孙悟空听到外面有声音，好像是有人在搬运东西，还有人在小声说话。孙悟空有些奇怪，就变成一只蜜蜂飞到外边，见许多和尚正在搬运柴草，准备放火烧禅房。

孙悟空一想，就知道是这些和尚对师父的袈裟动了心，想要杀人夺宝。孙悟空的火暴脾气上来了，恨得牙痒痒，就想掏出金箍棒把他们痛打一顿，突然间，孙悟空想到自己上次打了几个毛头小贼，被师父念叨了半天，害怕自己再动手的话，师父会念"紧箍咒"，就赶紧放下了金箍棒。

但这样放任他们放火肯定不行，他赶紧一个筋斗来到南天门，找广目天王借避火罩。悟空拿了避火罩，谢过广目天王，又赶紧一个筋斗回到寺院。来来回回只不过一小会儿，和尚们对此一无所知，依旧在搬运柴草。

悟空用避火罩罩住了唐僧、白马和行李，自己坐到老和尚的后房顶上睡起大觉来。半夜，和尚们放火烧厢房，悟空看到火渐渐烧起来，就又动了坏心眼儿。他嘿嘿一笑，念了咒语，又吹了一口气过去，刹那间，一阵狂风把火刮得烘烘腾腾，他

们师徒二人住的那间禅房瞬间火势凶猛，还把附近的禅房也点着了。就这样，火势越来越大，范围越来越广，把一座寺庙烧成了一片火海。和尚们又慌忙起来救火，一时间手忙脚乱，不少人受了伤。

火势越来越大，大火映红了半边天，惊动了附近黑风山的一个妖怪。这个妖怪和老和尚有些交情，见自己老朋友家里失了火，就急忙赶来帮忙。他走近一看，寺院里到处都着了火，就急忙到老朋友的房间去查看老朋友的情况，这一看却发现老和尚的屋里霞光闪闪，仔细一看，原来是一件袈裟在闪闪发光。这真是件宝贝啊！妖怪趁火打劫，拿了袈裟就跑。

这夜发生的一切，唐僧都不知道，他依然在避火罩里睡得香甜。天亮后，唐僧起身一看，只见整个寺庙变成了一片灰烬，不禁大吃一惊。孙悟空把事情的经过告诉了唐僧。唐僧看着这

满目疮痍（mǎn mù chuāng yí，比喻眼前看到的都是灾祸的景象），心中十分难受，一直念着罪过，想到这一切都是孙悟空不听话，非要炫耀才惹出来的祸事，就很生气，但是又想到，火这么大，也不知道自己的袈裟还在不在，有没有被烧毁。师徒二人又急忙去后院寻找老和尚。

那老和尚醒来之后，见自己花费很多时间和精力建起的寺院被自己阴差阳错地放火烧掉，而自己想要得到的宝贝袈裟又不见了，真是偷鸡不成蚀把米，正在懊悔，又听小和尚说唐僧师徒未死，此时正在前来找自己，料想是想要回袈裟。老和尚又气又羞，最后，一头撞在墙上死了。

唐僧见袈裟不见了，又死伤了许多人，嫌弃孙悟空多事惹祸，便念起紧箍咒，痛得孙悟空抱着头直喊："师父不要念了，我保证还你袈裟！"唐僧本不想放过他，但是又一想，自己手无缚鸡之力，如何能找回袈裟？孙悟空本领那么大，不如让他试一试，说不定能找回来。

孙悟空把老和尚的屋里翻了个遍，也没找到袈裟的影子。他想了一下，把庙里的和尚叫来问道："袈裟哪儿去了？你们哪个把袈裟藏起来了？"和尚全部矢口否认。有一个和尚提出，会不会是老和尚把袈裟穿在身上，然后被火烧死了。唐僧反驳说："那袈裟上有避火之宝，是烧不化的。"悟空一听，生气了，跳到和尚面前，龇起尖牙。唐僧喊住悟空："都是你争强好胜惹的祸，如今你还要伤人性命，如果你找不回袈裟，为师就要念

那紧箍咒了。"悟空吓得跪地求饶，唐僧转身离开。悟空急得抓耳挠腮，突然间，悟空想起了什么，转身将和尚们召集过来："这附近有什么妖怪？"和尚想了想，告诉悟空，附近二十里处有一座黑风山，黑风山上有个妖怪，与老和尚常有来往。悟空一听，笑着说："我明白了。"然后回头威胁了众和尚一番，让他们好生照料自己的师父，好好喂养白马。说完，自己招来筋斗云，腾云离开，奔往黑风山。

话说那黑风怪从寺院里趁火打劫抢来了宝贝袈裟，非常高兴，找来自己的好友，与好友畅饮庆祝。那黑风怪对自己的朋友说："明天开一个佛衣会。"黑风怪的朋友很惊讶，黑风怪则哈哈大笑："不瞒老弟，昨晚在那长老的观音禅院中，我得了一件宝贝。"然后向朋友讲述了自己得宝的经过。

再说孙悟空腾云驾雾，不一会儿就来到了黑风山，正想寻找黑风洞，忽然听到有人在讲话，悟空听到"佛衣"两字，认定是那件袈裟，马上跳上石崖，举起金箍棒，大叫道："你们这些偷袈裟的妖怪，快把袈裟交出来！"说完，金箍棒朝他们劈头打去。那黑风怪的朋友见大事不好，急忙溜走了，黑风怪举起一块大石头投向孙悟空，孙悟空闪身躲避，黑风怪乘机化成一股青烟逃走了。

悟空在山上找了很久，终于找到了黑风洞，举起金箍棒对着洞门一阵乱打，洞里出来一群小妖怪，孙悟空把他们打得落花流水。小妖怪看自己打不过孙悟空，慌忙逃进洞里。黑脸汉大怒，领着一群小妖怪，拿着一杆黑缨(yīng)枪，走出了洞门，厉声喊道："大胆！"孙悟空哈哈大笑，黑风怪觉得莫名其妙，孙悟空百般嘲弄黑风怪："你这妖怪，是烧窑的，还是卖炭的？真的是黑得俊俏。"黑风怪听了大怒："哪里来的野和尚，敢来我洞府前撒野？"孙悟空说："少啰唆！快把袈裟交出来！"那黑脸汉听了，不慌不忙地说："袈裟是我拿的，就怕你没有命拿去！"孙悟空说："你还不知道你孙外公的手段吧！你不还我袈裟，我就踏平你这黑风洞，叫你这一洞妖精断子绝孙！"黑风怪一听："你这和尚到底是什么来头？敢说这样的大话！"孙悟空说："你听好了，我就是五百年前大闹天宫的齐天大圣孙悟空！"黑风怪和小妖怪一听就笑了："我当是谁，原来是弼马温啊。"

孙悟空觉得黑风怪是在嘲笑自己，恼羞成怒，举起金箍棒朝那妖精打去。两人你来我往，一直打到中午时分，仍然不分胜负。黑风怪边打边退，将孙悟空引入一个山洞，等孙悟空进了山洞，就将开关扳下，洞门一下关住了。埋伏在洞中的妖怪一拥而上，孙悟空一边打一边找黑风怪，找到之后，两人又打起来，黑风怪不敌孙悟空，虚晃一枪，化成一股青烟逃走了。孙悟空没办法，只好回观音禅院见师父。

孙悟空回到观音禅院，唐僧正在用斋饭，见孙悟空来了，问情况怎么样，孙悟空说："那袈裟果然是被那黑风怪拿走了。"唐僧说："既然有了下落，为什么不将袈裟取回？"孙悟空说：

"我和那妖怪打了一架，那妖怪化成一股青烟逃走了。那妖怪是一个黑熊精，一身漆黑。那老院主死得一点儿也不冤枉，原来他与那妖怪同伙结党！"唐僧一听大惊，问小和尚："莫非你家院主也是个妖怪？"小和尚急忙否认。孙悟空歇了一会儿，又转头去了黑风山。

黑风怪逃回洞里之后，和一众小妖怪在观赏袈裟，正在这时，小妖怪禀报说："大王，金旗大王进洞来了。"黑风怪一听："我没请他，他怎么来了？快，快把袈裟收起来。"小妖怪刚把袈裟拿走，就听有一个声音传来："黑熊大王，贫僧来了。"话音未落，洞口转进来个人，头戴道巾，身上穿着一件黄色的道袍。黑风怪笑着迎上去："老朋友，好久不见了。"两个妖怪寒暄半天，金旗大王自称来参加佛衣会，黑风怪否认有这一回事。金旗大王知道黑风怪的心思，就说自己不抢黑风怪的宝贝，只求一观。黑风怪同意了。袈裟拿出来之后，金旗大王"嘿嘿"一笑，突然间变成了孙悟空。原来是孙悟空变成了金旗大王，前来骗取袈裟。

黑风怪拿起长枪，对着孙悟空就刺。孙悟空忙掏出金箍棒，和黑风怪打了起来。黑风怪不敌孙悟空，被孙悟空打倒在地，他见势不妙，化作一阵轻风，回山洞去了。孙悟空拿他没办法，只好又回到观音禅院。

回去之后，孙悟空和唐僧说了一下情况，唐僧听了也没有办法，就跪在观音像面前，潜心求告，孙悟空却对唐僧这样的行为看不上，一直说这一切都是观音惹的祸。唐僧说孙悟空："不得无礼。"孙悟空说："我怎么胡说了？这儿是她的禅院，她受人香火，却找了一个贪财的院主，那院主又找了一个黑脸的妖精做邻居。"唐僧劝诫了孙悟空半天，最后，唐僧决定让孙悟空去南海寻找观音菩萨求救。孙悟空一个筋斗到了南海，观音菩萨见了孙悟空，问有何事，孙悟空质问说："菩萨，我和师父路过你的禅院，你既受了人间香火，为什么找一个贪财的院主，又找了一个黑脸的妖精做邻居？"观音菩萨早就知道了前因后果，见孙悟空不知悔改，蛮横无理，就骂道："你这泼猴，好生无礼，分明是你卖弄袈裟，惹出祸端，你却来这里无理取闹。"孙悟空一听，知道观音菩萨生气了，就说："菩

萨恕罪，原来你全知道了。那妖精不肯归还袈裟，不是俺老孙斗不过他，只不过是怕打死了他，惹我师父生气，念紧箍咒，所以只好前来劳驾菩萨。"观音菩萨说："那黑熊精本领很高强，并不亚于你，看在唐僧的分上，我和你去一趟吧！"

孙悟空和观音菩萨来到黑风山，正好看见一个白衣秀才手捧一个玻璃盘，盘里有两颗仙丹，正往黑风洞而去。悟空见这妖怪正是那日和黑风怪喝酒的妖怪，就从背后将那妖怪一棒打死了。观音菩萨生气地说："你这泼猴，他与你无冤无仇，你怎么将他打死了？"孙悟空也不生气，笑嘻嘻地引领观音菩萨上前近观，两人走近一看，只见那白衣秀才变成了一条蛇，这时孙悟空对菩萨说："菩萨有所不知，这蛇精和那黑熊怪是一伙的。今天他肯定是来给那黑风怪庆寿的，顺便参加明天的佛衣会。"孙悟空看见地上的托盘，计上心头，叫观音菩萨变成那蛇精的模样，自己变成一颗红色的仙丹，又变出一颗黑色的药丸放在托盘上。观音菩萨拿了盘子，径直往黑风洞走去。

观音菩萨变的白衣秀才走到洞口，小妖见是那蛇精，忙去通报，黑熊怪急忙到大门口迎接。观音菩萨对黑熊怪说："老兄开佛衣会，小道特献上仙丹。"黑风怪一听，十分高兴，先伸手拿起黑色的药丸，菩萨一看，急忙抓住黑风怪的手臂，说："这黑色的药丸我才炼了七天，药效不好；但是这红色的药丸，我可是炼了九九八十一天。"说着将红色的药丸递给黑熊怪，黑熊怪也没有怀疑，直接将红色药丸接过来送到嘴边，黑熊怪刚张开嘴，仙丹已经滑到肚里去了。

悟空到了黑熊怪的肚子里，立刻就现出本相，左一脚，右一拳，痛得黑熊怪在地上直打滚。这时，观音菩萨也现出了原形。黑风怪一见观音菩萨，就知大事不好，急忙跪下求饶。观音站起身说："黑熊怪，快把袈裟交出来，我叫悟空饶你不死。"黑熊怪把袈裟交给观音菩萨，观音菩萨又把一个箍套在黑熊怪的头上，然后喊道："悟空，出来吧。"黑熊怪张开嘴，孙悟空跳了出来。黑熊怪见孙悟空从肚子里出来了，自己没了后顾之忧，直接举起双掌向孙悟空打去。这时，观音菩萨念动咒语，黑熊怪的头痛得像要炸裂一般，直向菩萨求饶。孙悟空要一棒打死那妖怪，观音拦住了他，说自己的后山还缺一个守山的人，让那妖怪跟她回去做一个守山神。黑熊怪一听，急忙表示愿意跟随菩萨。孙悟空不得不给观音菩萨一个面子，放过了黑熊怪。

观音菩萨收服了黑熊怪，让他当了珞珈山的守山神。孙悟空谢了菩萨，拿着袈裟，回到唐僧身边。

西游趣闻

观音菩萨为什么收了黑熊怪

悟空举棒之际，观音菩萨加以阻拦，于是，黑熊怪得以逃脱，并被观音收走。西游记里那么多妖怪，观音菩萨为什么偏偏收了黑熊怪呢？这是因为：

一、黑熊怪是个很风雅的妖怪。为什么这么说呢？其一，黑熊怪居住的山头，鸟语花香，流水潺潺，环境相当优美，从原著的描写中不难看出："却说孙大圣到空中，把腰儿扭了一扭，早来到黑风山上。住了云头，仔细看，果然是座好山。况正值春光时节，但见：万壑争流，千崖竞秀。鸟啼不见人，花落树犹香……巍巍拥翠弄岚光。"其二，他还和蛇精、苍狼精一起谈丹论道，原著中有写："讲的是立鼎安炉，抟砂炼汞，白雪黄芽。"

二、黑熊怪虽然是个妖怪，却没有一丝妖气，反倒处处显出仙道之风。他能和老和尚成为朋友，说明心中向佛。

三、黑熊怪是个有人情味儿的妖怪，懂得并恪守孝道，他问蛇精和苍狼精："后日是我母难之日，二公可光顾光顾？"而蛇精的回答是："年年与大王上寿，今年岂有不来之礼？"又说明黑熊怪人缘极好。

四、他和悟空斗了数十回合，不分胜负，可见功夫了得。

五、遇到唐僧一行，这怪没有抓走唐僧以食其肉而求长生不老，可以说，他对这个白白胖胖的和尚并不感兴趣，也说明长生不老对他来说不难办到，实力不容小觑。他偷走了袈裟，是个识货的主儿，也是妖界的一股清流。

第七回

收服猪八戒

精彩预告

　　唐僧和悟空来到高老庄，被男仆请去捉妖怪。原来，高老太公的小女儿翠兰，貌美如花，被当地的一个无赖地保看中，要抢回去做小妾，幸而被一个年轻汉子救下。高家上下感激不尽，招了那汉子做上门女婿，哪知道那汉子竟然是个猪妖！且看孙悟空是如何收服猪妖的。

　　唐僧和孙悟空离开观音禅院，继续往西天取经。几天后，他们来到一处地方，远远望去，能看见远处山庄的影子。孙悟空看看天色已晚，就陪着唐僧前往庄上投宿。刚走到村口，看见有个年轻人，拿着伞，背着包，在一块大石头旁睡大觉。

　　孙悟空到了他旁边，轻轻推了他一把，但是这个人睡得很沉，没有醒过来，他还以为是有什么小虫子，直接挥了挥手，想将恼人的虫子给赶走。孙悟空又动了坏心思，就从地上随手拔了一根草，用草茎挠这个人的脚底板。这个人迷迷糊糊坐起来，一睁眼就看见一张长满毛的脸正对着自己，吓得他直往后挪，一边跑还一边喊"妖怪"。孙悟空见他跑了，也不着急，轻轻喊了一句"回来"，然后一招手，那个人便被拽了回来。那个人明明很努力地向前跑，却越跑离孙悟空越近，心里更害怕了，嘴里喊着："妖怪老爷饶命。"孙悟空抓住他，逗弄他道："谁是妖怪？你不说清楚，就不放你走。"

　　这时，唐僧听见了，转头喝住孙悟空："悟空，休得与人调笑，还是问路要紧。"孙悟空解释说自己手痒了，听说有妖怪，一时很兴奋，唐僧认为青天白日的肯定不会有妖怪。这时，那个被孙悟空戏弄的人也弄明白了，孙悟空不是妖怪，不会伤害他的性命，又听见唐僧说不相信有妖怪，就说话了："有妖怪，真有妖怪，那妖怪还想霸占我们家小姐呢！"悟空一听有妖怪，很高兴，抓住那个人的手，让他带路去捉妖怪，那个人却有一些怀疑，他说："来了很多法师都不行，你行吗？"唐僧也劝孙悟空不要逞能

（chěng，炫耀、显示自己的才能）。孙悟空让他们只管放心。

来到门口，那个人让唐僧和孙悟空在门口等候，他先进去向老爷通报。开门的是一位老翁，见了孙悟空的模样，吓了一跳，急忙关门。孙悟空一脚踹开门，那老翁没有站稳，翻倒在地，唐僧急忙将老翁扶起，师徒二人进了院子等候。过了一会儿，那个领着他们师徒二人过来的年轻人陪着一位老人走出门来。那老人见了唐僧，急忙作揖（zuō yī），这时，只听一声冷哼，他们抬头一看，顿时吓了一跳，原来孙悟空不知何时跑到了屋顶上，只听孙悟空说："你这老头，为什么不给我作揖？"那老头见了孙悟空，吓了一跳，埋怨年轻人说："你这小厮，存心害我，我家有个妖怪女婿已经鸡犬不宁了，你怎么又请了个丑八怪的雷公来。"孙悟空一听，忙跳下屋顶，对高老太公说："你这老头，怎么以貌取人？我不是雷公，雷公是我重孙子呢！"唐僧喝住孙悟空，走上前安抚老人，老人没办法，只好请唐僧和孙悟空进去。

唐僧、孙悟空来到客厅坐定。老人让家里的下人赶快上茶，并问唐僧二人从何而来。唐僧说两人是从东土大唐而来，奉唐王之命去西天取经。孙悟空忙问高老太公："请问贵府有几个妖怪？"这时旁边的一位老妇人说："还几个妖怪？就一个就把我们高家弄得鸡犬不宁了！"于是高老太公便把那妖怪的来龙去脉告诉了悟空。

高老太公有三个女儿，大女儿、二女儿都已出嫁，还有个

三女儿叫翠兰，因为年纪较小，一直待字闺中。几年前，高老太公见翠兰已经到了该出嫁的年纪，但夫妻二人又舍不得这个小女儿，想招一个上门女婿。但是翠兰貌美如花，被当地的一个无赖地保看中了，要抢回去做小妾。高老太公一家人不从，那个无赖地保就直接带着一帮人将翠兰绑着抬上花轿，高老太爷一家人一直追在花轿后边，想夺回女儿，可抵不过地保带的人。就在这时，来了个年轻汉子打跑了无赖，救了翠兰，高家上下都很感激他。高家人又害怕地保再来，就留下了他，据他说：自己姓朱，上无父母，下无兄弟。

就这样，这个人留在了高老庄，他留下来之后，并不白吃白住，也帮着干活，手脚麻利，干活肯下力气，就是吃得有点儿多。高老太公和妻子见他模样还不错，又无牵无挂，人品也不错，就招他做了上门女婿。

本来是件皆大欢喜的事，可到了成亲那天，那个姓朱的年轻人被众人拉着喝酒，哪知道那人喝醉之后竟变成一个妖怪，整个就是一头成精的猪！前来赴宴的亲朋好友一看见新郎官这个模样，就都被吓跑了，翠兰的贴身丫鬟（huán，婢女）看见新郎官这个模样，赶紧回去禀告小姐。那妖怪醉醺醺（xūn）地进了洞房，翠兰的贴身丫鬟正在和翠兰讲述这件事，妖怪进来之后，两人慌忙逃了出去。妖怪一路紧跟着翠兰，翠兰慌不择路，跑到了池塘边，见前边已经无路可逃，就要跳水自尽。那妖怪拦住了翠兰，见翠兰誓死不从，就走了，但是临走之时，他将翠兰

锁进了小楼里，用妖法设下禁制，除了他自己，谁都进不去，里面的人也出不来。正说着，只见云来雾去，飞沙走石。高老太公和夫人还以为是妖怪来了，很害怕。孙悟空听后安慰高老太公说："你放心，今晚我去捉住那妖怪，叫他写个退亲文书，还你女儿。"

高老太公听了，十分高兴，连忙吩咐设宴，招待唐僧和孙悟空。吃过饭，天也黑了，高老太公和夫人领着孙悟空来到关着翠兰的小院子前。孙悟空看到一把大锁锁着门，正要施法毁掉大锁，却被高老夫人拦住了。高老夫人解释说，这上面被那个妖怪下了禁制，如果孙悟空毁掉了那把锁，害怕会被那妖怪发现。悟空"嘿嘿"一笑，安慰了高老夫人几句，回身直接炸了那大门，领着高老夫人进去，母女二人团圆，抱头痛哭。正在诉衷肠，一阵妖风吹来，悟空让高老夫人带着翠兰先走，自己则变成翠兰的样子，坐在房里等那妖怪。

三人忙乱时，只见从半空中降下一个妖怪。这妖怪果然长得丑：黑脸短毛，长嘴大耳。悟空心里暗暗好笑，也不理他，倒在床上装病，口里哼哼不停。那妖怪进屋后，一边喊着一边往床上摸。孙悟空等他进来之后，熄了灯，那妖怪不小心撞到了盆景上，孙悟空化作翠兰的样子戏弄他，推了他一把，那妖怪差点摔了一跤。那妖怪一边喊"娘子别生气"，一边又脱衣上床。"翠兰"又对那妖怪说："人家心里烦！今天我老爹请了法师来捉你啦！"然后想方设法套问那妖怪的来历、洞府。那妖怪笑着说："我老猪有九齿钉耙

（dīng pá），还会三十六般变化，还怕什么法师！""翠兰"又对妖怪说："听说这次请来的法师本领大得很，他是五百年前大闹天宫的孙悟空。"那妖怪一听，忙说："那弼马温有些本领。"吓得连忙起床，穿上衣服想走。"翠兰"忙拉住他，要跟那妖怪走，那妖怪喜上眉梢，正要拉着"翠兰"走，"翠兰"又说自己疲乏，走不了，妖怪就背着"翠兰"走了。

孙悟空有意戏弄那妖怪，使了法术，将重量压在妖怪身上，妖怪走到半路实在走不动了，将"翠兰"放下。那妖怪喜爱翠兰的美貌，将翠兰比作嫦娥，还自称见过嫦娥，孙悟空一听就逼问妖怪原委。那妖怪说："我本是天上的天蓬元帅，因蟠桃会上调戏了嫦娥仙子，结果被贬到了人间，不想下界之后，错投了猪胎，成了这副模样。"

孙悟空见把这妖怪的来历问得差不多了，便现出了原形，那妖怪吓得忙化成一阵风逃了。孙悟空紧紧追赶，一直追到一座高山上。那妖怪进洞取出一把九齿钉耙，怒道："你这弼马温，不在花果山玩耍，却来这里坏人家的好事。"说着朝孙悟空打去。孙悟空掏出金箍棒架住九齿钉耙，一个用力，甩开那妖怪，举起金箍棒朝他打过去，两人交战了十几个回合，那妖怪招架不住，化成一阵风回云栈洞去了。孙悟空追到洞府口，见墙上只留着一个小洞，就隔着洞叫骂。妖怪死活不出来，孙悟空就朝着小口里面送了一把火进去，烧了那妖怪的老巢，那妖怪慌忙逃走了。悟空见天快亮了，也驾着云彩回高老庄去了。

唐僧正在和高老太公聊天，见悟空回来，忙关心地问具体情况。悟空对唐僧说："那妖怪原是天上的天蓬元帅下凡，因投错了胎，才变成个野猪模样，已被我打得躲进山洞去了。"接着孙悟空将自己与那妖怪打斗的经过一一说来。

高老太公听说孙悟空并没有将那妖怪制服，顿时一惊，想到自己这次捉妖闹了这么大的动静，害怕唐僧师徒离开之后，那妖怪会来报复自己，高老太公忙上前跪下来求悟空一定要抓住那妖怪。悟空顽皮心起，想逗弄高老太公，就笑笑说："人家好歹是个天神下凡，不如留着他吧！"高老太公一听，连连磕头求悟空。唐僧心地善良，好生劝慰高老太公，也替他向孙悟空说好话。孙悟空休息了一会儿，对高老太公说："你好好服侍我师父，我这次一定要把妖怪抓住。"说完，跳上云端，向着云栈洞而去。

孙悟空来到云栈洞，举起金箍棒一阵乱打，可是那洞门十分坚固，孙悟空一时也打不开。

那妖怪先前躲在一旁，见孙悟空离开，松了一口气，又回了洞中，收拾好洞府，刚坐下休息，听说孙悟空又来了，气得抓了九齿钉耙就往外冲。悟空也不还手，那妖怪举起九齿钉耙往悟空头上砸去，只听"嘭"的一声，火星直冒，孙悟空的头没破一点皮，那妖怪却吓得手麻脚软。妖怪见自己打不赢孙悟空，想转身逃走，可是这次孙悟空有了防备，那妖怪不管往哪儿跑都会被孙悟空堵个正着。那妖怪恼怒地说："你不是在花果山吗，怎么会到这里来？"悟空说："俺老孙保护东土大唐三藏法师往西天取经，路过高老庄借宿，顺便来捉拿你这妖怪。"

那妖怪一听，忙丢掉钉耙说："你这该死的猴头，怎么不早说，快带我去见师父。我受观音菩萨劝诫，让我在这儿等取经人，随他去西天取经。"悟空怕他说谎，拔根毫毛变成绳子捆着他，又放火烧了云栈洞，然后驾着云，拽着那妖怪的猪耳朵，一起往高老庄而去。

唐僧正和高老太公他们闲聊，忽然听见家丁禀告说孙悟空捉住了那妖怪，都万分惊喜。孙悟空和那妖怪落到了唐僧面前，那妖怪走上前，对着唐僧磕头喊"师父"，唐僧十分迷惑，拉着孙悟空询问事情的经过。孙悟空说："师父，他跟弟子一样，受观音菩萨教诲，愿意保护师父西天取经。"唐僧十分高兴，叫悟空给他松了绑。唐僧要给他取个法名，那妖怪说："菩萨已给我取了法名，叫猪悟能。我还忌了五荤三厌。"唐僧一听，连声说道："好，好，你师兄叫悟空，你叫悟能。正好。"然后又想到猪悟能忌了五荤三厌，唐僧又给他取了个别

名叫八戒。

　　高老太公很高兴，唐僧收了那妖怪，自己家以后再也不用担心害怕了。他吩咐家人大摆酒宴，招待唐僧师徒，然后又拿出二百两金银送给唐僧。高老夫人心地善良，见猪八戒的衣服破烂了，就好心为他准备了一身新衣服，让他穿上。唐僧对高老太公说："我们是行脚僧，一路上化饭求斋，怎么敢受金银财帛？"不管高老太公怎么坚持，唐僧就是执意不收。

　　第二天，唐僧带着悟空和八戒，收拾好行李，骑着白马，告别了高老太公，继续往西天取经。

西游趣闻

天蓬元帅是何方神圣

悟空与唐僧来到高老庄，收了早已等候在此的猪八戒。众所周知，猪八戒是天宫的天蓬元帅。那这天蓬元帅是何方神圣呢？

天蓬元帅，是道教神话传说中的神仙，是道教护法神北极四圣[天猷副元帅真君（天佑副帅）、翊圣保德真君（黑煞将军）、灵应佑圣真君（真武将军）、天蓬大元帅真君]之一。在《太上北极伏魔神咒杀鬼录》中，有对其形象的描述："三头六臂，执钺斧、弓箭、剑、铎、戟、索六物，身长五十丈，黑衣玄冠金甲，领神兵三十六万众。"后来，神霄派逐渐兴起，天蓬元帅被纳入神霄派神灵之列，出现了多种威猛愤怒的变相。据说，天蓬元帅原为北斗星宿之一，被人们尊崇为星宿神，是后来逐渐转化成为北极紫薇大帝所属部将的。而他的母亲，据说是斗拇元君，一个有着四面（其中一面是猪面）的护法神。

第八回

悟净拜师

精彩预告

　　黄风岭，悟空和八戒中了调虎离山计，不见了唐僧的踪影。悟空被黄风怪的三昧神风弄得眼睛疼，幸亏得到黎山老母的救治。灵吉菩萨帮忙收服了黄风怪，唐僧师徒又踏上了路途。流沙河，唐僧收沙悟净为徒。猪八戒又是如何在"撞天婚"时吃尽苦头的？

唐僧、悟空和八戒离开了高老庄，到了一处地界，突然间唐僧胯（kuà，两腿之间）下的白马惊了，将唐僧摔下马。孙悟空和猪八戒扶起唐僧，见林子里冒出一只老虎，两个人就举着兵器上前要打死那只老虎，谁知那老虎突然间变成了一张虎皮。孙悟空和猪八戒意识到自己中了调虎离山之计，回头一看，果然不见了唐僧的踪影。

孙悟空和猪八戒分头查探，孙悟空循着踪迹，找到了一处洞府，用金箍棒在洞门上狠狠地砸了几棒，那妖怪出来迎战，孙悟空把他打得落花流水。正在这时，有小妖怪给那妖怪拿上来了一个奇怪的东西，那妖怪拿在嘴边轻轻一吹，顿时起了漫天黄沙。那黄沙十分厉害，孙悟空一时不察，眼睛中了招，疼痛难忍，而且看不见东西，只好败退。

孙悟空和猪八戒会合之后，正在商议对策，这时黎山老母要去峨眉山拜见文殊菩萨，正好路过此地，见唐僧师徒有难，想帮助他们，就化成一个老婆婆，在孙悟空和猪八戒必经之路上等着他们。黎山老母假装巧遇，将孙悟空和猪八戒带回自己的屋子里，然后将三花九子膏涂在孙悟空的眼睛上，又装作闲聊，将那妖怪的来历给孙悟空和猪八戒细说了一下，然后安排孙悟空和猪八戒休息去了。

第二天早上，悟空和八戒起来之后，发现悟空的眼睛好了，但是两人却睡在荒郊野外，哪里有什么人家。两人心知有神仙帮忙，心中自是非常感激，但是救人要紧，两人急忙救师父去了。

两人在妖怪洞府大闹一番，孙悟空趁乱变成小飞蛾，找到被关押的唐僧。安抚住师父之后，就去西天请了灵吉菩萨前来帮忙。那菩萨让那妖怪现了原形，原来是只黄鼠。菩萨说这是灵山脚下修行的黄鼠，后来偷了如来佛前供奉的琉璃盏里的灯油，然后下界为妖，在黄风洞称王，如今自己要带它回去问罪。

观音菩萨帮助师徒三人在黄风岭黄风洞收服了黄风怪。唐僧师徒三人又继续前进，这天，他们来到了一条大河前。

这大河有八百里宽，水面宽阔，波涛汹涌，河面上连一只渡船也没有。猪八戒在前探路，唐僧骑着马，孙悟空在一旁护卫，沿岸走着，忽然发现有块石碑，石碑上写着三个字"流沙河"。旁边还有四行小字：八百流沙界，三千弱水深，鹅毛漂不起，芦花定底沉。唐僧一见，连连叫苦："这条河如何能过得去啊！"

猪八戒想探探河水的深浅，就在河岸旁边找了一块石头，然后扔进河里，石头落了水，根本看不到底。正在这时，猪八

戒扔石头的地方突然间掀起波浪，浇了猪八戒一身水。三人
正在疑惑，忽然听到"哗啦"一阵响，接着，从水中钻出一个妖
怪：一头红发、蓝脸圆眼、脖子上挂着九颗人头骷髅，手里拿着
一根宝杖。孙悟空早在水声作响的时候就抱着唐僧跳上山崖，
那妖怪跳上岸，八戒举起九齿钉耙，和那妖怪打了起来，两人
打了二十几个回合，不分胜负。

孙悟空见两人打得热闹，那妖怪想要逃跑，就急忙跳上前
去，举起金箍棒朝那妖怪打去。那妖怪见孙悟空前来助战，急
忙一个转身，跳进流沙河去了。猪八戒急得直跳，他责怪悟空
说："嘿！猴哥啊，我再战上三个回合，就能抓住他了，你一来，
反被他逃掉了。"

孙悟空和猪八戒来到唐僧身边，唐僧问他们："有没有
捉住那妖怪？"听说那妖怪已经逃回河中，唐僧担心地说：
"没个舟船渡河，那妖怪又如此凶狠，为师怎么过
得去呀？"孙悟空说："这妖怪在河中，必
然知道这河的情况，我们活捉了这
妖精，让他送我们过河，
岂不正好？"

猪八戒听了，
恼怒刚才孙悟空
坏了自己的好事，
就嘲笑孙悟空

说："师兄，你快去捉拿那妖怪吧，老猪在这儿守着师父。"悟空听后，有些为难地说："水里头的勾当，老孙不如你。"猪八戒当年曾总督天河，通些水性，但是又害怕水里还藏有其他妖怪，心里打鼓。孙悟空看透了八戒的心思，便说："没关系，你到水里去和他打斗，许败不许胜，把那妖精引出来，老孙再来对付他。"猪八戒一听，觉得这个主意不错，就答应了。他跳下河，分开水路，跃浪翻波，一直到了水底。那妖怪败回水底，正想休息，听有人把水弄得哗哗响，再一看，见是猪八戒来了，气得举起宝杖朝猪八戒打去。猪八戒忙用九齿钉耙架住，两人在水里斗个天翻地覆，猪八戒有意败给那妖怪，然后败走，引那妖怪出水，那妖怪也不傻，死活不上岸，猪八戒在岸上喊："你上来！"他就在水里喊："你下来！"猪八戒见那妖怪不上岸，就又跳了下去，两人在水里打了起来。

孙悟空在一旁看得着急，就急忙掏出金箍棒，前去助阵，那妖怪见情势不妙，就又逃回了水里。猪八戒这时候更生气了，气得直喊："你这弼马温、急性猴，你再稍微等一下，等他上了岸，你再拦住他，他就跑不掉了。"孙悟空自知做错了事，只是给猪八戒赔笑，两人回到唐僧那儿。猪八戒向唐僧抱怨孙悟空太急性，孙悟空要猪八戒再去把那妖精引出来，猪八戒有些不高兴，唐僧和孙悟空又劝又哄，猪八戒这才答应。

猪八戒抹抹脸，抖擞精神，像昨天那样，跳进河里，直奔那妖精的住处。

那妖精还在睡觉，见猪八戒又来了，心中大叫来得好，昨天没打过瘾，今天正好再打上一架，于是拿起宝杖又和猪八戒大战起来。两人又斗了约一个时辰，又从水底打到水面上，猪八戒又故技重施，佯装（假装。佯，yáng）落败，往岸上逃去，想再把那妖精引上岸来，那妖精见了，也不追赶。猪八戒见了，骂道："你这妖精，有本领你上岸来，我们脚踏实地，和你分个高低。"猪八戒想用激将法将那妖精骗上岸，那妖精不管猪八戒怎么叫骂，就是不肯上岸。他又一个猛子扎回了水里，孙悟空和猪八戒拿他没办法。孙悟空空有一身本领，却不通水性，无法捉住那个妖精。

一连几天，那妖怪躲在水里，就是不肯上岸。唐僧见不能渡河，妖精又抓不住，急得不知如何是好。师徒三人一筹莫展，孙悟空想了半天，实在是没有办法了，决定去南海找观音菩萨求救，他把这个想法告诉了唐僧和猪八戒，两人都很赞成。孙悟空就告别了唐僧和猪八戒，驾起筋斗云离开了。

到了南海，观音菩萨见了孙悟空，很奇怪，就问孙悟空不好好护送唐僧去西天取经，来南海做什么。孙悟空十分沮丧，只好把在流沙河被阻一事告诉了观音菩萨，说自己师兄弟二人拿那个妖怪没有丝毫办法，实在是走投无路了，前来请菩萨帮忙。观音菩萨听见"流沙河"，想起自己曾经点化过的妖怪，对孙悟空说："那妖怪原是天宫中的卷帘大将，也是我劝他皈依佛门，让他保护唐僧去西天取经，你只要说出唐僧是大唐取经人，他一定会归顺的。"孙悟空有些为难，那妖怪藏在水里不出来，前几天又被自己师兄弟二人骗了几次，已经不相信他们了，不管他们说什么，他都不相信，也不出来。观音菩萨听了悟空的话，从袖中取出一个红葫芦，递给站在自己身旁的惠岸使者，让惠岸使者和孙悟空一道去流沙河。到流沙河之后，只要拿出红葫芦，对着水面喊一声"悟净"，然后那妖怪肯定就会出来。等那妖怪出来之后，先让他拜唐僧为师，然后把他颈上的九颗骷髅穿在一起，把那个红葫芦放在中间，最后红葫芦就会变成一艘船，唐僧师徒几人可以乘坐这艘船过河，绝对不会出什么事情。

惠岸使者接过红葫芦，跟着孙悟空来到了流沙河。他们先见过唐僧和猪八戒，然后来到流沙河边，惠岸使者拿出红葫芦，高声喊道："悟净，悟净，快出来拜见师父。"

那妖精听到喊声，急急忙忙蹿出水面，见了惠岸使者，连忙施礼。惠岸使者对他说："沙悟净，还不快来拜见师父！"沙悟净惊讶道："啊？师父？"惠岸使者说："观音菩萨命你在此等候的取经人就在眼前。"说着，惠岸使者指了指岸上的唐僧。

悟净见到孙悟空和猪八戒，很是生气，指着猪八戒说："他与我几番交战，从没提过一次取经的事。"又指着孙悟空说："那个毛脸的雷公是他的帮手，好生厉害，我不去！"惠岸使者急忙把孙悟空和猪八戒的事讲了一遍，说这两个人都是被观音菩萨点化的人，也是保护唐僧前去西天取经的。沙悟净这才消了气，跟着惠岸使者来到唐僧面前，他双膝跪下："师父，弟子

有眼无珠，冒犯师父，还望恕罪！"

　　唐僧心中十分害怕，一直想要躲开，惠岸使者急忙拦住唐僧，说："唐僧莫怕！这流沙河的妖怪本是灵霄宝殿上侍奉玉帝的卷帘大将，只因在蟠桃会上失手打碎了琉璃盏，被贬下界。"这时那妖怪也说："弟子被贬下界之后，在流沙河做了妖怪，幸得观音菩萨点化，在此等候师父，请师父收下我吧。"

　　唐僧问悟净："你是诚心诚意皈依佛门吗？"悟净又跪拜道："弟子承蒙菩萨教化，菩萨还替我起了法名，叫悟净；又蒙师父相救，弟子是诚心诚意皈依佛门的。"唐僧很高兴，向旁边招了招手，猪八戒急忙将袈裟拿出来，给唐僧披上。唐僧对孙悟空说："悟空，快把戒刀拿来，替他落发。"悟空取来戒刀，唐僧为悟净落了发，正式收悟净为徒弟，又给他取了个别名，叫

沙和尚。这样皆大欢喜。

惠岸使者叫沙悟净把脖子上的九颗骷髅取下，然后把红葫芦放在中间。红葫芦变成了一艘船，载着唐僧师徒，如飞似箭，一会儿就到了对岸。上了岸，惠岸使者收了红葫芦。唐僧师徒谢过惠岸使者，挑着行李，骑着马，继续往西天而去。

惠岸使者见唐僧师徒几人已经离开，自己也将红葫芦收拾好了，就回到南海向观音菩萨复命。观音菩萨此时正好邀请黎山老母、文殊菩萨、普贤菩萨前来欣赏宝莲池盛开的莲花美景。见惠岸使者前来回禀，黎山老母又勾起了一桩心事。

原来那天黎山老母帮助孙悟空医治眼睛时，也暗中观察了一下猪八戒，发现猪八戒凡心未泯（min，消灭、丧失），大家一听，也有些担心，如果取经人心志不坚，则难以成就大业。这时菩萨提议说："不如设一个迷局来试一试他们！"

这一天，师徒四人来到了一个地方，远远望去，见有一座庄园，就前去投宿。敲门之后，发现这个家只有一位女主人接

待。据她说，自己娘家姓贾，夫家姓莫，丈夫不幸早亡，如今只剩下自己和三个女儿；她还说自己家财万贯，有良田千顷，自己和三个女儿想招夫。说着就让自己的三个女儿出来。

孙悟空在唐僧和那妇人说话时，无意间发现那位老妇人是黎山老母，心中便明白这可能是菩萨设的一个局。

正想着呢，那老妇人的三个女儿出来了，分别叫"珍珍""爱爱""怜怜"。见三个姑娘出来，唐僧、孙悟空、沙和尚都还没有什么，只有猪八戒色眯眯的。那妇人暗中观察了一下，又说自己要招夫。除了猪八戒，其他几个人都不同意，猪八戒开始游说其他三个人，最后没有成功。那妇人生气地回去了，还说不会招待他们。

师徒几人没办法，在大厅里将就着歇息了。第二天，四人起来之后，发现那里是一片荒地，哪里有什么人烟，猪八戒还被绑在了树上。唐僧还很郁闷，看见猪八戒被绑了，让孙悟空和沙和尚赶紧去把猪八戒放下来。孙悟空拦住了沙和尚，说："这是菩萨绑的，我们可不敢解开！"原来，唐僧师徒四人中只有猪八戒肯入赘那老妇人家。猪八戒被菩萨们用"撞天婚"的方法骗得团团转，最终还被捆在树上，吊了一夜，淋一夜的雨。最后，观音现身，告知几人昨天晚上是仙人们对他们的测试，又劝诫猪八戒要收敛凡心，不可犯戒，要一心一意护送唐僧前去西天取经。几人受教。

西游趣闻

沙僧的非主流项链

沙僧一出场，恐怕最吸引人的便是他那串九颗人头骷髅项链。人头骷髅，光是听起来就够瘆人的了。沙僧为什么会有如此独特的审美呢？

关于这个项链的来历，沙僧曾说过："我在此间吃人无数，向来有几次取经人来，都被我吃了。凡吃的人头，抛落流沙，竟沉水底。这个水，鹅毛也不能浮。唯有九个取经人的骷髅，浮在水面，再不能沉。我以为异物，将索儿穿在一处，闲时拿来玩耍。"

想必大家都知道，《西游记》多次提到唐僧是金蝉子的十世转世，所以很多人说沙僧吃掉的这九个取经人是唐僧的前世，他们的头颅不能下沉，是因为有着渡唐僧一众过河的使命。西游记原著中有："观音菩萨说道：'你可将骷髅挂在头顶下，等候取经人，自有用处。'"唐僧收了沙僧以后，原著有这么一段："那悟净不敢怠慢，即将颈项下挂的骷髅取下，用索子结作九宫，把菩萨葫芦安在当中，请师父下岸。"

　　沙僧的骷髅项链其实也是有佛教渊源的。佛教密宗中，很多神佛都有骷髅做的装饰品，如金刚、明王、护法神等，他们有的佩戴骷髅冠，有的挂着骷髅项链。这些神灵为什么对骷髅饰品情有独钟呢？据说神灵们佩戴骷髅头骨可以震慑、降服邪恶势力、恶灵、妖孽等，同时也是世事无常的象征。

知识链接

弱 水

　　《海内十洲记》记："凤麟洲在西海之中央，地方一千五百里，洲四面有弱水绕之，鸿毛不浮，不可越也。"又，《搜神记》载："昆仑之墟，地首也，是惟帝之下都。故其外绝以弱水之深，又环以炎火之山。"弱水，是指水深而湍急难渡的河流。

　　神话里，弱水的地方通常在绝域或仙界，如西王母处有弱水三千。古人往往认为是水弱不能载舟，因称弱水，进而将其神化。

第九回

偷吃人参果

精彩预告

镇元大仙去赴会，临行前吩咐两个小徒弟，
要看好观里的人参果树，唐僧到来时要好好款待，
打两个人参果给他吃。唐僧不敢吃人参果，悟空
三兄弟却敢偷吃人参果！得知人参果被偷吃，人
参果树被砸，镇元大仙会饶过唐僧师徒吗？人参
果树能够被救活吗？

唐僧师徒风餐露宿，这天，他们来到了万寿山。

这万寿山被镇元大仙看中，作为修炼的地方，在此还修建了一座道观——五庄观。这万寿山有件异宝，叫"人参果"。这人参果乃是人参果树结的果子，三千年才开一次花，大约要一万年果实才成熟，而且只结三十个果子。果子就像一个婴儿，手足、五官俱全，就好像人一样，而且吃了之后还可延年益寿。传闻人如果能闻一闻那人参果，就能活到三百六十岁；如果吃一个，就能活到四万七千岁。普天之下，只有五庄观有这种宝贝。

这天，镇元大仙接到元始天尊的请柬，收拾一番之后，带着几个徒弟和两枚人参果来元始天尊处赴会，临走之时，留下两个最小的徒弟清风、明月看家，并再三强调一定要看好后院的人参果树。临走前，镇元大仙突然想起一件事，转身对两个徒弟说："过几天，东土大唐去西天取经的唐僧会路过这里，他是我的故人，来时，你们要好好招待，到时候，可将人参果打两个给他们吃。"两个徒弟忙问："师父，我们是太乙玄门，怎么会与那和尚有交情？"镇元大仙说："你们有所不知，他是金蝉子转世，是如来佛祖的第二个徒弟。五百年前，我和他在盂（yú）兰盆会上相识，所以称他为故人。"说完，就带着几个徒弟上天去了。

唐僧师徒来到了万寿山，见这里山清水秀，就一齐来到五庄观前。几人还未敲门，大门突然打开，两个眉清目秀的童子走出来。这两个童子正是被镇元大仙留下来看守的清风、明月。清风和明月急急忙忙走到门前，躬身施礼，连声说道：

"老师父，失迎，失迎，快请进。"唐僧欣然前行，师兄弟三人落在后边，沙和尚抬头，只见庄前贴着一副对联：长生不老神仙府，与天同寿道人家。沙和尚就将对联指给孙悟空看，悟空看了对联，伸伸舌头道："好大的口气，俺老孙大闹天宫时，在太上老君的门前也不曾见过这样一副对联啊。"八戒一边嚷着："别管对联不对联的了，我们快进去找点饭吃吧。"一边往五庄观里走去。

这时，清风、明月把唐僧师徒迎进五庄观，又连忙沏茶招待。唐僧进了道观，四处参拜，问及为何没有像其他道观一样供奉三清四帝、罗天诸神，只供养天地二字。清风、明月回答说因为自己师父辈分太高。孙悟空听了，大大嘲笑一番，就是不相信道童的话。唐僧喝住了悟空，吩咐几位徒弟各司其职，让猪八戒去厨房做些斋饭。清风、明月就离开了。清风和明月对在大殿里发生的事情很恼火，但是依然遵照师父的吩咐，去后院摘人参果。明月要去摘人参果，清风拦住他说："先问一下，看他是不是师父的故人。"清风走上前，问道："请问老师父，可是大唐前往西天取经的唐三藏？"唐僧连忙还礼道："正是贫僧，不知仙童怎么知道贫僧的贱名？"清风忙说："师父临行前曾经吩咐过的。"

　　清风回去对明月说："他们确实是师父的故人。"两个人就商量着避开唐僧的那几个徒弟前去后院给唐僧摘人参果，但是很不巧，这番话正好被在厨房做饭的猪八戒听到了。

　　清风、明月来到后院，一个拿了金击子，一个拿了丹盘，来到人参园内。清风爬上树，用金击子敲人参果，明月在树下用盘子接，敲了两个人参果，用布帛盖好，两人捧着来到唐僧面前，说："师父，我们五庄观地僻山荒，没有什么好东西，特奉上土产水果两枚，请师父享用。"唐僧掀开布帛一看，见那人参果像个婴儿，大吃一惊："善哉善哉！今年五谷丰登，你们观里怎么还吃人呢？"清风、明月相视一笑，解释说："师父，这叫人参果，是树上结的果子。请尝一个解解渴吧！"唐僧不相信，非说这是婴儿，怎么也不肯吃，还叫清风和明月快把人参果拿去。

　　清风、明月没有办法，只好捧着人参果回到自己的房间。这两个人回去之后，想起唐僧的言行，觉得很好笑，模仿唐僧言行，嘲笑了一番，回过头来，又想起这人参果不能久放，两人也不客气，坐在床上，一人一个把人参果吃掉了。但是这一切被悄悄尾随他们的猪八戒看得分明。

　　猪八戒见清风、明月津津有味地吃人参果，馋得口水直淌。他把孙悟空叫到房里，对孙悟空说："这观里有件宝贝，你可晓得？"孙悟空忙问："什么宝贝？"猪八戒故作神秘地说："这件宝贝，说给你，你不知道，拿给你，你不认得！"孙悟空说："俺老孙当年大闹天宫时，什么宝贝不曾见过！"猪八戒说："人参果你见过吗？"孙悟空一听来劲了，他虽然没吃过人参果，但知道人参果是宝贝，人吃了可以长生不老。孙悟空急忙问猪八戒是怎么知道的，猪八戒将事情经过讲给孙悟空听。猪八戒还说唐僧不识宝贝，没有吃人参果，而且，按理说，师父不吃，清风、明月应该将人参果送给自己师兄弟三人，但是清风、明月却自己吃了。师兄弟几人大感恼火，商议好决定前去后院摘些人参果尝尝鲜。

孙悟空连忙悄悄来到清风、明月的房间，拿了金击子，来到人参园内，但是院子实在太大了，孙悟空找了半天才找到人参果树，孙悟空爬上人参果树，用金击子敲了几个人参果，但是眼睁睁地看着果子掉下来，却在掉到地上之后消失不见了。孙悟空很惊讶，就叫出此地的土地，他怀疑是土地不让自己吃，偷偷施法将果子藏起来了。

土地急忙喊冤，最后说："这果子确实神奇，但是这果子与五行相违，遇金而落，遇木则枯，遇水而化，遇火而焦，遇土而入。"孙悟空一听就明白了，打发了土地之后，就用自己的衣服接着人参果，果然果子才没有消失。他打了几个果子，然后又悄悄回到厨房里。孙悟空又把沙和尚喊来，师兄弟三人一人一个人参果，津津有味地吃了起来。

猪八戒没吃够，贪心地想再多吃几个，孙悟空一生气，就将金击子扔了出去。清风、明月回到房间，见金击子掉在地上，起了疑心，他们连忙来到人参园内，一点，人参果少了几个。

清风、明月来到大殿，大骂唐僧："唐僧，看你像个长老，没想到你是个盗贼！"唐僧不知道发生了什么事："两位施主，有话慢慢说，不要出口伤人。"清风、明月说："刚刚拿来给你吃，你说你害怕，不肯吃，没想到你却偷着吃。"唐僧听说有人偷吃了人参果，忙把悟空、八戒、沙和尚喊来，询问他们是哪个偷吃了人参果。

三人进来之后，都很心虚，最后，悟空只好把偷吃人参果的事告诉了师父。清风、明月见悟空承认了，但是果子的数目却对不上，孙悟空说他们师兄弟正好一人一个，只吃了三个，清风、明月却说自己去后院查过了，少了四个果子，两人争执起来。清风、明月很生气，说话越来越过分，孙悟空气得要命，拔根毫毛变成了假悟空站着，自己则飞到人参果园内，举起金箍棒，把人参果打得精光。最后又使个推山移岭的神力，把人参果树连根拔起。

清风、明月在大殿里出了一口气，回去的路上突然间想起：万一是自己数错了，岂不是冤枉他们几个了。想着，他们两个就又回去后院，准备再数一数。两人进了后院，见到一片狼藉，惊恐万分，两人觉得肯定是孙悟空他们捣的鬼，决定要捉拿他们，交给镇元子处置。

晚上唐僧他们吃饭时，清风、明月捧着茶进来，说是今天去后院查过了，是自己数错了，错怪了孙悟空他们，所以特地做了粥，前来赔罪。孙悟空一听就知道有鬼，自己明明将果树推翻了，他们去了后院，按理说应该生气的，反而前来请罪。

清风、明月见四人都在，就退出去了，然后将门一锁，在外边大骂，还说不让他们走了。唐僧很生气，猪八戒和沙和尚也一直在埋怨孙悟空。孙悟空说："别急，等他们睡着了，我们再偷偷离开。"

孙悟空知道这下闯大祸了，将唐僧等人送出去之后，拔根毫毛，变成瞌睡虫，弹到清风、明月身上，让他们两人沉沉睡去，然后和唐僧、八戒、沙和尚连夜离开了万寿山。

再说，那镇元大仙率领徒弟赴会归来，来到五庄观前，见殿上香也未焚，烛也未点，而且看不到清风、明月的影子，觉得十分纳闷。他急忙来到清

风、明月的房间，看见清风和明月在呼呼大睡，急忙念动咒语，解了他们的瞌睡，清风、明月这才睁开眼睛。见了师父，两人你一言，我一语，把孙悟空偷吃人参果，打倒仙树的经过说了一遍。

镇元大仙来到人参园一看，不但人参果一个也没有了，人参树也被推倒了，树根露在外边，连人参果树的叶子也开始枯萎了，顿时火冒三丈。他让清风、明月带路，前去追赶唐僧师徒。

一会儿，镇元大仙追上了唐僧师徒，他指着孙悟空骂道："你这泼猴，偷吃人参果，打坏我的仙树，连夜逃跑。今天你不还我仙树，休想离开！快还我仙树。"

孙悟空恼羞成怒，也不答应，拿出金箍棒，就向镇元大仙打去。两人过了几招，镇元大仙见孙悟空没有一丝悔改的意思，也生气了，只见他不慌不忙，用玉拂尘左遮右挡，和孙悟空斗了几个回合，然后，镇元大仙一招"袖里乾坤"，把唐僧师徒四人全部收到自己的袖子里，向着万寿山而去。

镇元大仙回到了五庄观，将袖子里的师徒四人放出来，然后叫徒弟们用绳子把唐僧师徒捆起来，对清风、明月说："拿我的龙皮七星鞭来！先用鞭子打他们一顿，给我的人参果树出出气。"一个徒弟拿了鞭子问道："师父，先打谁？"镇元大仙道："唐僧为师，管教不严，当然先打他。"悟空一听，忙说："慢着，大仙错了，偷人参的是我，吃人参果的是我，打倒人参果树的也是我，当然先打我！"镇元大仙冷笑道："这猴头倒挺讲义气，那就先打他吧！先打他三十鞭。"悟空忙把两条腿变成了铁腿，那徒弟抡起鞭子，往悟空的腿上狠狠地抽了三十下。

镇元大仙见打完了，又说："唐僧训教不严格，纵徒行凶，打他三十鞭。"孙悟空又急忙拦着说："大仙又错了，我偷果子的时候，我师父正在和你的童子说话呢，什么都不知道。纵使有什么过错，我作为弟子，也应该替师父受刑。"镇元大仙感叹孙悟空一片孝心，就同意了。最后，镇元大仙见天色已晚，就吩咐徒弟们休息，准备第二天再处置唐僧师徒。

夜里，众人都睡觉了，也没有人看守，悟空把身子一缩，绳子便落在地上，他又连忙给唐僧、八戒和沙和尚松了绑，又叫八戒、沙和尚弄来四棵柳树，把柳树变成师徒四人的模样，然后悄悄出了观门，逃离万寿山。

天一亮，镇元大仙来到大殿内，发现唐僧师徒是四棵柳树变的，急忙驾起祥云，又追上来，一招"袖里乾坤"把唐僧师徒又抓回万寿山。这次，镇元大仙将他们绑好之后，命令弟子架起油锅，把油烧滚。师徒四人不知道镇元大仙准备干什么，镇元大仙说："把孙悟空给我扔到油锅里炸一炸，给我的人参果树报仇。"众弟子领命，有两个弟子去抬孙悟空，准备将他扔到油锅里，孙悟空施了个"千斤坠"，两人搬不动，最后六个人才将他抬起来，然后扔进油锅。孙悟空进去之后，炸了油锅，逃出去了。镇元子更生气了，准备换一口油锅，接着炸唐僧，孙悟

空拦着不让，两人在一旁打赌。

最后，悟空答应帮镇元大仙救活人参果树。镇元大仙高兴地说："你如果能救活人参果树，我就和你八拜为交，结为兄弟。但是，为防止你一去不回，我们约定一个期限，就三天吧。"悟空对镇元大仙说："一言为定！你在这里好好服侍我师父，我去去就来。"说完，孙悟空一个筋斗云，来到了蓬莱仙岛。

福、禄、寿三星正在下棋，见到悟空，忙起身相迎。悟空讲明了来意，三星大惊失色道："那镇元大仙是地仙之祖，神通广大，人参果树又是开天辟地的灵根，吃一个果子就能长生不老，普天之下仅剩一棵，哪能救活?！"他们让孙悟空去别处寻找治树的良方，孙悟空说自己和镇元子约定了三天的时间，怕来不及。三星和镇元大仙是朋友，他们愿去万寿山为悟空说情。

悟空告别三星，又来到方丈仙山，寻找菩提祖师。进去之后，才发现那里已经落满了灰尘，很久都没有人居住了，孙悟空很伤心，这才想起菩提祖师赶他出门时，曾经说过孙悟空不再是自己的徒弟，自己也不再和孙悟空见面。

孙悟空正伤心的时候，突然听见菩提祖师的传音，让他去南海请观音帮忙。悟空没有办法，谢过菩提祖师之后，只好一个筋斗来到南海，请观音菩萨帮忙。观音菩萨听完，责骂悟空说："惹事的泼猴，那镇元大仙是地仙之祖，连我也让他三分，你怎么去打伤他的树！"孙悟空再三请求观音，观音菩萨看孙悟空已经认识到自己的错误，手托杨柳净瓶，和孙悟空一起往

万寿山而去。

　　观音菩萨让孙悟空把人参果树栽下扶正，然后把净瓶里的甘露水洒在人参果树上，那人参果树一会儿就变得青枝绿叶，恢复了原来的模样。

　　镇元大仙十分高兴，遵照自己的诺言，和悟空结为兄弟。他大摆筵席，庆祝自己和孙悟空结拜，然后将几人送出门去了。师徒四人告别了镇元大仙，继续步上取经的路程。

西游趣闻

为什么连观音菩萨都要让镇元大仙三分

众所周知，观音菩萨是天宫里很厉害的一位神仙，那她为什么会让镇元大仙三分呢？这得从镇元大仙的身份说起。

唐僧到了五庄观，问镇元大仙的童子："仙童，你五庄观真是西方仙界，何不供养三清、四帝、罗天诸宰，只将天地二字侍奉香火？"童子答道："不瞒老师说，这两个字，上头的，礼上还当；下边的，还受不得我们的香火。是家师父诏佞出来的。三清是家师的朋友，四帝是家师的故人，九曜是家师的晚辈，元辰是家师的下宾。"

由此可见，镇元大仙与三清是平辈，与四御是好友，而其他的神仙呢，都是他的晚辈。观音菩萨初信道教时的师父是元始天尊，镇元大仙与元始天尊是平辈，从这一层讲，镇元大仙是观音菩萨的师叔，也就是说，菩萨比镇元大仙小一辈。这就不难理解，为什么菩萨会让镇元大仙三分了。

第十回

三打白骨精

精彩预告

　　老虎岭，白骨精为保持美貌，专喝人血；为长生不老，专等唐僧到来。白骨精化身上山送饭的村姑，被化斋回来的悟空一棒子打死；化为轻烟逃走的白骨精不甘心，化身寻找女儿的老婆婆，又被悟空识破，被一棒子打死。唐僧人妖不辨，见悟空又打死了白骨精化成的等妻女回来的老公公，他还能原谅悟空吗？

　　唐僧师徒离开万寿山，继续向西天而去。这天，他们来到一座高山前，只见那里山高路险，阴风阵阵，山中时不时传来乌鸦的鸣叫声，让人听了背后发寒。唐僧见了，有些心惊胆战，他对悟空说："这山险峻怕人，大家要小心一点。"孙悟空对唐僧说："师父，有我们在，你尽管放心。"说完，孙悟空自告奋勇，在前面开路。

　　那山上有一个妖怪，乃是白骨精，她为了保持自己的美貌，一直喝人血，那一带的百姓都逃走了。那妖怪早就知道唐僧师徒四人去西天取经一定会路过自己的领地，就派自己手下的小妖怪一直注意着周边的情况。

　　唐僧师徒四人又走了约一个时辰，唐僧觉得有些饿了，就对孙悟空说："我肚子有些饿了，我们在这里休息一下，你去化些斋饭来。"

　　悟空本不想去，只因为此地荒无人烟，山势又极其险峻，恐怕会有妖怪，最后又见师父实在饥饿难耐，答应一声，跳上云端，四处张望。可这儿人烟稀少，放眼几十里，竟然找不到一户人家，再往远处看，好不容易看到南边山上有一片桃林，他就用法术在地上画了一个圆圈，让唐僧、猪八戒、沙和尚进圈子里面，不管发生什么事都不能出来，直到自己回来。安排好之后，孙悟空驾着祥云，向那桃林而去。

　　也怪唐僧他们时运不济，这天，白骨精正驾着阴风巡山，忽然听小妖怪前来禀告，说看见唐僧来到山上，白骨精非常高

兴，她早就知道唐僧是西天金蝉子转世，吃一块唐僧肉可以长生不老。可她也知道，唐僧身边有三个徒弟，本领高强，尤其是那个孙悟空，更是闹过天宫。她就想去看看情况，也是她来得凑巧，正好此时孙悟空给唐僧摘果子去了，她本想扑下去抓唐僧，可当她看到唐僧身边有猪八戒、沙和尚时，就心生一计，悄悄落下阴风，变成一位美丽的农家姑娘，手里提着饭菜，朝唐僧走去。

白骨精本想偷偷接近唐僧几人，将他们抓起来，但是一靠

近那个圆圈，就被孙悟空的法术弹开，馒头撒了一地。唐僧几人被惊动，猪八戒一见满地的馒头，忙向白骨精走去。正在他要出圈子的时候，沙和尚拦住了他。白骨精又把馒头递给猪八戒，猪八戒想去接，又被沙和尚拦下了。猪八戒很不高兴，向唐僧抱怨。唐僧说荒郊野岭，一个女子和他们师徒几个待在一起不合适，让她离开。白骨精见唐僧这样子，装出亲热的样子对唐僧说："这里是老虎岭，前后都有人家，怎么会没有人烟呢？"沙和尚很是怀疑，因为孙悟空明明说这里荒无人烟。唐僧也很怀疑，问这个女子怎么独自一人行走。白骨精满脸堆笑地说："我家住在西边岭下，父母年纪老迈，无人使唤，我丈夫在前面耕作，叫我来送午饭，我家丈夫看经好善，广斋远近僧人，三位师父远道而来，这饭你们先吃吧！我丈夫不会怪罪的。"唐僧还礼道："善哉，善哉，我大徒弟已前去化斋，这饭你还是送给你丈夫吃吧。"

　　猪八戒见唐僧不肯吃这饭，心里直嘀咕，正想上前拿过饭菜，被唐僧阻止了。白骨精见他们不上当，又谎称自己家离这儿不远，自己的父母乐善好施，让唐僧他们跟她回家。猪八戒心动了，极力劝唐僧前去，唐僧也心动了，正要出圈子，就在这时，悟空回来了。他火眼金睛，一眼就看出那女的是妖精变的，悟空忙放下钵盂（bō yú，出家人的饭器），举起金箍棒就打，那妖精慌忙躲开，使了个"解尸法"，自己化成一阵轻烟逃走了，把一个假尸体扔在地上。

　　唐僧不知道这白骨精的本事，还以为孙悟空真的打死人了。唐僧被吓得手发抖，腿发软，他责骂悟空道："你这泼猴，怎么又无故伤人性命。"孙悟空坚持说这是妖怪，唐僧不信："这明明是民家女子！"悟空对唐僧说："师父莫怪，这女的是妖精变的，妖精常常会变化骗人，刚才我若来迟半步，你一定会遭她的毒手，不信你看。"悟空拉着唐僧走近一看，哪里有什么饭菜，只有几只癞蛤蟆（lài há ma）在地上爬来爬去。猪八戒本来拿了一个馒头正要吃，馒头突然变成了石头。唐僧这才有几分相信。

　　猪八戒见了，在旁边挑拨说："师父别听这猴头瞎说，这是他的障眼法，他故意把饭食变成了石头什么的，就是害怕你怪罪他打死了人，怕师父念咒，所以使个障眼法来骗你。"沙和尚在一旁拉住猪八戒，唐僧果然相信了猪八戒的话，念起紧箍咒来。孙悟空痛得直求饶。唐僧这才停止念咒，对孙悟空说："出家人要以慈悲为怀，你经常无故行凶，还取什么经，你回去吧！"要赶孙悟空回去，孙悟空故意说自己回去也行，可是却要请唐僧将自己头上的金箍卸下来。唐僧心软了，对悟空说："既然这样，就饶你这一回，如果下次再犯，我就把那咒语念上二十遍。"

　　那白骨精逃走后，恨孙悟空恨得牙痒痒，她不甘心，就打算再来一次，这一次她先使了个计策，将孙悟空引开，然后自己又摇身一变，变成一个七八十岁的老太婆。她手里拄着一根

弯头竹杖，假装自己是来寻找女儿的，一边走，一边喊着"女儿"，向唐僧他们走去。

猪八戒见来了个老太婆，又听到这老太婆一直喊着"女儿"，大惊道："师父，那老妈妈肯定是来找她女儿的。这怎么办啊？"那白骨精变的老婆婆走近唐僧几人，问："几位圣僧，有没有看见一个送饭的女子？那是我的女儿。"唐僧正要说话，猪八戒一把拦住他，说没看到。此时，那"老婆婆"却见到了地上的尸体，她丢了拐杖，一把扑到尸体上，痛哭起来，边哭边问唐僧知不知道是谁杀了她的女儿。唐僧羞愧道："都怪我管教不严。是我的徒弟杀了你的女儿。"那"老婆婆"一听很生气，就要来打唐僧，其实是要抓唐僧。正当那"老婆婆"的手快要碰到唐僧时，孙悟空意识到自己中了计，回来了。

孙悟空回来一看，正好看到那白骨精要抓唐僧，他二话不说，举起金箍棒就打，上去一棒将"老婆婆"打死了，那妖精

又使个解尸法，真身化作一阵轻烟逃走了，地上只留下一具尸体。孙悟空已经被那妖怪骗了一次，见那妖怪又要化成轻烟逃走，就念了个诀，变化出好多化身去追赶白骨精。这时，突然间一阵黑雾袭来，遮挡住了孙悟空的视线，白骨精趁机逃走了。孙悟空见妖怪已经逃走，又害怕是妖怪的调虎离山之计，就又回到了唐僧几人身边。唐僧见孙悟空又把老太婆打死了，气坏了。孙悟空对唐僧说："这荒山野岭，道路崎岖，年轻人都不敢走，这老太婆肯定是那妖精变的。"唐僧不信，坐在地上把紧箍咒念了二十遍，痛得孙悟空在地上直打滚，连连向唐僧讨饶。唐僧不再念紧箍咒，只是坚决要把孙悟空赶走。孙悟空死活不走，唐僧见孙悟空不离开，也就不搭理他，招呼猪八戒和沙和尚收拾行李离开，把孙悟空当成透明人。孙悟空和唐僧相处了这么久，也知道唐僧的脾气，不敢纠缠，只是一直跟在唐僧旁边献殷勤。唐僧过河的时候不小心踩滑了，孙悟空急忙上前扶住他，唐僧一把甩开孙悟空的手。

　　孙悟空想了想，说："你是肉眼凡胎，人妖不辨，如果没有我，只怕是你到不了西天啊。"唐僧说："我命在天，哪怕是被那妖怪蒸了煮了，那也是前生注定，不用你管，你回去吧。"孙悟空跪在地上说："师父若不要我，让我回去，也可以，可是徒弟还不曾报过师父的大恩。"唐僧说："我何时于你有恩？"孙悟空说："当年徒弟大闹天宫，被如来佛祖镇压在五行山下，是师父当年搭救我脱身，如果我不能保你去西天取经，就是知恩不

报。"猪八戒和沙和尚也在一旁搭腔，唐僧答应了，说："我再饶你一次，下次，你万万不可再行凶了。"

唐僧带着孙悟空、猪八戒、沙和尚继续赶路。那白骨精回到洞府之后，十分生气，每次眼看着就要抓到唐僧的时候，孙悟空就会出来，坏自己的好事。正在生闷气的时候，一旁的一个小妖说："夫人，这些和尚去得快啊，过了这座山头，可就不归夫人管辖了呀！"白骨精咬牙道："不得唐僧决不罢休，绝不会让唐僧落入他人之手！"白骨精一边生闷气，一边想办法，她想："那个唐僧是一个潜心向佛的人，他倒是好对付。就是那个孙悟空……"突然间，她想到了一个好主意……

那白骨精摇身一变，又变成一个老头，还变出一间茅草屋，拦在唐僧他们面前。远远望见唐僧他们过来了，那"老头"急忙坐在那里，假装一心向佛，在那儿念经。

猪八戒见来了个老头，忙对师父说："这老头说不定是来找咱们打官司的！你想啊，师兄伤了他们家两条人命，他肯定是要告官啊！"唐僧一听，心中暗暗叫苦，孙悟空知道又是白骨精变的，他对猪八戒说："你这个呆子，别吓坏了师父，待老孙前去看看。"

悟空把金箍棒藏起来，走近一看，果然又是那白骨精，这次，孙悟空不莽撞了。他走到那"老头"面前，叫道："老官儿，怎么又走路又念经？"那妖精以为悟空这次没认出她，就哭着说："我来寻找我老伴和女儿。"悟空骂道："你这妖精，不用袖子里装鬼来哄我，我认得你！"妖精一听，吓得浑身发抖。正好唐僧他们几个走近了，急忙迎上去说："长老从山上来，可曾见了我的妻小？小女前往山上送饭，老妈妈又去寻她，天都到这般时候了，怎么还不见回来。"孙悟空实在忍不住了，想打死他，被唐僧拦住了。那妖怪一见这般情景，就更猖狂了，又是哭又是闹，还一直骂孙悟空几人。孙悟空最后实在忍不住了，一直要打死那妖怪，唐僧最后说："悟空，你乱杀好人，取经何用！"孙悟空只觉得自己一片好心，反而被骂，十分委屈。

　　正在这时，天上突然飘下来一张黄笺(jiān)，上面写着"恶徒不除，难取真经"。唐僧急忙跪下："佛祖旨意，弟子谨记。"孙悟空知道这又是妖怪耍的把戏，正要拿金箍棒上前，唐僧却念起了紧箍咒，孙悟空顿时觉得好像有千万根针在扎自己，疼得在地上翻滚，挣扎间，见那妖怪要抓自己，一棒子打去，才真正断了那妖精的灵光。唐僧被吓得战战兢兢，口不能言。八戒在旁边笑道："好行者！只行了半日路，倒打死了三个人！"唐

僧就要念咒，悟空急忙叫道："师父，莫念！莫念！你来看看他的模样。"原来是一堆白骨骷髅在那里！

唐僧大惊："悟空，这个人才死，怎么就化成一堆骷髅了？"悟空说："她是个潜灵作怪的僵尸，被我打杀了，现出了本相。她脊梁上有一行字，叫'白骨夫人'。"唐僧听了，倒也信了，怎奈八戒在旁边多嘴说："师父，他手重棍凶，将人打死了，怕你念咒，故意使出障眼法，在骗你呢。"唐僧耳根软，信了八戒说的，又念起咒来。悟空禁不住疼痛，跪在路旁求情。唐僧停下对孙悟空说："你野性未除，连伤三人，佛祖也不会宽容你，你回去吧！"孙悟空辩解说："师父，你错怪我了，那妖怪几次变化，都是为了蒙蔽你，既然你不相信我，我走！"这时，沙和尚急忙放下行李，劝解唐僧，唐僧却心意已决，直接拿出纸笔，给孙悟空写了一封贬书，断绝师徒情分。猪八戒和沙和尚怎么都拦不住。孙悟空见唐僧态度坚决，只好告别师父，又向猪八戒和沙和尚交代了很多事情，再三叮嘱他们要照顾好唐僧，然后回花果山水帘洞去了。

孙悟空回到了花果山，那些猴子高兴极了。孙悟空带着猴子们重修了水帘洞，又到四海龙王处借来甘霖仙水，花果山又变得郁郁葱葱。孙悟空又在花果山当起了"齐天大圣"。

西游趣闻

白骨夫人为什么要打三次

《西游记》中，白骨夫人是个不算厉害却很难缠的妖怪。为什么说她不厉害呢？

首先，她没有什么武器；其次，也没什么本领，三次变身，都被悟空一眼识破且一棒子打死了；再次，她既没有从属也没有很多跟班；最后，她的领地实在是太小了，原著中有："白骨夫人说：'这些和尚，他去得快，若过此山，西下四十里，就不伏我所管了。'"这样一个区区小妖，为什么打了三次呢？

白骨夫人其实是个"尸魔"，什么是"尸魔"？就是"三尸神"。这三尸中，上尸好华饰，中尸好滋味，下尸好淫欲，是修仙求道的阻碍。所以，孙悟空师徒四人要修成正果取得真经，首先就要斩三尸，三打白骨精就是对这个修炼过程的隐喻。

第十一回

宝象国救公主

精彩预告

　　唐僧掉入碗子山的波月洞中，被黄袍怪捉住了，幸得妖怪夫人的救助，才没有当即丢掉性命。原来，那位夫人是宝象国的公主，是十三年前被黄袍怪掠来的。被赶走的悟空还肯救师父脱离险境吗？宝象国的公主还能和她父王团聚吗？那黄袍怪是凡间的妖怪吗？

唐僧赶走孙悟空后，在八戒、沙和尚的保护下，继续往西天取经。这天，他们来到了一片荒地，那里十分荒凉，唐僧骑在白龙马上，觉得又饥又累，最后一头从白龙马上栽了下来。猪八戒急忙扶住他，把他扶到一块平整的石头上。沙和尚得知唐僧是饿的，不由想起孙悟空在的时候，唐僧什么时候受过这种罪。唐僧坐在石头上休息，然后叫八戒前去化斋饭。

猪八戒答应一声，前去化斋，可走了十几里路，也没有碰到一个人，放眼望去，那里一片荒凉，也没有野果子什么的。猪八戒又饥又累，见到一块草地，就躺在草地上睡起觉来，想着先休息一下再去找吃的，谁知道这一躺下就睡熟了。

唐僧等了好久，见猪八戒还没回来，有些焦急。沙和尚对唐僧说："师父先在这儿坐一会儿，我去寻找。"说完，就拿了宝杖，沿着猪八戒离开的方向去寻找八戒。

唐僧一个人坐在石头上，想起沙和尚刚才的话，心中也有一些感慨，不由得猜想孙悟空此时在做什么，想着想着觉得有些闷，又见沙和尚和猪八戒离开那么久都没回来，当地又那么荒凉，自己又实在饥饿，就站起来去找沙和尚和八戒。

唐僧慢慢走进林子里，听见林子里不知从何处传来乌鸦的叫声，心中十分害怕。突然间，他觉得自己脚下有什么动静，吓了一跳，低头一看，原来是只小狐狸，正松一口气的时候，又看到对面的山石上盘着一条大蟒蛇，吓得他急忙跑出了林子。忽然间，唐僧见南面不远处有座宝塔。唐僧想：有塔必有庙，不妨先过去看看。想着想着，唐僧慢慢向宝塔走去。可是走近一看，却发现那里到处是悬崖峭壁，那宝塔看着离得近，却在对面的悬崖上，唐僧四处看了看，发现没有索道一类的东西，只好绕路过去。唐僧一路走过去，一不留神，突然脚下一软，掉进了一个洞里。

唐僧掉进去之后，发现前面不远处有一个石床，床上躺着一个人，他走近一看，原来是一个妖怪！唐僧正要转身离开，那妖怪一转身起来，把唐僧打晕了。旁边一个小妖怪跑到唐僧面前细细查看了一下，扭头就给那个妖怪报喜："恭喜大王，这就是东土大唐派往西天取经的和尚，您可不要让他跑了！"那黄袍怪举起火把一看，果然是唐僧，大喜过望，让妖怪们摆上宴席，要庆祝一番。妖怪们答应了，正在庆祝的时候，突然间有小妖怪禀告说："夫人到。"

那夫人是个凡人，心地善良，只是因为一些缘故才和那妖怪做了夫妻，这些年来，也陆续救了许多被妖怪抓住的人。她听说那妖怪抓住了一个东土来的和尚，害怕妖怪伤害那和尚的性命，所以赶过来看看。见过唐僧之后，那夫人说："大王准备把这和尚怎么样啊？"那黄袍怪一听，哈哈一笑："怎么样？夫人有所不知，这个和尚与众不同，若是吃了他的肉，便可长生不老啊！"说完，招呼小妖怪说："来呀，把这和尚拉下去，洗刷干净，我与夫人一起吃了他的肉，偕老（xié lǎo，共同生活到老）百年！"小妖怪们答应一声，就要拉唐僧下去。这时候，那个夫人

却拦住了黄袍怪："慢，今日天色已晚，大王如果想吃唐僧肉，何不另选良辰啊！"黄袍怪答应了。正在这时，小妖怪却急急忙忙跑进来："报！大王，门前来了两个和尚，正叫喊着让咱们还他们师父呢！"

再说沙和尚走出树林找猪八戒，找了好半天，连猪八戒的影子都没看到，忽然听到草丛里有人在说话，走过去一看，原来是猪八戒在说梦话！沙和尚走过去，喊了好几声"二师兄"，都没能把猪八戒喊起来。最后，沙和尚从地上捡起一块小石子，直接砸到猪八戒身上，猪八戒才惊醒了，抬头一看，原来是沙和尚。沙和尚见猪八戒醒了，说："师父叫你化斋，你却在这里睡觉。斋饭呢？"猪八戒被自己师弟抓到偷懒，心中很羞愧，但又死要面子，就说："你也不看看，这里这么荒凉，哪里有什么人家啊！"两人决定回去。

两人回到唐僧休息的大石头旁，见马匹、行李都在，却不见了师父。猪八戒埋怨沙和尚："不是让你看好师父嘛，你到处乱跑什么呀？！"两人急得四处寻找。忽然看见南边有座宝塔。"师父肯定到那边寺庙去了。"两人直奔那宝塔而去。

两人到了宝塔前，睁大眼睛一看，看不到寺庙，只看到了一个山洞，抬头一看，却见那门上有块白玉石板，上面有六个大字：碗子山波月洞。沙和尚和猪八戒一看，心中一惊，这肯定是个妖怪洞府啊，看这情况，自家师父估计就是被这妖怪的幻象引过来，然后这妖怪又把自家师父给抓住关起来

了。猪八戒举起九齿钉耙对着洞门猛砸，一边砸一边喊："妖精快开门！"

黄袍怪听了小妖怪的禀告，就知道是唐僧的徒弟来了，让小妖怪把唐僧关起来，等自己收拾了唐僧的徒弟之后，明天再安安心心地吃唐僧肉。说完，他手执大刀走出洞，喝道："你们可是唐僧的徒弟？"猪八戒嚷道："算你这妖怪识相，我是你猪爷爷，快把我师父唐僧交出来！我饶你不死！"妖怪哈哈大笑道："你师父已经被我做成人肉包子了！"猪八戒和沙和尚一听，非常恼怒。猪八戒举起钉耙就往那妖怪砸去，那妖怪不慌不忙，举起钢刀迎战猪八戒。猪八戒渐渐招架不住，沙和尚见了，忙丢下行李，上前助战，两人大战黄袍怪，斗了几十回合，仍然不分胜负。

唐僧被绑在妖洞的后院里，正在哭哭啼啼地悲伤烦恼，就见一个妇人走进后院来了。那妇人趁着黄袍怪出去迎敌，小妖怪们看守松懈，小心翼翼地躲过众人来到后院，她走近唐僧，喊道："唐长老！"唐僧吃了一惊，以为又是妖怪，那妇人急忙解释说："唐长老莫怕！我不是妖怪，我虽然是这黄袍怪的夫人，可是我不是妖怪。"接下来，这位妇人给唐僧说了一段往事。

原来，从这个妖怪洞往西走百余里，有一个宝象国，这位妇人原是宝象国的公主，名叫百花羞。十三年前，这位公主出门打猎，正好遇见了黄袍怪，那黄袍怪见她貌美，就动了心思，将公主引到荒野，施展妖法，将她抢到波月洞。公主对唐僧说："长老，我若能再见父王一面，死也瞑目了。我叫黄袍怪饶了你，你出去后，帮我带一封信给我父亲。"唐僧答应了。

公主忙写好一封家书，封装好，放了唐僧，将信交给唐僧。唐僧将那封书信捧在手里，说道："女菩萨，多谢你的救命之恩。我这一离开，到贵国去，定然会将书信交给国王。可日久年深，若你父母不肯相认，可怎么办呢？"公主说："无妨。我父王没有儿子，只生我们三个姐妹，见了这封书信，一定会想认我的。"唐僧将那封信藏在袖子里，谢过公主，就往外走。公主忙扯住他说："前门你出不去。大小妖精正在门外摇旗呐喊，擂鼓筛锣，为大王助威，和你的徒弟厮杀呢。你还是从后门走吧。"唐僧听了，谨遵吩咐，辞别公主，躲到后门外，不敢独自走，藏身在荆棘丛中。

那黄袍怪正和沙僧、八戒在半空中厮杀，忽然听见公主高喊"黄袍郎！"那妖王听得公主叫唤，无心恋战，忙回洞府，搀着公主问："我刚才小睡，梦见一个金甲神人来向我索愿。"黄袍怪问："你许过什么愿？"公主骗黄袍怪说："我小时候在宫中曾许下过一个心愿，如果能招个好驸马，我就上名山，布施斋僧。自从和你成亲以后，夫妻恩爱，十三年了，一直没有还愿，所以神人前来索愿。长此下去，只怕神人降罪于我，我性命不保。刚刚我在后院看见一个和尚，就把他放了，算是还了心愿。大王看在我的薄面上，就饶了那个和尚吧。"黄袍怪说："放个

161

和尚，小事一桩。可是你不吃唐僧肉，怎么能长生不老，与我白头偕老呢？"公主说："可是吃了唐僧肉，恐怕会惹恼神灵，到时候只怕我立时就会丧命。"黄袍怪思量再三，就同意了，出去对猪八戒和沙和尚说："我不是怕你们，只是看在我夫人的面子上饶了你们，快到后山找你们师父去吧，如果再来扰乱我的地盘，我决不轻饶！"说完就回去了，公主谢过黄袍怪，又准备了饭菜，和黄袍怪同饮起来。

八戒和沙僧忙到后山找到师父，三人急忙离开黄袍怪的地盘，按着公主指的方向，一路晚宿晓行，几天后，来到了宝象国。

唐僧来到王宫，倒换关文以后，又把公主写的信递交给国王。国王读完公主的信，十分伤心："十三年前，不见了皇儿，宫里宫外怎么都找不到，都说是迷了路，再也找不到了，谁知道会是被妖怪捉走了！"他问文武百官："众位卿家，谁愿意兴兵领将，前去捉拿妖怪，救我百花公主？"可满朝的文武百官，没有一个敢去的。有个大臣启奏道："那妖精云里来雾里去，凡人哪能降得住那妖怪？这位圣僧既然敢独自从东土大唐而来，前往西天取经，一定有降妖之术，何不请这位长老前去捉拿妖怪，救出公主？"唐僧听后，正要拒绝，国王却觉得那位大臣讲得很有道理，再三请唐僧帮忙，并说："长老如果能捉拿妖怪，救我皇儿，我愿与你结为兄弟，同坐龙床，共享富贵。"唐僧说："贫僧不会捉妖，我独自一人走不到这里，我走到这里，全靠我的徒弟护送我。"国王一听，就想见见唐僧的徒弟，唐僧却显

得有些为难："陛下，我那两个徒弟相貌丑陋，不敢擅自入朝，害怕惊了圣驾。"国王却不在意，宣猪八戒和沙和尚上殿。

猪八戒和沙和尚进了大殿，行了拜礼，一抬头，正好将脸面向国王。国王虽说经过唐僧的提醒，有心理准备，但是猛的一下看见猪八戒和沙和尚的相貌，还是心惊不已，差点从龙床上摔下来，大殿里的大臣们也都被吓了一跳。唐僧急忙上前打圆场。国王问猪八戒和沙和尚谁能降妖，猪八戒抢着上前，自称是天蓬元帅下凡，善于变化。国王让猪八戒变一个大的，猪八戒说大殿太小，带着众人来到大殿外的广场上，晃晃身形，变得巨大无比。国王一见，觉得猪八戒神通广大，夸赞了一通。猪八戒被国王一夸，就要去捉那黄袍怪。沙和尚怕猪八戒一个人吃亏，就对唐僧说自己要去帮猪八戒。唐僧没有办法，只好让猪八戒和沙和尚去抓黄袍怪。

猪八戒和沙和尚来到波月洞，八戒也不说话，举起九齿钉耙把洞口砸了一个大洞。黄袍怪本来正在洞中休息，听说猪八戒和沙和尚又来捣乱，还砸坏了自己的洞门，非常生气，拿了钢刀走出波月洞，大声责问道："我放了你师父，你们怎么又来捣乱。难道是前来送死吗？"八戒骂道："黄袍怪，你为何强抢百花国公主？快把她放出来！"沙和尚也在一旁说："快放出来！"黄袍怪最恨别人说自己配不上百花公主，一听猪八戒这话，大怒，举起钢刀向八戒和沙和尚砍去。三人斗成一团，战了十几个回合，八戒和沙和尚渐渐抵挡不住，猪八戒一看不妙，转身溜走了。沙和尚一人哪是黄袍怪的对手，又斗了几个回合，就被黄袍怪一把抓回洞里去了。

黄袍怪抓了沙和尚，命令小妖怪将沙和尚绑起来，心中暗想："唐僧是上邦人物，必知礼仪，不会我放了他，他还派他的徒弟来拿我。噫！定然是我那夫人有什么书信送出去了，走了消息！等我问问她。"

那妖怪起了凶性，要杀公主，直接将公主拉过来质问："你为何放走了唐僧？又传书带话？你说不说？不说我就杀了你！"说着就要动手。沙和尚见势不妙，灵机一动，急忙喝住黄袍怪："妖怪，不得无礼！此事与公主无干！只是因为我们看到了宝象国公主的画像，我师父这才知道你的夫人就是公主，又与国王说起，国王请求我们前来营救公主，公主何曾有过书信啊！"黄袍怪一听，急忙回身将公主扶起："哎呀！我糊涂啊！错怪了夫人，此事与夫人无关，只恨那唐僧！"

黄袍怪将这件事全怪在唐僧身上，就变成了一个年轻人来到宝象国见国王。黄袍怪进了王宫，进退有礼，国王和文武百官见他气宇轩昂，彬彬有礼，看不出他是妖怪，反而以为他是个年轻有为的好人。国王问他说："你是何方人士？何时与公主匹配？"黄袍怪骗国王说："微臣是碗子山波月庄人氏，自幼以打猎为生。十三年前，我看见一只猛虎驮（tuó，用背负载）着一个女子下山，我一箭射伤猛虎，救了那女子。那女子感恩图报，以身相许，和我结为夫妻。"唐僧也在大殿上，听了那年轻人的

一番话，心里打了一个咯噔。

国王听那年轻人的说辞和唐僧带来书信上的说辞不一致，心中生起疑惑。那妖怪继续虚情假意地说道："当初，我和公主结为夫妻时，想杀了那只老虎，邀请诸位亲友。可公主心软，让放了那只老虎。那老虎在山中修炼几年，修炼成精，专门害人。我听说以前有几次大唐的和尚取经经过这里，想是那老虎害了唐僧，得了他的文牒，变成他的模样，在这里哄骗国王您。国王啊，如今绣墩上坐着的就是十三年前驮公主的猛虎，不是真正的取经人！"

国王说："贤驸马，你怎么认得这和尚是驮公主的老虎？"那妖怪道："臣在山中，吃的是老虎，穿的也是老虎，曾和他同睡同起，怎么会不认得？"说着，他叫侍卫端来一碗水，念了个咒语，然后将一口水朝唐僧喷去，喊声"变"，唐僧就果然变成了一只老虎。国王和文武百官吓得魂飞魄散，都以为唐僧就是虎精，年轻人法力高强，迫使虎精现出了原形。国王忙命武士把老虎活捉，关在铁笼里，又叫大摆酒宴，感谢驸马的救命之恩。

到了晚上，有两个值夜的宫人一边聊天一边巡逻，他们说的正是唐僧被驸马迫使现出原形的事，正巧他们经过马厩（jiù，养马的房舍），这话被白龙马听得一清二楚！白龙马听了这话，大吃一惊，他想："孙悟空被师父赶走了，猪八戒和沙和尚现在又不在这里，师父被妖怪变成了老虎，那妖怪估计是想要杀了师

父，这可怎么办呢？"他想了半天，终于想出一个办法来。等到周围没人的时候，他变成了一个美貌的宫女，端着酒水前去找驸马。她来到驸马居住的小院，见驸马已经喝醉，但仍在喝酒。她使出"逼水法"，给驸马斟酒。那妖怪不识白龙马的手段，很高兴，说"再斟上！再斟上！"白龙马把那杯酒斟得有十三层楼那么高，尖尖满满，没漫出一点儿！驸马问她会不会歌舞，她说："奴婢还会舞剑呢！"驸马一听更高兴了，一把把自己的佩剑扔给她："快快舞来！"白龙马接过佩剑，即兴跳了一段剑舞，趁驸马不注意的时候，拿着剑刺向驸马。驸马拿酒盅挡住了佩剑："你究竟是谁？为什么前来刺杀我！"白龙马也不答话，挽了个剑花，又刺向驸马。两人你来我往，过了几十招，最终白龙马不敌，被妖怪刺伤，白龙马见势不妙，慌忙逃走。他按落云头，多亏御水河救了性命。小白龙一头钻下水去。他潜在水底，半个

时辰听不到声息，才咬着牙忍着痛回到驿馆，又变回了白龙马。

过了一会儿，猪八戒回来了，猪八戒正准备去找师父的时候，突然听见有人喊自己："师兄！师兄！"猪八戒四处看，发现没有人，还以为自己幻听，正要离开，这时又听见："师兄！是我！"猪八戒这才反应过来，原来是白龙马在说话。猪八戒说："天哪！你怎么说开话了！"白龙马说："师兄，你怎么一个人回来了？"猪八戒说："别提了，沙和尚被那妖怪抓进洞里去了！"白龙马说："如今，师父也被那妖怪变成猛虎，正关在笼子里呢。"猪八戒说："这可怎么办啊？"两个人商量了老半天，没有办法，只好到花果山去找孙悟空。

孙悟空正在和猴子们玩耍，见猪八戒来了，心中有些疑虑："他怎么来了？"孙悟空想了想，装出不认识的样子，喝令小猴们把猪八戒抓起来。猴子们一拥而上，拉腿的拉腿，拽胳膊的拽胳膊，扯耳朵的扯耳朵，推推搡搡（tuī tuī sǎng sǎng，粗暴地、接连不断地猛推），把猪八戒推到孙悟空面前。孙悟空端起齐天大圣的架势："哪里来的奸细？"猪八戒反驳说："不是生人，是熟人。"孙悟空冷笑道："瞧你那长嘴模样，我看就不像好人！快快报上名来！"猪八戒一听就生气了，一把甩开小猴子，嘀咕道："好大的架子！你我也做了几年兄弟，怎么才分别了几天，就不认识我了。"孙悟空说："哦？你抬起头来，让俺瞧瞧！"猪八戒说："弼马温，我让你瞧个够！"孙悟空笑笑说："原来是猪八戒。"猪八戒这下高兴了，连忙说道："正是老猪。"孙悟空说：

"你不跟唐僧去取经，上花果山来干什么？"猪八戒一时不知道该怎么说，孙悟空又说："想必是你得罪了师父，他也把你贬出来了！"猪八戒忙说："师父想念你，叫我来请你回去。"孙悟空不信："想我？怎么会想我？他对天发誓，写下贬书，怎么会来想我呢！"猪八戒急忙拉住孙悟空的袖子："师兄，师兄，师父确实是想你了！"孙悟空说："哦，那你说说他是怎么想我的。"猪八戒说："师父那天在马上叫徒弟，我和沙和尚都没听见，他就想起你来了，他还夸你呢！说你聪明伶俐。师父在睡梦中还喊你的名字呢！"孙悟空早就猜到猪八戒的来意，虽然明知猪八戒说的都是假的，但是心中还是想起了当日的师徒情分，可是又不想轻易低头，见猪八戒不说真话，就拉着猪八戒去观赏花果山的景致。猪八戒一心想快点把孙悟空哄回去救唐僧和沙和尚，但是孙悟空就是不走，还命令小猴把猪八戒赶下山去。

猪八戒走下山去，一边走，一边嘀嘀咕咕骂孙悟空："你这该死的弼马温！请你你不去，好好的和尚你不当，反而要做妖精！"小猴听到猪八戒骂孙悟空，忙来报告孙悟空，孙悟空叫小猴们把猪八戒抓回来。孙悟空大喝一声："猪八戒，你为什么骂我？我刚才都听见了！孩儿们，打他八十大板！"猪八戒还是不想说实话："师兄，看在师父和观音菩萨的面子上，饶了我吧！"孙悟空说："你这呆子，还想瞒我，俺老孙身在水帘洞，心随取经僧，师父步步有难，处处遭劫，快说实话，师父在哪里遭难？"

猪八戒只好把唐僧遭难的事讲了一遍，孙悟空一听唐僧遭

了大难，非常生气："你这个呆子！我临行之前是怎么嘱咐你的？如果有妖精前来拦路，你就提俺老孙的名号，说俺老孙是唐僧的大徒弟，你怎么不提呢？"猪八戒又加油添醋地说那妖怪根本不把孙悟空放在眼里，还说要剥孙悟空的皮，抽孙悟空的筋。孙悟空一听，暴跳如雷："什么人敢这样骂俺！那妖精，我这就去，定要把他碎尸万段。八戒，咱们这就走！"说着，两人就要下山去除妖。这时，其他的猴子一听说自己的大王要走，就一窝蜂围了上来。孙悟空说："孩儿们！天上地下都知道俺老孙是唐僧的大徒弟，现在师父有难，俺老孙岂有不救之理，你们好生看守花果山，等我取经回来，我们再一同享乐！"

孙悟空和猪八戒来到波月洞，正好碰见公主领了沙和尚往外走，几人相互介绍一番。正好此时看见那黄袍怪回来了，孙悟空让猪八戒和沙和尚先护送公主回宫，他自己变成公主的模样，将妖怪洞府打砸了一番。

那妖怪回来之后，见自己的洞府被糟蹋得不成样子，很生气，又想起自己的夫人，急忙四处寻找。正在这时，孙悟空变的公主出来了。孙悟空见了黄袍怪，眼泪直掉，黄袍怪忙问："浑家（古人对妻子的谦称），有什么事这么烦恼？"悟空眼泪汪汪地说："你昨天走后，怎么不连夜回来？今天早上，猪八戒来抢走了沙和尚，还把洞府糟蹋得不成样子。"那妖怪一听，气得直跳，但是又怕自己的夫人受惊，急忙安慰公主："不碍事，不碍事，等到我抓住了那几个和尚，我决不会轻饶他们！"悟空假装心口痛，把黄袍怪的宝贝舍利子玲珑内丹骗到手，一口吞下肚，然后把脸一抹，露出了本来面目。黄袍怪见了，大吃一惊："夫人，你怎么变成这副样子了？"孙悟空"嘿嘿"一笑："谁是你夫人！连你老祖宗都不认得啦？"黄袍怪骂道："你这弼马温，竟敢来骗我！"说完，举起大刀向孙悟空砍去。孙悟空举起金箍棒相迎，两人斗了几十回合，从洞内打到洞外。猪八戒和沙和尚将公主护送回宫之后，急忙返回帮助孙悟空，两人见孙悟空一人足以应付黄袍怪，就去解决那些小妖怪。孙悟空和黄袍怪打了好久，黄袍怪渐渐招架不住。孙悟空挑开大刀，一棒把那妖怪打得无影无踪。

　　孙悟空忙跳上云端，睁开火眼金睛四处查看，却看不到黄袍怪的踪影。正好这个时候猪八戒过来了，猪八戒说："师兄，妖怪怎么不见了？"孙悟空想了一下，忽然醒悟："这妖怪肯定不是凡间的妖精，是从天上下凡的。"孙悟空说完，就让猪八戒和沙和尚将这里的小妖怪都清除干净，免得他们再为祸人间。然后，他自己急忙一个筋斗来到天上汇报给玉皇大帝，玉皇大帝忙命天师查寻，这才发现二十八星宿内少了奎星，已经有好几天了。玉皇大帝忙命本部星员收他上界。

　　悟空谢过玉帝，回到波月洞，与两个师弟会合，打死了小妖，三人同到宝象国。悟空又念动咒语，让唐僧现了原身。孙悟空见唐僧已经恢复了，磨难也已经过去了，便说："八戒、沙僧，你们二人好生看顾师父，俺老孙走了！"说着，就要离开。这时，

唐僧喊道:"悟空,为师错怪你啦!"孙悟空一听,这些天自己所
受的委屈都涌上心头,唐僧也十分后悔自己的所作所为,师徒二
人抱头痛哭。猪八戒和沙和尚在一旁劝解。最后,师徒二人和
好如初。宝象国国王领着公主、众位大臣感谢唐僧师徒,他后悔
自己被妖怪蒙蔽,也后悔将唐僧关起来,希望唐僧不要怪罪自
己,还给唐僧师徒四人大摆筵席。几天后,国王亲自送唐僧师
徒出了城。

西游趣闻

唐僧的坐骑——白龙马

说起《西游记》，最常被提起的就是师徒四人，而扮演脚力角色的白龙马则很少被提及。那么，我们就来说说这匹英俊潇洒的马儿吧。

为什么说马儿是英俊潇洒的呢？因为白龙马本是东海龙宫的龙王三太子。一次上天，太子无意间烧坏了玉帝赏赐的夜明珠，玉帝一生气，就将他贬到了鹰愁涧。后来经观音菩萨点化，太子化作白马，负责在取经路中驮着唐僧。

白龙马的武功其实在八戒和沙僧之上。本回中，八戒和沙僧两人同黄袍怪打斗，由于不敌，八戒借机逃走，沙僧被活捉了；而白龙马化作人形，单枪匹马与黄袍怪斗了几十回合，最后还能逃脱。

白龙马的尿也是个宝贝，喝了能长生不死。原著中白龙马跟猪八戒说过："我若过水撒尿，水中游鱼食了成龙；过山撒尿，山中草头得味，变作灵芝，仙童采去长寿。我怎肯在此尘俗之处轻抛却也？"取经大业完成以后，白龙马被封为了八部天龙。

最后给大家透露个小秘密，《西游记》中九头虫的妻子是白龙马的未婚妻。

三清四帝、罗天诸神

三清指的是道教的三位最高天尊：玉清元始天尊；上清灵宝天尊，又称太上道君；太清道德天尊，即太上老君，也就是老子。

三清又指这三位天尊居住的"三清天"，或称"三清境"，即"清微天玉清境"、"禹余天上清境"、"大赤天太清境"。

四帝指的是道教中地位仅次于三清的四位天神，也称"四御"，是辅佐三清的四位天帝：昊天金阙至尊玉皇大帝、中天紫微北极太皇大帝、勾陈上宫南极天皇大帝、承天效法后土皇地祇。

罗天即大罗天，指天上三界以上的极高层次。

第十二回

平顶山窃宝

精彩预告

　　悟空探路得知，平顶山的莲花洞里住着两个妖怪——银角大王和金角大王，专拦过往行人。猪八戒巡山，被银角大王抓回妖洞。银角大王用移山之法将悟空压住，抓走了唐僧和沙和尚。孙悟空是如何凭借自己的聪明才智，战胜了拥有三件宝物的妖怪的呢？

　　唐僧师徒离开了宝象国，继续往西天取经。时光流逝，冬去春来，转眼已经是春暖花开的季节了。

　　这天，他们来到了一座深山。那里山道路崎岖难行，孙悟空找了一块儿比较平整的地方，让唐僧坐下来休息，还让猪八戒和沙和尚看护好唐僧，自己准备去探路。

　　孙悟空走了没多远，看见有个樵夫在砍柴。悟空忙上前问路，走到近前，又想起来自己的容貌容易吓着对方，就变成一个普通人，走上前去问路。樵夫告诉悟空，那座山山名为平顶山，方圆六百里，山中有个莲花洞，洞里住着两个妖怪，一个叫银角大王，一个叫金角大王。两个大王互称兄弟，本领十分高

强，专拦过往行人，做下了很多坏事。最近几天，这两个山大王不知道从哪儿知道，有个从东土大唐去西天取经的和尚会经过此地，而且传说，只要吃了那和尚一点儿肉，就会长生不老。这两个大王非常高兴，专门画了唐僧的像，让小妖怪加紧巡山，扬言要抓唐僧，吃唐僧肉。

悟空谢过樵夫，回来告诉唐僧。唐僧听后，面露难色："悟空，这可怎么办才好啊？"孙悟空对唐僧说："师父不必担心，有我保护师父，不管是什么妖怪，俺老孙都叫他有去无回，你尽管放心。"说完，悟空叫猪八戒去巡山，看看这座山上都有什么，能不能找点吃的回来，自己和沙和尚留下来保护唐僧。猪八戒很不情愿，怕累，又害怕被妖怪抓走，但是架不住唐僧也发话让猪八戒去巡山。

猪八戒很不情愿地扛着九齿钉耙走了。孙悟空很了解猪八戒的脾气秉性，知道猪八戒肯定会偷懒。悟空对师父说："师父，八戒肯定不会去巡山，等我跟着他去看看。"唐僧同意了，叫悟空不要捉弄八戒，悟空答应一声走了。

孙悟空变成一只蟭蟟虫（jiāo liáo chóng，蝉的一种），一直跟着猪八戒，猪八戒不知悟空跟着他，走走停停，走了不多远，正准备爬上一个小山坡的时候，一不小心滑了下来，摔了一个屁股墩，疼得猪八戒嗷嗷叫。猪八戒一边揉着自己的屁股，一边气呼呼地骂道："该死的弼马温、没出息的沙和尚，你们在那里自由自在地快活，却叫我来巡山。"猪八戒一边骂，一边往前走，正好

前边有一块儿草地，猪八戒犯懒了，不想再走了，就在草地上睡起大觉来。

孙悟空见猪八戒睡起懒觉来，就变成一只啄木鸟，前去啄猪八戒的嘴。猪八戒睡得正香，突然觉得有什么东西在啄自己，怎么赶都赶不走，不耐烦地睁开眼，见是一只小鸟，瞬间清醒了，气得大骂："弼马温欺侮我，你也来欺侮我。"他骂完就又躺下来睡觉，结果刚躺下，一摊鸟屎就落在了他脸上！猪八戒算是彻底没了睡意，就想一会儿回去怎么跟师父说，想了半天，就说："如果师父问我这是什么山，我就说这是石头山；如果师父说这是什么洞，我就说这是石头洞。"然后就扛着钉耙往回走，一边走一边编谎话，孙悟空变的啄木鸟又跟着猪八戒回来了。

孙悟空听猪八戒说了半天，就先回去，向唐僧和沙和尚说了猪八戒做的事，还说猪八戒一会儿回来肯定会这么说。唐僧和沙和尚半信半疑。过了一会儿，猪八戒回来了。唐僧就问："八戒，这是什么山？"猪八戒说："这是石头山。"沙和尚接着说："这是什么洞？"猪八戒说："石头洞。"孙悟空说："洞里是什么门？"猪八戒说："是钉钉铁叶门。"孙悟空又问："里边有多远？"猪八戒还没回答呢，孙悟空接着说："洞里有三层门，若问门上有多少钉，就说俺老猪心忙记不清了！对不对？"猪八戒很纳闷自己的谎话怎么会被拆穿了，孙悟空笑笑说："你的这些话，可能是在草丛里说的梦话吧！"猪八戒这时候反应过来了，孙悟空一直跟着自己。孙悟空要打猪八戒，唐僧拦住了，让猪八戒再去巡山。猪八戒见自己的谎话被孙悟空识破了，只好硬着头皮再去巡山。

猪八戒这次不敢再偷懒了，认认真真地去巡山，正走着呢，忽然看见前边一块大石头上站着一个穿银色盔甲的妖怪。猪八戒还以为那妖怪是孙悟空变的："哈哈哈，猴哥啊，你又变个妖怪前来吓唬我啊！"这时候，那个妖怪转过身来，猪八戒一看，这可不是自己师兄变的，是真的妖怪，急忙要逃走。就在这时，一群小妖怪从草丛里跑了出来，将猪八戒围住！猪八戒辩解说："我是一个过路的。"小妖怪拿出一幅画像，在那个穿银色盔甲的妖怪面前展开。只见那画像上有四个人，正是他们师徒四人的画像，银角大王比对半天，发现面前的这个就是猪八戒。猪八戒急忙用袖子挡住鼻子，企图假装自己不是猪八戒，想蒙混过关，但银角大王认准了他就是猪八戒，拽出宝刀，上前就砍。猪八戒没办法，只好举起九齿钉耙相迎。银角大王一声令下，小妖们一起上来，把猪八戒团团围住。猪八戒抵挡不住，转身想逃，小妖们一直紧紧跟随。猪八戒手忙脚乱，无意间被乱藤绊倒在地。众小妖一拥而上，抓住了猪八戒，把猪八戒抬回山洞。

唐僧几人一直在原地等待猪八戒回来，可是左等右等，就是不见猪八戒回来，唐僧实在等着急了，就问孙悟空说："八戒去了许久，怎么还不回来？"孙悟空"嘿嘿"一笑："师父你是不晓得他的心思呀。"唐僧很奇怪："他有什么心思？"孙悟空说："若是有妖怪，他一定会回来报我，这么久还没有回来，想必是没有妖怪，

又路途平坦，他一路跑过去了。"说完，他扶着唐僧上了马，沙和尚挑起行李，几人沿着猪八戒离开的方向前行。

银角大王抓住了猪八戒，十分高兴，他对金角大王说："哥哥，我抓到了一个，小的们，快把他给我抬上来。"金角大王走近一看："哎呀，贤弟呀，你抓错了，这是猪八戒，不是唐僧，吃了他的肉没用，非得吃唐僧的肉，才能长生不老！"银角大王说："嘿，有了猪八戒，唐僧就不远了，等我把唐僧抓住后，咱们一起吃唐僧肉。"说完，他又手拿七星宝剑，出洞去抓唐僧。

银角大王带着手下一群小妖怪又去巡山，这次他长了个心眼，将唐僧师徒四人的长相都记熟，然后他想了想，猪八戒既然在这儿出现了，唐僧估计也在附近。于是他就带着一群小妖怪上了附近最高的一座山，极目远望，果

然看见了不远处缓缓走来的唐僧、孙悟空和沙和尚。银角大王大喜过望。

这时，坐在马上的唐僧一直觉得背后发冷，打冷战，沙和尚说："想必是得了风寒。"孙悟空说："哪里是什么风寒病啊，想必是这荒郊野外，心虚胆战吧。师父，让徒儿前去给你开路！"说完，孙悟空拿出金箍棒一通打，直接在荒郊野外开了一条大道。这一切都被不远处的银角大王看在眼里，银角大王感叹："孙悟空果然厉害，这唐僧肉是吃不成了！"一旁的小妖怪急忙问："二大王，为什么呀？"银角大王说："你看那根铁棒，咱们洞里有谁能经得起？"一旁的小妖怪又说："那怎么办？既然唐僧肉吃不成了，那咱们就不如做个人情，把猪八戒还回去吧！"银角大王说："唐僧肉还是要吃，不过不能硬取，你们先回洞里，我自有办法。"小妖怪领命走了。

银角大王知道孙悟空厉害，想了又想，他变成一个跌断腿的道士，估摸着唐僧他们走近了，就假装自己受伤了，倒在草丛里，连喊救命。

唐僧在马上听到有人喊"救命"，忙走上前，一看，是一个道人跌断了腿。唐僧正要去扶那道士起来，沙和尚拦住了他。那道士说："师父，救命啊，我本是山下道观里的道士，上山砍柴，不幸把腿给摔断了，望师父救命啊！"唐僧动了恻隐之心，可沙和尚还是觉得那道士有些奇怪："师父，不可！"唐僧将沙和尚拉到一旁："悟净，可怜他上了年纪，又摔伤了腿，我是僧，

他是道,虽然不同,可修行之理却是相同的。"说完,就对那道士说:"老丈,请骑上我的马,送你回道观吧。"道士说:"多谢长老,只是我腿受伤了,骑不得马。"唐僧想了想,说:"悟净,你把行李收拾一下,放到马上,然后你背他一程吧。"沙和尚正要去收拾行李,孙悟空挺身而出,他已经在一旁看了半天,早就对那道士心生疑虑了,他一把抓住那道士的手:"我来背你!"道士本不想招惹孙悟空,但既然孙悟空自己送上门来了,那就对孙悟空下手吧。那道士叫孙悟空背着他走,自己使了"千斤坠",想压死孙悟空。

孙悟空让沙和尚带着唐僧先往前走,自己在后边背着道士。孙悟空知道那道士是妖怪变的,想寻找机会摔死他;可没想到,那妖怪也心怀鬼胎,一心想制服孙悟空。那妖怪念动咒语,接连把须弥山、峨眉山、泰山三座大山移来,把孙悟空压在山底下。银角大王压住孙悟空后,现出本相,哈哈大笑,把唐僧和沙和尚抓回妖洞。

银角大王抓住唐僧和沙和尚之后,非常高兴,带着他们去向自己的哥哥邀功去了。银角大王满心以为这次可以吃上唐僧肉了,但是金角大王却说:"贤弟呀,至今还没抓到孙悟空,那猴子神通广大,吃他的师父,他岂肯善罢甘休啊!"银角大王却不以为然:"哥哥呀,你也太高看他了,那猴子在途中想要暗算于我,被我用移山之法将他压住,现在他已经寸步难移了。"金角大王一听就放心了:"好,小的们,摆上酒菜,为你们二大王庆功！"他一边说，一边让小妖怪们把唐僧押下去。沙和尚说："你们谁敢碰我师父！等我大师兄来了，要你们好看！"银角大王顿时就发怒了："好你个沙和尚，胆敢口出狂言！"银角大王不害怕，可金角大王害怕了："贤弟，那猴子压在五行山下五百多年都没有出事，可要慎重啊！"银角大王想了想，觉得也对："好，那就等把他们都抓住了再吃唐僧肉。"金角大王和银角大王两人一合计，派名叫精细鬼、伶俐虫的两个小妖带着两件宝贝去收了压在三座大山下的孙行者。

　　孙悟空被三座大山压住，动弹不得，他忙念动咒语，要将山移开。这时，三座大山的山神、土地来了，五方揭谛也现身了。山神、土地见压住的是孙悟空，连忙赔礼，然后把山移回原地。孙悟空很是生气："好个山神、土地，不怕俺老孙，倒怕那妖怪，怎么把山借给他来压俺老孙?！"山神急忙辩解："小神们不敢，只因那妖怪神通广大，每日拘我们山神土地到他洞府听用！"孙悟空很奇怪："这是什么妖怪，竟然能把山神土地拘为己用……"

　　悟空正在感叹的时候，看见山凹里霞光闪闪，便问："山神、土地，你们既在洞中当值，那放光的是什么物件？"土地说："那是妖怪的宝贝在放光，怕是妖怪拿宝贝来降你了。"悟空说："这个好玩儿！妖怪和什么人来往？"土地道："他们喜欢烧丹练药，喜欢和全真道人交往。"行者道："难怪他变个老道士，把我师父骗去了。你们都回去吧，等俺老孙自己拿他。"众神都腾空散去了。

孙悟空摇身一变，就化成一个道士，将金箍棒变成一柄拂尘，等到两个小妖怪经过时，使了法术让他们摔了一跤。两个小妖怪从地上爬起来，一抬头，看见孙悟空变的道士，就质疑："你是谁？"孙悟空装腔作势地说："小道士见了老道士就要跌跤做觐见礼。"妖怪说："没听过这个礼，你是哪儿来的？"孙悟空说："老道是从蓬莱山来的。"小妖怪一听，很惊讶："蓬莱山那可是出神仙的地方！"孙悟空一甩拂尘："我就是神仙，我今天到这里要渡一个成仙得道的好人。"小妖怪一听，很高兴，围着孙悟空，让他渡自己成仙。孙悟空就假装很动心，拷问他们的来历，小妖怪说："我们从莲花洞来，要去捉拿孙悟空！"孙悟空问："可是那保唐僧西天取经的孙悟空？我和你们一道去吧！"小妖怪连连摆手："不用不用，我们大王让我们拿着宝贝去收他，这宝贝可厉害啦！"孙悟空就假装很好奇："哦？是什么宝贝？"小妖怪说："紫金红葫芦、羊脂玉净瓶。""拿来给我看看。"孙悟空接过两样宝贝："这么小的葫芦，怎么装人啊？"小妖怪很自豪地说："道长不知道，只要把这个葫芦底儿朝天，口朝地，不管叫谁的名字，只要他一答应，就会被装进去，过了一时三刻，就会化成脓水了。"孙悟空心想："怪不得我刚被关进去了。"

孙悟空把宝贝还给小妖怪："好宝贝，好宝贝！我给你们看看我的宝贝。"说着，孙悟空就变出一个大葫芦，蒙骗他们："你们手里的是葫芦孙子，我手里的这是葫芦爷爷。"两个妖怪不信："大有什么用，我这个葫芦虽然小，可是它能装千人。"孙

悟空说："装人算什么本事，我这个葫芦能装天！"小妖怪一听，就嚷嚷着要长长见识，孙悟空答应了。

孙悟空跳到一座小山上，盘腿打坐，闭上眼睛，手中捏诀，口中念念有词。两个妖怪被孙悟空这个架势唬住了，真以为他是什么高人。实际上，在上面做的是孙悟空的肉身，他的神魂早就上了天去求助去了。孙悟空来到天上，找到三太子："三太子，俺老孙有事求你，待俺老孙一念咒语，你就把天遮起来。"三太子答应了。孙悟空又回到肉身去，然后念咒："天兵天将，如不听我调遣，我便打上灵霄宝殿，你们一个个不得安生，你们全都要听俺调遣。"话音一落，三太子就很配合地把天给遮了起来，天地间一片黑暗。过了一会儿，又恢复了原样。两个小妖怪都很惊奇，真把孙悟空当成了神仙。

正在莲花洞里喝酒的金角大王和银角大王很纳闷，这天怎么一下就黑了，然后一下又亮了。金角大王想不会是孙悟空整的幺蛾子吧："这精细鬼、伶俐虫怎么还不回来？"银角大王说："没事儿，接着喝。"两个人就把刚才的怪事放到一边，继续畅饮。

两个小妖怪求孙悟空将这个宝贝与他们交换，孙悟空假装不答应，两个妖怪最后提出用他们手中这两个宝贝换孙悟空手中那一个宝贝，孙悟空假装很不情愿地和他们交换了。两个妖怪拿着葫芦高高兴兴地回去了。"大王，你看我们给大王您带回来的宝贝！"接着，两个小妖怪就解释一番这个宝贝的来历。金角大王和银角大王听说这个葫芦能装天，刚刚的忽明忽暗就是这个葫芦捣的鬼，很是惊奇，让精细鬼和伶俐虫演示一下，还像模像样地把火把点了起来。精细鬼和伶俐虫念了半天咒，却发现根本不灵。两个大王怀疑那个假神仙就是孙悟空。两个人唉声叹气："这没了宝贝，可怎么对付孙悟空呀？"

银角大王忽然想起来："哥哥，咱们还有幌金绳呢！"金角大王说："可是幌金绳还在干娘手里呢！"银角大王正准备去接干娘，精细鬼和伶俐虫毛遂自荐，要将功折罪，负责去接干娘。金角大王问："派哪个去？"银角大王说："不派这样的废物去！"说着，就叫常跟随他们的巴山虎、倚海龙来，吩咐他们去请老奶奶来吃唐僧肉，并带幌金绳来。孙悟空跟着他们，探听到那个干娘住在压龙山的压龙洞。走到半路时，孙悟空将那两个小妖定住，然后使出分身术，去接那个干娘了。半路上，孙悟空瞅准时机，将那干娘打死，发现那个干娘原来是一只九尾狐狸精。孙悟空搜出幌金绳，自己又变成那个狐狸精的样子，去赴两个大王的宴。

　　行者拔下两根毫毛来，变成巴山虎、倚海龙；又拔下两根毫毛，变成轿夫，他就坐着轿子，不多时就来到莲花洞品。两个大王率大小群妖将行者变的这个假干娘迎进洞里。狐狸精进了莲花洞，走到唐僧几人面前，装模作样地说："怪不得唐僧肉好吃，看这细皮嫩肉的！这个就是沙和尚吧，看着挺厉害的！剩下的这个就是猪八戒吧，看着肥头大耳的！"狐狸精转身的时候，故意在两个大王看不见的地方掀起裤腿，露出一条长满猴毛的腿。猪八戒被吊在梁上，看得清楚，哈哈的笑了一声。沙僧说："二师兄，被吊着还笑。"八戒答道："咱们只怕奶奶来了就被蒸了吃了；原来不是奶奶来了，是弼马温来了。"两个大王提议蒸唐僧，行者却说："我的儿，我倒不吃唐僧的肉，还是把那猪八戒的耳朵给我割下来当下酒菜吧。"八戒听了，慌忙道："遭瘟的，你来就是要吃我的耳朵的！我喊出来可不好听啊！"这时，几个巡山的小妖和把门的妖怪们撞进门来报告："大王，祸事了！孙行者杀了奶奶，假扮她来了！"妖怪闻言，拽出宝剑就朝行者劈脸砍来。好大圣，将身一晃，只见满洞红光，预光逃走了。

　　金角大王提议放唐僧师徒西去，银角大王不肯。银角大王和行者战了有三十回合，不分胜负。行者抛出幌金绳，扣住了银角大王。可那魔头有《紧绳咒》，也有个《松绳咒》，得以脱

身，又念《紧绳咒》，捆住了孙行者！

金角大王见抓住了孙悟空，十分高兴，忙叫小妖准备酒宴，一来给自己的贤弟庆功，二来准备吃唐僧肉。

孙悟空被妖怪绑进洞里之后，和唐僧、猪八戒、沙和尚关在一起。他们本以为这次死定了，孙悟空却安慰他们，让他们不用担心，自己有办法逃出去，他先想办法摸摸两个妖怪的底细，把他们抓住，然后来救他们三个。说完，孙悟空忙拔出一根毫毛，变成钢锉，把幌金绳锯断。他又拔根毫毛，变成一个假悟空，真身却奔出妖洞，化名"者行孙"，又在洞前挑战。

金角大王和银角大王正在饮酒，忽然间听说又来了个者行孙，大吃一惊道："怎么才抓了孙行者，又来了个者行孙。"银角大王和孙悟空交了几次手，每次都占上风，所以根本不把孙悟空放在眼里，觉得大家都是夸大其词，再加上自己手中还有一件法宝，因此说："怕什么，我拿宝葫芦，把那者行孙一起抓来。"

银角大王拿着宝葫芦，来到洞前一看，洞外边的是一个跟孙悟空一模一样的人，银角大王有些奇怪，但是他也没把这个人放在心上，问道："你是什么人？"孙悟空答道："我是孙行者的弟弟者行孙，快把我哥哥和唐僧师徒放了，不然，我把你碎尸万段。"银角大王说："我喊你一声，如果你敢答应，我就把唐僧师徒放了。"孙悟空心想："我真名叫孙行者，假名字叫者行孙。真名字会被葫芦装进去，假名字应该不会吧。"于是，他说："别说答应一声，就是答应一千声，我也敢。"银角大王拿着宝葫芦，对准孙悟空，喊了声"者行孙"，孙悟空刚答应，立即被吸到葫芦里去了。

孙悟空刚开始不知道那宝贝的厉害，一时大意，被吸进葫芦里，他觉得万分难过，浑身上下的毛都要化了。孙悟空正以为自己要栽在这里时，忽然摸到自己后脑勺上有三根毫毛很坚硬，没有化。他想起来，这是观音菩萨当初给他的三根保命毫毛。孙悟空大喜，急忙拔出一根毫毛，护住自己，然后等待时机。

银角大王将孙悟空吸进葫芦之后就回洞府去了，金角大王对银角大王说："咱们先喝酒，等把者行孙融化了，咱们再揭开帖子看看。"金角大王和银角大王喝光酒，揭开帖子，悟空忙变成一只小虫子飞了出来。金角大王和银角大王没注意到那只虫子，他们往葫芦里一看，发现"者行孙"已经没了，还以为"者行孙"已经被宝葫芦给化成血水了呢。

其实呀，大圣从葫芦里飞出来，打个滚，又变成了那个唤作倚海龙的小妖，也就是原来被派去请老奶奶的两个小妖中的一个。他为两个大王斟酒，趁机把葫芦塞入了衣袖里，拔根毫毛，变个一模一样的假葫芦，递给了银角大王。那魔头也不看真假，一把接过了宝贝。

孙悟空偷了宝葫芦，又来到洞口挑战。孙悟空对小妖说："快去通报，就说行者孙来了。"金角大王听说又来了个行者孙，大惊道："幌金绳捆着个孙行者，葫芦里装着个者行孙，怎么又

来了行者孙？"银角大王说："这葫芦能装一千个人，让我把行者孙再装进宝葫芦。"说完，银角大王就拿了葫芦走出洞来。

银角大王说："行者孙，我叫你一声，你敢不敢答应？"孙悟空说："别说一声，你叫一千声，我敢答应一万声。"银角大王将葫芦底儿朝天，口朝地，喊了一声"行者孙"，可是孙悟空答应之后却没有被葫芦吸进去。银角大王很吃惊，不知道是怎么回事。孙悟空哈哈大笑，拿出来一个葫芦，这个葫芦和银角大王手里的一模一样。银角大王见孙悟空手里也拿着葫芦，感到很奇怪，就问孙悟空从哪儿弄来的。孙悟空反问银角大王，银角大王说："我这个葫芦是开天辟地的时候，太上老君从一根仙藤上摘下来的。"孙悟空对银角大王说："那差不多，我也是从上面摘的，当时仙藤上有两个葫芦，太上老君只摘了一个，剩了一个。但是我这个葫芦是公的，你那个葫芦是母的。"银角大王拿着葫芦连喊了几声，可始终没把孙悟空装进去。孙悟空拿出宝葫芦，喊了一声，银角大王一下被吸进葫芦里去了。

金角大王听说银角大王被吸到宝葫芦里去了，悲痛欲绝。猪八戒嘲笑金角大王，金角大王正要将猪八戒蒸着吃了，小妖怪回禀说："行者孙又在洞外叫阵呢。"金角大王连忙拿了宝贝去战孙悟空。

金角大王和几百个小妖把孙悟空团团围住，孙悟空拔根毫毛，嚼(jiáo)碎后喷出去，喊声"变"，变成无数个孙悟空，把小妖打得死的死，逃的逃。金角大王慌了，想要逃走，但是不管

他逃到哪里，孙悟空都正好堵在他前面！正当孙悟空拿出紫金红葫芦准备将金角大王也收进葫芦里时，太上老君来了："大圣，手下留情啊！"

　　那妖怪一见太上老君就跪倒在地："老祖饶命啊！"说着就变成了一个眉清目秀的童子。太上老君说："徒儿，你私逃下界，惹出如此大祸！你那兄弟呢？"孙悟空摇了摇葫芦说："在这葫芦里呢！"太上老君急忙升起玉局宝座，伫立在空中，叫道："孙行者，还我宝贝。"大圣升到空中，说道："什么宝贝？"老君道："葫芦是我盛丹药的，净瓶是我盛水的，宝剑是我炼魔的，扇子是我扇火的，绳子是我勒袍子的带子。那两个妖怪，一个是我看金炉的童子，一个是我看银炉的童子。因为他们偷了我的宝贝，走下界来，正没处寻呢，却是被你拿住了，得了功绩。"大圣道："你这老官儿，着实无礼。放纵家属作恶为邪，应该问个管束不严的罪名。"老君说："不干我的事，这是你们师徒该有的磨难，不这样无法修成正果。"孙悟空没办法，只好把葫芦和扇子还给太上老君。太上老君揭开宝葫芦，里面喷出一股仙气，太上老君用手一指，那仙气变成个童子，最后两个童子跟着太上老君回天宫去了。

　　孙悟空解救了唐僧和两个师弟，四人继续去西天取经。

西游趣闻

法宝众多的金角银角为什么赢不了孙悟空

平顶山的金角大王和银角大王是太上老君的两个童子，他们下凡为妖之时，拿走了老君如下法宝：紫金葫芦、芭蕉扇、七星剑、晃金绳、羊脂玉净瓶。这些宝贝有多厉害，大家在读过故事以后肯定都知道了。就这样，两人还打不败一个孙悟空，这是为什么呢？

一、这兄弟二人心不齐。金角知道唐僧即将进入自己的地盘，还知道师徒四人的模样，银角却不知道。由此，银角心中不仅纳闷儿还产生了怨气，怪金角对他一直隐瞒，二人生出了嫌隙。后来，银角瞒着金角偷偷行动，却总是功亏一篑。原著中有："银角道：'今日巡山怎的？'金角道：'你不知，近闻得东土唐朝差个御弟唐僧往西方拜佛，一行四众，叫作孙行者、猪八戒、沙和尚，连马五口。你看他在哪处，与我把他拿来。''我记得他的模样，曾将他师徒画了一个影，图了一个形，你可拿去。但遇着和尚，以此照验照验。'"

　　二、这二人勇猛不足，智商欠费。先前，二人派出的精气鬼儿、伶俐头儿？被孙悟空骗走了宝贝，更可笑的是，这两个小妖将使用的口诀都告诉了悟空。后来，他们又派巴山虎和倚海龙去压龙山接九尾狐狸。数次使派笨蛋小妖去办事儿，这两人的智商是不是有待提高？

　　三、二人过于自信，有了厉害的法宝，就没把孙悟空放在眼里，大意轻敌。

知识链接

来龙去脉

术数用语。堪舆家称山脉的起伏为"龙"，其主峰称为"来龙"；山谷中溪流称为"脉"，而其主流则称为"去脉"。来龙去脉指从头到尾像脉管一样连贯着的地势。现在常用来比喻事物的来历或事情的前因后果

五荤三厌

三荤五厌泛指荤腥食物，是佛道二教的混合物。五荤，即五辛，指五种辛味蔬菜。（炼形家以小蒜、大蒜、韭、芸薹、胡荽为五荤；道家以韭、薤、蒜、芸薹、胡荽为五荤；佛家以大蒜、小蒜、兴渠、慈葱、茖葱为五荤。三厌，厌，不忍的意思。道家有三种不忍心吃的东西：天厌雁（有夫妇之伦），地厌狗（有护主之义）、水厌乌鱼（有忠君之心）。

第十三回

乌鸡国救国王

精彩预告

乌鸡国国王托梦给唐僧，请唐僧为自己伸冤。太子到皇家寺院上香祈福，唐僧师徒趁机向太子禀明真相。太子回宫向母亲求证，得知唐僧师徒说的竟然是真的。八戒入井驮回死尸，悟空金丹救人性命。假国王是怎么露出原形的？他是哪位菩萨的坐骑呢？

　　唐僧师徒离开平顶山，走了半个多月，进了一个名叫乌鸡国的国家。

　　这个国家最近有一件很奇怪的事——他们的国王变了。要说变了吧，可还是那个人，一模一样，只是性情与以前大不相同。在以前，国王对王后非常恩爱，对王后给自己生的太子也非常疼爱，就算有时候会责骂他，但也都是为了太子好。可是不知道从什么时候开始，国王不再喜爱王后，而且下令让太子埋头读书，不准见王后。王后要过生日了，想请国王参加自己的生日宴，可是被国王无情地拒绝了，还说："寡人国事在身，恕不奉陪！"太子求见的时候，国王倒是接见了，可是太子提出要陪自己母亲过生日，国王却拒绝了，不管怎么说都不同意。最后太子没办法，就提出一个折中的办法——自己去皇家寺院上香，给国王、王后祈福，国王勉强同意了。

　　这天，唐僧他们师徒四人一起在一座寺庙里休息，巧的是，那家寺庙正是乌鸡国的皇家寺院。

　　唐僧前去借宿的时候，寺院住持上下打量了唐僧一番，眼睛里透出一股鄙视的意味，又听说唐僧是远道而来的，就说："此处是皇家寺院，只接待达官贵族、皇亲国戚，不接待其他人，你们还是到别处去吧！"唐僧再三请求，住持就不耐烦地说："你这和尚好不啰唆（luō suo，言语繁复），又油嘴滑舌，快快出去！"唐僧就垂头丧气地回去了，回去之后，师兄弟三人一听说这件事，就生气了，孙悟空更是掏出金箍棒大肆打砸了一通，最后住持被孙悟空威胁了一通，只好同意了，还给他们安排了上好的客房，将一应事务都打点得妥妥贴贴的。

到了晚上，太子在离宫之前想偷偷去见一见自己的母亲。

寺院这边，到了晚上，孙悟空、猪八戒、沙和尚都睡了，唐僧一个人坐在油灯下看诗文。到了半夜，忽然起了一阵狂风，将窗子吹开了，唐僧关上窗子，再坐下来的时候，觉得有些困，就伏在桌上打了个盹儿。忽然，唐僧听见有人叫自己，就顺着声音走了出去，想看看是谁在喊他。唐僧一路走到了寺院后花园，听见声音是从一口井里传出来的。唐僧停下脚步，凝神一看，只见井里冒出一股白烟，待烟雾散去之后，出来一个人，唐僧吓了一跳，不敢细看："啊？你是哪里来的妖怪？我手下三个徒弟，都是寻妖捉怪的好手，你快些逃命去吧！"那个人飘到唐僧面前："师父，我不是妖怪！""你既不是

妖怪，又怎么会在井中现形呢？"那个人说："唉！师父你再仔细看看我。"唐僧大着胆子仔细看了看那人，只见那人穿着龙袍，手中持有玉珪（guī，古代帝王、诸侯朝聘或祭祀时所持的玉器）面上自有一种久居高位的威严。唐僧急忙叩首（kòu shǒu，跪下磕头）："见过陛下！但是，不知陛下是哪国国君呢？为什么会来到这里？"那个人说："不瞒师父说，我正是这乌鸡国的国王！"唐僧更吃惊了："你既是这乌鸡国的国王，又怎么成了这般模样？"

国王听见这话，更忧愁了："唉！这事说来话长，几年以前，我们国中来了一个全真道士，这个道士本领高强，他会呼风唤雨，还会点石成金。我一时大意，被他迷惑了，就与他结为兄弟，虽不是亲兄弟，可胜似亲兄弟。闲暇之时，我们会经常在一起闲聊。有一天，我们一边商讨事情，一边散步，不知不觉就到了御花园此处。我正要前行之时，我那结拜兄弟忽然拦住我，让我看右边。我见那里有一口井，井中好像有什么宝贝，发出刺眼的金光。我很好奇，探头去看，却不料我那结拜兄弟一把拉住我的衣领，把我推到了井中，然后他又施法，将花园中一块大石头移到井上，将井盖严。之后，他又变化成我的模样，接管了我的一切，周围的人都没有觉得有什么不同，即便是觉得有些奇怪，也不敢多言。"

唐僧一听更惊讶了："原来你是一个含冤死去的君王啊！"国王说："正是如此，长老不必害怕。我如今找你只是听说你慈悲为怀，乐善好施，你的几个徒弟又神通广大，所以我想请你为我申冤，擒拿妖魔！"唐僧想了想说："我那大徒弟孙悟空倒是有一些降妖伏魔的手段，只是……只是现在那妖怪做了乌鸡国的国王，我徒弟纵是有千般万般的手段，也不敢轻易动干戈啊！"国王说："长老不用担心，我那太子明日必定会到这座寺庙进香，只盼长老与他相见，将我的冤屈诉说给他。太子如果知道了我的冤屈，必定会相助师父。"唐僧却还是有些疑问："那太子肉眼凡胎，怎能相信我的言语？"国王说："长老不必担心这个，我这儿有一块儿玉珪，长老见了他，就将这块玉珪交给他，他必定会相信你所说的话！"说完，国王就化成青烟不见了，唐僧怎么喊都没有回应。

唐僧见国王走了，一时着急，就醒了过来，愣了一下："原来是一个梦啊！"可是低头一看，桌子上却有一块儿玉珪，正是梦中国王给他的那一块。唐僧急忙喊："徒弟！徒弟！"孙悟空正在隔壁房间睡觉，忽然听见唐僧在喊他们，立刻喊醒猪八戒和沙和尚他们。他们跑过去，唐僧拉着孙悟空说："徒弟，我

刚做了一个怪梦，梦里梦见一个国王走过来。那国王告诉我，他是乌鸡国的国王，三年前，有个妖怪把他推到御花园的八角玻璃井中，妖怪变成国王的模样，做了国王。国王请我们去除妖，替他报仇。还说明天太子会来这里，让我们把这件事告诉他，让太子帮助我们捉拿妖怪，还留下了一个凭证，正是这块玉珪！"师徒四人对此事半信半疑，直等到第二天看看太子来不来，然后另做打算。

第二天，太子果然来了，孙悟空变出一个盒子，让唐僧趁太子拜佛完毕，参观寺院的时候将盒子交给太子。

太子拜完佛，游览寺院的时候，正好来到后花园，却见门上有一把黄铜大锁，太子很奇怪："这门怎么锁上了？我记得后院明明有好几处很不错的景致的。"住持解释说："只因三年前陛下偕同道长参观时，一阵大风将道长卷入井中，陛下心痛，不愿再见到此处，所以将这个院落封了。"太子满不在乎："那个道士当时耍一些鬼把戏，蒙蔽我父王，死了正好！开门，我要进去赏景！"太子却被他身边的人给拦住了。

太子正要打道回府，见唐僧迎面而来，便问道："你是哪里的和尚？要做什么去？"唐僧说："贫僧是东土大唐来的和尚，要去西天求经献宝！"太子说："哦？献宝？你们东土有什么宝贝呢？拿出来让我看看。"唐僧就做出一副很为难的样子："此处不便观看，请太子随我来！"说完，唐僧领着太子进了他们休息的客房。

唐僧拿出那个盒子，对太子说："就是这个宝贝，名叫立帝货，能知过去未来，能言凶吉祸福。"说着，唐僧就打开了那个盒子。太子凝神细看，只见是一个巴掌大的小人，尖嘴猴腮，一脸猴毛。原来这正是缩小后的孙悟空。

太子问孙悟空凭什么断凶吉祸福，孙悟空对太子说："你不信的话，我问问你，几年前，你们这儿是不是来了一个道士？还与父王结为异性兄弟，可有此事？"太子说："此事尽人皆知。"孙悟空又接着问："那我问你，现在那个道士在哪儿？当今的陛下又是谁呀？"太子说："这还用问？道士被风刮走了，当今的陛下自然是我父王！"孙悟空开始哈哈大笑并现出原形："殿下，被风刮走的是你父王，如今坐王位的是那个道士！"太子不信："你胡说！这话要是被我父王听到，一定会将你碎尸万段的！"孙悟空没办法，唐僧就上前将昨天晚上国王给他的玉珪拿了出来。太子还不信，还说是唐僧他们偷自己父王的东西，要拿刀砍他们。最后说了半天，几人商定，太子回宫之后去问一下自己的母后。

当天晚上，太子趁着夜色偷偷去见自己的母亲，可不巧被假国王的眼线发现了。太子将在寺院中遇到的怪事讲给自己的母后听，并拿出玉珪给自己的母后看。王后思前想后，觉得唐僧他们说的是真的。但是此时，假国王过来了，要杀了太子。王后以命相搏，使太子得以逃了出去，她自己却被软禁了起来。太子一路逃寺院，向唐僧几人求助去了。那妖

怪还不放心，就又回后花园去查看详情，发现水井被打开了，又惊又气。但是那妖怪又不敢声张，只好暗中查探，并下了一个搜拿太子的命令。

太子回宫之后，唐僧师徒四人也没闲着。孙悟空对唐僧说："要去除妖，先要找到国王的尸首，国王既然是从井里出来的，尸首也必定在井里面，我的水性不好，沙和尚又太耿直，不适合干这种事，八戒最合适，只要八戒去水里把国王的尸首找到，包在包袱里，明天上朝就可以去捉妖怪了。就怕八戒不肯去……"唐僧点点头说："你去叫八戒吧，只是不要捉弄他。"

孙悟空答应一声，来到八戒床边，连喊了几声，猪八戒只顾打呼，哪里叫得醒。孙悟空捏住猪八戒的鼻子，猪八戒喘不过气来，直接憋醒了，孙悟空把他拉了起来，猪八戒很生气："三更半夜不睡觉，你干吗呢！"孙悟空悄悄对八戒说："哥哥照顾你一宗好买卖！有件宝贝，咱们现在就把他偷来。"猪八戒听说有宝贝，一骨碌爬了起来，穿上衣服，跟着孙悟空就走。

乌鸡国离寺庙只有几十里，两人驾着祥云，一会儿就到了。两人按落云头，悄悄地来到了御花园里。悟空一边想着唐僧做的梦，一边在御花园里寻找。他找到那个被石头压住的水井，对猪八戒说："八戒，快动手，你把这块石头搬开，宝贝就在这块石头底下！"猪八戒过来一看，顿时不高兴了："原来是叫我干力气活来了，我不干！"说着他就要回去。孙悟空急忙拉着他："哎，八戒，你如果不搬，那等我把石头搬

开，那宝贝可就归我了。"说着就要动手，猪八戒一听又心动了："哎，猴哥儿，你歇着，我来搬！"猪八戒使了吃奶的劲，终于把石头搬开了，露出一口井。孙悟空见了，高兴地说："宝贝就在这井里。"

可怎么下去呢？猪八戒又要回去，孙悟空又拦住他，只见孙悟空掏出金箍棒，喊声变，金箍棒变得有七八丈高。孙悟空提着金箍棒，对猪八戒说："八戒，你拉着金箍棒，我把你放下去，等你拿到宝贝，我再把你拉上来，怎么样？"猪八戒抱着金箍棒慢慢向下滑去。快到水面时，孙悟空一松手，猪八戒"扑通"一声掉进水里，呛了好大一口水。悟空问道："可有宝贝？"

"没有宝贝，只有井水。"猪八戒回答说。

"宝贝沉到井底啦！你下去摸摸。"孙悟空对八戒喊道。八戒憋了一口气，沉到井底，结果来到了水晶宫，正在惊讶，水晶宫的大门打开了，龙王从里面迎了出来，让猪八戒进去细谈。猪八戒一见龙王，就给龙王要宝贝，龙王说："小神只不过是井龙王，比不得海龙王，哪里有什么宝贝！"猪八戒不信："我猴哥儿说你有宝贝，那你就一定有，你不拿出来，我还不走了！"龙王想了想："既然是大圣说我这里有宝贝，那还真有一件宝贝，只是这里不便观看，请随我来！"猪八戒跟着龙王进去，只见龙王说的宝贝是一具尸体。猪八戒不乐意了，龙王解释说："他可不是一般人，他是乌鸡国的国王，几年前落入井中，我用定颜珠将他定住，保护他的尸身不烂，你要是把他驮出去，这颗珠子就归你了。"猪八戒不乐意，龙王好说歹说，猪八戒就是不同意，之后龙王很生气，就将猪八戒赶出去了。猪八戒连忙游到水面，大喊道："猴哥，快把金箍棒伸下来救救我！""可有宝贝？"悟空问道。"哪有什么宝贝，摸来摸去，只摸到了一具尸首。"八戒一肚子的气。"那尸首就是宝贝，快把他驮上来。"猪八戒不肯驮尸首，悟空对猪八戒说："你要是不驮，我就回家去，你就在这井里待着吧！"猪八戒没有办法："该死的弼马温！总是欺负我！"说归说，猪八戒迫于孙悟空的威胁，只好又一个猛子扎到井底，然后驮着尸首来到水面。悟空看清楚后，把金箍棒伸到井下，猪八戒驮着尸首爬出了井。

孙悟空见那皇帝头戴冲天冠，腰束碧玉带，身穿黄袍，容颜与活着时一样，十分高兴。他叫猪八戒驮着尸首，念动咒语，一会儿就回到了寺庙。

猪八戒虽然被迫把国王的尸首背了回来，可却憋了一肚子气，但好歹自己还能落得一颗定颜珠。猪八戒将尸首放下之后，就去国王身上摸出来一颗珠子，正要拿走，却被孙悟空抢了过来："呆子！你拿走了定颜珠，国王可就坏了！"

唐僧问孙悟空能不能救活国王，猪八戒一心想报复一下孙悟空，一听这话，顿时坏主意涌上心头。他对唐僧说："师父，师兄说，他能救活这国王。"

唐僧听了，忙叫孙悟空救活这国王。悟空急得连忙摇手道："我几时说过？人都死了三年了，哪里还能救活？"猪八戒

又在旁边挑拨说："不是他不能，是他不肯医，如果他医不好这个国王，那他干吗费这么大的劲，让俺老猪又是跳井，又是驮尸体，折腾这么大一圈，他肯定能。师父，你快念紧箍咒，保证他能还你一个活人。"唐僧果然念起紧箍咒来，痛得悟空直讨饶。

孙悟空没有办法，只好一个筋斗来到天宫，找太上老君借九转还魂丹。

太上老君炼完丹药，正出来闲逛，刚走到宫门口，就听到有人在喊："老官儿！"太上老君远远望去，正是孙悟空。太上老君顿时想起当初孙悟空祸害自己的丹药，打了一个冷战（lěng zhàn，因寒冷或害怕浑身颤抖），赶紧喊自己的侍童："童儿快走！偷丹药的贼又来了。"可是孙悟空脚程快，没等他们藏起来就到了，太上老君看见孙悟空，问道："你不保唐僧到西天取经，到我这儿，又想偷我的仙丹啊！"孙悟空把乌鸡国国王的事告诉了太上老君，还说："我师父慈悲心肠，让我去救那乌鸡国国王，我想了半天，也没有什么好办法，就想到你这儿来求丹药。老官儿，把你的九转还魂丹借一千粒给我，救救那国王吧！"太上老君一听，大声骂道："你这猴头胡说八道，一千粒，当饭吃啊！没有没有！"说完转身就要走，孙悟空拦住他："一百丸也行啊。""没有没有！""十来丸也可以。""没有没有，一丸都没有，你到别处去借吧！"孙悟空听了笑嘻嘻地转身就走。

这下，太上老君反倒害怕了，他对孙悟空说："猴头回来，你这猴头，手脚不稳，我怕你一会儿又回来偷，到时候再毁了我其他的丹药，罢了，罢了！"太上老君一边说，一边去找自己的童子："童儿，送他一粒吧。"童子不愿意，拿着宝葫芦不撒手，太上老君又哄了半天，童子才答应，将葫芦给了太上老君。太上老君从葫芦里倒出一粒金丹给了孙悟空，还说："拿去拿去，救活了那乌鸡国国王，也算是你的功德。"孙悟空一把抢过："我先尝尝是真是假。"说着就放进嘴里。太上老君着急了："泼猴该打！"孙悟空却从手里拿出来那一粒仙丹，原来孙悟空是捉弄太上老君。孙悟空谢过太上老君，驾着云回到宝林寺。

孙悟空把金丹给乌鸡国的国王灌下，国王活过来了。孙悟空给他换了衣裳，打扮成道士模样，第二天一起进了城。路上的时候，正好碰到了从宫中匆忙逃出来的太子。国王与太子二人相认，国王虽然不舍得与自己的孩子分离，但是又想到自己的王后还在宫中，就让太子返回宫中去保护自己的母亲。

那妖怪听说东土大唐取经的和尚来换关文，当即传旨宣进。悟空等人进去后，站在那里，也不跪拜，满朝文武见了，十分惊讶。"这班和尚，哪里来的？好没礼貌，见了我国国君，怎敢不拜！"悟空冷笑道："你这妖怪，还不认罪！你看看他是谁！"说完，悟空又把妖怪谋害国王、篡夺王位的事讲了一遍。还把国王的打扮去掉，让国王露出真容，满朝文武见了这事，都很吃惊。那妖怪见事情已经败露，又知道孙悟空的厉害，忙拿起宝刀，腾空而逃。

孙悟空让沙和尚保护唐僧，自己和猪八戒追那妖怪去了。猪八戒先走一步，追上那妖怪之后，两人过了几十招，猪八戒不敌，被那妖怪瞅了一个空子，在屁股后边踢了一脚，直接趴那儿了。孙悟空本来是站在那里看好戏的，见猪八戒吃了亏，就直接上手打了那妖怪一棒，那妖怪气急败坏地说："你这多事的猴头，我占别人的王位，与你有什么相干！"说完，举起宝刀向孙悟空砍去。孙悟空举起金箍棒相迎，两人斗了十几个回合。师兄弟两人齐心协力打妖怪，过了一会儿，那妖怪不敌，就将附近的枯枝枯叶、灰尘都吸过来，然后用法力将它们炸开，结果到处都是灰蒙蒙的。孙悟空和猪八戒的视线一时被挡住，那妖怪就趁着这个机会，跳到九霄云中，那妖怪正朝东北方向逃去，悟空一个筋斗追了上去。那妖怪抵挡不住，急忙逃回王宫，变成唐僧的模样。孙悟空赶到王宫，只见那里站着两个唐僧，两个唐僧都说对方是妖怪变的，分不清哪个是真唐僧，哪个是假唐僧。

孙悟空就问沙和尚："这是怎么回事？怎么有两个师父？"沙和尚说："我也不知道啊，一转眼就变成两个了。"猪八戒在旁边说："师兄，我倒是有一个主意，只要你能忍得住疼，你就叫师父念紧箍咒，会念的就是真师父。"孙悟空也顾不得头痛了，只好让唐僧念紧箍咒。那妖怪哪里会念紧箍咒，一会儿就漏了馅，被孙悟空指了出来，那妖怪赶紧逃走。悟空追上云端，举起金箍棒就要打。这时，天上飘来一朵祥云，高喊道："悟

空，手下留情！"悟空一看，原来是文殊菩萨。

　　文殊菩萨说："我是来助你除妖的。"说着，就拿出自己的宝贝，将那妖怪逼出了原形。孙悟空一看，那妖怪原来是一头青毛狮子。孙悟空正要打死那头狮子，却被文殊菩萨拦住了："大圣，这是我的坐骑，近日不知怎么回事，自己逃脱了，还到下界为妖，如今请大圣看在我的薄面上，饶了他吧。"孙悟空同意了，文殊菩萨收服了青毛狮子回西天去了。乌鸡国的国王死而复生，又当了国王，他大摆酒宴，感谢唐僧师徒，又叫画家画了唐僧师徒的像，供在金銮殿（jīn luán diàn，原为唐代宫殿，后亦泛称皇帝的正殿）上。

西游趣闻

火眼金睛为何识别不出假唐僧

在本回故事里，妖怪变成唐僧的模样以后，孙悟空愣是没认出来。难道是火眼金睛罢工或者失效了？当然不是。其实，火眼金睛是当初孙悟空被八卦炉的烟熏过以后留下的后遗症，并不能识别妖怪。让孙悟空识破妖怪本来面目的，是他们变化之后身上散发出来的气和周围的云雾之象。例如：

四圣试禅心的故事中，众神仙变作姣娜的女子，孙悟空"急抬头举目而看，果见那半空中，尘云笼罩，瑞霭遮盈"。孙悟空看到了仙气，因而断定这些女子是仙人所化。

小雷音寺的故事中，孙悟空观察周围的环境："却不知禅光瑞霭之中，又有些凶气何也。"于是，他断定小雷音是妖怪所在之地。

这下，大家知道原委了吧。

九转还魂丹

　　九转也作"九还"。《道枢·九转金丹篇》称"九还"是一还肾，二还心，三还肝，四还肺，五还脾，六还丹房，七还气户，八还精室，九还神室。据说吃后可以形体不腐，永存于世。

第十四回

收服红孩儿

精彩预告

牛魔王的儿子红孩儿，炼成三昧真火，神通广大，被牛魔王派来镇守昊山。红孩儿用计将唐僧捉回洞府。那三昧真火难住了悟空和八戒，也难住了四海龙王。八戒去请观音菩萨，反倒被红孩儿假扮的观音菩萨骗进了火云洞。红孩儿是如何识破悟空假扮的牛魔王的？他又是如何变成观音菩萨座前的善财童子的？

唐僧师徒辞别了乌鸡国的国王，继续往西天取经。

这天，他们来到一座高山前，那里风景宜人，树木茂盛，孙悟空总觉得那里不太平，就在短暂休息之后，催着唐僧、猪八戒、沙和尚离开。猪八戒还不乐意，说孙悟空是自己吓自己，孙悟空不管他，只是催着赶路。

几人继续往前走，越到里面，树木越茂盛。忽然，山坳（ào，山间平地）里蹿起一团红火，悟空一见，忙喊道："师父快下马，八戒沙僧快保护师父，妖怪来了。"八戒、沙和尚忙把唐僧围在中间。这时，忽然听到前边传来一阵呼救声，唐僧说："悟空，你听这声音，必定是有人在呼救，我们去救他。"悟空摇摇头说："这荒山野岭，哪有什么人，一定是妖精，若是有人叫，也没有人抬他，别理他，我们还是赶路吧！"唐僧听后，只好依他，快马加鞭向前赶路。可是这时候，又传来求救的声音，沙和尚也说自己好像听到了小孩子求救的声音，孙悟空心志坚定，就是不受迷惑，非拉着几人出山。唐僧怎么都不愿意，孙悟空没办法，只好说："我去看看。"然后他一看，果然是妖怪，刚才那呼救声，确实是妖怪喊的。这妖怪几年前就听说吃了唐僧肉能长生不老，于是天天在山上等候，刚才他升起红火，准备抓唐僧，没想到，被孙悟空识破了。于是，那妖怪就变成一个小孩，被吊在树上，他想用计先制服孙悟空。

孙悟空回来之后，故意指着相反的方向说："喊声在那边。"然后拉着几人走了。结果不管他们走多远，那个喊声总是跟着

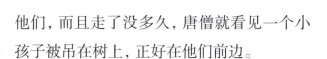

他们，而且走了没多久，唐僧就看见一个小
孩子被吊在树上，正好在他们前边。

　　唐僧要去救那小孩，孙悟空忙说：
"师父，别上当，那是妖怪！"还
对那妖怪说："好你个小妖怪，
你以为变个样子，我就不认
得你啦，你骗谁呢！师
父，别理他，而且这荒
郊野外的，附近又没有什
么人家，他一个小孩子是
怎么来到这里的，又被赤条

条地挂在树上，他肯定是妖怪。"那个小孩子辩解说："我不
是妖怪，我家住在松涧里，昨天我背着父母出来玩，结果被
一阵大风刮到这里，吊了一天一夜，师父快救救我啊，快救
救我！"

　　唐僧一听就要去救人，孙悟空还是拦着不让救，就生气
了，责骂道："你这猴头，一味地行凶杀人，全无一点慈悲，这
树上明明是个小孩，你却偏要说是妖怪。"说完，就叫猪八戒上
前解了绳索，把小孩放下来，又叫沙和尚背着这小孩前进。可
孙悟空害怕自己耿直的师弟被妖怪骗了，于是就毛遂自荐，主
动要求背那小孩："还是让你孙爷爷背你一程。我送你回家去
吧！"心想，背就背吧，找个机会把这妖精摔死。

悟空背着那妖怪，故意放慢脚步，慢慢地落在唐僧他们后面。孙悟空说："嘿嘿，还挺重啊，你这妖怪，瞒得过俺师父，却瞒不过俺！我知道，你是这山中的妖怪，想吃俺师父，哼！你休想！我师父可不是那么好吃的！"那个妖怪就装作很害怕的样子，喊唐僧："师父师父，我是好人家的孩子，我不是妖怪！"唐僧就责怪孙悟空："你这猴子，人家一个小孩子，还受了惊，吃了苦，你却非说人家是妖怪！"孙悟空急忙辩解："师父，我和他闹着玩的！"说着，就假装这个孩子要撒尿，让唐僧他们几个先走，自己背着那个小孩到了一处小山坡，悟空想把那妖怪摔死，就把妖精摔在地上，摔成一团肉饼。结果那妖精摔到地上，直接消失不见了，孙悟空见那妖怪不见了，急忙跳上云端，可四处观望都不见那妖怪的踪迹，孙悟空想了想，心叫"不好"！急忙回去，果然见那妖精吹起一阵旋风，把猪八戒、沙和尚吹得晕头转向，然后趁机抓起唐僧，回山洞去了。

悟空见了旋风，知道是妖精作怪，连忙赶来，可惜迟了一步，师父已经被妖精抓走了，只剩下猪八戒和沙和尚。孙悟空气得直跺（duò）脚，说道："我叫你们看着师父，你们都干什么去了！"沙和尚和猪八戒辩解说："那一阵风太大了，吹得人睁不开眼睛，结果一睁开眼睛，就不见了师父。"孙悟空气急了："师父不听人言，如今被妖精抓走，如何是好！"猪八戒和沙和尚这才想起孙悟空刚刚背的孩子，问那孩子的踪迹，孙悟空直接骂道："什么孩子，那分明是个妖怪。师父肉眼凡胎，不知道

那是个妖怪，也
就算了，你们也不听俺老孙
的劝！如今师父被妖怪抓走了！"
几人商量了半天，最后悟空举起金箍棒，
一阵猛打，把山神和土地全召来了。

　　山神和土地见了悟空，连忙跪下叩头，悟空问道："这
么多山神土地！我来问你，这是什么山？"山神忙回答说："这座
山叫昊山，方圆六百余里，共有三十个土地，三十个山神，因此
一时之间很难到齐，所以请大圣恕罪！"孙悟空说："没事没事，
我问你，这山中可有妖怪？有多少妖怪？"山神忙回答说："这山
中有一条涧，叫枯松涧，涧边有个火云洞，洞中住着一个妖精。
这个妖怪神通广大，经常把我们抓过去给他烧火做饭啊！小妖
们还经常找我们麻烦，要我们交保护费，不给他们，就要拆毁我
们的庙宇，剥光我们的衣服。哎呀，大圣，你帮帮我们，收了这
个妖怪吧！"说着，土地和山神纷纷跪下求孙悟空捉拿妖怪，救
他们脱离苦海。孙悟空问："这儿的妖怪叫什么名字，是什么来
历？"土地说："说起这妖精，大圣或许知道，他是牛魔王的儿子，
号称红缨大王，小名是红孩儿，在火焰山修行了三百年，炼成三
昧真火，神通广大，牛魔王特地派他来镇守此山。"

　　孙悟空听了山神的话，非常高兴，对八戒和沙和尚说："兄
弟们放心，师父有救了，那妖精绝对不敢伤害师父。这妖精与
俺老孙有亲，论辈分，我还是他叔叔呢！"猪八戒不相信："这

儿离花果山还远着呢！有什么亲啊，即便是有亲，在这儿？别拿我们开玩笑了！"孙悟空解释说："五百年前，牛魔王与俺结为兄弟，他是牛魔王的儿子，论起辈分，我可不就是他叔叔！"沙和尚有些担心："常言道，三年不上门，亲也不是亲。都这么多年了，人家还认你吗？"三人决定去看看，告别山神，牵着马，挑着行李，顺着涧边向前寻找，见到涧梢头有座石板桥，桥下有个洞，一块石碑上刻着"枯松涧火云洞"六个大字。

孙悟空让沙和尚看守行李，自己和猪八戒来到洞口，喝令看门的小妖进洞通报。

那妖精抓到唐僧后，带回了洞里，只见一群小妖怪围着唐僧，个个都是小孩子模样，聪明可爱，唐僧怎么也不敢相信这些孩子就是妖怪！一个小妖怪说："大王哥哥，听说吃了唐僧肉可以长生不老！"那大王说："我早就知道了！"他正叫小妖打水，准备把唐僧上笼蒸了吃，忽然听小妖前来报告那大王，说有个毛脸雷公嘴的和尚，带着个长嘴大耳的和尚，在那儿要师父呢。

他忙提着火尖枪，走出洞去高叫道："什么人敢在这儿捣蛋？"悟空走近一步，笑着说："我的贤侄，今天早上你变成病孩，我好心好意背你，你却变成一阵风将我的师父卷走了，快快送出我师父，免得翻了脸，做不成亲人。"猪八戒也在一边帮腔。

红孩儿一听，大怒道："胡说！谁和你是亲人！谁是你贤侄！"孙悟空一听觉得不对劲，说："你不认得俺？"红孩儿一口否认："不认得！"孙悟空又说："你父亲没跟你提起过我？"红孩儿一听就笑了："我父亲没事提你干什么！"孙悟空说："贤侄，不得无礼，我是五百年前大闹天宫的齐天大圣，曾与你父亲牛魔王结为弟兄，那时，你还没有出生呢！"红孩儿不信："哼！你这么说，是想变着法让我放了你师父吧！"孙悟空又近前一步："说是救我师父也不假，快快把你祖师爷爷送出来。"

红孩儿哪里肯信："猴头！你欺我年幼，我决不饶你！看枪！"话刚说完，挺枪就刺。孙悟空没把他放在眼里："你小小年纪，怎么这般这么无礼！"红孩儿不理他，直接刺向孙悟空，孙悟空一躲，猪八戒直接伸手抓住了枪头："你这孩子！真不懂事！他是你孙大叔，我是你猪二叔，快备酒席给我们接风啊！"红孩儿不搭理他们，被他们一口一个"叔叔""贤侄"弄得火大，直接使出火云诀，将猪八戒身上的衣服给点着了，孙悟空和猪八戒狼狈地逃走了。

红孩儿见猪八戒和孙悟空被自己赶走了，很高兴，带着一群小妖怪回了洞府，进洞之后直接对唐僧说："老和尚，你那两

个徒弟被我的三昧真火给烧死了，没有人来救你了，你等着被吃吧！哈哈哈哈哈。"唐僧被红孩儿的一番话吓得不轻，念了一句"阿弥陀佛"！

孙悟空和猪八戒回到了放行李的地方，好不容易才把猪八戒身上的火给扑灭了。孙悟空和沙和尚嘲笑猪八戒被火烧得很狼狈，猪八戒则埋怨孙悟空没有给红孩儿说清楚，结果亲戚关系没攀上，师父没救出来，自己还差点折进去。沙和尚笑了半天，突然想起来："大师兄，那个红孩儿不是火势凶猛吗？何不取相生相克之法，取一些水过来把他的火给扑灭，师父不就有救了吗！"孙悟空和猪八戒一听，大呼："有道理！"

孙悟空来到东海，向东海龙王讲明来意，龙王想了想，直接敲响大鼓，将四海龙王全部召集到一起。四海龙王集合之后，一听说是孙悟空找他们，都叫苦不迭，但是等孙悟空说明来意："我护送唐僧去西天取经，到了一处火云洞，这火云洞的守护者是俺老孙结拜兄弟的儿子，只是不知怎么回事，竟然不认识俺老孙，我不愿与他争斗，但是他不听我说话，要放三昧真火烧我们。那三昧真火十分厉害，我们拿他没办法，所以想请几位出手，等我们几个相互斗法时，那孩子一放火，你们就听我的号令，一起降水扑灭它。"四海龙王答应了。

悟空请四海龙王站在云端，自己前去火云洞挑战。红孩儿正在火云洞里和小妖怪商议事情，忽然听见有人禀告说孙悟空又来了，就拿起自己的枪，出去迎战。红孩儿见了自己的手下

败将，很是高兴："猴头，你是不是给我送烤猪来了？"孙悟空说："哼！妖怪，你快把我师父送出来！"红孩儿不答应："你那师父早就被我当成下酒菜给吃了！"孙悟空一听就生气了，举起金箍棒就打，红孩儿张嘴就把三昧真火喷向孙悟空。孙悟空忙向空中喊道："龙王快降雨。"话音刚落，空中就下起了大雨，可这雨只能浇灭凡火，却浇不灭三昧真火，那火不但不灭，反而更大，而且还冒出滚滚浓烟。孙悟空没办法，只好跳上云端走了。红孩儿烧了孙悟空不算，还用三昧真火烧龙王，龙王不敌，也走了。

孙悟空和猪八戒、沙和尚商量，决定去请观音菩萨来帮忙。猪八戒自告奋勇，前去请观音菩萨。临走之前，孙悟空交代猪八戒要小心说话，一定要请观音菩萨来帮忙。猪八戒一路向南海去了，但是很不巧被红孩儿察觉了他的意图。红孩儿顽皮心起，就驾起云彩，一路加速前行，超过猪八戒，到了猪八戒的必经之路，变成观音菩萨的模样等着猪八戒。

猪八戒走着走着，忽然看见观音菩萨，虽然暗暗奇怪观音菩萨为何不在南海，仅而在这里，但是救人如救火，自己不用跑那么远，猪八戒还是十分高兴，他急忙上前叩头。"观音菩萨"问猪八戒为何在这里。猪八戒说："菩萨，弟子与师父行到火云洞，师父被那红孩儿绑走了。我和师兄前去与他交手，谁知道那小妖怪会吐火，师兄被他烧伤了，师兄让我前来请菩萨帮忙。""观音菩萨"说："那火云洞洞主不是个伤天害理之人，一定是你们冲撞了他！"猪八戒急忙反驳："不是我冲撞了他，是我那师兄冲撞了他。""观音菩萨"说："这样吧，你跟我进洞去，去见洞主，你赔个礼，我给你讨个人情，让他放了你师父。"猪八戒一听可开心了，直接就跟着"观音菩萨"走了。到了洞口，"观音菩萨"哄骗猪八戒进洞，猪八戒不疑有他，直接爽快地进去了。猪八戒一进洞门，红孩儿就显出本相，将大门关上，叫小妖抓住猪八戒，将猪八戒吊了起来。

悟空知道猪八戒被抓，急忙变成一只小虫，飞进火云洞探听消息。孙悟空在里面转了一圈，果然见到八戒被吊在那里。红孩儿对猪八戒说："猪八戒，你大睁着两只眼睛，竟然认不出我不是观音菩萨！就你这模样，竟然还想保护唐僧去西天取经，还想请观音菩萨收了我，你真是个废物！"猪八戒说："我老猪笨，上了你的当，但我师兄是齐天大圣孙悟空，他可不是好惹的，总有一天他会来救我的，到时候，我一定会让他重重责罚你！"红孩儿就吓唬猪八戒，要杀了他下酒。

这时，红孩儿命令六个小妖："你们赶快启程，前去请老大王过来，说我抓住了唐僧，请他来吃唐僧肉，好长生不老。"六个小妖领命，出门去了。

悟空听了，忙飞出洞门。他飞到前面，变成牛魔王的模样，假装是在这附近打猎，在路上等六个小妖。那六个小妖走了没多久，就看见牛魔王在打猎，小妖怪非常高兴，请牛魔王前往火云洞。

　　红孩儿抓到了唐僧，只顾得开心了，没想太多，直接将孙悟空变的牛魔王引进洞里，孙悟空假装不知情，就问红孩儿请他来有什么事。红孩儿说是抓到了唐僧，要和他一起吃唐僧肉。孙悟空装出很吃惊的样子："是哪个唐僧，可是孙行者的师父？"等红孩儿肯定之后，孙悟空就装作害怕的样子："哎呀，你怎么敢吃他师父？听父王的话，快快把那和尚放了！"红孩儿不同意，孙悟空就继续劝说："你可知道，当年那猴子大闹天宫，玉帝派了十万天兵天将前去捉拿他，都没能捉到他。"但红孩儿不在意，孙悟空又说："你怎么不听劝呢！他要是知道你吃了他师父，岂不来打你？他要是将那金箍棒往山里一戳（chuō），岂不将这整座山都掀翻了？"红孩儿更生气了："父王，你怎么长他人志气，灭自己威风？我和那猴子交过几次手，没觉得他有多厉害。他还把龙王请来了，结果还是拿我的三昧真火没办法。"说着他就要小妖怪们将唐僧蒸了，幸好被孙悟空拦住了。

　　红孩儿见孙悟空一直想游说自己放了唐僧，连最近要斋戒的借口都搬出来了，就起了疑心。他偷偷将去请牛魔王的小妖怪拉到一旁仔细盘问，听说是在半路上遇到的牛魔王，就明白了，这个牛魔王是假的！他故意问道："父王，孩儿前几天遇见张天师，他问孩儿是哪年哪月哪日哪时出生的，孩儿记不清了，不知父王是否记得？"悟空听后一惊，忙掩饰说："我年龄大了，容易忘事，也记不清楚了。明日回家问问你母亲就知道了。"

　　红孩儿一听，怒道："父王常说我的生辰八字特别好记，今

天怎么会忘记呢！你一定是假的。"悟空一听，忙把脸一抹，做个鬼脸，然后化成一道金光走了。

悟空出了火云洞，一个筋斗来到南海请观音菩萨。观音菩萨听说红孩儿变成自己的模样戏弄猪八戒，十分生气，马上拿着玉净瓶，来到火云洞。

观音菩萨让孙悟空前去挑战，把红孩儿引出来。悟空拿着金箍棒来到洞口，一棒把洞门打破。红孩儿大怒，走出洞，挺枪就刺，还吐出三昧真火，想故技重施，烧死孙悟空，孙悟空急忙躲开。观音菩萨在云端上观战，见红孩儿吐出三昧真火，就拿出玉净瓶里的柳枝，蘸着玉净瓶里的水洒向地面。那三昧真火见了这玉净瓶里的水，立马就熄灭了。红孩儿正在奇怪，忽然见到孙悟空跳上云头，站到了一个人的旁边。红孩儿也不在意，直接拿起枪对准观音菩萨："你是猴子请来的救兵吗？"观音菩萨也不回答，只是静静地坐在莲台上，红孩儿又问了一遍，观音菩萨还是不回答，红孩儿挺枪就刺。观音菩萨把五彩宝莲台抛出，自己跳上云头。孙悟空还很不理解："菩萨，刚刚你为什么不答应，还把莲花台给丢了？"观音菩萨让孙悟空少安毋躁，往下看。红孩儿见自己举枪一刺，观音就走了，还以为是自己法力高强，连观音菩萨都打跑了，很是高兴，又看见观音菩萨留下来的宝莲台，就好奇地坐了上去。观音菩萨见红孩儿坐上了宝莲台，于是用杨柳枝一招，那宝莲台就变成许多把带钩的尖刀刺在红孩儿身上。红孩儿被刺得皮开肉绽，鲜血直流，这才知道观音菩萨不是打不过自己，是故意丢下这个宝莲台的，他连忙讨饶说："弟子有眼无珠，不识广大法术，恳求饶命。"观音菩萨质问他："红孩儿，你怎敢变成我的模样，坏我的名声！既如此，我与你受戒，你就给我做个小徒弟吧。"红孩儿为了赶快出去，不论观音菩萨说什么都答应，最后，观音菩萨让红孩儿做善财弟子，喝声"退"，五彩宝莲台又回到观音菩萨手中。红孩儿见观音菩萨收了法力，又挺枪刺观音菩萨，观音菩萨从袖中取出一个金箍，晃一晃，变成五个，朝红孩儿抛去。五个金箍一个套在头上，两个套在手上，两个套在脚上。孙悟空和沙和尚在一旁嘲笑红孩儿："贤侄，菩萨是怕你养不大，给你套上金项圈，嘿嘿嘿嘿嘿嘿。"红孩儿本来就不服气，再被孙悟空他们一嘲笑，就更恼火了，还想去刺观音菩萨。观音菩萨念动咒语，念了一声"合"，红孩儿的双手双脚就不由自主地合到了一起，红孩儿使出浑身力气，怎么都打不开，这下，红孩儿老实了。观音菩萨对悟空说："悟空、悟净，快去救你们师父吧！"说完，带着红孩儿回南海去了。悟空来到火云洞，救了唐僧、八戒，把小妖消灭干净，又放火烧了火云洞，和唐僧、八戒、沙和尚一起继续往西天而去。

西游趣闻

老龙王的水为什么灭不了三昧真火

俗话说，水火不容，但老龙王的水却灭不了红孩儿的三昧真火。这火到底有什么奇怪的来源呢？真如我们所说，只有太上老君和红孩儿才有吗？

三昧真火，又名三昧神火，一般认为"心者君火，亦称神火也，其名曰上昧；肾者臣火，亦称精火也，其名曰中昧；膀胱，即脐下气海者，民火也，其名曰下昧。"此为三昧真火。所以三昧真火不是太上老君和红孩儿特有，是人皆有之，只是红孩儿能将它运用自如。

例如，《封神演义》第十七回中姜子牙施展三昧真火时介绍："此火非同凡火，从眼、鼻、口中喷将出来，乃是精、气、神炼成三昧，养就离精，与凡火共成一处，此妖精怎么经得起！"

孙悟空的金刚之躯也和此火有关。当初，孙悟空大闹天宫被捉以后，刀砍斧劈都奈何不了他，太上老君解释道："那猴吃了蟠桃，饮了御酒，又盗了仙丹。我那五壶丹，有生有熟，都被他吃在肚里，运用三昧火，锻成一块，所以浑做金刚之躯，急不能伤。"

图书在版编目（CIP）数据

西游记 /（明）吴承恩著. -- 北京：中国文联出版
社，2019.1

（翰墨少年读经典系列）

ISBN 978-7-5190-4212-7

Ⅰ.①西… Ⅱ.①吴… Ⅲ.①章回小说—中国—明代
Ⅳ.①I242.4

中国版本图书馆CIP数据核字（2019）第009517号

西游记

著　　者：（明）吴承恩	
出 版 人：朱　庆	
终 审 人：奚耀华	复 审 人：陈若伟
责任编辑：付劲草	责任校对：郑红峰
装帧设计：余　微	责任印制：陈　晨

出版发行：中国文联出版社

地　　址：北京市朝阳区农展馆南里 10 号，100125

电　　话：010-85923053（咨询）85923000（编务）85923020（邮购）

传　　真：010-85923000（总编室），010-85923020（发行部）

网　　址：http://www.clapnet.cn　http://www.claplus.cn

E－m a i l：clap@clapnet.cn　　chenrw@clapnet.cn

印　　刷：北京德富泰印务有限公司

装　　订：北京德富泰印务有限公司

法律顾问：北京市德鸿律师事务所王振勇律师

本书如有破损、缺页、装订错误，请与本社联系调换

开　　本：670×950		1/16	
字　　数：330 千字		印　　张：32	
版　　次：2019 年 1 月第 1 版		印　　次：2019 年 1 月第 1 次印刷	
书　　号：ISBN 978-7-5190-4212-7			
定　　价：38.00 元			

西游记

（下）

（明）吴承恩 　著

中国文联出版社
http://www.clapnet.cn

目录

少年读

西游记

少年读

西游记

第十五回

车迟国斗法

精彩预告

　　车迟国国王推崇道教，册封三个能呼风唤雨、点水成油、点石成金的道士做国师，拆除寺院，罚和尚们做苦力。三清观中，悟空师兄弟不但偷吃贡品，还戏弄三个大仙以及众道士。悟空是如何协助师父和那三个大仙斗法的？那三个大仙又是什么妖怪呢？

唐僧师徒离开火云洞，挑着担，牵着马，一路往西天而去。

这天，他们来到一座城池前，远远地在城外看见一座寺院，但是走近一看，发现这座寺院名叫智渊寺，非常残破，好像荒废了很久的样子。

孙悟空前去推门，轻轻一碰，那门就倒了。师徒四人走了进去，发现里面也非常荒芜。孙悟空让唐僧几个在看着像是大殿的地方等着，自己出去看看情况。他脚程快，一会儿就把寺院逛了一圈，他回来回禀唐僧说什么人都没有。唐僧一听，很奇怪，正要进去再细细查看一下，忽然听见一阵喧闹声，唐僧就派孙悟空前去查看情况。

孙悟空跳上寺院里最高的一棵大树，远远一望，只见在城外的一块空地上，有几百个和尚，一个个破衣烂衫，在那里喊着号子拉车做苦力，还有监工在虐待他们，看样子好像是在修盖寺院。悟空心里感到疑惑，为什么只有和尚在做苦力呢？难道是这些和尚犯了什么错吗？但是和尚是出家人，又会犯什么错呢!

　　孙悟空见那些和尚实在是很辛苦,而且他对那些监工的所作所为也看不过去,就使了法术,将那些车子的重量减轻,将监工的帽子吹走。孙悟空玩得正开心,忽然见从城里走来两个道士。那两个道士见了和尚,也不给那些和尚好脸色看,还对那些和尚骂骂咧咧。那些和尚见了这两个道士,一个个显得心惊胆战,一句话也不敢说,只顾埋头拉车。悟空心想:听说西方有个敬道灭僧的地方,想必就是这里了,等我下去问个明白。

　　悟空摇身一变,变成一个云游的道人,向两个道士走去。悟空向道士打过招呼后问道:"二位道长,贫道这厢有礼了!请问这里是什么地方,不知道这条街上哪户人家敬道,我要去化些斋饭吃?"那两个道士说:"道长,不要说这些败兴话了,你是新来的吧,不知道我们这儿的情况。快到我们君王那里领赏去吧!何止一顿斋饭呀!"孙悟空:"哦?还可以去君王那里领赏钱?"道士说:"道长不知道,我们国家头一件大事就是敬道爱贤。"孙悟空一听,说:"莫非⋯⋯道士做了皇帝?"道士说:"和皇帝差不多。我家师父道法无边,备受皇帝敬重,被封为国师,这些和尚现在修建的建筑,就是我们道长的府邸(dǐ,贵族官僚的住宅)。"

　　孙悟空很好奇,究竟是何方道士,竟然被尊崇到这个地步:"你家师父都是何方神圣啊?"道士迫不及待地给孙悟空炫耀:

"我家大师父是虎力大仙，二师父是鹿力大仙，三师父是羊力大仙。"那些道士还告诉悟空：这儿是车迟国，二十年前，车迟国遭到百年未遇的大旱，国王请了许多和尚前来拜佛念经，可是没有一点儿成效。后来来了虎力大仙、鹿力大仙、羊力大仙三位道士，他们呼风风来，呼雨雨降，从此，国王就封三位大仙为国师，罚和尚给道士做苦力。孙悟空把想知道的事情都了解清楚之后，就将两个道士撇到一旁，自己走到和尚堆里。

　　和尚一见悟空过来，急忙跪倒在地，孙悟空说："各位莫怕，我不是来监工的，我是来寻亲的！"和尚们一听，就安静了，等着孙悟空找人。可谁知，孙悟空在和尚堆里转了一圈，

突然笑了起来。和尚们很好奇，就问孙悟空为什么发笑，孙悟空说："我出家人，无拘无束，自由自在，你们为什么在这里做苦力呢？"和尚们说："你是外边来的，不知道我们这儿的厉害，国王特别推崇道士，还拆了所有的寺院，罚我们这些和尚给道士做苦力啊！"孙悟空又问："既然这么辛苦，你们为什么不联合起来逃走呢？"和尚说："逃？我们也想逃，可是那些道士给我们画了影像图，到处张挂，都逃不出去。"孙悟空说："你们真可怜，我认识一个佛门弟子，他会解救你们。"和尚忙问孙悟空那个人在哪儿，孙悟空随手一指，和尚们急忙扭头去看，却什么都没看到，再回过头来，发现原来的道士不见了，只剩下一个尖嘴猴腮的和尚站在那里。

和尚们一见，急忙四散逃开，悟空忙说："各位莫怕，我是东土大唐圣僧的大徒弟——齐天大圣孙悟空，是特地来解救你们的。"悟空拔下一撮猴毛，一人一根，发给和尚们，并嘱咐他们说："你们不要怕，把猴毛握在手里，只管赶路！若是有人追你们，你们就握紧拳头，大喊一声'齐天大圣'！我就会来救你们。"孙悟空叫和尚们先找个地方躲几天，等他到京城除了虎力大仙、鹿力大仙、羊力大仙之后，他们再回来。和尚们一听，大都逃散，只剩下几个老和尚，和孙悟空一道去迎接唐僧。

几个老和尚把唐僧迎到智渊寺安歇，这智渊寺因为是先王太祖御建的，所以未被拆毁。和尚们安排唐僧他们吃了斋饭，

又让他们在客房休息。唐僧几人很不解，为什么这个国家会出现这种情况，那几个老和尚就又把情由细细地说了一遍。归根到底，还是求雨不成，结果被迁怒。最后国王灭佛扬道，砸了佛像，拆了寺院，罚和尚做苦力。只要是道士，都可以去国王那里登记领赏，凡是和尚，外来的和尚也算在内，都要被拉去做苦力。孙悟空问："哪里有这种道理！呼风唤雨都是一些旁门左道，怎么会被推崇呢？"和尚说："你不知道，那三个道士不仅会呼风唤雨，还会点水成油、点石成金！如今他们又想修建三清庙宇，祈祷君王万年不老。"

此时，三个道士正好在皇宫与国王商议事情。原来这三个道士是来告诉国王三清观已经修建得差不多了，晚上就会登坛施法，为国王祈福。国王一听大喜，吩咐摆宴，几人痛饮。

到了晚上，国王和王后带着随从，一群人浩浩荡荡来到这里，等着三个道士为他们祈福。三个道士聚集了几百个道士，让这些道士装模作样地念经，三人则装神弄鬼。

再回过头来说说唐僧师徒四人。唐僧师徒吃过斋饭，各自歇息去了，晚上二更时分，大家都睡熟了，悟空听见远处有吹打之声传来，就悄悄爬起来，穿好衣服，跳到半空一看，见寺院的正南方灯火辉煌，三清观里，几百个道士正在那里念经。孙悟空走近细看，发现是那三个道士在用一些旁门左道欺骗国王和王后，两个道士用法力一起托起剩下的那个道士，让他在空中飘浮着，看起来好像是道士通了神灵一样。孙悟空坏心思又冒出了头，就隔空轻轻点着被托起的道士放在地上的蒲团，让那蒲团飞起来，一下又一下地打在空中道士的屁股上，把几个道士吓得不轻。

孙悟空玩够了，又想出一个更好的戏弄他们的主意，他来到寺庙，悄悄地叫醒了猪八戒和沙和尚："快起来，我们去受用一些点心！"沙和尚问他："这大半夜的，哪里有什么点心？"孙悟空对他们说："你们快起来，我们到三清观去，那里有许多好吃的东西。馒头有一斗那么多，还有好多水果！"猪八戒、沙和尚一听，忙穿上衣服，随悟空驾起云头，几人静悄悄地来到三清观上空。

猪八戒几人来到大殿，隔着窗户缝隙向里观望，果然看见很多好吃的，猪八戒一看见里面有许多供品，就要进去驱散那些道士。孙悟空觉得猪八戒这样太莽撞，能不费力还是不费力得好。孙悟空就拉住猪八戒，说自己会想办法让人群离开，师兄弟三人到时候趁乱进去，弄些供品吃，猪八戒和沙和尚同意了。

孙悟空念动咒语，深深地呼了一口气，只见平地里刮起一阵大风，直刮到三清观上，把烛火全部吹灭了。虎力大仙一见，对道士们说："突然间起了神风，恐怕是天尊降临了，快让陛下回宫，今天就到此为止，明天早点起来，多念几卷经文补全。"那些侍卫随从急忙护送国王和王后出了大殿，一行人坐上车

驾，急急忙忙地回宫了。

悟空、八戒、沙和尚在孙悟空吹起怪风的时候就躲到了一处隐蔽的地方，见道士们全走了，就从藏身之处跑出来，进了三清观。到了大殿，三人摸黑进去，点燃烛火。猪八戒正要开吃，孙悟空却拦住了他："我们还没给人家见礼呢！"猪八戒很不情愿："还见什么礼啊！"孙悟空说："八戒，你可知道上面坐的是谁？中间坐的是元始天尊，旁边的两个是太上老君和灵宝道君。我们得变成他们的模样，坐在上面才能吃得安稳！"猪八戒觉得孙悟空说得有道理，就上去一屁股把元始天尊的泥像给撅翻了，沙和尚则先给太上老君的泥像道了声歉，然后小心翼翼地把它搬到一旁，孙悟空直接一个法术将灵宝道君的泥像挪到了地上。猪八戒见把三个泥像挪开了，自己就想去拿吃的，孙悟空又拦住了猪八戒："八戒，我刚才来的时候见大殿的侧门里面有一个小门，里面是五谷轮回之所，你去把这些泥像藏起来，藏在那里就行。"

猪八戒一听，本不想去，可是迫于孙悟空的压力，只好不情愿地去了。这时沙和尚问："什么是五谷轮回之所？"孙悟空还没回答，猪八戒正好从里面出来，听见沙和尚问，直接说："什么五谷轮回之所啊，就是茅厕！臭着呢！"猪八戒将三尊泥像藏好之后，三人变成了太上老君、元始天尊、灵宝道君的模样。他们风卷残云似的，把供品吃了个一干二净，然后坐在那里闲谈。

这边虎力大仙、鹿力大仙、羊力大仙将国王一行人送走之后，就聚在一起商量这阵风到底是怎么回事，正在说话，忽然间一个小道士前来禀告："大仙不好了！有一个毛脸的和尚将那些和尚全部放跑了！"虎力大仙一听着了急，下令在全国范围内通查。虎力大仙正要回去接着商议事情，只见又来了一个道士，这个小道士慌慌张张的，到了跟前，神神秘秘地说："三位大仙，我听见那三清观大殿上有动静！"

原来半夜里，这个小道士忽然想起来，自己将手铃忘在观里，他恐怕弄丢了东西，到时候被师父责怪，就摸黑到三清观去找手铃。正在寻找，忽然听到观内有人在讲话，小道人吃了一惊，"叭"地摔了一跤。猪八戒忍不住哈哈大笑起来，把小道士吓得连忙爬起来逃走了。虎力大仙听小道士这么一说，忙命令掌灯，到三清观去看个究竟。

悟空、八戒、沙和尚三人正在闲聊，孙悟空耳朵尖，听见有人来了，还不是一个人，急忙喝住猪八戒和沙和尚，三人坐在那里，摆好姿势，端起架子，一声不响。道士们举着灯火照了一遍，没有见到什么人，觉得很奇怪。鹿力大仙、羊力大仙一不小心被地上孙悟空扔的香蕉皮给滑倒了，虎力大仙还以为碰见了什么山野精灵，四处查看，最后发现地上一片狼藉，供品被弄得一塌糊涂。鹿力大仙拿起一个水果，上面还有沙和尚的牙印儿呢！虎力大仙说："看这痕迹，好像是被人吃的呢！"几人正在胡乱猜测，忽然间上面坐着的三人忍不住笑出了声，

三个大仙说："一定是我们诚心祈祷，惊动了三清爷爷圣驾降临，受用了我们的供品，我们应该趁圣驾未返，恳求三清爷爷赐我们一些金丹、圣水。"

悟空听了，慢条斯理地说："晚辈不必多礼，我们从蟠桃园来，未曾带金丹、圣水，等到改天再来赐你们圣水、金丹。"众道士见神像忽然开口讲话，一个个诚惶诚恐，拜伏在地。虎力大仙、羊力大仙、鹿力大仙一起上前拜伏，非要师兄弟三人赠送圣水、金丹。悟空成心想捉弄他们一番："晚辈不必多礼，既然你们诚心求圣水，就去取一些器皿过来。"三个大仙高兴地跑了，直接去搬了三个坛子回来，孙悟空叫他们到外边去等候，然后和八戒、沙和尚一起，每人选了一个器皿，向里面撒了一些尿。

过了一会儿，道士们进来了，见瓶里有圣水，个个拿着杯子来喝圣水。但是喝完之后觉得又酸又涩，不太好喝，还有一股臊臭味。孙悟空见了，忍不住哈哈大笑，并露出真容，孙悟空还嘲笑他们："你们这些妖怪，有眼无珠，喝的乃是俺们的尿！哈哈哈哈！"道士们见上了当，拿起叉、扫帚、砖瓦乱打，悟空、八戒、沙和尚笑着驾着云彩回去了。

这三个大仙第二天就向国王禀告了这件事，只是隐去了三人喝尿这一段，说三人被那三个和尚给戏弄了，那三个和尚还使出妖法，变成三清祖师的模样，亵渎天尊。国王听了很生气，就要捉住唐僧师徒四人，说来也巧，刚说完，唐僧师徒就前

来倒换关文。国王听说和尚来换关文，大怒道："这些和尚活得
不耐烦了！把他们押上殿来。"等唐僧师徒四人来了之后，国王
直接要叫侍卫把他们推出去斩首。唐僧还没明白发生了什么事：
"陛下，我们师徒四人犯了什么罪啊？"国王说："你们冲撞了国
师！"唐僧又说："陛下，我们是从东土大唐来的，初来乍到，怎
么会冲撞国师啊？"王后一听，忙对国王说："他们是大唐来的，
望国王慎重，换了关文，放他们走吧，免得伤了和气。"国王听后
觉得有理，正准备换关文，三位国师气喘吁吁地跑来了："陛下，
他们放跑了为我们做工的和尚，还大闹道观，戏弄我们。他们罪
不可赦！"孙悟空、猪八戒、沙和尚三人不认，就和三个大仙吵
了起来。

　　正当大殿上乱成一团的时候，许多老百姓前来求见国王：
"陛下，今年一春无雨，恳求国师能降一场大雨，普济黎民。"国
王就去求三个大仙降雨，三个大仙提出条件，必须要杀了唐僧
师徒四人，他们才求雨！孙悟空早就看不惯这三个假道士在这
里装模作样了，正好可以借这个机会在众人面前拆穿三个假道
士，于是孙悟空急忙提议和三位大仙比求雨，并且说如果自己
赌输了就任那三个大仙处置，但是如果自己赌赢了，国王就得
放我们师徒四人出关。

　　国王忙传旨打扫坛场，虎力大仙正要登上高台求雨，孙悟
空却拉住了他："等一下，有一些事情我们要在比试之前讲明
白，如果你我二人一同上高台求雨，那下雨了，是你的功劳还

是我的功劳？"虎力大仙就说："我以令牌号令，一声响，风来；二声响，云来；三声响，电闪雷鸣；四声响，雨至；五声响，云散雨收。"

虎力大仙登上高台，点烛焚香，念声咒语，将一道符烧着，"乒"的一声，天空中果然有了风声。孙悟空几人本来在等着看笑话，可是一见这情况，觉得不妙。孙悟空急忙拔根毫毛，吹口仙气，变成了假悟空，真身跳到半空，大声喝道："司风的是哪一个？原来是风婆婆！"风婆婆见了孙悟空，连喊："不敢，不敢！"孙悟空说："你听我的号令，我让你放风你再放风。"风婆婆急忙答应了，赶紧收紧了风口袋。这时，虎力大仙本来看见起风了，很开心，但是过了一会儿，天空一丝风也没有了。虎力大仙一见风没有了，有一些奇怪，又把令牌拍了一下，只见空中云雾渐生，孙悟空又大声喊道："布云的是哪一个？"布云童子一听，忙收了云雾。

虎力大仙见云雾也没有了，心里十分焦急，又拍了一下令牌，邓天君领着雷公电母来了，悟空迎上去，质问这些神仙为什么帮着这三个妖怪，这些神仙都说自己不知道这三个是妖怪，而且说那大仙的法术是真的，他发了文书，惊动了玉帝，玉帝下了旨意，他们也只能奉命行事，孙悟空想了想说："众位朋友，你们不是只要降了雨就算完成任务了吗？俺老孙和那三个妖怪斗法求雨，你们不要听那妖怪的号令，听我的号令就好，到时候不也算是降了雨，完成了任务，玉帝也不会降罪于你们。"众位

神仙一听，也觉得是这个道理，点头同意了。

虎力大仙见拍了几下令牌，既没有风，也没有雷，更没有见到一点雨，很奇怪。猪八戒和沙和尚还在那里冷嘲热讽。国王正高兴有雨了，忽然看见风云又散了，就问虎力大仙："大国师，你四声令下，怎么不见有雨啊？"虎力大仙狡辩说："那四位神仙都不在家！"孙悟空走上前去，对虎力大仙说："你四声令牌已经响了，还没风雨，你说是神仙不在家。现在，看俺老孙的，我把那四位神仙请来给你看看。"国王也同意了，虎力大仙没办法，只好下了高台。

悟空叫唐僧登台念经求雨，唐僧说自己不会求雨，孙悟空说："没事，师父你只管念经，求雨的事情有俺老孙呢！"等到唐僧在高台坐稳之后，孙悟空拿出金箍棒，对着天空指了一指，风婆婆急忙扯开风口袋，天空刮起了呼呼的大风；孙悟空又把金箍棒向天空指了指，四海龙王一见，一齐降雨，天空下起了大雨，足足下了三个时辰，孙悟空才又发了信号，让四海龙王停止降雨。国王和王后见孙悟空赢了，就要给他们换通关的文书，放他们出关。但是三个大仙不同意，虎力大仙说："陛下，方才求雨不是那和尚的功劳，是我的功劳，是我烧了符纸，敲响了令牌，但是那四位神仙不在家中，等我下了高台，那四位神仙正好赶过来，所以那不是他们的功劳，是我的功劳。"孙悟空就说："那四位神仙如今正在空中，不如你把他们喊出来，让他们在空中现出原形。"

虎力大仙被众人簇拥着，不想喊也得喊，他喊了一声，但是没有人应，孙悟空一喊，风雨雷电四位神仙就在空中显出了真身。

国王正要给唐僧的通关文书上盖章，三个大仙又拦住了国王："陛下，那几个和尚坏了我们的名声，我们不服，我们弟兄三人要和他再次比对。"鹿力大仙要和唐僧比试坐禅，并且说自己坐禅时不用手扶，登上高台，然后几个时辰都不会动。国王也同意了，坐禅是唐僧的特长，想着应该没什么大问题，只是不知道怎么上那个高台。孙悟空说："师父放心，俺老孙送你上去。"鹿力大仙和唐僧登上高台。过了好长时间，众人都等得心急。到了正中午，二人更是被晒得汗流浃背，但是二人还是坐在那里一动不动。

羊力大仙见鹿力大仙不能取胜，就想出一个歪点子，忙拔根短发，变了只臭虫，弹到唐僧耳边，咬得唐僧又痛又痒，悟空一见，急忙变出假孙悟空站在那里，自己的真身却变成蝴蝶，飞到唐僧面前，问唐僧怎么回事，唐僧说："悟空，我脖子那儿痒得厉害。"孙悟空帮唐僧赶跑了虫子，然后自己拔根毫毛变成一条蜈蚣，狠狠地咬了鹿力大仙一口，鹿力大仙惊叫一声，从高台上摔了下去。

鹿力大仙又输了，这三个大仙还是不服气，羊力大仙说："陛下，我师弟患有头痛症，刚刚是头痛犯了，才会输给他们。不如让我和他们比一个隔板猜物，如果他们赢了，就让他们走，

如果他们输了，就杀了他们。"国王和王后就问什么是隔板猜物。羊力大仙说："就是把东西放在一个完全密封的环境里面，然后我们来猜里面的东西是什么。"

国王同意了，王后亲自带着贴身宫女，背着众人，将本国的国宝放在一个很严实的柜子里，然后将柜子抬出来，羊力大

仙先猜："乃是山河社稷（jì）表，乾坤地理图啊！"国王和王后一听，赞许地点点头。国王又让唐僧猜，唐僧迟疑了一下，不知道该怎么办。唐僧没办法，去找孙悟空，谁知道孙悟空变出真身将柜子里的东西换了一下，孙悟空将答案告诉唐僧，唐僧回禀国王："陛下，乃是破烂溜丢一口钟。"国王很生气："大胆，敢笑我国无宝。"孙悟空说："国王，你们怎么不打开看看！"王后说："既然如此，我就打开柜子，让你们看个明白！"说完王后就打开了柜子。

　　王后打开一看，大吃一惊，只见自己放进去的宝贝却变成了破烂的钟。国王让再比一次，这一次，国王亲手从后花园摘了一颗桃子放进柜子里，羊力大仙还是先猜："是桃。"孙悟空就溜进去将桃子啃了个干净，只剩下一个桃核。唐僧说："是桃核。"结果唐僧又赢了。国王觉得有一些神奇，又让再比一次，这一次，他让一个道士藏在里面，孙悟空变成羊力大仙的样子，骗小道士剃光了头发，装和尚。

这次让唐僧先猜，唐僧说是个和尚，羊力大仙说是个道士。结果三个大仙又输了。

但是这次他们还是不服，要和唐僧、孙悟空比砍头、剖腹、下油锅，想把唐僧、孙悟空害死。孙悟空一听，连声笑道："好玩，好玩！"一口答应和他比试。

孙悟空提出自己先去，国王命令刽子手上场，刽子手们把孙悟空捆起来，按在土墩上，然后挥起大刀，一刀把孙悟空的头砍了下来，又一脚踢得老远。孙悟空不慌不忙，直接站了起来，还走了两步，从肚里喊了声"头来！"然后自己的头果然动了，想要回孙悟空身上。众人都大吃一惊，虎力大仙见了，忙念动咒语，叫土地把孙悟空的头拉住。孙悟空不慌不忙，喊了声"长"，从肚子里长出一个头来。还将地上被拉住的头取了回来，然后放到了自己的身上。猪八戒在一旁说："大师兄有七十二般变化，就有七十二颗头颅啊！"孙悟空在那里演示完了之后，国王就喊孙悟空："小和尚，快过来，让我看看。"孙悟空走过去，国王和王后看了半天，发现孙悟空的头真的完好无损。

虎力大仙见了，只好硬着头皮走上法场，几个刽子手把虎力大仙按在土墩上，一刀砍下虎力大仙的头。虎力大仙忙喊了声"头来！"孙悟空拔根毫毛变成黄狗，把虎力大仙的头咬住。众人都很奇怪这里怎么会有一条狗，虎力大仙连喊三声，不见头来，时辰一过，虎力大仙倒地气绝身亡，大家一看：原来是只黄毛虎。

国王和王后一见自己的大国师是一只老虎，很害怕，就想到其他两个国师应该也是成了精的动物，结果那两个大仙见露了馅，就威胁国王，国王没办法，只好屈服。

鹿力大仙见孙悟空逼死了虎力大仙，非常恼火，要和孙悟空比剖腹剜心。孙悟空笑眯眯地走上法场，刽子手拿出一把尖刀，在孙悟空的肚子上一划，孙悟空瞬间皮开肉绽，可是孙悟空毫不在意，还是笑嘻嘻的，一点都不像一个要死的人，还和国王说话。过了一会儿，孙悟空使了个法术，吹口仙气，肚子又长好了，就像没有被剖开一样。国王还很好奇地亲手摸了摸，果然完好无损。

鹿力大仙一见，也不慌张，走到刽子手面前。鹿力大仙的肚子被剖开后，正要施法将自己的肚子恢复，孙悟空却不给他这个机会，直接拔根毫毛，变成一只老鹰，把鹿力大仙的肝肠、心肺叼走了。鹿力大仙没了心肝肺，没办法恢复自己，没过一会儿就死了，人们一看：原来是只白毛角鹿。

羊力大仙还是不服气，又见孙悟空将自己的两个兄长给害死了，要和孙悟空比下油锅，想趁机杀了孙悟空，给自己的哥哥们报仇。悟空跳进油锅，那油锅滚烫无比，幸亏悟空炼成了金刚不坏之身，才没被烫死。轮到羊力大仙时，羊力大仙直接跳了进去，一点都不像是在泡油锅，反而像是在洗澡。

孙悟空就使了一个分身术，自己的真身跑上天庭去问大家这是怎么回事，最后还是龙王说自己来和孙悟空看看，结果龙

王一看，发现那羊力大仙唤来冷龙附在油锅底下，龙王撤走了冷龙，羊力大仙被烫死了，原来是只大灰羊。

孙悟空除了三妖，国王十分感激唐僧师徒。他一边设宴招待唐僧师徒，一边重建寺院，恢复僧人们的地位，还撤销了对僧人的追捕文书。最后国王亲自到智渊寺，迎请和尚入朝。

几天后，唐僧师徒辞别了国王，继续上西天取经。

西游趣闻

死得最冤的三个妖怪

鹿力大仙、羊力大仙及虎力大仙，因成功为车迟国求得一场雨而被封为国师。他们会五雷之法，能让雷公电母、风婆云童听命，是还未修成正果的散仙。后遇到孙悟空，命丧黄泉。很多人觉得，这三个妖怪死得有点冤，这是为何呢？

因为在车迟国的这几年，三位国师并没有残害百姓、扰乱朝纲、图谋王位，反而因为他们能求得雨水，使车迟国风调雨顺、百姓丰衣足食。

另外，在唐僧路过之时，他们没有故意制造麻烦，也没有对唐僧肉垂涎三尺以求长生不老。

第十六回

智斗青牛怪

精彩预告

黑水河，摩昂太子战胜鼍龙怪，唐僧师徒得以渡河。金岘山，八戒贪财，偷了一户人家的皮背心，谁知那户人家是妖怪幻化成的，皮背心也是绳子变的，八戒和沙僧被绑，唐僧被俘。悟空化斋回来，从土地那里得知师父等人被妖怪捉走了。青牛怪的兵器究竟有多了不得？这次会是哪位神仙的坐骑下凡祸乱人间呢？

　　唐僧师徒四人走了一段时间，被一条大河拦住了去路，河面宽阔，波涛汹涌，附近又没有船只，不知道怎么过河。

　　孙悟空说自己水性不好，让猪八戒和沙和尚驮唐僧过河，两个人推托说法术不到家，怕把唐僧掉河里，几个人正在争执，忽然间，河面上过来一条船，几人很开心，这可真是及时雨呀！沙和尚急忙让撑船的把船撑过来，孙悟空运目一望，只见这船忽隐忽现，一会儿有一会儿没有，孙悟空想这肯定又是妖怪的法术。

　　渡船到了岸边，原来是一条小船，仅能容纳一个人，唐僧

就说自己上船，让孙悟空几人飞过去，孙悟空拦住唐僧："师父，这船坐不得啊！河面如此宽阔，四周又没有什么山崖，刚才还是茫茫的一片，什么都没有，这忽然间就出现一条船，一定是妖怪变的！"那船家生气了："你竟然说我是妖怪！我不渡了！"唐僧生气了，非要渡河，孙悟空拦不住，只好让唐僧上了船。船到河中间的时候，那船家忽然说："师父，坐好了，起风了！"说着，就见过来一阵大风，将船掀翻了，唐僧和猪八戒掉进了河里。

孙悟空、沙和尚被浪花打到了岸上，气得孙悟空直骂。沙和尚见师父和师兄被妖怪抓走了，很生气，就一卷袖子，直接跳进了水里，要去找那妖怪决斗。

那妖怪捉了唐僧、猪八戒，让人去后边将自己的夫人请了过来，那夫人面色不虞："请我来做什么？"妖怪也不在意自家夫人的脸色不好看："夫人，你今日身子如何？我今天有件大喜事要告诉你！"妖怪领着夫人去了水牢，只见唐僧被水草绑在树上，猪八戒被吊在那里，那夫人问："这是谁？"妖怪说："这是唐僧，是十世修行的好人。"那夫人大惊："好人？好人你抓来做什么？"妖怪说："你不知道啊，吃了唐僧肉可以长生不老啊！"正说着，有虾兵蟹将前来报告："大王，外边来了一个和尚，非要你将他师父送出来！"那妖怪领着一众小妖怪出来了。妖怪去和沙和尚打了一架，沙和尚有意将妖怪引到陆地上，结果那妖怪武艺非凡，直接将沙和尚打了出去。

　　妖怪出去迎战沙和尚，那夫人悄悄给唐僧、猪八戒送来清水，两人本以为这妇人也是妖怪，谁知不是，她只是这妖怪的阶下囚罢了。这女子对唐僧、猪八戒说，既然他们是好人，自己一定会想办法救他们出去。妖怪打赢沙和尚，回去之后，那妇人就以此为借口办了一场酒宴，还亲自给那妖怪端了一杯酒，妖怪受宠若惊，因为这女子是被自己逼迫才与自己成亲的，平日里根本不搭理自己。今日不仅对自己笑了，竟然还给自己端酒。

　　那夫人说："大王把唐僧抓来，要与我同吃唐僧肉，一同长生不老，我觉得大王是一片真心，自然非常感动。"那妖怪说："夫人，你想通就好，以后我们夫妻好好过日子。一会儿就把那唐僧杀了。"那女子一惊："不可！""为什么？""这唐僧肉可是好东西，不可独享，你那舅舅对你很好，何不把他们请来，一同享用呢？"那妖怪想了想："也是。就怕他不肯来啊！"女子假装不高兴："你老是说你和西海龙王是亲戚，我本来想借着吃唐僧肉的机会见他一面，结果你又推辞！"那妖怪最后只好同意给自己舅舅写信。原来这女子是故意要这样做的，一来，这妖怪写信之后，肯定要派人送信，要是这信落在唐僧徒弟的手里，他们一定会知道这妖怪和西海龙王有关，就能请龙王来收拾他。二来，就算这信送到了龙宫，到时候，那边来了人，自己见了来人，告这妖怪一状，到时候还是让这妖怪吃不了兜着走！

沙和尚出了河面，见了孙悟空，孙悟空问他怎么样，知不知道这妖怪的来历，沙和尚说自己到那儿直接和妖怪打了一架，不过倒是看见洞府上面写着黑水河水神府邸，孙悟空想，既然有水神，那就找水神。孙悟空一棒子打下去，水面上出来一个老头子。据这位老人讲：这妖怪原是西海龙王的外甥，在这里休养生息，但是他本性不好，抢了自己的府邸，抢占自己女儿为妻，还赶走了自己。自己职位较低，没有办法去找玉帝告状，想去找西海龙王，自己又被那妖怪严加看守。孙悟空一听，大怒，直接到了西海龙王那里。

孙悟空到了那里，正好碰上了给龙王送信的妖怪，孙悟空拦了那封信，一看，更生气了，直接打上门去，拿出那封信质问老龙王。老龙王吓坏了，赶快撇清了自己的关系，孙悟空非要拉着老龙王去找玉帝评理。老龙王说："大圣！我这外甥是长安城外泾（jīng）河龙王之子，那龙王犯了天条，已经被处死了。我妹妹才将我这外甥托付给我。"孙悟空想了想，那被处死的龙王就是当年找唐王麻烦的龙王。老龙王让自己的大儿子和孙悟空前去捉拿这妖怪。

那渤王太子带着自己的亲兵，到了黑水河，想劝他将唐僧送出来，结果那妖怪不听劝，渤王太子大怒，两个人打了起来。渤王太子技高一筹，最后捉住了那妖怪，带着他前去天庭请罪了。黑水河河神感念孙悟空，将唐僧、猪八戒送出洞府，那河神的女儿双袖一挥，直接在水中给他们开出一条平坦的大路

来。唐僧师徒辞别河神父女，继续西行。

过了黑水河，到了严冬季节，唐僧师徒踏雪赶路，一路艰辛。

这一天，他们来到一座大山里，几人走了半天，早已经是又饥又渴，唐僧骑在马上，隐隐约约看到前面有户人家。他喊孙悟空几人向那儿看去，猪八戒等人不识真假，还真以为那是人家，悟空听了，定睛一看，只见那寺庙里隐隐地露出杀气，悟空急忙对唐僧说："我看那寺庙里透出杀气，万万不可到那里去。我到别处去化些斋饭。"说完，自己就要走。可是走了几步，孙悟空又有些不放心，这人家离得这么近，自己两个师弟的法力又不算特别高深，万一妖怪化身前来，自己的师弟们又难以辨别真假，妖怪很容易利用师父的慈悲心肠，抓走师父和徒弟们。孙悟空这么一想，又折了回来，他说："师父，这里不安全，来来来，我给你个安身法。"说着，孙悟空选了个平坦的地方，让唐僧坐下，又用金箍棒画了个大圈，把唐僧、八戒、沙和尚，还有行李和马一起画在圈中，说："师父、师弟，俺老孙画的这个圈，任他妖魔鬼怪都进不来。你们安心在这里等我回来，记住，千万不能出这个圈。师弟，你们一定要保护好师父。"这才拿着钵盂前去化斋。

孙悟空变成一个小和尚，到了一户人家，说："贫僧有礼了！我是东土大唐前往西天取经的和尚。"那户人家不信："师父，你走错了路，这不是向西的，这是向北的！"孙悟空说："知道！知道！我师父在大道上等着我呢，他肚子饿了，我前来化一些斋饭给他吃。"那老者更不相信了："离这儿八百里才有一条大路，等你化斋回去啊，你师父都饿坏了！"孙悟空说："这点儿路，俺老孙还不看在眼里。"结果说得太开心，一时忘记了变模样，露出了本相，吓得那老者急忙回屋里藏起来了，不管孙悟空怎么说，就是不出来。孙悟空心想：你不出来，那我就进去。孙悟空使了一个穿墙术，进了那厨房，正好有一锅米饭，孙悟空装满钵盂就走了。

唐僧、八戒坐在圈内，过了好一会儿，也不见悟空回来。八戒等急了，使劲劝说唐僧去前边的人家借宿，沙和尚劝住了他们。过了一会儿，忽然间平地里起了一阵大风，几人觉得很冷，这里又不能避风，猪八戒又动了心思，接着劝说唐僧，唐僧同意了，沙和尚死活劝不住，没办法，只好跟着他们去了。没走多远，到了那座庙前，猪八戒说："师父，师兄真是疑神疑鬼，这分明是大户人家，你们在这里坐坐，我先去看看。"说完，整了整衣服，走进大门。只见那楼房坐北朝南，门外是八字粉墙，还有一座五色门楼，十分气派。猪八戒进了那户人家，四处查看了一下，没有一个人，他无意间进了一个厢房，忽然间看见那床上有一闪一闪的金光，猪八戒还以为是什么宝贝，赶快跑过去，原来是三件皮背心。八戒见四下无人，也没有动静，就把三件背心揣在怀里，走出大门。

唐僧和沙和尚在外边等候，见猪八戒出来，就问他有没有

化到斋饭，猪八戒摇摇头说："没有！里面一个人都没有，哪里有什么斋饭啊！"唐僧说："那你进去这么久干什么了？"猪八戒献宝似的将三件背心拿出来："师父，没有找到斋饭，倒是找到了几样好东西。"唐僧一听斥责道："你怎么能随便拿人家的东西，快送回去。"猪八戒很不情愿，他嘀咕道："反正又没有人，这不和在大道上捡的一样吗！这天气又这么冷，我从来没有穿过这么漂亮的背心。"唐僧非要猪八戒送回去，猪八戒不愿意，见唐僧没留意，就自己将背心套了上去，还让沙和尚也穿了一件，两人刚穿好，那背心就变成了绳子，把猪八戒和沙和尚捆得严严实实。唐僧大吃一惊，连忙上去给八戒松绑，可哪里解得开。正在焦急时，早已惊动了那楼房里的魔头。

那魔头把唐僧、猪八戒、沙和尚一起抓住，审问道："你们这些和尚胆子真大，竟然跑到我这里偷衣服！"猪八戒还嘴硬："你竟敢在那里设下圈套骗我！"妖怪说："你要是不贪心，会

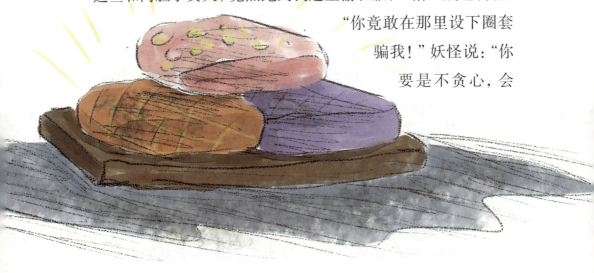

被我抓住吗？"唐僧恭恭敬敬地答道："我是前往西天取经的过路和尚，都怪我管教不严，让两个徒弟拿了你的衣服，还请你原谅我们吧！"那魔头一听，哈哈大笑道："你这个和尚还不错，不像那两个那么贪心。但是我还想问问，你们是从何处来？为什么到我这个地方？"唐僧一见这妖怪这样，觉得这妖怪说不定能饶了几人，就说："贫僧是从东土大唐而来。"那妖怪随口说道："我只听说有一个东土来的和尚，叫唐僧。"唐僧说："正是在下。"妖怪大喜："你就是唐僧！早就听说吃了唐僧肉，能长生不老，想不到今天送上门来。"唐僧说："只要你放我们西去取经，自然就会功德圆满。"魔头喝令小妖把人抬到后院，等抓了孙悟空，再吃唐僧肉。妖怪正高兴，忽然间有妖怪来禀告："报！外边来了一个和尚，自称是孙悟空，要大王放他师父出去！"妖怪拿着自己的兵器出来迎战。

悟空化斋后回到原处，见唐僧等人已经不见了，很奇怪，倚着大石头在那儿想自己的师父和师弟能去哪儿。忽然间耳边有人喊"大圣"，扭头一看，只见自己倚着的大石头上面忽然出现一张人脸，孙悟空说："原来是你，快出来。"说着，就出来了一个老翁，原来他是此处的山神。孙悟空说："你来得正好，有没有看见我的师父和师弟啊？"山神说："看见了！看见了！他们往那妖怪洞府去了！"孙悟空大惊："妖怪洞府？那是个什么妖怪？"山神说："这附近的山上有一个独角大王，我不知道他的来历，只知道他本领高强，还有法宝防身，十分厉害。大圣

你看，他就住在前边那座山上。"孙悟空将钵盂给土地，说："你先拿着，俺老孙瞧瞧去！"孙悟空顺着土地给他指的方向一路前行，不一会儿就到了那座山。只见那山洞乱石嶙峋，遮掩着两扇石门，门前有不少小妖在玩耍。孙悟空举起金箍棒猛喝一声："魔头，快把我师父送出来！"

魔王听说孙悟空前来挑战，手提丈二长的钢枪，闯出洞来："哪个是孙悟空？"孙悟空说："你孙爷爷在此！"妖怪打量了孙悟空一番："还以为齐天大圣长什么样呢，原来是一只瘦猴子！"孙悟空说："你不知道你孙爷爷的本事！快把我师父交出来！"那妖怪说："你师父偷了我的衣服，如今已经被我抓起来了！"孙悟空说："我师父是得道高僧，怎么会偷你的衣服？"妖怪说："人赃并获！"孙悟空不信，说着说着就发怒了，直接举起金箍棒要打那妖怪，那妖怪也不甘示弱，举起钢枪朝孙悟空刺去。

两人大战了几十回合，那魔头渐渐招架不住，说："真不愧是大闹天宫的孙悟空！"孙悟空说："既然知道了你孙爷爷的本事，还不快放了我师父！"妖怪说："休想！"说着便喝令众小妖一拥而上。孙悟空拔了根毫毛向空中一抛，喊声"变"，变成无数根金箍棒，像飞蛇走蟒一般，向小妖们打去。那魔头一见，忙从袖中取出个亮灼灼（zhuó，光亮刺眼的样子）的圈子，往空中一抛，喊声"着"，只见呼啦啦地把孙悟空的金箍棒全收了进去。孙悟空一见自己的兵器被收走了，大怒，可是没了兵器，再和那妖怪打架就没了优势，孙悟空只好一个筋斗跳上云端逃走了。那魔头也不追赶，得胜回洞去了。

孙悟空又回了原来的地方，召唤出土地，土地一见孙悟空，就说："大圣，你救出师父了吗？"孙悟空说："没有没有，本来那妖怪打不过我，可是他拿出一件不知道是什么的宝贝，特别厉害，直接将我的金箍棒收走了。"土地说："那妖怪好像有一些来历！"这句话提醒了孙悟空，刚才打斗的时候，那妖怪就说："不愧是五百年前大闹天宫的孙悟空。"这说明他应该认识我，知道我的事迹，又有一件这么厉害的宝贝，恐怕是天上下凡的魔头。他急忙一个筋斗来到天宫。

孙悟空到了凌霄宝殿，面见了玉帝，说："玉帝，我保护我师父前去西天取经，路过一处地方，我师父被抓走了，还不知道是被蒸了还是被煮了！"玉帝说："那你还不赶快救你师父去！"孙悟空说："俺老孙和他打了一场，他倒是好对付，可是他有一个圈子，不知道是什么宝贝，将俺的金箍棒套走了！"玉帝一听很新奇，毕竟金箍棒算是难得的宝物，竟然还有东西能将金箍棒套走。玉帝也不知道这是什么，孙悟空说："我猜那妖怪不是凡间之物，所以想来请老官儿查查最近有没有凶星下凡，挡住了俺老孙的去路，还请玉帝快些派遣天兵天将捉拿那妖怪！"玉帝传旨将天上各界查遍，可没有一个下界的。玉皇大帝便派托塔李天王和哪吒三太子，带领天兵天将帮助孙悟空捉拿妖怪。孙悟空说："玉帝，俺老孙还想向你借雷公用用，到

时候，天王和三太子与那妖怪打架，就让雷公在旁边炸几个响雷，就是劈不死他，也得吓唬吓唬他，让他知道我们的厉害！"玉帝被孙悟空的小孩儿心性逗笑了，就答应了孙悟空。

那妖怪抓住唐僧几人之后，严加看管，那皮背心变成的绳子一直捆在猪八戒和沙和尚身上，沙和尚埋怨猪八戒："都怪你，要不是你不听大师兄的话，偷偷出了那个圈，还偷了那个妖怪的衣服，怎么会出现这种事啊！"猪八戒知道自己做错了，也不反驳。唐僧趁机教育猪八戒："以后千万不要偷东西了。"

托塔李天王和哪吒随孙悟空来到金岘（xiàn）山。孙悟空说自己没有了兵器，下去挑战会吃亏的，哪吒主动前去挑战。哪吒手持兵器前去挑战，那魔头认出这是三太子，哪吒心里一惊，这个人竟然认识自己，自己以前怎么从没见过这个人？

妖怪出洞之后也不答话，直接拿起兵器向哪吒打去，哪吒拿起长枪将妖怪的招数全部打了回去，两个人在下边打了几百回合，打了个平手。哪吒变成三头六臂，手持六样兵器，向魔头打去，那魔头也变成三头六臂，用六杆长枪抵挡。斗了有十几个回合，哪吒三太子把兵器往空中一抛，就变成无数件兵器，如骤雨冰雹，向魔王打去。魔王不慌不忙，掏出那个亮灼灼的圈子，叫声"着"，把哪吒三太子的兵器全收走了。哪吒也败下阵来。

哪吒三太子回到大本营，连声说那圈子厉害，还很奇怪那妖怪为什么会认识自己。哪吒的兵器都被套走了，不知道该怎么办。孙悟空说："那圈子不知是什么宝贝，现如今，只能去找一些圈子套不住的兵器。"哪吒三太子说："那就只有水火了。"李天王一听，很赞成地说："对，常言道，水火无情！"悟空一听，连连点头，忙一个筋斗来到天上，去请火德星君。

那妖怪接连战胜了孙悟空、哪吒三太子，还收了两个人的兵器，自然很开心，回去大摆筵席，众妖怪也都恭维这个妖怪。

孙悟空到了火德星君的宫殿，火德星君一见孙悟空，还以为是自己宫里的人私自下界了，急忙说："大圣！我这宫里已经里里外外、仔仔细细地查过了，并没有一个人私逃下界！"孙悟空说："俺老孙这次来不是找妖怪的，我是来请你帮忙的！"火德星君很不解："玉帝不是下令让托塔李天王和三太子来帮助你吗！怎么还来找我？"孙悟空摇摇头："别提了！兵器都让那妖怪收走了！"火德星君更不理解了："他们那么厉害，都打不过妖怪，我去了更不行了！"孙悟空说："我们私底下猜测，这个圈子只能套住兵器，估计套不住水火，所以我来请你带上你的令旗随我走一趟！"火德星君同意了。

悟空和托塔李天王又到洞口挑战，那魔头带着一群小妖出来迎战，见了悟空，骂道："你这泼猴，又请了什么人来帮你？"孙悟空不答话，只是引着妖怪往一边走。火德星君见了，忙摇动令旗，命令众神一齐放火。一时间，火枪、火刀、火箭一起向那魔头冲去，把那妖怪们烧死了一大片。那魔头全无惧色，将圈子往空中抛去，喊声"着"，将那些火枪、火刀、火箭全部收

走了。孙悟空见火德星君也制服不了那妖怪，就想这妖怪是不是怕水，又一个筋斗来到天上，请来了水德星君。孙悟空又前去挑战，那妖怪说："孙悟空，你又找了谁来？告诉你，不管找谁都没有用！"孙悟空使出激将法，让那妖怪丢了兵器，两人赤手空拳地打一架。孙悟空引着那妖怪去了空旷之处，水德星君瞅准时机，放出大水，结果也只是淹死了一批小妖精，那妖怪又拿出怪圈，收了水德星君的兵器。水德星君提议，让孙悟空去把那怪圈偷出来。

悟空来到山洞口，变成一个虫子飞进洞去。只见妖怪们正在饮酒取乐。孙悟空就变成一个妖怪，去探听情况，见自己的金箍棒放在那儿，十分高兴，就假借着给小妖怪们倒酒，来到大厅里，慢慢地接近金箍棒，然后念了咒语，将金箍棒收到了耳朵里面，孙悟空立即现出本相，拿了金箍棒，一路打出洞去。那魔头率领小妖追出洞口，与孙悟空大战了几十个回合。

悟空看看天色已晚，回大本营去了。那魔头也率领群妖回山洞去了。

孙悟空拿着自己的兵器回去了，只是回了之后，其他的神仙问他们的兵器，孙悟空说自己一着急，忘记了，众仙人都很不满，孙悟空急忙说："不要急，等我回去再偷一次，这一次我给他来个了断！"夜里，悟空又变成了一只蟋蟀，钻进山洞，见到不少小妖在巡逻。孙悟空一直来到魔头的房间，只见那魔头脱光了衣服，睡在石床上，左手胳膊上套着那个亮灼灼的圈子。孙悟空使尽了办法，都拿不到这个怪圈，一生气，就在洞里放了一把火，然后将众位神仙的兵器都偷回去了。孙悟空又找到唐僧几人，可是还没等孙悟空把唐僧带出去，那妖怪就带着手下进来了，孙悟空没办法，见那妖怪又要拿出自己的怪圈，急忙逃走了！

孙悟空和众神仙又前去挑战，这

一次，虽然众神仙留了个心眼，但还是敌不过那怪圈，然后兵器又被收走了。孙悟空十分气恼，决定去找如来佛祖帮忙。他一个筋斗来到西天，拜见如来佛祖。如来对悟空说："那妖怪的来历我已经知道，我给你指一条明路，你去找太上老君。"孙悟空急忙去了太上老君的宫里，太上老君一见孙悟空进来，第一反应是去把自己的仙丹藏起来，然后对着孙悟空喝道："你这猴头，不到西天取经，到我这儿干什么？"孙悟空说："老官儿！你放心，我这次来不是偷丹药的，只是来看看。"一边说，一边往里走，太上老君拦都拦不住。

孙悟空四处寻找，最后来到牛栏旁，见青牛不在栏中，看牛的童子正在呼呼大睡。孙悟空来劲了，叫道："好你个老官儿，你的青牛呢！"太上老君也吃了一惊，忙把牛童叫醒。牛童醒来，见牛不在里面，立刻知道自己犯了错，赶快跪地求饶。太上老君说："这是怎么回事？"那童子说："弟子一时贪心，在丹房里面捡了一颗丹药，然后贪嘴吃了，结果就觉得很困，倒头就睡，谁知道就发生了这种事。"太上老君大怒："哎呀！那是我炼的七返火丹，吃下之后会睡七天七夜！糊涂啊！那牛要是早就走了，那可是七年啊！你坏了大事！"孙悟空说："老官儿！我要告诉玉帝，治你个治下不严之罪！"太上老君说："大圣，他就是私逃下界，凭你的本事，还制服不了他！"孙悟空说："可是他有一个怪圈，那个怪圈十分厉害，将我们的兵器都收走了！"老君一听，大怒："我的金刚镯！"老君一查，果然少了那"金刚镯"。悟空大叫起来："是不是当年我大闹天宫的时候，你用来砸我的那个？"太上老君说："就是它！"孙悟空说："当年打俺老孙的是它，如今在下界张狂的又是它，你这老官儿，你怎么把这个宝贝也给他了！"老君连忙拿了芭蕉扇对孙悟空说："这哪是我给他的啊，这分明是他偷走的！大圣不要多说了，快去收服青牛要紧。"

　　悟空和老君来到金岘山，老君叫孙悟空再去挑战。悟空来到洞口，高声叫骂。那妖怪听了，又拿着钢枪，走出山洞，对孙悟空说："你这猴头，吃了几次败仗，还没有得到教训！竟然还敢来送死！"妖怪根本不怕他找帮手，只要不是自己的主人，谁来都不怕。那妖怪刚走出山洞，又故伎重施，拿出那怪圈，扔向孙悟空。太上老君在一旁守着，见到妖怪扔出金刚镯，急忙念动咒语，将它收了回去，然后说："孽畜，快快现出原形！"那妖怪见了，变成了一头青牛。太上老君骑着青牛，回天上去了。

　　孙悟空和众天神各自拿回兵器，救出唐僧、八戒和沙和尚。众天神和唐僧师徒告别之后，结伴回天宫去了。唐僧师徒继续往西天取经。

火的传说

火德星君，是中国民间信仰的神灵之一，像本回故事中说的，他能放出熊熊大火。那火是怎么被人们发现并利用的呢？关于这个，还有一个传说。

相传，伏羲看到人们不能抵御野兽、不能祛除寒冷，又吃着生的食物，心里很难过，于是，他就想把火传到人间，让人们知道它的用处。

有一天，伏羲在山林中降下一场雷雨，雷电劈在树木上，燃起熊熊大火。人们受到惊吓，四处逃跑。雨停以后，逃散的人们聚到一起，惊恐地看着燃烧的树木。

这时候有个年轻人发现，以前经常听到的野兽嚎叫声没有了，他想："难道野兽怕这个发亮的东西吗？"于是，他勇敢地走到火边，想一探究竟，靠近火后，他兴奋地招呼大家："快来呀，这火一点都不可怕，它给我们带来了光明和温暖！"此时，人们又闻到了阵阵香味，一路找去，发现是被烧死的野兽散发出来的。于是人们开始分吃这些肉，发现比生肉美味多了。人们感到了火的可贵，就派人轮流看守、添加树枝，想把它一直保留下来。可有一天，看守的人睡着了，火熄灭了。人们又重新陷入了黑暗和寒冷之中，痛苦极了。

伏羲又来到那个年轻人的梦里，告诉他："在遥远的西方有个遂明国，那里有火种，你可以去那里把火种取回来。"年轻人醒了，想起梦里大神说的话，决心去寻找火种。

年轻人历尽艰辛，终于来到了遂明国。可是这里一片黑暗，根本没有火。年轻人失望极了，就坐在一棵叫"遂木"的大树下休息。突然，年轻人发现眼前有亮光，他立刻站起来，寻找光源。这时候，他发现就在遂木树上，几只大鸟正在啄树上的虫子，它们一啄，树上就会闪出明亮的火花。年轻人灵光一闪，立刻折了一些遂木树枝，去钻大树枝，树枝上果然闪出火光，可是却着不起火来。年轻人并没有灰心，他找来各种树枝，不停地摩擦。终于，树枝冒烟，然后着火了。

年轻人返回家乡，为人们带来了永远不会熄灭的火种——钻木取火的办法，从此人们再也不用受黑暗和寒冷的困扰了。人们推举这个年轻人做了首领，并称他为"燧人"，就是取火者的意思。

第十七回

女儿国奇遇

精彩预告

　　女王登基之日，唐僧师徒来到女儿国。国王
见唐僧长得相貌堂堂，有意以一国为礼，和唐僧
结为夫妻。唐僧和八戒误喝了子母河的水，腹痛
难忍，只有喝了落胎泉的泉水，才能打掉腹中胎
儿。悟空只身来到落胎泉来取泉水，他能取来泉
水吗？唐僧会迷恋女王的美色吗？是谁帮唐僧师
徒打败了蝎子精的呢？

　　唐僧师徒四人在太上老君的帮助下收服了妖怪，过了山，继续向西行走到了女儿国的地界。这地界有一个女妖，这女妖是一只琵琶精，她让手下打听女儿国国王登基的具体时日，不知道想要干什么。

　　唐僧几人走到这里的时候，只见那里有一条小河，这河水清澈见底，河面碧波荡漾，河的两岸，坐落着几处民舍。

　　八戒放下行李，高声喊道："摆渡的，撑船过来。"话音刚落，只见从树荫底下，悠悠地驶出一条小船，不一会儿，就来到了唐僧师徒四人面前，几人看过去，发现撑船的是位老年妇女，便感到有些奇怪："船公怎么不在家，叫船婆出来摆渡撑船？"那妇女笑而不答。

　　沙和尚把行李放上船，悟空扶着师父，上了船头，那妇女撑了船，几人晃晃悠悠地坐着船进了城。一路走来，只见沿途的景色十分秀美，风光很好，唐僧感到有些口渴，又见那河水清冽（liè，清澈），就叫八戒取了钵盂，舀（yǎo，用瓢、勺等取东西）了些河水解渴，八戒也"咕嘟咕嘟"地喝了一钵盂。几人越往前走，越觉得奇怪，全是女人，因为孙悟空他们走的是一条贯穿城内的主水渠（qú），一路被人围观。上了岸之后，几人扶唐僧上马，继续赶路，但是一路被人围观，寸步难行，几人好不容易才突出重围，找到了皇宫。这一天正好是女王登基的日子，文武百官正在朝贺，只见一个美丽的女子抱着琵琶前来觐见："乡野女子拜见陛下，今日是我王的登基大典，小女子特献上乐

曲，愿我王万岁万岁万万岁。"原来这女子正是那妖怪！女王让那女子起身，并夸赞她的琵琶弹得好，正在这时，有宫女前来回禀："陛下，东土大唐的和尚前来觐见。"女王召见了唐僧师徒四人。

唐僧上了大殿，女王本身年纪不大，再加上这是女儿国，没有见过几个男人，又见唐僧相貌堂堂，很是动心，一时没有回话，唐僧连着说了三遍，女王才回过神来。唐僧说明来意，女王不想让唐僧这么快离开，就扣下了官文，让唐僧师徒四人先去"迎阳驿"住下，自己回去盖章再让人给唐僧几人送回去。

唐僧几人没办法，女王毕竟也是一番好意，就去了客栈，但是刚到了那里，不到半个时辰，唐僧觉得肚子隐隐作痛，八戒随后也喊肚子痛，沙和尚安慰说："恐怕是那河水太凉，过一会儿就会好的。"可不料，唐僧和猪八戒的肚子越来越痛，而且一点一点地鼓了起来。

女王和唐僧的一言一行都被这个女妖怪看在眼里。女王打发走了唐僧几人，回了寝宫，越想越觉得唐僧好看，就将唐僧画了下来，正在观赏，太师过来了。

太师让女王戴上历代国王都会佩戴的护身符，然后两人又聊了聊，女王说："今日我们国中有两件喜事，第一件是我登基为王，第二件则是那唐僧。想我西凉女国，虽然国泰民安，可从古至今没有男人，正巧今日那唐僧过来，我想这是千载难逢的好姻缘。我愿以一国为礼，招唐僧为国王，也好繁衍（yǎn）子孙。"太师也觉得这个主意不错，就自告奋勇去给女王提亲。

太师到了驿馆，见驿馆里面一片忙乱，八戒和唐僧腹痛难忍。太师就问："敢问唐御弟可是喝了那河中的水？"猪八戒抱着肚子说："喝了喝了！我和师父一人喝了一钵盂。"太师和众人就笑了，孙悟空很恼火："笑什么？这就是你们的待客之礼？快去端些热汤过来！"太师又说："小师父不必慌张，你师父和师弟的腹痛，喝热汤也没有用啊！我们国中只有女人，没有男人，城外那条河是子母河，我国凡是二十岁以上的人才敢去喝那条河的河水，喝了，便要生孩子。你师父和你师弟，喝了子母河的水，成了胎气，想必是要生娃娃了！"

唐僧和猪八戒一听，顿时吓傻了，猪八戒更是满地打滚："哎哟！哎哟！怎么办啊！我老猪要生娃娃了！"孙悟空蹦过来，猪八戒还拉着孙悟空让他摸自己的肚子："师兄你看，他还在肚子里动呢！"孙悟空调侃说："八戒，不要怕，有道是瓜熟蒂落，等到了月份，就在你肚子上戳一个洞，把那个孩子拿出来。"猪八戒一听急忙说："那你可要给我们找一个手熟的！一定要一个手轻的。"众人哈哈大笑！唐僧实在忍不住了，就问太师："附近有没有医馆，有的话能不能告诉我们，让我的大徒弟去给我拿几服药，把孩子打了。"

太师说："这事情吃药也不管用！"唐僧和猪八戒听见这句话更慌张了："这可怎么办啊？"太师最后说："没事，这城外有一座解阳山，山上有个破儿洞，洞里有个落胎泉，必须喝落胎

泉的泉水才行。"孙悟空一听，高兴地对唐僧说："师父放心，老孙马上去取泉水。"说完，跳上云端，直往解阳山而去。

一会儿，孙悟空就来到了解阳山，他远远地望去，看到有个庄院，庄院门口有个道人，就走过去询问："请问破儿洞在什么地方，烦请老道指引。"那道士说这里就是，还问孙悟空有什么事情。孙悟空说："我是唐僧的徒弟，名叫孙悟空，因我师父喝了子母河的水，特来求些泉水。"那道士一听是来取泉水的，就说："我这泉水可不是白送的！"孙悟空说："我们是过路的行脚僧，来的时候也匆忙，不曾办花红酒礼。不过我带有当朝太师的金银，求师父舍一些泉水给我们，让我救我的师父吧！"那道士听后，进去通报如意真仙。过了一会儿，如意真仙怒气冲冲地出来了，手里拿着一把如意钩，喝道："孙悟空在哪里？"孙悟空忙上前施礼。如意真仙说："如果是别人，看在太师的面子上，我还会舍一些泉水，可如果是孙悟空，我一丁点都不会给！"孙悟空说："俺老孙不记得与你有仇啊！"如意真仙咬牙切齿地说："孙悟空你还记得火云洞的红孩儿吗？我是牛魔王的弟弟，那红孩儿是我的侄儿。前日家兄来信，告诉了我一切，你害我侄儿，我正要找你报仇，你却自己送上门来，还想要什么仙水。"

孙悟空听了，忙对如意真仙说："真仙错了，如今，红孩儿跟着观音菩萨做了善财童子，将来定能修成正果，大仙应该感谢我才对，你怎么反倒怪我。"

如意真仙喝道："呸！与人为奴，怎么比得上自己自在好！你这泼猴，还巧嘴滑舌，你的末日到了，先吃一钩。"说完，举起如意钩朝孙悟空打去。孙悟空大怒，举起金箍棒和如意真仙打起来。如意真仙哪里是孙悟空的对手，战了几个回合，便逃上山去了。

孙悟空也不追赶，赶紧寻找泉水，找了好一会儿，才找到泉水，刚想打水，如意真仙来了，他用如意钩钩住悟空，把悟空钩了个嘴啃泥。可是孙悟空会七十二变，又变出来一个孙悟空，直接去井边取泉水，如意真仙一见，又赶紧跑回来。

孙悟空在这里被如意真仙纠缠，始终取不到泉水。最后孙悟空发怒了，直接把如意真仙打跑了，然后取了泉水赶紧回去了。唐僧和猪八戒疼得受不了，沙和尚正在照顾他们。正在这时，忽然察觉有人过来了，沙和尚扭头看到一个人站在唐僧的床前，不知道在干什么，沙和尚喝道："谁？"那人一听，急忙逃走了。沙和尚此时有点心乱，就没有把这件事放在心上。

原来这正是那妖怪，她在大殿上见了唐僧之后，就动了心思，想吃唐僧肉，结果还没动手，就被沙和尚发现了。这个妖怪见在这里不能得手，就回到了女王身边，想要对女王动手。此时女王正在做梦，梦里她和唐僧结为夫妻，无比恩爱。女妖精见女王睡得很熟，就变出一支簪子(zān zi，用以绾住头发或插装饰物的一种妇女首饰)，正要刺下去，只见女王身上佩戴的荷包发出一阵金光，把这个妖怪弹开了。妖精一看成不了好事，就狠

狈地逃走了，准备静观其变，然后再做打算。

唐僧和猪八戒喝了泉水，肚子一下子好了。师徒四人好好休息了一个晚上，女王下令把唐僧师徒四人挪到了后花园。女王每日里邀请唐僧四处游玩，就是绝口不提放他们离开的事。有一天，女王实在忍不住，就试探了一下唐僧，可是唐僧却说："陛下，贫僧投身佛门，就不能再动凡心！"

第二天一早，女丞相就来到师徒四人的住所，唐僧说："太师请！太师可是来送通关文书的？"太师却说："我是来给你报喜的！"然后向唐僧说明了来意。唐僧一听，连连摇手，太师就说："还希望唐御弟好好考虑一下，凡事不能做绝了！"悟空在旁边连声说好，要女丞相回去准备婚礼，女丞相非常高兴，欢天喜地地回王宫去了。

唐僧一把抓住悟空，骂道："你这猴头，怎么出这个馊主意，让我在这里成亲！"孙悟空三人见唐僧实在不乐意，就想怎么办，沙和尚说："不如我们逃走好了！"唐僧说："能走最好，但是我们没有宝印！"沙和尚说："大师兄神通广大，不如让他去宫里变成女王的样子，然后盖一个章不就好了。"悟空喊唐僧几人去窗户那边，几人过来一看，都惊住了，原来女王不知道什么时候派了好多士兵，将这里守得严严实实的。猪八戒说："这下可坏了，怎么逃出去？"唐僧说："这可怎么办？打又打不得，逃又逃不走！"孙悟空笑着说："师父，刚才我是故意的，这是将计就计。我们要是不答应，她们肯定不会放我们走，我们假装答应成亲，等国王把通天文牒盖了印，我们三个先走，等到出了城门，我使一个定身法，将她们定住，等到我们走远了，我再解开不就行了，到时候她们想追也追不上。"唐僧、八戒听后，都连声说好。

太师回到宫中，将喜事回禀，女王很开心，直接就将唐僧师徒四人请到光禄寺安歇。

第二天，女王乘着龙车凤辇，亲自带着皇家仪仗前来迎接唐僧，唐僧本不想上马，孙悟空几人再三劝告，唐僧没办法，为了脱困，只好整理好衣服，与女王登上凤辇。到了王宫，女王一想到自己以后有良人相伴就很开心，下令在皇宫举行盛大的宴席。八戒见了丰盛的酒席，敞开肚皮吃了个痛快。吃过饭，悟空借口自己的师父已经成亲，没办法去西天

取经，师兄弟三人还要早点上路去西天取经，所以希望女王早日在通关文书上盖章，师兄弟几人吃过宴席就要上路。女王一口答应，取出御印，端端正正地盖了，又签了名，交给孙悟空。

唐僧对女王说："我和他们师徒一场，想把他们送出城。"女王不知是计，一口答应，又和唐僧将孙悟空几人送到城门口。到了城外，悟空对女王说："女王不必远送，我们就此拜别。"唐僧趁女王不注意，下了龙辇，走到孙悟空几人旁边，并向女王告辞，女王大吃一惊，再三挽留，见唐僧不肯留下，就想让士兵抓住他们，悟空正想使出定身法，这时，刮来一阵风，风中闪出一个女子，把唐僧抓走了。

唐僧晕晕乎乎地被一阵风刮到一个山洞，他愣了半天才回过神来，细细一打量，发现自己处在一个昏暗的山洞里，在自己前方有一个貌美的女子手持着灯盏，面上含笑，细细地打量着自己，唐僧不知道她是谁，但是本能地觉得她不是好人。果然，那女子一开口就暴露了自己的妖怪身份。

那妖怪将唐僧软禁在自己的洞府中，要逼唐僧和她成亲。那妖怪一时失口，说出了自己一直以来的打算。原来，她是一只琵琶精，有一天无意间来到了这里，见这里是女子为尊，就起了邪念，想要在女王登基那一天杀了女王，然后自己再变成女王的模样，登基为王，坐享荣华富贵。结果机缘巧合之下，唐僧师徒四人来到了这里，那妖怪怕惊动孙悟空等人，就没有动手。又看见唐僧一表人才，就等待时机，想抓唐僧，然后逼唐僧和她成亲，如果唐僧不同意，就吃了他，使自己长生不老。

唐僧死活不答应，那妖精就拿出琵琶弹了起来，唐僧被迷住了心窍，像个木偶人一样按着那个妖精的心意定在了那里。

孙悟空见自己的师父被一阵怪风抓走了，大怒，直接跳上云端，追着那一阵怪风跑了，猪八戒和沙和尚紧随其后。他们来到一座高山前，只见有块石屏上写着：毒敌山琵琶洞。悟空确定师父被妖精掳到了琵琶洞，他让八戒和沙和尚在外边等候，自己摇身一变，变成蜜蜂飞进琵琶洞去打探情况。悟空进去之后，正好看见女妖逼师父成亲，很生气，大喊一声"妖怪！"唐僧立刻被惊醒了。那妖精见大事不好，直接变出一根绳子，将唐僧捆住，自己转身去迎敌。孙悟空现出原形，那女妖一见大怒道："你这泼猴，竟敢私闯我家，坏我好事。"一边说，一边走到梳妆台那儿。孙悟空听那妖精指责自己闯她的私宅，就骂道："呸！你这不要脸的妖精！"那妖精直接拿起铜镜，照向孙悟空，孙悟空被镜子晃住了眼睛，一迟疑，妖精就举起三股钢叉朝悟空打去。孙悟空举起金箍棒朝女妖打去，两人打了几个回合，那妖精直接拿出琵琶弹了起来，那曲子能迷惑人心，孙悟空一边要抵制曲子的迷惑，一边要与那妖精打斗，最后，孙悟空有意将那妖精引出洞府，所以他且战且退，一直退出琵琶洞，八戒，沙和尚一起上前，把女妖围在中间。那女妖毫无惧色，独斗三人，突然，那女妖将身一纵，使出个倒马毒桩，在悟空头上扎了一下，悟空一时没有防备，中了妖精的毒，

痛得忍耐不住，败下阵去。猪八戒和沙和尚见孙悟空受伤，慌忙扶着孙悟空离开了。悟空被扎了一下，疼得在地上打滚，抱着头直喊痛："这妖精不知用的什么兵器，扎了我一下，弄得我好疼啊！"猪八戒很奇怪："大师兄，你平时不是总说你这脑袋在八卦炉里炼了七七四十九天，丝毫无损，怎么就经不住她这一下呢？"孙悟空说："说得也是啊，不知道为什么如此疼痛。"猪八戒听了，就仔细检查了孙悟空的头："这不红又不肿，也没有什么明显的伤口，可是轻轻一碰又很疼，这究竟是怎么回事？"师兄弟三个人想了半天也没想出来。最后猪八戒说："这样吧，我去女儿国给猴哥儿找个大夫。"孙悟空拦住了猪八戒："先救师父要紧！"猪八戒就拿着自己的九齿钉耙向妖精挑战去了。

猪八戒到了那妖精的洞府，一耙下去，将那妖精洞府上悬挂的牌匾砸了个粉碎。那妖精听见有动静，就走出洞府，猪八戒大骂："妖怪，快还我师父！"妖精也不说话，直接拿出琵琶，弹起迷魂曲，猪八戒敌不过她，一时没有防备，那妖精又使出倒马毒桩，在猪八戒的嘴上扎了一下，猪八戒惨叫一声，捂着嘴跑下山去。

孙悟空几个人拿那妖精没办法，最后孙悟空就提出自己去南海请观音菩萨来降服那妖精，让猪八戒和沙和尚留在这里等候自己。孙悟空到了南海，给观音菩萨说了自己师徒几人的遭遇，观音菩萨想了想，就让孙悟空过来，观音看了看孙悟空的

头，然后说："这女妖是个蝎子精，十分厉害，快到光明宫请昴日星官，才能降服这女妖。"孙悟空一听，拜谢了观音菩萨，就直接去了光明宫，请昴日星官下凡降妖。悟空带着昴日星官来到了毒敌山，自己和猪八戒前去那琵琶洞前挑战，让昴日星官在一旁候着，只要那妖精一出来，昴日星官就看准时机收了她。那女妖见孙悟空几人三番两次前来挑战，烦不胜烦，憋着一肚子的火气，提着三股钢叉冲出洞，对着悟空猛刺。昴日星官见了，立即现出本相，原来是只大公鸡，站在山坡上，足有六七尺高。他对着女妖叫了一声，女妖现出原形——一只蝎子精，昴日星官又叫了一声，那女妖浑身酥软，死在山坡上。悟空、八戒、沙和尚谢了昴日星官，救出了唐僧，继续往西天而去。

西游趣闻

女儿国真的存在吗?

西梁女国,无男子,靠喝子母河的受孕而繁衍后代。这个充满神秘色彩的国家到底是虚构的还是确实存在过呢?

唐玄奘写的《大唐西域记》中,有:"世以女为王,因以女称国。夫亦为王,不知政事。丈夫唯征伐田种而已,东接吐鲁国,北接于阗国,西接三波诃国。"

关于东女国,史书《旧唐书》记载为:"东女国,西羌之别称,以西海中复有女国,故称东女焉,俗以女为王。东与茂州、党项接,东南与雅州接,界隔罗女蛮及百狼夷。其境东西九日行,南北二十二日行。有大小八十余城。"这段记载与《大唐西域记》中的记载大致相同。

史书《新唐书·西域传》中则记载了这个国家的人是羌族,而且这个国家的西边还有以女性为王的国家,这样看来东女国确实是存在过的,它是古代西藏西北部山区靠近印度的一个小国家。

　　《西游记》中的"女儿国"从地理位置和风俗民情来看，原型应该就是史书上记载的东女国。但东女国并不是没有男子，只是男子的社会地位比较低，从属于女性，以种地和打仗为主要任务，家庭和国家的权力掌握在女性手里。"女儿国"的传说在今天听来似乎不可思议，但它只是由女人主宰的一种社会形态，比较完整地保留了母系氏族社会的特征。

知识链接

女儿国　子母河

《后汉书·东夷传》载："海中有女国，无男人。或传国中有神井，窥之辄生子。"《大慈恩寺三藏法师传》卷四记载："波剌斯国……南海岛有西女国，皆是女人，无男子，多珍宝。"杜佑《通典》引杜环《西行记》："又闻西有女国，感水而生。"《事林广记》载："女人国，居东北海角，与奚部小如者部抵界，其国无男，母视井即生也。"这些记载均为女儿国、子母河的原型。

第十八回

真假孙悟空

精彩预告

　　见悟空打死多个强盗，唐僧狠心撵走了他。假悟空打昏唐僧，抢走了行李，要冒名顶替去西天取经。沙僧到花果山劝说悟空，发现了假悟空的阴谋！真假悟空，连唐僧师徒、观音菩萨、玉皇大帝、老龙王、阎王都难以辨别，地听辨别出来了又不敢说，最后两个美猴王打到了如来佛跟前。如来佛能分辨出哪只猴子为真哪只猴子为假吗？

　　唐僧和悟空、八戒、沙和尚离开琵琶洞，又向西走了几天。

　　这天，天快黑了，孙悟空几人玩闹，嫌弃白龙马走得慢，不管怎么赶都不管用，悟空举起金箍棒，在马屁股那儿打了一棒，马儿吃痛，飞一般地跑了出去，直往前奔了十几里路才停下。唐僧坐在马上，心惊胆战的，那马带着唐僧一直跑进了一个小树林，唐僧一时没有留神，被树林里的陷阱抓住了，吊在了树上，马没停，跑走了。

　　正在这时，从树林里窜出一伙强盗，个个拿着枪刀棍棒。为首的两个强盗说他们是强盗，过路的人得留下自己的买路财。唐僧哪里有钱，他出门在外，总是饥一顿饱一顿的，后来收了三个徒弟，这才好了一些，不会再饿肚子了，他对强盗头子说："贫僧是东土唐王派遣到西天取经的，一路全靠化斋过日子，哪有什么钱财，请大王千万留个方便。"有个强盗听说没钱，就提出将唐僧的马抵账，唐僧一听，这还了得，自己是肉体凡胎，不像自己的三个徒弟，没了马，单凭一双脚是走不到西

天的。唐僧急中生智，对强盗说："我有个徒弟在后面，马上就到，他身上有些钱财。"强盗一听，就把唐僧捆起来，吊在树上，等唐僧的徒弟到来。

不一会儿，悟空、八戒、沙和尚终于赶来。沙和尚远远一看，笑着说："师父在荡秋千呢！"悟空眼尖，一眼就看清了，说道："不好，师父不是在荡秋千，而是被吊在树上了。"连忙三步并作两步，赶到师父面前。孙悟空变成一

个小和尚，到了唐僧下边："阿弥陀佛！这位师父，你为何吊在这里啊？"唐僧说："小师父，我遇上了强盗！"孙悟空一听就笑了："小师父？师父，你看看我是谁？我是你大徒弟孙悟空啊！"唐僧现在也顾不得孙悟空捉弄自己的事儿了："悟空，你快放我下来。"孙悟空就飞上去，准备把绳子解开，但是强盗们又出来了。两个强盗头子拦住悟空要买路钱，孙悟空装出一副害怕的样子："各位大王，我没有银子。"强盗头子不信，因为唐僧说他身上有银子，孙悟空说："要银子可以，先把我师父放下来。"强盗头子同意了，孙悟空直接把唐僧扶上马，一拍马屁股，马带着唐僧跑了，强盗们拦着孙悟空，不让他走。孙悟空说自己有一件宝贝，就把金箍棒拿出来了，然后念动咒语，将金箍棒变大，金箍棒很重，一下子压死了两个强盗。其余的强盗见了，吓得连忙四散逃命去了。

唐僧跑了一段，见孙悟空还没有回来，就让猪八戒回去看看情况，猪八戒到这儿一看，见孙悟空打死了两个人，急忙回去告状。唐僧见悟空打死了两个强盗，心中有些不忍，埋怨悟空说："为师多次提醒你，出家人以慈悲为怀，不要轻易和人生怨。你今天怎么又打死了人！"孙悟空满不在乎地说："这些强盗，打死一个少一个！"唐僧不同意："这些都是凡人，没有什么本事，你把他们吓跑就行了，怎么能随便杀人呢？"猪八戒不满孙悟空一路上压榨自己，就在一边添油加醋，煽风点火。结果说着说着就生气了，两个人谁也说服不了谁。唐僧叫八戒把两个强盗掩埋了，又撮土为香，念经祷祝了一番，才上马继续赶路。

晚上，唐僧师徒到了一户人家，孙悟空前去敲门，可是唐僧还没有消气，就让孙悟空闪开，亲自前去敲门。这是一户姓杨的人家，老妈妈见孙悟空、猪八戒、沙和尚长得凶猛，有些害怕，唐僧再三保证，两位老人才同意。杨老汉和老妈妈都是忠厚善良之人，可他的儿子不成器，被杨老汉赶出了家门。杨老汉安排斋饭茶水招待唐僧师徒，又聊了一会儿天，就送他们到后院休息。

到了半夜，忽然间听见有人凶神恶煞地敲门，孙悟空一下子就惊醒了，偷偷从窗户缝向外观看，只见那杨老汉去开门，进来之人喊了杨老汉一声"爹！"孙悟空一看，这不就是今天的强盗头子吗！心中一时有了主意，但是如今师父正在生气，还是看看情况再说。杨老汉的儿子带着一群强盗来了，让杨老汉准备饭菜，他自己偷偷去房里藏什么东西。过了一会儿，他媳妇进来了，强盗头子把门关上，问："媳妇，今天咱们家是不是来什么人了？"他媳妇心地善良，要不是自己的公婆年纪大了，身边离不了人，她早就离开了。听强盗头子这样问，就知道他心里在打什么主意，直接说："没有！"强盗头子不信："没有？那院子里面的白马是谁的？是不是几个和尚的？"他媳妇一听就生气了："几个和尚你都要抢，你还有良心吗？"两个人又拌了几句嘴，那强盗头子顺手拿起针线筐里的剪刀插进自己媳妇

胸口，生生地将自己媳妇给杀了，然后还装作没事的样子，继续和自己带来的那一群人喝酒。

但他不知道的是，他所做的一切都被孙悟空看在了眼里，孙悟空气急了，直接拿出金箍棒，想要一棒子打死那个强盗，可是一想到自己师父的坚持，就又忍住了。

那强盗头子回去和那些强盗说："冤家路窄，今天那群和尚正好在我们家，一会儿我们吃完了饭，一块去收拾他们。"这话正好被杨老汉听见，杨老汉慌慌张张地跑来，叫唐僧师徒快走，唐僧师徒连忙起身赶路。强盗头子半夜带着强盗要去杀唐僧师徒，但是到那儿一看，什么人都没有，连忙追赶。强盗们不甘心，追了上来。举起刀枪朝孙悟空他们乱打，孙悟空生气了，挥起金箍棒，一下打死了好几个强盗，活着的强盗全都逃命去了。唐僧见孙悟空打死了那么多强盗，十分生气，直接念起了紧箍咒，连念了十几遍，悟空痛得在地上打滚，猪八戒、沙和尚怎么求情都没用。孙悟空认错也不管用，他疼得拿头去撞墙，最后昏过去了。唐僧见孙悟空昏过去了，赶紧跑过来，喊了半天，又试了各种办法，才把孙悟空喊醒。

悟空醒了之后，说："师父，我打死的都是坏人！"唐僧说："都是坏人？那杨老汉一家都是好人，你不该打死杨老汉的儿子，断了他们家的香火！"孙悟空说："师父，你不知道，那不是个好人，他没有人性，连自己的妻子都打死了。真的，师父，这是我亲眼看见的！"唐僧说："即便如此，人命也应该由天定，你也不应该打死他们啊！"唐僧见孙悟空还是没有认识到自己的错误，更生气了，直接要赶孙悟空走，孙悟空冲着师父直磕头："师父，取经大业还未完成，你怎么能赶我走呢！路上遇见了妖怪怎么办？"唐僧骂道："你这泼猴，实在是太凶狠了，昨天打死两个强盗头子，今天又打死这么多人，作为出家人，你没有一点善念，我要你干什么？要不走，我又要念了。"孙悟空见唐僧不念旧情，就离开了。悟空想想很伤心，决定去找观音菩萨评理，他一个筋斗来到了南海。

悟空见了观音菩萨，倒身下拜，泪如泉涌。观音见了，急忙问他怎么回事，悟空把打死强盗，唐僧赶他走的事讲了一遍，只觉得心中很委屈："菩萨，俺老孙也不想一走了之，只是那老和尚一直念紧箍咒，我实在是没办法，只好离开了。菩萨，都怪你，谁让你当时给我戴上这个金箍，你看我现在也不保唐僧去西天取经了，你就把这个金箍给我去了吧！"观音菩萨掐指一算，知道这是他们师徒必须经历的劫难，但是也不好意思明说，就说："你这个金箍还不到去的时候，时候到了，自然就去了！"就让孙悟空留在自己身边，等待时机，孙悟空只顾得伤心了，也没多想这到底是怎么一回事。

再说唐僧赶走了悟空后，叫八戒牵马，沙和尚挑担，继续向西走了几十里。唐僧赶走了孙悟空，心里也不好受，毕竟孙悟空是自己最先收的徒弟，跟自己的时间最长，感情也最深，他虽然桀骜不驯，但是细心，照顾自己很贴心。唐僧越想越觉

得孙悟空好，可是想起孙悟空不把人命当回事，又很生气。猪八戒和沙和尚见唐僧心情不好，就想去给他找点吃的喝的。八戒跳到半空一看，只见周围都是崇山峻岭，只好驾着云到远处取水。唐僧见猪八戒去了半天不回来，就叫沙和尚去找猪八戒，自己独自坐在青石板上休息。沙和尚走了不久，唐僧忽然听到一阵风响，睁眼一看，见孙悟空捧着一碗水站在面前，还说："师父，离了俺老孙，你连一碗水都喝不上吧！"唐僧本来有些心软，可是听见孙悟空这样的话，又开始生气了，也不理悟空，又要赶悟空走。孙悟空说："要是没有俺老孙，你就走不到西天！"唐僧还是不答应，那悟空气得怒喝一声，把唐僧打昏在地，然后抢了行李，一个筋斗云，逃得无影无踪了。

　　那孙悟空打昏唐僧之后，直接拿着行李回了花果山。到

了花果山，猴子们都围着他，问他怎么不去取经了，孙悟空说："那老和尚不识好歹，竟然赶我离开。我决定不给他当徒弟了！不过，我自己去西天取经！你们愿不愿意跟着俺老孙去西天耍耍？"猴子们都很高兴。八戒、沙和尚回来一看，见唐僧昏倒在地，忙救活了唐僧。唐僧醒过来之后，猪八戒、沙和尚问："师父，到底是谁把你弄成这样的？"唐僧说是孙悟空打的，猪八戒、沙和尚都不相信。几个人没办法，行李又丢了，天色又晚了，只好先找到一户人家借宿。唐僧说："你们两个谁去找那泼猴啊？"猪八戒说："师父，我去吧，上次你把他赶走了，还是我把他找回来的，我路熟。"沙和尚说："还是我去吧！二师兄，你平时老在师父面前说大师兄的坏话，这次师父把大师兄赶走，也是你在一边一直说师兄的坏话。你要是去了，他能饶了你吗？还是我去吧！"唐僧忙说："悟净说得是，你不能去，你和那猴头原来就不和，你去，不但讨不到行李，他还要拿棒打你。还是悟净去吧，如果他不肯给，你就去找观音菩萨。"沙和尚答应一声，驾起云，直往花果山而去。沙和尚走了之后，借宿人家的老婆婆说："我看你年纪轻轻的，又是和尚，有佛祖保佑，有什么可烦恼的！"唐僧恍然大悟，直接披上袈裟，辞别了老婆婆，带着猪八戒先走了，他要去佛祖那里告状。

　　花果山上，小猴子见到沙和尚，赶紧禀告孙悟空，等到沙和尚去了水帘洞，却听见有人在读通关文牒，沙和尚仔细一看，

原来是孙悟空在那里读那些通关文牒。沙和尚走上前说："师兄，常言道，'一日为师，终身为父'，你平日里很尊敬师父，今天怎么做出这么大逆不道的事，竟然打伤师父，还抢走了师父的行李！"孙悟空说："分明是那和尚办错了事情，还怪在我身上！我不保这个冥顽不灵的和尚去西天取经了！"沙和尚见孙悟空生气了，只好好言相劝，孙悟空却不答应，冷笑一声道："我不保护唐僧前去西天取经了，而且已另选了高僧，也到西天去取经。"沙和尚一听，很惊讶："你自己去？"孙悟空说："对！如今我有了通关文牒，为什么不能去？到时候，取回真经，将真经送还大唐，让那里的人立我为佛祖，这样我也不算是白跑一趟！"沙和尚哈哈大笑："没有唐僧，你到时候是取不到真经的！当时，观音说了，这取经人必须是唐僧，其他人，一律不管用！"孙悟空说："谁说我没有唐僧！"说完，叫小猴把师父请出来，沙和尚回头一看，只见水帘洞里走出唐僧，他骑在白马上，后面跟着猪八戒和沙和尚。沙和尚大怒，双手举起降妖杖，把那个沙和尚打死了，原来是只猴子。孙悟空见沙和尚打死了自己的"沙和尚"，就要拿金箍棒打沙和尚，沙和尚急忙逃离花果山，驾着云直往南海去找观音菩萨。

到了南海，沙和尚拜见了观音菩萨，孙悟空前去迎接，沙和尚大喊一声："妖怪！你这妖怪，你打伤我师父！你这妖怪，我打死你！"说着举起降妖杖朝悟空劈头打去。观音菩萨喝住沙和尚说："悟净不要动手，有话先对我说。"沙和尚说："菩萨，你是不知道啊！这妖猴打昏师父，抢走行李，回到了花果山，又找假唐僧，准备到西天取经！那花果山现在还有唐僧和猪八戒呢，那个沙和尚被我打死了，是只猴子变的。"孙悟空很委屈，自己到了观音菩萨这里，一直都没有离开，哪里有时间去办沙和尚说的事，孙悟空说："菩萨，他诬赖好人！这话从何说起？"观音菩萨说："悟空到我这里已经四天了，怎么会另请唐僧，自己到西天取经？你们去花果山看看，便知分晓！"孙悟空和沙和尚一起来到花果山，果然看到有个孙悟空，长得和自己一模一样。孙悟空怒骂道："俺老孙才是真正的美猴王！你是哪里来的妖怪，竟敢变成我的模样。"猴子们一看都呆住了：这是什么情况？怎么会有两个大王？

　　再看两个孙悟空，只见他们俩简直一模一样，脾气也一样，眼里容不得沙子，直接举起棒就打。两人打成一团，真假难分。一个说："你是妖精！"另一个就说："你才是妖精！竟然敢到我们花果山撒野！"沙和尚和猴子们看了半天，也不知道帮谁才好。沙和尚想既然观音菩萨让自己和大师兄来这儿，说明观音菩萨可能有办法，沙和尚说："大师兄！我知道你冤枉了！你们为什么不去观音菩萨那里，让观音菩萨看看真假呢！"两个悟空同时说："对，去南海请观音菩萨辨个真假。"真假悟空一边说，　边往南海而去。

　　两个悟空打打闹闹，来到南海，一起说："孙悟空拜见菩萨！我是真的，他是假的！"一个说："菩萨，你怎么忘了？当

初是你去五指山下点化俺，让俺保护唐僧前去西天取经，这事儿你忘了吗？"观音说："对对对！"另一个就说："菩萨，在西天路上，你多次帮助俺降妖除魔，还赐给俺三根救命毫毛，你摸摸，还在呢！"观音一看，确实如此。那一个又不安分了："菩萨，你当时给了那老和尚紧箍咒，你可以念一念！"观音菩萨也辨不出真假，就暗暗念起紧箍咒，谁知两个孙悟空一起抱住头，连声喊痛，观音菩萨没办法，只好说："我也分辨不出谁是真的，谁是假的，你们也不要吵了。你当初大闹天宫时，诸位神仙都认识你，你们还是到天上去看看吧！"

真假孙悟空又一路打打闹闹来到玉皇大帝面前。一个孙悟空说："玉帝老儿，当初俺老孙大闹天宫，你该认得俺，你来看看我们，谁真谁假！"另一个说："玉帝老儿，当年你封俺为弼马温，后来又让俺去看守蟠桃园，你都忘了吗？"两个说着说着又吵了起来，玉皇大帝也分辨不出来真假。太白金星提议让李天王拿出照妖镜来照，玉帝同意了，可是谁知，镜子里也是两个一模一样的悟空。众位神仙一看，都不知如何是好，玉皇大帝也没办法了，只好把他们赶出天宫。两个悟空又决定去找唐僧。

唐僧见了孙悟空，就质问他："你为什么要打伤我？"只见那孙悟空说："师父，那不是我干的，是另一只妖怪，他变成了我的模样，打伤了你，还抢走了行李！"这时，另一个孙悟空也出现了，唐僧一看，傻眼了：那两个悟空长得一模一样，怎

么也分不清真假。两个人又吵了起来，猪八戒走上前去，一个孙悟空说："八戒，当初三打白骨精，是你去花果山请了我回来！"另一个也不甘示弱："八戒，你忘了吗，当初收服你的时候，我变成了高小姐，还让你背我呢！"猪八戒也分不清谁是谁非了。唐僧悄悄念起紧箍咒，两个悟空齐声喊痛，唐僧也辨不出真假。真假悟空决定到如来佛祖那儿去分辨真假。两个孙悟空刚走，沙和尚赶了过来，将事情经过讲了一通，唐僧知道自己又错怪了孙悟空，心中更愧疚了。

两个孙悟空先去了老龙王那里，老龙王也分不清，就说："大圣，我实在是分不清楚！"两个人又拿出金箍棒，让老龙王分辨，两个孙悟空还将金箍棒变大，吓得老龙王晕过去了。真假孙悟空见老龙王也分辨不出来，就又去了阎王那儿，让阎王拿出生死簿，查查谁是真的，谁是假的。可是阎王说："大圣，我这里凡是猴属类的都查不到啊！大圣，你当年将生死簿上猴属类的全都勾掉了，你忘了吗！"阎王又让地听过来，地听耳力超人，直接听出来了，可是，他说："这不能说，你去找如来佛吧！"真假孙悟空又打打闹闹地去了如来佛祖那儿。

如来佛祖正在讲经："不有终有，不无终无，不似终似，不空终空，非有如有，非无如无，非空无空，色即是空，空即是色。"见了两个孙悟空，笑着说："不用说了，我都知道了！你们两个一个是真，一个是假。天下有五仙：天、地、人、神、鬼；有五虫：蠃、鳞、毛、羽、昆；但是，有四种猴子不在这十个物种之内。分别是：灵明石猴、赤尻马猴、通臂猿猴、六耳猕猴。我看这假悟空是一只六耳猕猴，他能听到千里之外的声音，看到事物的前后变化，所以能变得和孙悟空一模一样。"

假悟空见如来说出他的本相，不禁心惊胆战，纵身想逃。如来把金钵盂往上一抛，罩住了那假悟空，假悟空终于露出了本相：一只六耳猕猴。孙悟空见了，一棒把他打死了。如来问他："你为什么要打死那猴子？"孙悟空说："他打伤我师父，坏我名誉，不杀了他，难泄我心头之恨！"

假悟空被打死了，如来让孙悟空回去保护唐僧前去取经，孙悟空不乐意："不去不去！他都赶我走了，我为什么还要去！"如来说："都是因为你们师徒有二心，这才招致劫难，你以后一定要专心辅佐你师父！"孙悟空说："这话你和我说没什么用！"如来要观音菩萨把悟空送回去。观音合掌向佛祖谢了恩，领着悟空来到唐僧面前，把孙悟空交给唐僧，又讲了分辨假悟空的经过。唐僧谢了观音菩萨，师徒两人解开了心结，重归于好，又叫八戒到花果山取回行李，继续往西天取经。

西游趣闻

地听为何不揭穿假悟空

地听辨别出了真假悟空，却没说出来。这是为什么呢？我们先来看看地听的来历。

传说，地听是古新罗王子金乔觉的白犬。金乔觉看破红尘，削发为僧，白犬一直陪在左右。贞元十年（794）农历七月三十日，金乔觉坐化，白犬亦随之傍息。金乔觉成了地藏王菩萨后，白犬仍旧忠心追随，伏在经案之下。

据《西游记》原著介绍，地听若伏在地下，一霎时，神、鬼、人三界生灵的信息，全能知道。是不是很厉害？

接下来，我们再来揭开他不说出真相的谜团。

原著中是这么写的，地听道："当面说出，恐妖精恶发，骚扰宝殿，致令阴府不安。"地藏王菩萨听后，又问地听为什么不协助悟空擒拿妖魔，地听解释说，六耳猕猴的法力不比孙悟空的差，仅凭幽冥之界众人的法力，奈何不了他。

至此，大家应该清楚了吧。

知识链接

木鱼

　　一种佛教法器。相传鱼昼夜不合目，刻木像鱼形，击之以警戒僧众应昼夜思道。形制有二：一为挺直鱼形，用来粥饭或集众、警众，悬挂在寺院走廊上。一为圆状鱼形，诵经时所用，放在案上。

第十九回

三借芭蕉扇

精彩预告

　　唐僧师徒来到火焰山，听老者说火焰山方圆八百里，四季都在燃烧，因此，天气炙热无比！为了过火焰山，才有了孙悟空三借芭蕉扇：悟空一借芭蕉扇，被扇到了几万里外的小须弥山。悟空二借芭蕉扇，多亏有定风丹，他才没再次被扇走，但借到的是把假扇子。悟空和火焰山的大火有什么渊源呢？悟空三借芭蕉扇，牛魔王会顾及以往的结拜情面，将扇子借给他吗？

　　唐僧师徒四人又走了几个月，这时已经是深秋时节，可唐僧师徒越往前走，越感觉到热气蒸人，而且草木越来越稀少，最后甚至没了植物。

　　四处没有一丝阴凉，天上还挂着一个大太阳。几人越走越热，最后实在热得受不了了，只好将身上的衣服脱下来几件。唐僧走了半天，渴得受不了，可是水壶中又没了水，几个人又累又热，还很渴，这时，忽然看见前边有一个小村庄，几人加快了脚步。唐僧师徒走到村庄，进去一看，只见那里一片荒凉，说是村庄，可是没有几个人，仅有的人一个个面黄肌瘦，嘴唇发干。唐僧几人一见，就将自己行李中的干粮拿了出来，分给那些人。唐僧休息了一下，走到一个最年长的人那里，问："老人家不要怕，我们是东土大唐前往西天取经的，路过这里，这是我的三个徒弟，我们并没有什么恶意，就是想请问老者，这里是什么地方？怎么这般景况？这里的天气怎么会这般炎热？"那老者许是饿了好久，没什么力气，又看见孙悟空长得毛脸猴腮，就吓了一跳，慢吞吞地说："前面六十里有一座山，那座山是火焰山，方圆八百里，不管春夏秋冬，四季都在燃烧，所以这里才会如此炎热。"唐僧一听，不由吃了一惊，急忙问："老者，这是去往西天的必经之路吗？"那老人说："是去西天的必经之路，别说是血肉之身，就是钢铁也会被烧成灰。"唐僧听了，十分着急，忙问："这里四季炎热，寸草不生，更没有办法种植庄稼，你们靠什么生存呢？"老人说："长老你有所不知，离这儿一千里外有座翠云山，翠云山上有个芭蕉洞，芭蕉洞里住着一位铁扇仙，她有把芭蕉扇，能扇灭火焰山的烈焰。我们这儿的庄稼户全靠着这铁扇仙存活。""那你们饿成这样，怎么不去找那个铁扇仙呢？"老人说最近收成不好，没有什么东西当礼品，没有礼品孝敬她，她就不管，这里能走的都逃走了，逃不走的都在这里等死。

唐僧动了恻隐之心，就让孙悟空去找那铁扇仙，让铁扇仙将火焰山的火扑灭，救救这些百姓，师徒四人也能早日去西天取经。悟空听了老人家的话，也有点生气，竟然还有这么坏的神仙，他叫唐僧在这儿等候，自己一个跟斗到翠云山去向铁扇仙借扇子。

孙悟空到了翠云山，顺着小路一直向前走，正好看见有一个女子手挽着花篮在采花。孙悟空跳到那个女子的面前，把那女子吓了一跳："女童莫怕，我向你打听打听路。这里可是翠云山？"女子点了点头，孙悟空又问：

"那这山上可有一个铁扇仙？"女子摇了摇头。孙悟空又问："不该啊！那我再问你，这里可有一个芭蕉洞？"女子一听，顿时来了精神："芭蕉洞？有啊！那是我们大力牛魔王和铁扇公主的住所，没有什么铁扇仙啊？"孙悟空一听很开心，牛魔王是自己的结拜兄弟！可是又转念一想：自己刚刚把红孩儿给送到观音菩萨手下做善财童子，牛魔王和铁扇公主肯定还在记恨自己，这下子自己肯定借不到芭蕉扇了，说不定还得被打出去。

正在这时，铁扇公主来了，原来她打发侍女前去采花，侍女去了很久，她心中疑惑，就找了出来。铁扇公主问自己的侍女："你刚刚在和什么人说话？"那侍女说："是一个和尚，在向我打听铁扇仙。"一边说，一边扭身想将孙悟空指给铁扇公主看，孙悟空早在听见铁扇公主的喊声时就藏了起来，哪里还有什么人影。铁扇公主心地其实不坏，说："那他想必是有什么为难的事情，你就应该问个明白。"

孙悟空在一旁将铁扇公主和侍女的话听得清清楚楚，心想这铁扇公主心肠不坏，不如自己出去套套交情，装装可怜，说不定这铁扇公主能放自己一马，到时候再想办法借出芭蕉扇。孙悟空想到这里，就从藏身的大树后走了出来："嫂嫂！俺老孙不远万里，前来拜见嫂嫂。"铁扇公主打量了半天："你就是孙悟空？""正是正是！小弟曾经与牛魔王大哥结为兄弟，你就是我的嫂嫂。"这铁扇公主是牛魔王的妻子、红孩儿的母亲，确认这是孙悟空之后，气得咬牙切齿，她指着孙悟空大骂："你这泼猴，为何要见礼？你为什么害了我儿子红孩儿？"孙悟空一听，连忙喊道："嫂嫂，你错怪我了，你孩子在观音那儿做善财童子，日后必成正果，与天地同春，日月同根，你这个做母亲的应该感谢我，怎么反倒责怪我。"铁扇公主怒气未消："你这猴子，害得我们母子难以相见，还说什么谢你，看剑！"举起剑朝悟空砍去。悟空笑道："嫂嫂别生气！不谢就不谢，只要嫂嫂肯把扇子借给我。"铁扇公主态度很坚决地说："不借！"孙悟空又赔着笑说："嫂嫂，看在我曾经和牛魔王大哥结义的分上，快把宝扇借给我用用吧。"铁扇公主说："你真的要借芭蕉扇，也不难，只要你站在那里，让我砍你三剑。"孙悟空一听，急忙说："只要嫂嫂肯借宝扇，别说是三剑，俺老孙站在这里让你砍多少剑都可以啊！"

　　铁扇公主举起剑，在悟空的头上砍了三剑，直砍得火星直冒，还把孙悟空劈成了几半。悟空却毫不在意，铁扇公主刚把他的身体劈开，伤口就自动愈合了。铁扇公主砍了孙悟空三剑，可是孙悟空一点儿事都没有。铁扇公主害怕了，转身想走，被悟空一把拉住，说："嫂嫂别走啊！你也出气了，快把扇子借给我。"铁扇公主被孙悟空抓住，没办法脱身，无奈地说："好，你先放开我，我借给你就是了。"说完，孙悟空就松开了她，她也爽快，直接从口中吐出了一个小小的还没手心大的扇子。铁扇公主念了口诀，这扇子就直接变大，铁扇公主直接对着孙悟空一扇，孙悟空就被刮跑了。

铁扇公主回了洞府，歇息了一会儿，叹道："听说那孙悟空手段非凡，他身边还有两个很厉害的帮手！"侍女一听，满不在乎地说："有帮手怕什么，把大王请回来不就行了吗！"铁扇公主听了这话，怒火噌（cēng，象声词）的一下就上来了，直接把杯子砸到桌子上："不要提那个没良心的！都是那个狐狸精把他给迷住了！"原来这牛魔王不知道什么时候喜欢上了山上的狐狸精，已经好长时间没有回来过了。

回过头来说一下孙悟空。铁扇公主全力一扇，把孙悟空扇到了几万里外的小须弥山。孙悟空不小心撞上了山石，晕过去了。灵吉菩萨正在坐禅，忽然感觉到有贵客来到，急忙出去观望，谁知道，出门正好看见假山上趴昏迷的孙悟空。灵吉菩萨喊了孙悟空半天，孙悟空还是没有醒过来，灵吉菩萨就在孙悟空额头一点，孙悟空才醒过来。

孙悟空刚醒，头还有一点晕乎乎的，便问："哦，灵吉菩萨，这是哪儿啊？"灵吉菩萨笑着说："这是我的小须弥山。孙大圣，您取经回来了？"孙悟空说："取经回来？早呢！早呢！"灵吉菩萨不明白了："那您这是从哪儿来呀？"孙悟空说："灵吉菩萨你是不知道，那铁扇公主的芭蕉扇……"忽然间又想起自己曾经也是大闹天宫的混世魔王，如今却被一个女流之辈用一把扇子给扇到了这里，觉得有些丢人，就不好意思说了。灵吉菩萨听到了"芭蕉扇"几个字，就大概明白了，说："那芭蕉扇是自混沌初开，天地所产的一件灵宝，若要是对着一个人扇，那个人就会飘到五万四千里之外。孙大圣，您有翻筋斗云的功夫，只怕这不会伤到您。"孙悟空懊恼地说："伤倒是没有伤到！只是没有那芭蕉扇，我们师徒四人过不了火焰山啊！"灵吉菩萨说："没关系，我送您一粒定风丹，有了这定风丹，你就不用怕这芭蕉扇再把你扇飞了。"悟空大喜，谢了灵吉菩萨，一个筋斗云又回到了翠云山。

铁扇公主听说孙悟空又来了，不禁暗暗吃惊："啊！你又回来了！"孙悟空笑嘻嘻地说："嫂子，你一扇子五万四千里，我一个筋斗云十万八千里，正好回来！嫂嫂别小家子气！俺老孙是一个实诚君子，只要你借我宝扇一用，我护送师父过了火焰山，就立刻把芭蕉扇奉还！"铁扇公主不答应："你还敢来借扇！"孙悟空说："敢，敢，有什么不敢！"铁扇公主心想：这猴头真厉害，我一扇把他扇到万里以外，他这么快就回来了，这次我一连扇他几扇，让他找不到回家的路。一边想一边说："泼猴！你站在这里让我扇你三扇，你若经得住我这三扇，我就把这芭蕉扇借给你。"孙悟空一听："绝不反悔？"铁扇公主咬牙："绝不反悔！"孙悟空说："好！"说完直接站定，自己背着铁扇

公主将定风丹放好，让铁扇公主扇。

铁扇公主不知道孙悟空有定风丹，还偷偷得意："孙悟空，你的死期到了！"她拿出芭蕉扇，对着孙悟空用力扇了一下，一阵狂风吹向孙悟空，四周的树木都被刮弯了腰，铁扇公主满以为孙悟空已被扇走，正准备收了扇子，可定睛一看，孙悟空还站在原地，一动也没动。孙悟空朝铁扇公主做了个鬼脸，铁扇公主又用力扇了两下，孙悟空借着落叶的阻挡，蹦到了石头上。铁扇公主扇完三扇，定睛一看，发现孙悟空不在原地了，满心欢喜，还以为孙悟空又被自己扇跑了，谁知道从一旁传来了孙悟空的声音："嫂嫂，俺在这儿呢！把扇子借给我吧！"铁扇公主慌了，忙收起扇子，回芭蕉洞去了。孙悟空正要追着铁扇公主进去，却被洞门拦住了。

孙悟空见铁扇公主回了洞，就变成一个小虫子飞进芭蕉洞。铁扇公主慌慌张张地跑回洞府，坐定之后，就唤自己的侍女给自己倒杯茶压压惊。孙悟空见铁扇公主的女童正在倒茶给铁扇公主，悄悄地钻在茶沫下边。铁扇公主经过一番打斗，又累又渴，接过茶杯就喝，孙悟空一下钻到铁扇公主的肚子里去了。

铁扇公主还没喝完茶，忽然听见孙悟空在喊："嫂嫂！嫂嫂！"铁扇公主吃了一惊，问一旁的侍女："你可曾将洞门关好！"侍女表示已经再三检查过了，没什么问题。铁扇公主很奇怪，既然洞门已经关好了，那怎么还能听见孙悟空的声音，想着，她放下手中的茶盏，准备去查看一番。谁知道她刚把茶盏放下，又听见孙悟空在喊："嫂嫂！嫂嫂！借宝扇一用！"铁扇公主更奇怪了："既然洞门已经关好，那孙悟空怎么还在家中说话呢？"她和侍女正在四处寻找，忽然间听见孙悟空说："嫂嫂，我在你肚子里呢！借宝扇一用！"铁扇公主又惊又气："这该死的猢狲（hú sūn，猴子的别称）！"孙悟空说："借不借？"他边说边在铁扇公主肚子里拳打脚踢，痛得铁扇公主在地上打滚，满口答应把芭蕉扇借给他。孙悟空怕上当，对铁扇公主说："你把扇子拿出来，我看到了再出来。"铁扇公主就对自己的侍女说："你快去把扇子拿来！"一边说一边对侍女使了个眼色，侍女会意，就去拿了一把普通的芭蕉扇站在铁扇公主旁边。孙悟空不知道这一切，满心以为那侍女拿来的就是真扇子。孙悟空看到侍女拿来扇子后，就叫铁扇公主张开嘴，然后变成小虫子飞了出来。孙悟空拿了扇子，说了声谢谢，走出了芭蕉洞。

　　唐僧几人留在原地等待孙悟空，可是等了很久还不见孙悟空回来，正要打发猪八戒去看看情况时，孙悟空驾着筋斗云回来了。悟空向唐僧讲了借扇的经过，又把扇子拿给老人看，老人也看不出真假，也认为这就是真的。第二天，唐僧师徒四人，直往火焰山而去。离火焰山还有二十余里，悟空叫唐僧他们在路边休息，自己先去灭了火焰山的火。

　　只见那山上烈焰熊熊、浓烟滚滚，烧红了半边天。越接近越热，觉得好像要被烧焦了，悟空被烤得受不了，急忙把扇子

对着火光，用力一扇，不料那火不但未灭，反而烘烘腾起。孙悟空连扇了好几下，见火势越来越猛，意识到这扇子是假的，铁扇公主和她的侍女合起伙来骗了自己。越扇火势越猛，火苗已将他屁股上的毫毛烧光了，孙悟空急忙扔了扇子跳开。悟空一边往回跑，一边大喊："快回去，火来了。"

猪八戒几人见火势越来越大，急忙将唐僧扶上马，自己和沙和尚挑起行李，带上自己的东西，急匆匆地往回赶了二十余里，这才停下马。悟空连呼上当。铁扇公主远远地望着，看见孙悟空几人狼狈的样子，哈哈大笑，只觉得出了一口恶气。猪八戒说："依我看啊，我们找一个没有火的地方走就行了。"沙和尚问："哪边没有火啊？"猪八戒说："东方没火，南方没火，北方也没火！"孙悟空一笑："哪方有经啊？"猪八戒也知自己理亏："西方有经！"唐僧说："我们正是要去西方取经！哎，这可怎么办啊！"唐僧一想：有经书的地方有火，没有经书的地方无火，真是进退两难啊！阿弥陀佛，自己什么时候才能到西天取回真经啊！

这时，火焰山的土地带着一名童子，捧着糕饼米饭前来："师父休要烦恼！"唐僧问："你是？"那土地笑呵呵地说："小神乃是此方土地，特意前来为长老献上斋饭。"唐僧说："多谢！只是天气炎热，无心用斋，还是先请我的几个徒弟吃吧。"土地就端着斋饭走向孙悟空几人。孙悟空一把拽住土地的胡子："要不是看在你前来献斋饭的分上，俺老孙非得打你一

顿！"土地说："大圣，这是什么道理啊？"孙悟空说："我问你！你既然身为此方土地，为什么不好好管理，反而让此地出现火焰山，让你的百姓受苦。"土地说："大圣你误会了，这火焰山还是你弄来的！"孙悟空很吃惊："我弄来的？""对呀！大圣您再好好想想！"孙悟空想了半天，怎么都想不起来自己什么时候做过这事。土地见此，直接说："大圣，你还记得五百年前，你大闹天宫，闯入了太上老君的炼丹房，将太上老君的丹药偷吃了个干净，太上老君后来将你封入炼丹炉中炼化了七七四十九天，你炼成了火眼金睛，出了丹炉之后，为了泄愤，一脚将丹炉踢飞，那丹炉落到了人间，正好落在了这里。里面的炉火是三昧真火，普通的水没有办法浇灭它，久而久之，这里就成了火焰山。"猪八戒一听，就嚷嚷开了："猴哥儿，敢情是你害的我们啊！"

唐僧听了前因后果，觉得孙悟空虽然有过，但也是无心之失，又喝住猪八戒，转身对土地说："还望土地为我们指一条明路，好让我们通过这火焰山，能早日西去。"土地本来就知道唐僧就是金蝉子转世，很尊敬唐僧，又见唐僧对自己很有礼貌，更是觉得唐僧这个人气度不凡，就将自己知道的全都说了出来："其实要过这火焰山也不难，只是需要大圣多多出力！"孙悟空听见提到自己的名字，很不解："为什么非得是俺老孙？"土地将了将自己的胡子，笑着说："只要大圣去铁扇公主那儿借来芭蕉扇，就能把火熄灭！"孙悟空一听，直接一摆手："唉！那牛魔王的婆娘怎么都不愿意借出芭蕉扇，还十分狡猾，俺老孙已经被她骗了两次了！"土地一听："哦？那大圣何不去找那大力牛魔王，此刻他正在积雷山上的魔云洞里！"孙悟空听了，想了半天，终于决定去积雷山上找牛魔王套套交情，借出芭蕉扇。

孙悟空驾着筋斗云到了一座山，想了想土地告诉他的位置，觉得这座山应该就是积雷山了。但是土地也只是知道牛魔王住在积雷山上的魔云洞里，至于这个魔云洞具体在哪里，他就不知道了。孙悟空正发愁怎么去找这个洞呢，正巧看见前面来了一个手挽花篮，容貌秀丽的女子。孙悟空急忙跳下去拦住这位女子，说："姑娘！"那女子正一边走路，一边想自己的心事，忽然间自己面前出现了一张毛茸茸的脸，吓得大喊一声，扭头就要跑。孙悟空急忙拦住："姑娘莫怕！请留步！我是问路的！敢问此地可是积雷山？"女子点头，"那这里可是魔云洞？"女子一听就问："你找魔云洞干什么？"孙悟空说："我是翠屏山铁扇公主叫来的，来此处寻找牛魔王的。"那女子一听铁扇公主四个字立马生气了："你回去告诉那个贱人，就说大王不要她了！以后也不要再来找大王了！"说完扭头就走。

孙悟空被这女子的态度弄得一愣，马上想起来在铁扇公主那里听到的话——牛魔王迷上了一只狐狸精，和铁扇公主分开好久了。孙悟空绕到那女子前面说："想必你就是那玉面狐狸吧！"那女子听了这话大怒："大胆，敢如此无礼！我一定会告

诉大王，让大王收拾你的！"孙悟空一听这话就生气了，心想你这勾引别人老公的狐狸精，竟然还在你孙爷爷面前装样子！孙悟空直接掏出金箍棒就要打玉面狐狸。玉面狐狸深知自己不是孙悟空的对手，直接跳下山崖，变成狐狸，一路朝着山洞飞奔而去。

玉面狐狸一路急急忙忙逃回山洞，看见牛魔王面前摆了一桌好菜，一旁还有貌美的侍女给他斟酒，一下就生气了，她上前一步夺过牛魔王手中的酒杯，直接扔在地上："你还有心思喝酒！"牛魔王被弄得一愣一愣的："美人，你这是怎么了？"玉面狐狸嘴巴噘得老高："哼！你这老牛，把我害了！"牛魔王更愣了："咋回事？来来来，你坐下来慢慢说。"玉面狐狸顺着牛魔王的力道坐到那儿："我刚刚去山洞外面的时候，看到了一个和尚，这个和尚口口声声说自己是铁扇公主派来找你回家的。"牛魔王想了想："和尚？找我？铁扇公主自幼修行，是个得道的女仙，与和尚从无交往啊！"玉面狐狸一听不满意了："还说呢！我才说了几句，他就举着棒子要打我！"说着还哭了起来。牛魔王急忙安慰："莫哭莫哭，想必是有人假装的，我去看看情况。"

牛魔王走出魔云洞，见是孙悟空。孙悟空直接喊道："牛大哥！还认得小弟我吗？"牛魔王上下打量了一下："你是孙悟空？"孙悟空笑道："正是正是，一别经年，大哥果然风采依旧，越发的精神了！"牛魔王很生气："休要胡言乱语！你刚才为什么欺负我的爱妾？"孙悟空说："大哥莫生气，刚才是小弟一时鲁莽，惊了二嫂子，还请大哥宽恕。"牛魔王："好吧，念在我们曾经结拜，我放你走。"孙悟空说："大哥莫急，小弟有事相求。"牛魔王说："说吧！"孙悟空说："小弟护送唐僧前去西天取经，经过火焰山，被拦住了，去求嫂嫂借芭蕉扇，可是嫂嫂就是不同意，所以来求大哥给大嫂讲个情面，借芭蕉扇一用，用完就还，决不拖延。"牛魔王："哈哈哈哈哈！哼！原来你是要借芭蕉扇啊，我妻子不同意，你就来这里胡闹！你害我儿子，欺负我妻子，竟然还来向我借扇子！先吃我一棍！"说完，举起铁棍，劈头就打，孙悟空只好拿出金箍棒，和牛魔王打了起来。双方打了上百个回合，还是未能分出胜负。

牛魔王想这样打下去不是事儿，就说："你我光明正大比试一场，如果你能比得过我，我就让铁扇公主将宝扇借你一用。"孙悟空满口答应："好！正好小弟不知道大哥的武艺如何，今天正好来比试一场。"说完两个人又战在了一起。

再回过头来看唐僧几人，只见几人被晒得满头大汗，十分焦躁。唐僧焦急地问："怎么还不回来！"土地劝唐僧："圣僧莫要焦急，大圣本领高强，又和牛魔王是结拜兄弟，一定会借来宝扇的。"唐僧却忧心忡忡地说："只怕这牛魔王因为红孩儿的事怪罪悟空，到时候不但不借扇，还要打悟空啊！"沙和尚忽的一下站了起来："师父我去看看大师兄，只是我不知道去积雷山的路。"土地说："小神知道，小神可与大仙一起去。"说完两个

人辞别了唐僧、猪八戒，向着积雷山走了。

再说牛魔王和孙悟空，两个人你来我往，斗了几百个回合，不分上下，这时，忽然听到山峰上有人喊牛魔王，仔细一看，正是玉面狐狸："牛爷爷，快回来吧，驸马刚才来请你前去赴宴，赶快回来吧！"牛魔王用铁棍架住金箍棒，说："猴头，我要去赴宴，等我回来再斗！"说完，骑上避水金睛兽，往西北方向而去。正好此时沙和尚和土地赶到这里，孙悟空拉住两人："不知道这老牛去哪里赴宴了，你们二人赶快去魔云洞收拾那个狐狸精，我去追他！"沙和尚和土地对孙悟空的安排没有异议，三人分头行事。

沙和尚和土地到了魔云洞。沙和尚直接拿出自己的宝杖，将洞门砸得粉粹，玉面狐狸化成狐狸，一跃而出，想要逃走，沙和尚紧追不放，两人斗了几个回合，沙和尚直接将玉面狐狸打

倒在地，用宝杖死死压住她的喉咙。

悟空化作一阵清风，跟在牛魔王后面，牛魔王不知是走得急，还是怎么回事，一直没有发现。牛魔王来到一座大山前，突然间不见了，悟空走近一看，只见这里只有一处深潭，旁边一块石头上刻着"乱石山碧波潭"六个大字。孙悟空想了想，觉得牛魔王一定是进了这石潭，接着，孙悟空摇身一变，变成一只大螃蟹，沉到潭底。

牛魔王进了石潭之后，只见这里别有洞天，竟然有一座水晶宫。牛魔王刚下到水里，就被在外边等候的虾兵蟹将给迎到

了里面，座下的避水金睛兽留在了外边，自有专人看守。孙悟空下到这里，见牛魔王和老龙精正在喝酒，就灵机一动，把那看守的人调开，想偷牛魔王的避水金睛兽，可是避水金睛兽开了神智，也不是好糊弄的，见有陌生人想骑自己，死活不答应，将孙悟空甩了出去。孙悟空想了想，直接变成牛魔王的样子，避水金睛兽不能分辨真假，以为这就是牛魔王，直接带着孙悟空出去了。孙悟空驾着避水金睛兽，直往翠云山芭蕉洞而去。

孙悟空骑着避水金睛兽来到芭蕉洞，女童见牛魔王来了，忙去报告铁扇公主。铁扇公主猛一下听说自己丈夫回来了还是挺开心的，可是一想自己的丈夫在外边这么多天不回来都是因为迷上了狐狸精，自己这几天受了这么大的委屈都不回来安慰一下，顿时又觉得很委屈，正好此时孙悟空进来："夫人！夫人，我回来了。夫人一向可好？"铁扇公主说："哼！大王宠幸新欢，哪里还管我的死活！"孙悟空急忙安慰："夫人，莫要怪罪！只是因为我朋友太多，没有办法脱身，所以没有闲暇回家！"又使出浑身解数，百般说好话，铁扇公主见了牛魔王的样子，心软了，再加上自己这几天受了莫大的惊吓，急于向牛魔王寻求安慰："大王这几天不在家，我的性命险些让人给害了！"孙悟空说："谁这么大胆，敢伤害我的夫人！"铁扇公主说："那孙悟空保唐僧前去西天取经，路过火焰山，为了灭火，来到翠云山，逼着我，非要向我借扇子。"孙悟空说："啊？那夫人你借了没有？"铁扇公主说："哪能呢！我们的孩儿被他害成那个样子，我怎么会借给他扇子！可是那孙悟空不知道使了什么法术，竟然钻进了我的肚子里，上蹿下跳，险些把我疼死，还扬言不借到扇子就不出来，最后实在是没办法，我就把扇子借给他了。"孙悟空听铁扇公主讲到自己钻进她肚子的事情，想起当时的情景，偷偷笑了起来，见铁扇公主扭过头，直接说："不是说没有借给他吗，你怎么又借给他了，我这就去把宝扇追回！"说着作势就要走。铁扇公主急忙拦住："大王，大王先别忙，听我说完。我借给他的乃是一把假扇子！"孙悟空夸赞铁扇公主："好好好！夫人也请坐！夫人真是计谋多端啊！那真扇子呢？"铁扇公主压低声音说："真扇子我已经藏好了，保证谁都找不到。"说着两人坐在那里对饮起来。

　　孙悟空变着法子灌铁扇公主酒，没一会儿就把铁扇公主灌醉了。孙悟空见铁扇公主喝醉了，就套话："夫人，不知道你把扇子藏在哪里了，安不安全？那孙悟空神通广大，法术高强，经常变成别人的模样骗取他人的信任。"铁扇公主醉醺醺地说："大王放心，扇子在我的口中，任他诡计多端，怎么都骗不去的。"孙悟空接着问："夫人，要千万小心啊。不如将扇子交给我保管，省得被那猴子骗去。"铁扇公主笑笑："只要你答应我，以后再不去找那个狐狸精，我就把扇子交给你保管。"孙悟空一听，急忙用牛魔王的名义发誓说自己以后再也不离开铁扇公主半步。铁扇公主很开心，从口中吐出一把扇子，只有杏叶儿大小，金光闪闪，递给悟空。悟空接过扇子，说："说来也奇怪，

这小小的扇子怎么能扇灭火焰山的大火呢！"铁扇公主一时高兴，忘了分辨真假，说："大王，你离开家这么久，想必是在外边玩得太开心了，怎么连自家宝贝的秘密都忘了。"接着，把宝贝变大的口诀说了一遍。"夫君，告诉你的诀窍，你可记住了吗？"悟空牢记在心里了，又把宝扇含在嘴，脸一抹露出了本相。

　　铁扇公主本以为这是自家夫君，所以很亲密，现在见是孙悟空，顿时吓得酒也醒了，又想起来自己刚才做的蠢事，觉得没脸见人了，也顾不上自己的宝贝被孙悟空骗走了，又气又羞，一屁股坐在地上掩面哭泣："哎呀，羞死人了！气死我了！"又大骂孙悟空。孙悟空本来还在看好戏，忽然听见牛魔王回来了："夫人！"急忙转身走出芭蕉洞，跳上云端，往回走去。

　　再说牛魔王喝完酒出来，不见了避水金睛兽，心里还很奇怪，大骂偷自己坐骑的小贼，又一想孙悟空今天刚刚来过，这个猴子十分狡猾，说不定是他偷了自己的坐骑，又拐回来骗自己的妻子，想到这一点，牛魔王连忙纵身赶到芭蕉洞。

　　孙悟空见真正的牛魔王来了，自己不想再起冲突，还是早点把火灭了，自己护送师父过了火焰山要紧，直接遁走了。可是铁扇公主不知道，在地上正伤心，忽然听见有人喊自己"夫人"，还以为是孙悟空那个猴子来骗自己，怒火冲天，直接拔出挂在床沿上的宝剑，向牛魔王刺去。牛魔王匆匆忙忙赶来提醒自己夫人不要上当，结果迎面却被自己夫人砍了几剑，十分郁

闷："夫人！夫人！是我啊！你这是为何啊？"铁扇公主说："你
这猢狲！还想骗我！"牛魔王说："谁是猢狲啊，我去赴宴，被
那猢狲盗走了坐骑，这才急忙回来！"铁扇公主一听这话，又仔
细看了看，扔了宝剑，扑过去，一把抓住牛魔王："你这该死的，
怎么才回来啊，那猢狲变成了你的模样，将宝扇骗走了！"牛魔
王安慰铁扇公主："夫人莫哭，等我赶上那猢狲，夺回宝扇，为
夫人出气！"

孙悟空出了铁扇公主的洞府，走了一会儿，把宝扇从口中
吐出，把口诀念了一遍，那宝扇果然应声长大，有一丈二尺长
短，祥光夺目。悟空欣赏了一遍，可他却不会让扇子变小的口
诀，只好扛着大扇子往回走。

这边唐僧等得着急，忽然间又想起来一件事："土地，不
知那牛魔王法力如何啊？"土地说："这牛魔王神通广大，法力
无边，正是大圣的对手啊！"唐僧一听更担忧了："悟空去了这
么久还不回来，想必是与那牛魔王打斗，难以脱身。八戒，你
去看看你师兄，万一打起来，也好有个帮手。"猪八戒答应了一
声，很爽快地去了。

牛魔王拿了两把宝剑，出了洞府就朝火焰山赶去。走了
一会儿，牛魔王看到孙悟空正扛着扇子往回走。牛魔王心中恼
火，决定以其人之道还治其人之身，想了想就摇身一变，变成
猪八戒的模样，抄近路赶上孙悟空："猴哥儿！猴哥儿！扇子到
手了？怎么弄来的？"孙悟空回头一看，是自己的师弟，就没有

在意，炫耀说："是俺老孙变成牛魔王的模样，从铁扇公主手里骗来的！"牛魔王就顺着孙悟空的话夸他厉害，孙悟空又说："只是俺老孙只问了把扇子变大的口诀，忘了问那铁扇公主怎么把扇子变小了，我还得一路扛着它！"牛魔王一听，顺势说："哥哥辛苦了，这扇子又大又重，老猪帮你扛，咱俩一块儿去灭火。"悟空正扛得腰酸背痛，随手就把扇子递给他，往前走了。牛魔王接过扇子，把扇子变小，放在嘴里，现了原形。孙悟空本来在前边走，突然发现后边猪八戒没有跟上来，就奇怪地扭头查看，结果没看见猪八戒，却看见了牛魔王。孙悟空连喊上当，举起金箍棒，朝牛魔王劈头打去。牛魔王也不恋战，拿到扇子，又成功地捉弄了孙悟空一把，报了铁扇公主被捉弄的大仇，直接转身逃跑。孙悟空紧追不放，可是追着追着就不见了牛魔王的身影，气得孙悟空直骂："终日打雁，今日却叫雁啄了眼！哎呀！"

孙悟空正在生闷气，却听见远处有人喊他："猴哥儿！猴哥儿！我来了！哪儿去了呢？真是的！"孙悟空还以为是牛魔王想再戏弄自己，直接一棒子打上去，将猪八戒掀翻在地："你这该死的老牛！说，宝扇在什么地方？"猪八戒只觉得委屈，自己好心来帮忙，没被感谢不说，还直接被打倒在地，差点送了性命："什么老牛！我是八戒！师父让我来给你当帮手，你怎么反倒打起我来了！"孙悟空见打错了人，也很愧疚，拉起八戒，给他掸去衣服上的土，然后给猪八戒解释："八戒，你不知道啊！这老牛刚才变成你的模样，把到手的宝扇又给骗走了！"猪八

戒一听，大怒："这遭瘟的老牛！打他去！"说着两个人就同仇敌忾地找牛魔王算账去了。

两个人来到翠云山芭蕉洞外，猪八戒确认找对了地方之后，直接拿起九齿钉耙，运足力气，打了上去，震得整个山洞都晃了几下。牛魔王和铁扇公主正在洞府里面商量怎么藏宝扇，怎么应付孙悟空，突然间被这动静吓了一跳，牛魔王想着应该是孙悟空不甘心，又找回来了："这猴子，欺人太甚，竟然毁坏我的洞府！"直接将扇子从口中吐出，交给铁扇公主："夫人，你且把这宝扇收好！"自己却是一副要出去拼命的架势。铁扇公主被孙悟空几番捉弄，早就有一些害怕了，再加上这一次的阵势，更是心惊胆战，直接拉住牛魔王："大王！不如就把这扇子送给那猴子吧，让他退去吧！"牛魔王却不答应："夫人！你怎么能这么说。物虽小，可是这恨却大！决不能便宜了他！夫人，你且收好宝扇，待我出去，剥下猴皮，砸碎猴骨，挖出猴筋！"说完，也不管铁扇公主的挽留与劝告，直接一挥衣袖，就离开了。

猪八戒正在外边一下又一下地砸门，突然间被一阵力道弹开。只见那扇被猪八戒砸了半天的门缓缓打开，牛魔王领着自己的一群兵将冲了出来，见了孙悟空和猪八戒也不答话，直接举起兵器开打。孙悟空和猪八戒两人合力斗牛魔王，往往是猪八戒举起九齿钉耙没头没脑地朝牛魔王打去，牛魔王刚架住九齿钉耙，发现孙悟空的金箍棒又到了眼前，只得慌忙推开猪八戒，急忙迎战孙悟空，就这样打了几百回合，牛魔王渐渐招架不住了，一不留神，就肚子上被猪八戒捣了一下，吃痛跳开。孙悟空紧追不放，牛魔王只好打起精神迎战，打了几下，体力渐渐不支，这时候猪八戒又赶了过来，牛魔王觉得这样不是办法，就使了一个隐身术，藏起了身形。孙悟空和猪八戒只觉得眼前一晃，就没了牛魔王的踪影，四处找寻，突然间，孙悟空发现附近的一座山有一些晃动，还有奇怪的声音传来，孙悟空觉得有些不妙，就拉着猪八戒躲开了，刚闪开，就发现山突然间裂了一道缝，紧接着分成了两半，向左右两边拉开，里面云雾缭绕（liáo rào，一圈圈向上飘起），看不清是什么东西在里面一直晃动。不过也没有多长时间，只见里面的那个东西直接走了出来，是一头大青牛！原来牛魔王见自己打不过孙悟空和猪八戒，就现出了原形，想靠着自己的一身蛮力将他们撞死。

孙悟空和猪八戒上前迎战。孙悟空先上前抓住牛角，想要让牛低头，可是牛魔王是谁啊，牛魔王的封号可是"大力牛魔王"，直接一甩头把孙悟空甩到了山上，猪八戒从前边打过去，被牛魔王闪开了，就直接绕到了牛魔王后边，想去偷袭，可是没承想被牛魔王尥（liào）蹄子踢了一脚。猪八戒觉得受到了侮辱，再加上这一段时间被晒得肝火旺盛，正憋了一肚子火，就直接从地上爬起来，一把拽住了牛尾巴。牛魔王吃痛，就拉着猪八戒向前冲，想借着自己速度快，地不平，将猪八戒甩开，可是猪八戒丝毫不松手。孙悟空见猪八戒情势危急，就上前帮忙，跳到牛脖子上，猛砸牛脑袋，牛魔王大力一甩，又把孙悟空

给甩飞了，猪八戒脚下一滑，就抓不住牛尾巴了，两人一牛战成一团。正混乱间，忽然远处飘来一朵云，近了一看，原来是哪吒三太子，三太子瞅了个空隙，一把扔出乾坤圈击中牛脑袋。这乾坤圈可是至刚之物，十分坚硬，将牛魔王砸得晕乎乎的，最后直接把牛魔王给砸晕了，三太子正要收了牛魔王，铁扇公主赶到了，为自己的夫君求情："三太子饶命啊！三太子，只要饶了我夫君的性命，我就甘愿将宝扇送给孙悟空。"孙悟空一听，就给哪吒说情，哪吒看在孙悟空的面子上，就放了牛魔王。孙悟空拿了宝扇，又问出让宝扇变大变小的口诀、使用的方法，拉着猪八戒辞别了哪吒三太子回了火焰山。

悟空和猪八戒回到唐僧几人等候的地方，向几人说明了事情的经过，又让土地检查了一下，确认这是真扇子。孙悟空就驾着云又回到了火焰山上空。悟空拿出扇子用力一扇，火焰山的漫天大火顿时灭了，变成了一座普通的山，只是被烧得光秃秃的；再一扇，只觉得凉风习习，让人通体舒畅，这一段时间的疲惫都被刮跑了；又扇了一扇，顿时满天乌云翻滚，细雨飘洒而下；连扇三下，顿时大雨倾盆，所有的人都跑到了外边，在雨中尽情欢笑，有的人看着这来之不易的雨水，甚至当场下跪，给唐僧几人磕头，称他们是活神仙。悟空灭了火之后，把宝扇还给铁扇公主，几人解开了心结，和好如初。

西游趣闻

扇子不是助火的吗，为何能灭火

和孙悟空的金箍棒一样会变大变小的芭蕉扇，能灭了火焰山上可化铁为灰的大火，这是咋回事儿呢？

得先从这扇子的来历说起。

话说天地初开，昆仑山上长了一棵芭蕉树。历经千万年，这棵树吸够了日月的阴阳，结出两片芭蕉叶，一片至阳，一片至阴。再后来，这两片芭蕉叶慢慢成熟，化为两片芭蕉扇，其中的阳扇被太上老君拿走扇火炼丹去了，阴扇则到了铁扇公主手里。

还得说说这火焰山的火。

故事中已说，火焰山的火是太上老君八卦炉里的火。这火，有个响亮的名字——六丁神火，是太上老君用至阳的宝扇扇出的，所以属阳。

这就不难懂了，至阳的火遇到至阴的宝扇，自然就着不起来啦。

第二十回

金光寺寻宝

精彩预告

金光寺宝塔上的舍利子被盗，寺内和尚遭了殃。唐僧和悟空扫塔，抓住妖怪奔泊霸，得知舍利子是碧波潭的驸马偷走的。悟空和八戒去龙宫索要舍利子，小龙女是如何害得老父亲丢掉性命的？孙悟空等人是如何将舍利子夺回来的？

师徒四人千辛万苦地过了火焰山，不敢停歇，又继续向西日夜兼程地赶路。

这天，他们来到一座城前，远远望去，只见那城里有一座宝塔高高地耸立在那里，孙悟空让唐僧几人在原地歇息，自己先前去打探一下情况。

孙悟空一路前行，忽然听见有人说话，就跳上了旁边的山崖上，隐藏好，偷偷观看，发现有十几个和尚披枷戴锁，后边还跟着几个像是官差的人，一路抽打他们，大声呵斥他们。这些和尚衣衫褴褛（lán lǚ），面色枯黄，十分可怜。孙悟空十分纳闷，不知道这是什么情况。孙悟空领着唐僧几人进了城，发现路上有好多和尚在乞讨，可是路上的行人都不搭理他们，将他们驱赶到一旁。唐僧看了，叹了口气说："我们佛门弟子怎么会如此狼狈？"正在这时，唐僧几人注意到有一个衣不蔽体，面色枯黄的小和尚在乞讨，一位大婶见他年幼，想起家中幼子，动了恻隐之心，将他拉到一旁，偷偷从篮子里拿出一块饼，正要递给那个小和尚，就被一个穿衙役衣服的人拦住了，那人一把推开大婶，将饼扔掉，还打那小和尚。

唐僧捡起饼，将它送到小和尚手里，又环顾四周，发现有一位老和尚，就走上前，向老和尚询问情况："请问长老，你们是哪里的和尚？"老和尚告诉唐僧："我们是祭赛国金光寺受冤枉的和尚。"唐僧几人吃了一惊，老和尚说这里有人看守，不便细说，就领着几人去了已经废弃的金光寺。

唐僧几人到了金光寺，发现这寺里高高耸立的宝塔就是几人今天看见的宝塔。和尚领着几个人到了大殿，推开门，唐僧几人顿时惊呆了，只见那里原本应该供奉佛祖的地方竟然吊着几个和尚，可能是时间太久了，他们已经失去了知觉，唐僧急忙让徒弟们将他们解救下来，和尚急忙嘱咐他们，要动静小一些，因为外边有人巡逻，要是被看见了，大家都要被罚。可是这话说得有点晚，已经有官差被这里的动静吸引过来了。孙悟空急忙让唐僧几人先走，自己断后。和尚领着唐僧几人从大殿一侧绕出去的时候，孙悟空使了一个障眼法，变出一个假和尚吊在那里，自己使了个遁术也离开了。刚做完这一切，官差就推开了殿门，他四处检查了一番，没发现什么情况，以为是自己出现了幻觉，就又走了。

老和尚带着唐僧几人到了安全地点，才细细向唐僧说起缘由："唐长老，说来话长啊！我等的冤屈都是由这座宝塔引来的。这座宝塔原本藏有佛宝舍利子，终年祥云笼罩，昼喷彩气，夜放霞光，四周邻邦见了都以为祭赛国是天府神国，所以年年朝贡。有一年，四周邻邦前来朝贺，国王一时高兴，就说要带些使臣前去观赏国宝。到了晚上，正当国王一行人快到时，那宝塔忽然间被一片乌云笼罩住，还不时有火花从中迸出，声势浩大，持续了好长时间，众人都被吓傻了，四散逃开，等到事态平静，才发现宝塔上的佛珠舍利子不见了，只听见盗宝者嚣张的笑声。国王十分恼怒，认为这寺里只有和尚，也只有金光寺的

和尚才能接触到舍利子，所以这宝贝一定是被金光寺的和尚偷走了。国王下令封了金光寺，把所有的和尚都看管起来，严加拷问。就这样，我们一众人就落到了这副模样。但是过了好几个月，还是没有舍利子的踪迹，国王很生气，下令将领头的和尚杀掉。"老和尚说着说着已泣不成声。

唐僧听了，不觉长叹一声。孙悟空也气得不行，老和尚对唐僧师徒几人说："长老，我等怎敢盗取塔上的佛宝，师父们明日就要被问斩，万望长老为我们申冤做主！"唐僧将老和尚扶起来，静心想了一会儿："悟空，为师在长安的时候曾经发过愿，见庙扫庙，见塔扫塔。你去找一把扫帚，我今晚就去金光寺宝塔上扫塔，表示自己对佛门的诚意。"

寺里的和尚给唐僧找来了两把扫帚。当天晚上，唐僧和孙悟空一块儿来到宝塔下边，只见那里贴着封条，孙悟空吹了一口气，就把封条给揭掉了。孙悟空一马当先，先进去看了一下，确定没有什么异常，就点亮了火折子，让唐僧进来。孙悟空在前边为唐僧照明，唐僧则虔诚（qián chéng，恭敬而有诚意）地扫着塔。金光寺宝塔一共有十三层，两个人一层一层地向上扫，不知不觉过了好长时间，一直扫到第十层，唐僧正在擦拭佛像上的灰尘，忽然间好像听到有人在说话，孙悟空也听见了，就让唐僧在这里好好等待，自己拿着扫帚一边打扫，一边上前去查探情况。孙悟空到了十二层，正想要去扫第十三层，忽然听到塔顶上好像有人在讲话。这时已经是三更了，悟空觉得奇怪，就偷偷走到十三层入口那儿，小心翼翼地查看：只见宝塔顶层那儿坐着两个穿青袍的和尚，这两个和尚还整了一桌好酒好菜，正边喝酒边猜拳。孙悟空心想：说不定是妖怪！佛门弟子怎么敢在寺院里面喝酒吃肉！孙悟空灵机一动，变成一个小和尚的模样，手里拿着木鱼，一边敲，一边走了过去，装作嘴馋了："两位师弟在此喝酒，让我也来讨一杯吧！"两个和尚面面相觑："你是哪儿来的？"孙悟空说："你们又是哪儿来的，竟敢在这里喝酒？"两个和尚呵斥孙悟空："这个不用你管！"孙悟空却一敲木鱼："少废话！快拿酒来！"一个和尚对另一个和尚说："给他倒一杯。"还使了一个眼色。和尚装模作样倒了一杯酒，一把扔向孙悟空，孙悟空直接接住酒杯，冲和尚嘿嘿一笑，两个和尚见势不妙，拿出武器，要打孙悟空，孙悟空没把他们放在眼里，三下五除二就把他们给制服了。最后打得他们跪地求饶，两个和尚现出了原形，原来都是海中精怪。孙悟空抓住了其中一个，另一个乘孙悟空不备，逃走了。孙悟空将那个妖怪用绳索捆好，将他揪下宝塔。

　　师徒几人将那个妖怪带到一个空旷的地方，开始审问他。妖精被孙悟空几人恐吓了一番，吓得不轻，问什么说什么："爷爷饶命吧！我叫奔泊霸，逃走的那个叫霸泊奔。"孙悟空问他："快说！是谁将金光寺的宝珠偷走了？"妖精说："是碧波潭龙王爷的驸马爷！"孙悟空不信，那妖精辩解："我和那个逃走的，我们俩一个是鲇(nián)鱼怪，一个是黑鱼精，都是碧波潭万圣

龙王手下的。三年前，万圣龙王招了个九头怪的女婿。那九头怪神通广大，偷走了金光寺的佛宝舍利子。这几天听说有一个五百年前大闹天宫的孙悟空来了，害怕孙悟空打抱不平，找他麻烦，就专门派我们两个日夜在塔顶守候，探听消息。"

话说那九头怪身为碧波潭龙王的驸马，要什么有什么，各种奇珍异宝都有，怎么还来这小国里面偷舍利子呢？原来，这碧波潭老龙王的女儿和九头怪结婚之后，一直没有孩子，听说用法力控制舍利子每日在女子胸前滚动一番，可以滋养女子的身体，保她早日怀上孩子，所以这个九头怪就去偷了那舍利子，因此引出来后边一连串事情。

这日，九头怪将舍利子滚动之后，不知道怎么惹怒了公主，又扯到了小白龙。原来，这公主当日本应该与小白龙成亲，可是不知道怎么回事，小白龙受了刑罚，被变成唐僧的坐骑，公主却在三年前与这九头怪成了亲。九头怪哄了半天，终于将公主哄好，忽然听见外边有人在喊："驸马！不好了！出事了！"九头怪急忙让公主把舍利子藏好，说自己出去看看情况，公主点头答应了，将舍利子放到了卧室一个大河蚌里。

九头怪出去之后，

见在外边的正是自己派出去守宝塔的小妖怪，那妖怪对九头怪说："驸马，大事不好了，那唐僧师徒果然来了这里，还抓走了奔泊霸，小的九死一生，这才能跑回来报信。"九头怪说："唐僧果然来了！"霸泊奔说："那猴子实在是太厉害了！"碧波潭公主听见什么"唐僧"，一机灵，对九头怪说："恐怕这舍利子保不住了！"九头怪眼珠一转，一咬牙："先下手为强！我亲自去会会！"公主却拦住了他："驸马，何必亲自去呢！"然后指了指自己头上的簪子，九头怪会意，直接对霸泊奔说："这一根毒簪给你，放在茶饭里，搅一搅，除掉唐僧师徒。"等霸泊奔走远之后，九头怪又追上去，避开公主说："别忘了在那喂马的饲料里也搅一搅。"霸泊奔领命去了。

夜里，两个小和尚守夜，顺便看守奔泊霸，准备第二天天一亮就将妖怪交到国王手里，洗刷自己的冤屈，然后求国王放了师父们。突然间，门被推开了，却没有看到人，两个和尚壮着胆子出去看看情况。就在两个人出去的时候，突然间进来一个人，正是霸泊奔，霸泊奔进门之后，没有先去解救被吊在那里的奔泊霸，而是趁着没有人，在茶壶里和茶杯里用毒簪搅拌了一下，又藏了起来。出门查看情况的两个和尚回来之后接着喝茶，刚喝下去就死了。霸泊奔救下奔泊霸，也是这两个妖怪倒霉，刚出门就碰上了出来上厕所的猪八戒。两个妖怪想要逃跑，霸泊奔在前面，奔泊霸在后面，猪八戒一把抓住了后面的那个，霸泊奔又趁机逃走，回去复命了。

　　第二天，唐僧师徒四人带着被抓住的妖怪来到王宫，一来是为了向国王交换关文，二来也是为了解救金光寺的众多和尚。唐僧向国王表明了来意，诉说金光寺和尚的冤屈，并说自己的几个徒弟已经抓住了妖怪，国王听后说："原来是这样，那妖怪现在何处？"唐僧急忙说："小徒已经带着他在殿外等候。"国王急忙传召，宣他们进殿。

　　孙悟空几人到了大殿，直接将一个包袱甩在地上，包袱一揭开，就看见一条死鱼，国王和大臣都不相信这就是妖怪，反而说只不过是一条死鱼，怎么会兴风作浪，偷走国宝。孙悟空辩解说："国宝是被这条黑鱼的主子偷走的。就是那乱石山碧波潭万圣老龙王的女婿九头怪！"唐僧也在一边帮腔："陛下，确实是妖怪干的，与金光寺的和尚并无关联。"可是国王还是不相信："高僧仅凭一条死鱼难以令人相信啊！"孙悟空一听就生气了，直接蹦到了国王跟前："哼！难道俺老孙骗你不成！"唐僧急忙喝住孙悟空："不得无礼。"接着又对国王说："陛下，出家人不打诳语（kuáng，骗人的话），尽管小徒尚未捉住盗宝之贼，但是还请陛下开恩，宽恕金光寺的僧人。"国王不答应："金光寺的僧人是不是无辜（gū，清白无罪），寡人自有判断。"孙悟空气得要前去和国王理论，猪八戒也很生气，一把拉住孙悟空："猴哥儿！他不相信，咱把那宝贝给他找着，拿过来，就由不得他不相信了。"孙悟空就对国王说："皇帝老儿，你不要目中无人！待我们捉住这盗宝之贼，看你还有什么话说！"说着就让沙和尚守护好唐僧，自己和猪八戒扭头去了碧波潭。老龙王正在埋怨九头怪不该偷国宝，结果正好被孙悟空这个瘟神撞见，这回恐怕要惹大麻烦了。正说着呢，忽然有虾兵蟹将前来禀告："外边来了一个毛脸和尚！"老龙王一听，吓得面如土色，九头怪和公主吃了一惊，正不知如何是好，九头怪坏主意又出来了，就对公主说一会儿上菜的时候，就拿毒簪在酒菜里搅拌一下，想要毒死孙悟空。公主刚离开，就听见孙悟空的声音："老龙王！"孙悟空抓住老龙王逼问是不是他偷了国宝舍利子，老龙王矢口否认："不是不是，没有此事，没有此事啊。"一直小心翼翼的，就怕孙悟空一个不高兴，砸了自己的水晶宫还是小事，就怕他混起来，要了自己的性命。九头怪走过来说："大圣！大圣不知是从何处得知此事，诬陷我们呢？"猪八戒就一把把黑鱼精的尸体扔在地上，说："看看，这是不是你们这里的妖精，还不承认？"九头怪还是死不承认："大圣这是从哪儿弄来一条死鱼？和我们碧波潭有什么关系啊？"孙悟空和猪八戒被气得不轻，让九头怪他们交出舍利子，九头怪却怎么都不承认自己偷过舍利子。九头怪还很硬气地说："若是二位不信，就请四处搜寻！"孙悟空和猪八戒正要去搜，老龙王急忙跑到两人前面作了个揖："二位二位，如果在龙宫里面搜到了舍利子，老朽甘愿领罪！"孙悟空见今天这架势是讨不了好了，而且既然他们这么大方地让搜，肯定是有恃无恐，所以自己还是离开比较好，等到他们不注意的时候再偷偷溜进来查探，想着，

就说："既然如此，我们今天打扰了！"说完要拉猪八戒回去，猪八戒不情愿："这还没搜呢，干吗就回去了！"九头怪本来很淡定地站在那里，听说孙悟空和猪八戒要回去，就紧张了，如果放两个人走，自己的盘算就打水漂了，而且后患无穷，还是趁机除掉两人比较好。九头怪拦住孙悟空和猪八戒："二位且慢！近日贱内采得了极品的仙茶，二位不如留下来，品尝一番再走，让我们聊表敬意。"孙悟空不知道九头怪打的什么主意，就想留下来看看他们到底有什么打算。这公主准备好仙茶，拿下自己头上的毒簪，在两杯茶水中搅拌了一下，端着出去了，正好碰见九头怪，九头怪问她怎么样，公主低声说："我都收拾好了，放心吧！"说着就走向了孙悟空。但是他们不知道，他们自以为很隐蔽的交流一直都被孙悟空看在眼里，孙悟空心眼多，前后一想，就知道这仙茶恐怕是有什么古怪，不能入口。公主故意将那两杯有毒的仙茶递给孙悟空和猪八戒，给老龙王和九头怪没问题的茶水。几人正要饮下去，孙悟空却使了一个障眼法，让珊瑚后边发出一道道金光，然后装作自己无意间看到，大喊"宝贝"，几人都放下了杯子，想去看看究竟，孙悟空故意落在最后，偷偷将自己、猪八戒的茶杯和龙王、九头怪的茶杯交换了一下。猪八戒一马当先，想要捞宝贝，但是捞了半天，什么都没捞到，几人回来之后继续饮茶，结果老龙王喝了茶之后，立马倒地身亡，九头怪没喝多少，倒没有什么事。只是九头怪不但不认为是自己的贪婪导致了老龙王的死，反而将这怪罪在了孙悟空的头上，召来虾兵蟹将，想要杀死孙悟空和猪八戒。孙悟空和猪八戒大闹了一通，追着九头怪出去了，追着追着，到了一个到处是珊瑚的地方，忽然找不到人了，反而出来了无数的小虾米，九头怪不正面和孙悟空、猪八戒打斗，反而暗地里偷袭，几人打了好一通。

这边霸泊奔又领了九头怪的命令，来到了金光寺，要毒死白龙马，正好被沙和尚撞见，沙和尚抓住了霸泊奔，仔细审问，霸泊奔交代说："小的是奉了碧波潭万圣老龙王的驸马爷九头怪之命，前来用这根毒簪害死你们的马。"沙和尚一听就怒了，直接打死了这个妖怪，白龙马也很生气，就化成了原形，前去碧波潭一探究竟。

白龙马到了碧波潭，正好看见公主进了密室，在外边留下两个侍女把风。两个侍女不认识小白龙，见小白龙到了这里，就提剑要杀了小白龙，却被小白龙制服了。小白龙正要打开密室，公主的贴身侍女却拦住了他："三太子，不知你来这里有何事啊？"小白龙说："我来取你等偷取的国宝舍利子。"可是公主侍女使了计，再加上对地形的熟悉，一时之间，就连小白龙都没办法制住她。就这样，几人分作两处，各自交战，不知不觉天亮了。

国王到了时辰之后就要将和尚押赴刑场，唐僧急忙求情："陛下，金光寺的和尚确实是无辜的，我的几个徒弟都已经前去捉拿妖怪了，还望国王暂缓片刻。"国王想了想，就答应了。这

边，孙悟空见怎么都抓不住这个九头怪，就前去天庭找帮手，找来了二郎神和梅山六兄弟帮忙，自己将九头怪引出水面之后，九头怪一出水面，二郎神就带领梅山六兄弟把九头怪团团围住，九头怪慌了，又现出本身，原来是一只长了九个头的妖怪，九个头一起露出来，一模一样，分不清真假，九个头一起吐毒液，让人防不胜防。但是二郎神是谁，二郎神当年与孙悟空打了个平手，不分胜负，而且还有梅山六兄弟的帮忙，有哮天犬助阵，才不害怕这小小的九头怪呢！二郎神取出金弓，装上银弹，瞄准就打。出来一个头，就打一个头，一打一个准，最后这九头怪被惹怒了，一个翻身，躲开银弹，半腰又伸出一个头，

要来咬二郎神。二郎神的神犬一见，箭一般蹿上去，一口就将九头怪的那颗头咬了下来，九头怪惨叫一声，要往北海逃，可是梅山六兄弟不放过他，团团围上，二郎神、

孙悟空、猪八戒又把守住其他三个方向，最后，终于将九头怪给打死了。

这边白龙马和公主侍女打了半天，白龙马边打边四处寻找，忽然间公主出来了，公主将这一切都推到了九头怪身上，还说自己很喜欢小白龙，小白龙假意答应她，愿与她和好，等到公主放松了警惕之后，直接拿出舍利子，甩开公主，离开了。

小白龙找到孙悟空和猪八戒，将舍利子交给孙悟空，几人又谢过了二郎神和梅山六兄弟，然后回去了。到了祭赛国上空，孙悟空将国宝舍利子放到了金光寺的塔顶，国王等人远远地看见宝塔上空又开始闪烁光芒，知道国宝又回来了，都很高兴，也知道自己错怪了金光寺的和尚，很内疚。

孙悟空回来之后，质问皇帝："皇帝老儿，我把国宝找回来了，你还有什么话可说？"国王敬佩地说："孙长老真是神通广大啊。只是寡人有眼无珠，惭愧惭愧！"并提出给金光寺改名，孙悟空说："陛下，金光二字不好，金乃流动之物，光，乃闪烁之气，陛下，不如改为伏龙寺吧！"国王连声称是，赶紧派人将原来捉拿的和尚都释放了。

金光寺的和尚都感念唐僧师徒的救命之恩，最后好好招待了唐僧师徒几人几天，又日日为其祝祷，愿他们一路平安。几天后，唐僧师徒继续西去取经，国王率领文武百官把他们送出京城。

西游趣闻

木鱼的传说

    故事中，孙悟空变作一个小和尚，敲着木鱼向两个妖怪要酒喝。关于孙悟空手中拿着的木鱼，有很多传说故事。

    玄奘大师从西域取经归来之时，路过蜀地，到一位长者家中化斋。这位长者后娶了一位妻子，这位妻子很讨厌长者的儿子，于是就陷害他，把他扔进了河里。这个可怜的孩子被投进河以后，又遭遇不幸，被一条大鱼吃了。恰好那天，玄奘大师偏偏要吃鱼，长者就去集市买了一条大鱼。剖鱼的时候，长者在鱼腹中发现了自己的孩儿，便将他救了出来。玄奘大师说："你的孩儿虽被鱼吞，却得不死，因为他心地善良，不杀生，这正是他的因果报应。"长者说："那我怎样才能报答鱼恩呢？"玄奘大师说："鱼为救你孩儿而牺牲，你用木雕成鱼形，悬于佛寺之中，每逢斋饭时敲击，以此可报大鱼之德。"据说，这就是中国佛寺中使用木鱼的由来。

还有另外一个传说。

远古时期有一比丘，违背师训，毁坛戒法，所以死后不仅转生为鱼，背上还长了一棵树。由于海水不停地翻滚流淌，鱼背上的树摇晃不止，鱼因此而皮肉撕裂，鲜血涌流，终日痛苦不堪。后来他的师父渡海时，他兴风作浪，并对师父说："以前你不教导我，才使我得到了堕生为鱼的报应，所以今天我要报此怨。"师父问其姓名，鱼答后，师父恍然大悟，劝其忏悔，并为他设水陆追拔法会。后来师父梦见此鱼，鱼在梦中说，他依仗法会功德，已脱鱼身，并嘱咐师父将鱼身上的树木供养僧众，以亲近三宝。师父醒后，来到海边，果然看见一条鱼尸，上面长着一棵树，师父随即将其刻成鱼形，悬挂于寺院之中，按时敲击以警示众人。

木鱼最初是道教召集教众、讲经设斋用的法器，后逐渐被佛教借鉴引用。因为鱼昼夜不合目，所以刻木像鱼形，击之以警诫僧众应昼夜思道。

第二十一回

小雷音寺擒黄眉

精彩预告

　　木仙庵，树精藤怪和唐僧月下谈诗，还要给唐僧做媒，幸好悟空师兄弟赶到，才把唐僧解救了出来。小雷音寺，唐僧师徒遇群魔。悟空是如何逃离那副金铙的？黄眉老祖还有什么十分了得的宝贝？这次是哪位佛祖帮悟空降服了妖怪呢？

　　唐僧师徒离开祭赛国，继续往西天而去。眼见冬去春来，大地转绿。

　　这天，师徒四人正缓缓西行，猪八戒在前边开路，扫开挡路的树枝、杂草，孙悟空牵着白龙马，沙和尚挑着行李在后边紧紧跟随。走了一段，好不容易来到一处空旷的地方，几人决定停下来歇息一下，这时，忽然听见有人喊大圣，唐僧师徒四人顿时警觉起来了，在这荒无人烟的地方，怎么会忽然出现人呢，想必是什么妖怪。

　　那人一边喊，一边走近，只见是一位古稀老人，身穿道袍，头戴布巾，自称是此地的土地，知道唐僧师徒四人到了这里，所以特意备了一些果子来招待他们。唐僧很感激，猪八戒都要接过来了，孙悟空却拦住了猪八戒，直接将果盘掀翻，那人见势不好，直接在地上一蜷，消失不见了。唐僧几人很奇怪这是什么妖怪，这时，林中忽然起了一阵白烟，这烟雾来得蹊跷（qī qiao，奇怪、可疑），众人都暗自防备，可是这白烟来得快，去得也快，一会儿就不见了，白烟散去了，唐僧也不见了！

　　师兄弟三人分散在林中寻找唐僧，沙和尚走着走着，走到了一棵大树旁，这棵大树忽然用自己的枝杈将沙和尚困住了，就好像是人用自己的双臂将敌人困住一样；猪八戒也遇到了类似的情况，只不过是被一棵藤蔓（téng màn）给捆起来了；孙悟空还好一点，被一个很大的花苞给吞了，孙悟空变成一股青烟，好不容易才逃出来，又急急忙忙去解救自己的两个师弟。

孙悟空本想用蛮力将沙和尚身上绑着的树杈掰（bāi）开，可是怎么都弄不动，孙悟空灵机一动，在树杈根部轻轻挠一挠，树杈好像通人性一样，开始乱颤，就好像是人在忍不住开怀大笑一样，沙和尚趁机逃了出来，两个人又去将捆住猪八戒的藤蔓直接砍断，三人继续寻找唐僧。

再说唐僧被抓走之后，被带到了一个环境很优美的地方，并没有像在其他妖怪那儿一样受到虐待，反而被好生招待。唐僧四处转了一转，看到一块牌匾，只见上面写着"木仙庵"三个字，有四个自称是静杰公、公枝公、凌空子、浮云翁的人与唐僧月下谈心，吟诗作对，好不惬意。谈兴正浓时，忽然从后边转出来一位妙龄女子，自称是静娴仙子，并说吟诗作对怎能没有佳音相伴，主动提出为他们弹琴。几人相谈甚欢，谁知道说着说着，忽然间就不知道怎么提出来要给唐僧和这位女子做媒，唐僧死活不同意，几人正在拉扯时，忽然听见孙悟空几人的喊声，围着唐僧的几个人一听见孙悟空的声音，就都藏起来了。孙悟空本来要打断这些成精的树木的根，可是唐僧心地善良，只说教训一番就是，然后几个人又急忙回去赶路了。

悟空几人又赶了几天路，来到了一处地方，忽然听到远处隐隐约约传来撞钟击磬的声音，唐僧放眼望去，远远地看见一片楼台殿阁，在云雾缭绕中忽隐忽现。唐僧忙说："悟空，快看看是什么地方。"悟空告诉唐僧："师父，前面有一座寺院。"猪八戒本来恹恹（yān）的没精神，一听有寺院，顿时来了精神："既然前边有寺

院，一定也有好人家，走了这么久，咱们前去看看吧。"几人商量了一下，决定前去一探究竟。

几人到了近前一看，果然是一座寺院，孙悟空运目一看，只见这确实是寺院，寺院上空也笼罩着一股祥瑞之气，但是隐隐地又有一股杀气，孙悟空急忙拦住唐僧："师父，这祥瑞之气中却隐隐透出些凶气，不宜进去，我们还是回去吧。"说着牵着白龙马就要回去。

唐僧听后，却不同意，坚持说这是寺院，几人应该进去看看，于是他们决定前去一探究竟。他和悟空、八戒、沙和尚策马加鞭，直到山门前，一看是"小雷音寺"，就责备孙悟空说："悟空，你看这是小雷音寺，差一点误了我的大事！"几人一路来到如来大殿，只见四金刚、八菩萨，还有五百罗汉排列两旁。唐僧和八戒、沙和尚一步一拜，登上灵台，几人见佛就拜，但是孙悟空只是观看，却不参拜。而且，孙悟空总觉得这些佛像都怪怪的，好像都会动，而且看着并不像是正常的佛，可是孙悟空又说不出来到底是怎么回事。

几人正在大殿四处观看，忽然间，只见正殿上的如来佛说话了："唐僧，你从东土大唐前来参拜，为什么还是如此怠慢（dài màn，淡漠，不恭敬），竟然不参拜我？"唐僧、猪八戒、沙和尚急忙下跪参拜，可是孙悟空还是不相信，睁开火眼金睛仔细查看，奇怪的是，不管他怎么看，都是如来佛，这时如来佛又说话了："那孙悟空为何不拜？"孙悟空不答话，只是想看一下到底是哪里出了问题。正在这时，附近的菩萨、罗汉都哈哈大笑起来，坐在莲花台上的佛祖也显出了本相，原来是一个黄毛的妖怪，再看四处，哪里还有什么菩萨、罗汉，倒是一群妖怪！唐僧师徒四人这时也知道上了当，进了妖怪窝。那个坐在高台上的黄毛怪喝道："小的们，把这些和尚给我抓起来。"孙悟空举起金箍棒就要打那黄毛怪，那妖怪却毫不在意，只是随手抛出来一个什么东西，只听得"叮当"一声，原来那妖怪抛出一副金钹（bó），把悟空合在金钹之内。八戒、沙和尚知道上了当，本来想护送唐僧跑出去，可已经晚了，那些罗汉一拥而上，把他们全都捆了起来。

黄毛怪见此很开心："小的们，把唐僧他们三人押到后房看管，等三昼夜后，泼猴化为脓血，然后再吃唐僧肉。等吃了唐僧肉，我就化成唐僧去西天取经，修成正果，到时候啊，咱们就

得道成仙了！哈哈哈！"小妖们答应一声，立刻跑了，将猪八戒和沙和尚关在一起，然后将唐僧单独关押。孙悟空被关在金铙内，心里非常焦急，也不知道自己的师父怎么样了，后来听说自己三天之后要化成脓血，有一点儿焦急，悟空左冲右撞，就是出不去，用金箍棒一阵乱打，也没把那金铙怎么样，在里面要急死了。悟空又拔了两根毫毛，变成梅花头五瓣钻，用力在金铙上钻。但钻了几百下，那金铙仍然纹丝不动。

过了好久，妖怪们都睡了，猪八戒和沙和尚被绑在一起，猪八戒让沙和尚背过去，自己嘴里喷出一股火，把捆着沙和尚的绳子烧断，然后沙和尚又把猪八戒的解开。沙和尚和猪八戒凑到金铙上，侧耳听了听里面的动静，孙悟空听见外边有人说话，急忙喊："八戒、沙师弟，快把金铙撬开，放我出去。"猪八戒高兴急了："猴哥儿！猴哥儿！你还没死啊，太好了！"猪八戒和沙和尚两个人合力想把金铙给撬开，可是金铙太重了，两人撬不开，猪八戒说："猴哥儿！这金铙也不知道是什么宝贝，上下连成一体，我们使了好大的力气，就是撬不开，你快想想办法！"孙悟空说："俺老孙在里面也不知道使了多少神通，就是撬不开！你快去请一些天兵天将，快去！"猪八戒和沙和尚商量了一下，猪八戒前去请天兵天将帮忙，自己在这里守候。

猪八戒离开之后，沙和尚悄悄去寻找被关押的唐僧，但是不小心被一个妖怪发现了。小妖怪急忙去报信。

这时，猪八戒带着二十八星宿回来了，孙悟空急忙道谢：

"有劳各位，把这金钹打开，俺老孙就出来了。"猪八戒正要用九齿钉耙将金钹砸开，被其中一位仙人拦住了："大仙使不得啊！这金钹是纯金之物，你要是用力的话，一定会有响声，会惊动那妖怪的。"最后大家商量好用兵器一起撬开这个宝贝，可是弄了半天，还是撬不开。最后有一个头上长有犄角的星宿大仙说："大圣啊！我一会儿用我这犄角顶进这金钹里面，你要是看见缝隙了，就快点儿出来。"孙悟空连声答应。说干就干，可是这金钹实在是太结实了，费了半天劲，才钻进去一点点，最后，孙悟空说："你忍着点疼，我在你犄角上钻一个洞，到时候你带我出去。"犄角大仙同意了。等到孙悟空弄好之后，二十八星宿又联合起来，合力将犄角大仙的犄角从金钹里拽出来。

孙悟空出来第一件事就是砸了这个金钹，这时候，那个黄毛怪也得到消息赶了过来，孙悟空质疑道："你究竟是什么妖怪，竟然敢冒充佛祖？"那黄毛怪大言不惭地说："这是小西天，我是黄眉老祖！"孙悟空却哈哈大笑，黄眉老祖说："笑什么！你是不知道我的厉害！"孙悟空说："你有什么本事？不如我们比试比试！"最后两人约定比个高低。孙悟空、猪八戒、二十八星宿说："比什么？"黄眉老祖说："如果你输了，那我就把唐僧师徒吃掉，然后我替唐僧他们去西天取经，修成正果。"小妖怪们在一旁助威。孙悟空说："要是你输了呢？"黄眉老祖说："要是我输了，那我就放你们离开。"

双方人马使出各自的神通开打，打得那是一个天昏地暗。

最后，黄眉老祖要被打败的时候，忽然间拿出一个口袋。只见他打开口袋，对准孙悟空一干人，将他们全都吸了进去，孙悟空他们使了浑身解数，就是跑不掉。

黄眉老祖将孙悟空一干人收进口袋之后，很开心，然后回去喝了个酩酊大醉（形容醉得很厉害。酩酊，míng dǐng，沉醉的样子），然后一不小心，口袋松开了，孙悟空使了个法术，从里面逃了出来。

孙悟空出来之后，将一干小妖怪都定住，然后将口袋打开，将关在里面的人都放出来，几个人偷偷跑了出去。二十八星宿见唐僧师徒都已经脱困了，自己又折腾了大半天，累了，就告别了师徒四人，离开了。

唐僧师徒四人走了一段时间之后，忽然间发现行李不见了，估计是丢在妖怪那儿了。孙悟空让其他几个人先走，自己又回去找行李。孙悟空到那儿之后，黄眉老祖还在睡觉，孙悟空偷偷拿着行李出去了，但是孙悟空走没多久，黄眉老祖就醒了，然后他就跟在孙悟空后边找到了他们几人，又拿出自己的那个口袋。孙悟空见势不妙，先走一步，躲过了，没有被那个口袋收进去。但是唐僧几个人被收了进去。

孙悟空正在焦急的时候，忽然间听见有人在喊他，仔细一看，原来是东来佛祖，也就是弥勒佛。那人驾着云彩到了孙悟空旁边，大喊道："悟空，认得我吗？"悟空一看："原来是东来佛祖，失敬失敬！哪里去？"弥勒佛笑着说："我是专门为了这个小雷音寺的妖怪来的。"孙悟空说："多谢多谢！不知这妖怪究竟是什么来头？"弥勒佛说："这妖怪原本是我宫中的一个黄眉童儿，我去元始天尊那里讲道，三天三夜，让这个童子看家，结果他却偷了我的几件宝贝，私逃出宫，在此装佛成精。"悟空十分高兴，却又有一些恼火："好个小童啊，在此地装佛害我师徒！虽然是他私自出逃，但是你也有管教不严之过啊！"还一边拍拍弥勒佛的大肚子。弥勒佛也不生气，依旧笑呵呵的："好一张利嘴啊！虽然是我家法不严，走失人口，但也是你们师徒该有此磨难，也罢，今天我就把他收了。"孙悟空说："那妖怪好生厉害，那金铙憋得我好难受啊！还有那个大口袋，不知道是什么宝贝，也很厉害！"弥勒佛笑了笑："那口袋是我的后天袋子，俗名人种袋。你去和那妖怪交战，只许败不许胜，把他引到山下的瓜田里面。"孙悟空说："我又没有制服他的东西，怎么引他？"弥勒佛说："来来来。"将孙悟空招到身边，然后蘸（zhàn，用物沾染液体）着口水在孙悟空左手手掌心写了一个字，对孙悟空说："见到这个字，他就会跟着你来了！"孙悟空高兴地走了。

孙悟空到黄眉老祖洞府前面挑战，高叫道："妖精，你孙爷爷又来了！快滚出来送命！"那妖精出了山门，见孙悟空独自一人，说："好你个孙悟空，我正要去找你呢！你自己竟然送上门来了。既然来了，就别想走！"说着自己就拿出那人种袋，孙悟空张开自己的左手手掌心，对准那个黄眉老祖，那个人种袋

立刻就失去了效果，孙悟空一边喊着："来呀！"一边向后退，那黄眉老祖也不由自主地跟着孙悟空走。到了半路的时候，孙悟空举累了，稍微休息一下，那黄眉老祖想离开，刚转身，孙悟空就又举起手，就这样，一路把黄眉老祖引到了山下的瓜田里，到了那里，孙悟空使了一个法术，变成了一个大西瓜。

弥勒佛早就变成了一个瓜农，在那里等候着，见黄眉妖怪和孙悟空过来了，就迎了上去，那黄梅老祖被孙悟空引到这里，正走着，忽然发现一路上拽着自己的力道不见了，再四处一看，这里正好有一片瓜田，自己跑了一路，也渴了，就喊："这是谁的瓜田？"弥勒佛说："是我的。""有熟的吗？""有！""来一个，让黄眉爷爷解解渴！"说着自己大马金刀地到瓜棚那里坐下。

被自己家的童子这样呵斥，弥勒佛也不生气，依旧笑呵呵的。弥勒佛走到瓜田里，左看看，右看看，也不动手，这时，孙悟空变的那个大西瓜"咕噜噜"地滚到弥勒佛脚下，弥勒佛笑呵呵地拿起这个瓜到瓜棚那里，双手递给妖怪。那妖怪接过瓜，先拍了拍，觉得还行，就一拳头砸开西瓜，分成两半，拿起一半啃了起来，正吃着，忽然间觉得肚子很疼，原来是孙悟空一骨碌（gū lu，滚动）地滚到他肚子里去了。悟空在妖怪肚子里又是翻筋斗，又是竖蜻蜓，痛得那妖怪在地上直打滚。孙悟空还吹了一口气，把那妖怪的肚子胀得老高，那妖怪在地上来回打滚："哎哟，哎哟，我这肚子，疼死我了！"

　　这时，弥勒佛现出了本相，看着那妖怪狼狈的样子直摇头，最后见差不多了，就笑嘻嘻地叫道："孽畜，认得我吗？"那妖精见了弥勒佛，慌忙跪在地上直磕头："主公，饶我命吧，下次再也不敢了。"弥勒佛上前，拿了他的白布褡包，这才对悟空说："悟空，你把他折腾得差不多了，他也知道错了，看在我的面子上，饶他一命吧！"孙悟空恨透了他，又在肚子里打了几拳，踢了几脚，这才同意。让那妖怪低下头，张开嘴，黄眉老祖乖乖从了，就感觉好像有什么东西要被自己吐出来了，吐到自己手心之后，发现是孙悟空。黄眉老怪想起自己受的苦，直接一握拳头，想将孙悟空弄死。孙悟空闪开了，黄眉老怪还不死心，又追着孙悟空跑，弥勒佛见状摇摇头，打开口袋，将黄眉老祖收了。

　　弥勒佛把黄眉童儿装在人种袋里，告别悟空，驾着云彩回极乐世界。悟空赶紧来到小雷音寺，救了唐僧、八戒、沙和尚。唐僧师徒在小雷音寺住了一宿，第二天，离开小雷音寺继续赶路。

西游趣闻

有关土地爷的传说

妖怪变作土地爷来骗唐僧，被悟空识破。说起土地爷，大家一定不陌生，因为他也是《西游记》中常出现的角色。这位矮矮小小的、慈眉善目的白胡子老爷爷，总是拄着拐杖，土里来土里去。关于这位出场方式很奇特的神仙，有什么有趣的故事吗？当然有。

传说，玉帝派土地爷下凡，临行之前，玉帝问土地爷："此去人间，你可有什么理想与抱负啊？"土地爷说："我希望穷人都能变得有钱，不再食不果腹、衣不蔽体，不再愁眉苦脸。"说音刚落，一旁的土地婆婆开口了："如果人人都一般富有，那么谁还肯去劳动？工作都没人做了，世间会变成什么样子？"土地公公说："可是现在的穷人都太可怜了。"土地婆婆争辩道："通过自己的劳动得到的财富才是最珍贵的。再说了，全都变成有钱人，都不用干活了，以后我们的女儿出嫁，找谁来抬轿子？"土地公不出声了，放弃了人人皆富有的想法。也是因为这个，世间才有了贫富差距。后来，世人没能理解土地婆婆的想法，觉得她有点自私，于是，不愿意供奉她。对土地公，却极为推崇。其实，正如土地婆婆所说：善由心中起，财由正处取。

现在，流传着一句俗语"别拿土地爷不当神仙"，为什么这么说呢？因为土地爷是神仙中级别最低的。但是，他掌管着一方土地，被尊为地方保护神，在民间被普遍信仰。旧时，凡是有人聚居的地方，就会见到大大小小的土地庙。

明清以后，人们多以名人作为自己所在地的土地神。比如，清代翰林院及吏部所供奉的土地神是韩愈；岳飞故乡的杭州太学一带，奉岳飞为土地神。现在的土地庙中常有土地婆婆，这个习俗起于南宋。

第二十二回

孙悟空当医生

朱紫国，金圣宫娘娘被妖怪抢走，国王得了重病，发出榜文，广招良医，愿意和治好他病的人平分社稷。那妖怪是麒麟山的赛太岁，他的宝贝紫金铃是太上老君在八卦炉中炼出来的，甚是厉害！第一个铃铛晃一晃，出火；第二个铃铛晃一晃，生烟；第三个铃铛晃一晃，飞沙走石。悟空是如何盗得紫金铃，才制服了赛太岁的？

　　这天，唐僧师徒来到了朱紫国。这朱紫国最近出了一件大事。原来三年前，有个妖怪来到朱紫国，抢走了皇后金圣宫娘娘，国王受惊吓，得了重病。国王病了好久，为了治病，曾许诺：谁能治好自己的病，重重有赏。可是来了很多太医，都没有什么用，最后国王想了想，不如广招良医，又发出皇榜：朕乃西牛贺洲朱紫国国王，近日国事不想，沉疴（kē，久治不愈的病）难愈，本国太医院屡选良方，未能调治，故出此榜文，广招天下良医，如能治愈，朕愿意将社稷平分。

　　师徒四人进了城，这里确实很繁华，孙悟空左看右看，很新奇，猪八戒去摊子上问东西怎么卖，可是却将人都吓跑了，猪八戒觉得很委屈，自己又没怎么他们，只不过是想买他们的东西而已，最后只好万分不情愿地换了一副容貌。孙悟空看着好笑，忽然看见京城里到处贴着皇榜，看了看，也没在意，又找住宿的地方去了。

　　一行人找到了借宿的地方，主人家领着他们进了安歇的小院，落座之后，唐僧想赶紧换了通关文书就赶路，因此有些迫不及待地问："请问一声，你们国王可在殿上？"主人家回答："我们国王病了好久了，可是一直没有好，极少上朝，连国事也很少处理了。今日正好是良辰吉日，国王和文武官员在大殿上议事。要是到了明日，就不知道要等到什么时候了？"唐僧一听更着急了，吩咐自己的几个徒弟："悟净你去准备斋饭，悟空、八戒，我去换了官文，回来用过斋饭，我们还要赶路。你们在这里一定要安静，千万不要出外生事！"孙悟空和猪八戒两人满口答应，唐僧离开了。

但是唐僧刚走，出去准备斋饭的沙和尚就走了进来，一脸为难地说："大师兄，这斋饭好准备，可是菜却难做。"孙悟空奇怪，沙和尚接着说："米我们还有，可是油盐酱醋都没有了，这可怎么做呢？"孙悟空说："这有什么难办的！我倒是还有几文钱，让八戒上街买去。"猪八戒登时不乐意了，直接躺到软榻上："我才不去！惹出祸来，师父又要责怪我。"孙悟空说："八戒，公平交易，你又不缺他钱，惹什么祸啊！"猪八戒还是不愿意："每次都让我去，还让我把嘴脸收起来，就怕我吓着别人，再说了，师父也不让出去惹事。"孙悟空沙和尚两人联合起来哄骗猪八戒，两人小声"商议"："来的时候，看见街上有很多好吃的，既然没有油盐酱醋，那就别做了，我们去街上买点吃吧。"说着就要走，猪八戒听见好吃的就来劲了，急忙起来，拉住两人："师兄、沙师弟，我们一起去啊。"三个人一起上街去了。

到了街上，猪八戒看见什么都想吃，几个人买了一堆东西，孙悟空看见旁边有一堆人围了一个圈，挤进去一看，原来是国王又贴出一张皇榜，就想捉弄一下猪八戒，念了一个诀，忽然吹起一阵风，将那皇榜揭下，然后飞到了猪八戒脸上。猪八戒正在逛街，看见有一个黄色物体飞过来，一把抓住，还没等他反应过来，就有一堆人把他给围住，直接把他拉走了。原来，

士兵们见猪八戒扯了皇榜，连拖带扯地把猪八戒带到了王宫，不管猪八戒怎么说都没有用。

猪八戒哪里会治病，连忙回来请孙悟空帮忙。

这边，唐僧来到王宫倒换关文，国王以礼相待，还饶有兴味地问了几句话，然后夸赞了几句，说："不愧是大国，国王贤明，臣子大才，君臣联合，国家昌盛。唉！我卧病在床已久，没有一个大夫能治好我。"最后又吩咐在皇宫摆宴，要宴请唐僧。

再说猪八戒。猪八戒回去找孙悟空求救，回去的时候，孙悟空还正在和沙和尚说自己的恶作剧，猪八戒进来就埋怨："猴子！你倒是会做人啊！说带我出去买东西，结果却骗我，还揭了皇榜塞给我。现在官差就在外边等着，看你怎么办。"官差进来之后，孙悟空说："皇榜是我揭的！俺老孙有药到病除之方，但是要请我治病，得国王亲自来请！"官差急忙回去禀告："陛下，大喜啊！从东土大唐来的孙长老揭了皇榜！"国王正和唐僧对饮，听了此话很高兴，唐僧很惊讶，暗自猜想这不会是自家那不省心的徒弟吧！国王又接着问那孙长老的情况，官差说："那孙长老现在正在同德驿馆，自称有良方可以治病，只是有一个要求，让陛下亲自去请他！"国王也不介意，唐僧在一旁说："陛下，那孙长老是在下的徒弟，而且在下的三个徒弟只是山野之徒，并不会什么医术。"最后，国王下令让文武百官代替自己去请孙悟空，而且要以君臣之礼相待。唐僧再三阻拦都没用。就这样，孙悟空随着文武大臣进宫去了。

到了皇宫，孙悟空被唐僧斥责了一番，国王还被孙悟空吓晕了，孙悟空还狡辩说："治病讲究的是望闻问切，国王现在拒不就医，这病是怎么都治不好的。"最后几人商定用悬丝诊脉之法治病。

孙悟空装样子装得还很像，笔墨纸砚（yàn）、线什么的都准备得一应俱全，猪八戒给他打下手，不知道的人还真以为孙悟空是什么世外高人。因为国王被孙悟空的长相吓了一跳，所以不敢见孙悟空的面，就让孙悟空在屋子的另一头，正对着他，但是在两人中间扯了一道厚厚的帘幕。等到孙悟空收拾好之后，侍卫首领进去禀告国王，国王说要试探试探孙悟空，看他是不是真的懂医术。于是，就牵了三条线进来，一条绑在凳子腿上，一条绑在放在桌子上的果盘上，另一条怎么办呢？侍卫头领想了想，找过来一个宫女，绑在了她手上，然后通知孙悟空说，国王已经准备好了。

孙悟空哪里懂什么诊脉，听说好了之后，坐在凳子上，跷着二郎腿，一只手随意扯着那三条线，用几根指头在上面一按一按，看着一点都不像是在诊脉，反而像是在玩翻绳。实际上，孙悟空的手指头一直在用力，每点一下，就会牵动线那头的东西，只见那果盘掉到了地上，凳子一直往前挪，差点就挪出帘幕了，那个宫女只觉得好像有谁在挠自己痒痒，刚开始还忍得住，一会儿实在忍不住了，哈哈笑出声来，越笑越开心，国王和一旁的人看着都惊呆了。这时，孙悟空看火候差不多了，下

马威已经立好了，国王应该相信自己的能耐了，就开口说："陛下，这三条脉络，一为金脉，一为木脉，一为阴脉，分别对应的是果盘、凳子、宫女，不知俺老孙说得可对？"国王早就信服了，赶紧让人把线绑在自己手腕处。几人这才正式开始诊脉。

四周的人都紧紧地盯着孙悟空，孙悟空捏着线也不说话，屋子里静悄悄的，每个人都不由自主地放低了呼吸声，绷紧了神经，就害怕打扰到孙悟空诊脉。忽然，孙悟空将线一收，说："陛下，你的病情我已知晓，你得的就是忧思多虑，双鸟离飞之症，对不对？"国王连声称是，一见孙悟空说透了自己的病情，也不害怕了，直接让侍卫头领将孙悟空领进来。猪八戒就出去给自己的师父和师弟报信去了，出去之后，果然看见唐僧在焦急地走来走去。猪八戒说："师父，猴哥儿的线还真灵，那国王的病根还真的被师兄找着了！"唐僧顿时放心了。正在这时，侍卫头领出来了，说孙悟空有医治国王的良方，所以特意赐住在皇宫。

原来撤掉了帘幕之后，国王和孙悟空两人坐在一起细说。孙悟空又说："陛下，虽然双鸟暂时离分，但是必定有重逢之日。"国王有些惊喜，还有一些不敢相信："双鸟还有重逢之日？"孙悟空说："陛下不必担心，俺老孙自有办法！"国王高兴极了："那孙长老快抓药去吧！"孙悟空就跟着侍卫头领出去了，侍卫头领一直追问药方，好早些去抓药，孙悟空却不在意地说："不必另开药方，见药就抓！"侍卫头领很吃惊："啊？药

有八百多味，岂有全用之理？"孙悟空却说："古人曰，药不知方，何药可医。快去抓来。"侍卫头领虽然还是不理解，但是想必是别人的奇方，所以也没有很疑惑，乖乖地去了。

这天晚上，侍卫头领终于将药全抓来了，孙悟空带着猪八戒、沙和尚连夜制药。三个人在里面又是碾（niǎn）药，又是分药，忙得是热火朝天。猪八戒调侃孙悟空，说："你是不是害怕取不到真经，所以想开药铺，就骗了这么多药。"孙悟空说："净瞎说，医好那国王，我们早日上路取经。"沙和尚问："师兄，这么多药，一共八百味，每味三斤，总共两千四百斤，这国王就一个人，哪年哪月才能吃完啊？"孙悟空笑了："哈哈，这你就不懂了吧，我是为了让那国王看不出来我的神秘药方，所以才弄这么多。"沙和尚被孙悟空唬住了，孙悟空又让沙和尚去取一些锅底灰来，猪八戒说："没听说谁家的药方里面放锅底灰的！"孙悟空说："锅底灰又名百草霜，能治百病，快去。"沙和尚走了之后，孙悟空又打发猪八戒去取一些马尿来，猪八戒还以为孙悟空是想捉弄国王，开开心心地去了。第二天，孙悟空将自己师兄弟三人忙活了一晚上的东西给侍卫头领，侍卫头领说："不知道这药叫什么名字啊？我也好向国王回话。"孙悟空想了想，说："此药名为乌金丸！"猪八戒和沙和尚在后边听孙悟空忽悠那头领，嘿嘿直笑："又是锅底灰，又是马尿，可不是乌金丸吗！"侍卫头领又问："此药不知道用什么做药引。"孙悟空说："用无根之水。就是从天上落下，还不曾沾到地上的水。"侍卫头领一听："这不就是雨水吗？也就是说得等到天阴下雨的时候才能服用了！"孙悟空说："不必不必，你们赶快回去，准备好器具，不出半个时辰，就会有无根之水了。"侍卫头领顿时将孙悟空看成得道高僧，迅速离去了。

孙悟空上了天一趟，找到东海龙王，对他说："你快下点雨吧，让那国王服药。"龙王说今天出来得急，没有带下雨的器具，孙悟空说不必下太多，只要一点点就好。龙王就试着打了个喷嚏（pēn tì），顿时国王服药的水就有了。国王服药之后，觉得好多了，就下令摆宴席，款待唐僧师徒几人，正在畅饮时，猪八戒差点说漏嘴："陛下，你可得感谢我老猪，你是不知道，你吃的那服药里面还有我老猪辛辛苦苦取来的马……"孙悟空和沙和尚见势不妙，一把捂住猪八戒的嘴，孙悟空给猪八戒嘴里塞了好多东西，差点噎（yē）死猪八戒。国王却有一些好奇："马什么？"孙悟空说："哦，没什么，马……马……马多灵，能定喘消咳，补虚通气啊！"国王信以为真。酒足饭饱，国王说起自己的伤心事，还想让孙悟空帮助自己。

原来三年前，端午节的时候，国王和王后两人一块去包粽子，正在开心的时候，忽然一阵妖风吹来，国王的皇后被妖怪抓走了。孙悟空说："老孙的买卖又来了，陛下可是想让我将皇后找回来吗？"国王说正是，并且激动地说："只要孙长老能够将皇后找回来，自己就愿意将国家交给孙长老。"孙悟空说："好说好说，这件事包在俺老孙身上。你可知道那妖怪是什么

来历？现在在哪儿？"国王说："那妖怪来的时候说自己是麒
麟（qí lín）山山洞里的赛太岁！"孙悟空转身嘱咐猪八戒和沙和
尚保护好唐僧，自己说着就要离开。国王喊住孙悟空，问孙悟
空去哪里，孙悟空说去麒麟山救人，国王说："那麒麟山离这里
有三千里地，你不如今日好好休息休息，备好干粮，明日再出
发。"孙悟空笑着说："不必不必。"说着驾着筋斗云离开了。国
王看这情况，对唐僧说："令徒真是大有能耐啊！"几人回去等
候孙悟空的消息。

　　再说三年前那妖怪掳走皇后之后，十分开心，就把皇后丢
在里面，自己在外边摆了宴席，庆祝自己近日得到了一位如意
夫人。皇后正在心惊胆战，忽然间看见一个人莫名其妙地出现

在这里，皇后大惊："你是何人？"那人说："娘娘莫怕！我是仙人，我这里有一件五彩神衣，娘娘穿上它，就会保你平安，等到灾难过后，你必定会有大福！"说完，就给了皇后一件衣服，那衣服自动穿在皇后身上，自动调节大小，非常合身，那仙人见都弄好之后就离开了。宴毕，那妖怪想来强迫皇后，可是一碰到皇后，就觉得好像被扎一样，不敢妄动。其他的妖怪也都不能接近皇后，最后实在没办法，那妖怪只好又去朱紫国抓了几个宫女，侍奉皇后。孙悟空来到麒麟山，正在寻找山洞，忽然看到有个小妖走来，一边走，一边敲锣。孙悟空忙摇身一变，变成一个道童，迎着小妖，行个礼问道："长官，到哪里去啊？"小妖答道："有礼了，我家赛太岁派我去巡山。"说着正要走，孙

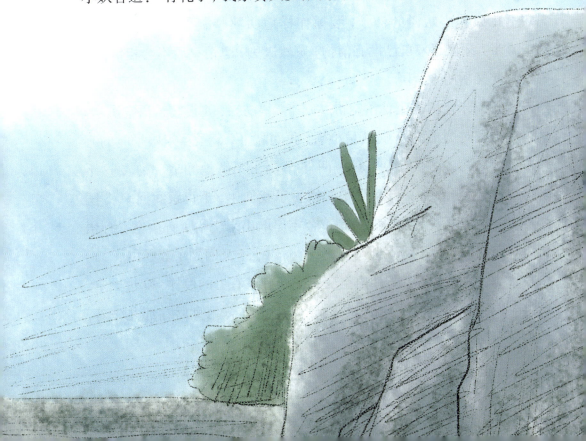

悟空拦住他："不知道你们山中可有一个皇后？"那小妖怪也没什么戒心，说："有有有。可是我家大王与这皇后无缘啊！"孙悟空奇怪了："哦？为何？"那妖怪说："那皇后自从被捉来之后，就浑身长刺，我家大王一碰她，手就疼啊！而且，还一天到晚哭哭闹闹，非要回朱紫国，我家大王怎么都哄不住，最近快烦死了。"孙悟空说："不如这样，我去给他们唱道情解解闷吧。"小妖怪很开心，拉着孙悟空就要走。不防备孙悟空直接喊了一声："定！"

孙悟空把小妖腰间的令牌解下，只见上面写道：心腹小校一名，名叫有来有去。悟空笑着说："这小妖原来叫'有来有去'，这一棒就打得有去无来了。"悟空把令牌藏在身上，又变化成那小妖怪的样子，装模作样地回麒麟洞里去了。走到一半，又想起来自己没有信物，贸然进去，恐怕皇后不会相信，因此又拐回朱紫国。

朱紫国国王见悟空得胜归来，很高兴，要设宴给悟空庆功。悟空对国王说："喝酒是小事，我问陛下，金圣宫娘娘平时的心爱之物，能不能给老孙一两件。"国王不解地问道："你要这干什么？"悟空说："我恐怕娘娘见了我面生，不肯跟我回来。"国王忙将金圣宫娘娘的一副黄金宝串取出来交给了孙悟空。孙悟空把黄金宝串套在胳膊上，一个筋斗云，又回到了麒麟山。

到了麒麟山，孙悟空变成小妖有来有去的模样，穿过大堂，来到后面宫内。孙悟空进了山洞，正好看见皇后在那儿坐着，孙悟空想了想，虽然有五彩神衣护着，那妖怪没有碰皇后，可是难保皇后没有变心，所以孙悟空决定试探一下皇后。孙悟空上前行礼，皇后问他："有来有去，你到哪里去了？"孙悟空说："大王派我去朱紫国给娘娘买粽子去了。"皇后一听，心里一动，自己当时就是在端午节的时候被捉来的，当时自己和国王正在包粽子。皇后问："这时节，又不是端午节，买什么粽子啊？"孙悟空说："粽子没买到，可是我却在朱紫国打听到了一件大事。"皇后一听"大事"，想什么是大事？关于国王的就是大事，顿时心里一急："什么大事？"孙悟空说："我在街上看见一道求医榜文，说国王病体沉重。"皇后一听，掩面大哭。孙悟空急忙说："娘娘不必担忧，国王的病已经被东土来的和尚给治好了。"皇后这才放心，孙悟空见皇后确实思念国王，就在皇后面前现出原形，说："娘娘莫怕，我是东土大唐前往西天取经的和尚，我师父叫唐三藏，我是他的大徒弟孙悟空，因经过朱紫国倒换关文，国王请我来除妖，救你回国。"说完，取出了那副黄金宝串。娘娘一见，泪如泉涌，拜谢悟空说："谢长老治好陛下的病。长老若能救我回国，大恩大德终生不忘。"孙悟空急忙扶起皇后："起来起来，我先走了。"皇后疑惑："长老哪里去啊？"孙悟空说："我去收了那妖怪，你也好早日回宫和国王团聚啊！"皇后说："长老且慢，那妖怪身上有宝物。"

悟空又问娘娘："那妖王有什么宝贝？"娘娘说："妖王有三个金铃儿：第一个晃一晃，有三百丈火光烧人；第二个晃一晃，

有三百丈烟气熏人；第三个最厉害，晃一晃，有三百丈黄沙迷人，黄沙如果钻进鼻孔，人马上就会死去。"悟空和娘娘商量，设法把那妖王的金铃儿偷到。悟空又变成小妖有来有去，来到妖王面前说："大王，娘娘有请。"那妖王一听，十分欢喜地说："娘娘平时从不理我，今天怎么来请了？"悟空说："刚才是我编了谎话，骗了娘娘，说国王已经病重去世了，国中也已经立了新君，娘娘听了，想必是伤心了，断了念头，所以才叫我来请你。"妖王大喜，夸奖了有来有去："好好好！还是你小子聪明伶俐啊！大王我一定重重赏你！"说着，直往后宫而去。

金圣宫娘娘一改常态，见了妖王，笑着前来迎接。金圣宫娘娘要扶妖王，妖王受宠若惊，可又怕她身上的刺，急忙躲开。金圣宫娘娘请妖王喝酒："大王请，三生有幸，能和大王相识，承蒙大王厚爱，从今以后，我愿以身相许。"赛太岁说："哈哈哈，娘娘想通就好，我是求之不得啊！可是你身上有宝物，我不敢接近，这可如何是好啊？"皇后说："这有何难？明日正午，你焚香祷告，求仙人解了我的法术就行了！"那妖怪很开心，说好之后，皇后给妖怪劝酒，装作不经意看见那铃铛，就说："大王，这是什么？"说着还想碰一碰，妖怪急忙捂住："这碰不得，这是我的贴身宝物。"金圣宫娘娘对妖王说："大王好像不信任我。以前我在朱紫国，外邦凡有进贡的宝物，国王都要让我欣赏，我来快三年了，大王的宝贝从来没给我看过。是不是把我当外人？"赛太岁说："冤枉啊，我对娘娘的心天地可鉴！"皇后说："既然这样,大王何不把宝物交给我收藏,等你用的时候,我再给你。"妖王听了大笑道:"娘娘说得有理!"说完,脱下衣服,把三个金铃交给金圣宫娘娘说:"你把铃儿收好,千万不要摇晃。"皇后接过铃铛,说自己去放宝贝,说着就离开了,皇后到了后边,找到孙悟空,将宝贝交给他,孙悟空拿着宝贝就出去了,金圣宫娘娘接着回去,说自己把金铃放在梳妆台上,然后和妖王继续喝酒。

　　悟空刚出宫,就拿出金铃看,无意中晃了一下,只听"当"的一声,满亭子都是火,吓得大小妖精连喊救火。孙悟空见势不妙,直接跑开了。赛太岁本来在和皇后喝酒,忽然听见外边有动静,直接奔出来,皇后在里面也不知道具体情况,心里七上八下的。赛太岁出来之后,仔细查看了一下,什么都没看见,回去的时候,看到自己的铃铛在那儿躺着,心想:估计是皇后没放好,被哪个小贼偷走了。赛太岁直接拾起来,哈哈一笑,回去了。

　　皇后正在里面担心外边的情况,忽然听见有人喊她,仔细寻找一番,发现孙悟空变成小虫子那么大,在桌子上的果盘里蹲着,孙悟空说:"娘娘,你再

哄他一次呗，俺老孙刚刚失手了，你再哄他一次，我好便宜行事。"皇后有些害怕，孙悟空说："不要怕！有俺老孙在，谁也伤害不了你！"皇后就壮着胆子答应了。

正说着，赛太岁回来了，皇后急忙迎上去，赛太岁说："刚才有一个小贼，偷了我的宝贝，然后去放火，结果被发现了，要是被我抓到那小贼，我一定要把他千刀万剐。"皇后更害怕了，说："没有被盗走就好。我看那小贼再也不敢来了。来，大王，请饮酒。"说着，气氛渐渐活跃起来，皇后不着痕迹地劝赛太岁喝了很多酒。悟空见皇后一直找不到合适的时机，心里也很焦急，他灵机一动，拔了几根毫毛，吹口仙气，变成虱子、臭虫，直接放到妖王身上。妖王正在喝酒，忽然间有点不适，赶紧解带脱衣，顺手将铃铛放在桌子上。悟空急忙飞到洞外，变成小妖怪，手上还托着一个托盘，又赶快回到洞里，假意上前帮忙，趁着众人不注意，将桌子上的铃铛给拿走了。把金铃藏好，又拔根毫毛，变成假的，把身体一抖，把那些虱子、臭虫收回身上，然后退下了。等到一切收拾好之后，皇后又说："大王，不如我把宝贝收起来吧。"赛太岁答应了，叫她千万收好。娘娘连声答应，当着妖王的面，小心收好，并用黄金锁锁好。

悟空带着金铃悄悄出了山洞，到洞口挑战。悟空喝道："我是外公，朱紫国国王拜请，来接金圣宫娘娘回宫，快把娘娘送出来，再不出来，我就打碎你的洞门了！"赛太岁问皇后："你们朱紫国有姓外的吗？"皇后说没听说过。妖王大怒，怒气冲天地出了洞门，高声叫道："哪里来的蟊贼，竟敢在此地无礼！"
孙悟空说："外公在此，外孙有什么事啊？"赛太岁一看，就笑
了："哈哈哈，原来是大闹天宫的孙悟空啊，你不保唐僧去西天
取经，到这里做什么？"孙悟空说："既然知道是你孙爷爷，还
不快把皇后送出来，不然，一会儿有你后悔的！"妖王听了大
怒："娘娘已经归我了，你回去告诉那国王，让他死了这份心
吧！"孙悟空大骂赛太岁，赛太岁大怒，举起宣花斧就砍，悟空
持棒相迎。两人大战几十回合，妖王见难以取胜，虚晃一斧，
使了一个激将法，说："孙悟空，你本来打不过我，只不过是因
为我肚子饿了，一时没有力气，所以你才占了上风。你等我回
去吃点儿东西，我再回来与你交战。"孙悟空答应了，赛太岁回
洞去了。

　　妖王回洞后，急急忙忙来到金圣宫娘娘那儿："娘娘，快把
宝贝拿给我，我好去放火烧了孙悟空！"皇后不愿意，毕竟孙
悟空是来救她的，害怕妖怪取了孙悟空性命。皇后有心拖延时
间，可自己一介女流，也不敢做得太明显，害怕会被妖怪察觉，
最后不情不愿地取了金铃给妖王。妖王拿着铃铛又来到洞口，
对孙悟空说："孙悟空，你莫走，看我摇铃儿。"悟空也从腰间掏
出金铃儿说："你有铃，我也有铃，你会摇，我也会摇。"妖王见
了之后吃了一惊："你怎么也有铃铛？而且你的铃儿怎么和我
的一模一样！你的铃儿哪里来的？"悟空反问道："你的铃儿哪
里来的？"妖王说："我这铃儿是太上老君八卦炉里炼出来的。"

悟空说："我的也是，太上老君当时炼了两个，不过你的铃儿是雄的，我的铃儿是雌的。"妖王感到纳闷："这宝贝还分什么公母？"孙悟空说："那当然！"可是妖怪不信，孙悟空就说："口说无凭，我让你先摇！"赛太岁就用力把三个铃儿摇了三下，可一点动静也没有。妖王慌了，又晃了几下，孙悟空见状哈哈大笑："该我了吧！"说着，孙悟空把三个铃儿一摇，顿时山上四处起火了，小妖怪们四散逃开，被烧得屁滚尿流，孙悟空又把铃铛对准妖王，直吓得妖王魂飞魄散。

孙悟空放完火，烧死了一大批小妖怪，就举起金箍棒，向妖王打去。正在这时，忽然听见空中一声："悟空，手下留情！"悟空抬头一看，原来是观音菩萨。孙悟空第一反应是将铃铛收进怀里藏好。原来，这一路上，每次拦路的妖怪手里都有好宝贝，孙悟空每次千辛万苦收了妖怪，将要打死妖怪，收了宝贝的时候，就会出来一些人拦住他，顺便劫走宝贝。所以，孙悟空这一次学精了，将宝贝藏起来，准备耍赖了。观音菩萨用甘露水浇灭了红火、青烟和黄沙。

孙悟空到观音菩萨那儿问："菩萨这是为何啊？"观音菩萨说："为这孽畜而来，他本是我座下的坐骑金毛狮。因牧童疏忽，咬断铁锁来到了人间。孽畜，还不现出原形。"那妖王听后忙打个滚，现了原形。观音菩萨骑上金毛狮对悟空说："悟空，快把铃儿还我。"悟空不想还，死皮赖脸，想昧下铃铛，可是观音菩萨也不是好糊弄的。观音菩萨威胁孙悟空，要是孙悟空不交出铃铛，她就念紧箍咒，孙悟空最怕这一招了，赶快乖乖地把铃儿还给菩萨，菩萨拿了铃儿，骑着金毛狮回南海去了。

悟空来到妖洞，打死了小妖，带着金圣宫娘娘回朱紫国。国王和皇后分别三年之后，再次重逢，两个人都很激动，国王想去扶娘娘，却被毒刺刺得连声喊疼。孙悟空这才想起来皇后身上还有无名仙人所赠送的一件五彩神衣，正是凭着它，皇后才能在妖怪洞府三年，却没有被妖怪近身。孙悟空急忙向国王解释了这桩事，国王一边开心自己的妻子贞洁还在，一边还是很担忧，这以后怎么办啊。正在纠结的时候，忽然听见有人喊他："大圣！"孙悟空望去，云雾缭绕之中，有一个仙人来了，原来是紫阳真人。紫阳真人来了之后，收去了五彩神衣，告别悟空，腾空驾云而去。

几人见尘埃落定，便急忙换了通关文书，整理好行囊，谢绝了国王的挽留，又踏上了西去的道路。

西游趣闻

悬丝诊脉的历史由来

孙悟空装模作样地当起了大夫，为国王治病。这里，出现了一个词——悬丝诊脉，什么是悬丝诊脉呢？

古时尊卑有序、男女有别，御医为皇帝的嫔妃、公主看病，男性大夫为女性患者看病，不能直接望、闻、问、切，因此大夫就把丝线的一头搭在病人的手腕上，另一头由自己掌握，凭借着从悬丝传来的手感猜测、感觉脉象，诊断疾病。这就叫作悬丝诊脉。

关于悬丝诊脉还有一个相关的典故呢。

贞观年间，长孙皇后怀孕十月有余却仍未分娩，还身患重病，卧床不起。很多太医都瞧不好，唐太宗为此愁眉不展。

一日，唐太宗问徐茂可有良医，徐茂说道："华原县（今耀县）有位民医孙思邈，妙手回春，药到病除，尤擅妇儿疾病，可将他找来为皇后治疗！"唐太宗便派遣使臣奔赴华原县，将孙思邈召进了皇宫为皇后治病。

孙思邈叫来皇后身边的宫女细问病情，又要来了太医的病历处方认真审阅。作为一位民间医生，孙思邈不能接近皇后的"凤体"，于是他取出一条红线，叫宫女系在皇后右手腕上，自己捏着另一端，在皇后房外开始"引线诊脉"。

没多大工夫，孙思邈便诊完了皇后的脉，向太宗禀告了病因，原来是胎位不顺。孙思邈拿出银针，在皇后的穴位上猛扎了一下，皇后疼痛，浑身颤抖。不一会儿，传来婴儿呱呱啼哭之声，皇后产下了皇子。

唐太宗要留孙思邈在朝为官，但孙思邈志不在此，仍旧漂泊四方为人民群众舍药治病，并撰写《千金方》济世后人。

后来唐太宗还亲临华原县五台山去拜访孙思邈，并赐他颂词一首。直到现在，药王山南庵内还留有唐太宗御道、"拜真台""唐太宗赐真人颂"古碑一通等。

第二十三回

盘丝洞除妖

精彩预告

唐僧独自去化斋，误入蜘蛛精的盘丝洞中，欲逃不能，被蛛丝缠住了。悟空去救援，见蜘蛛精在泉里洗澡，不便下手打斗，就变成老鹰将蜘蛛精的衣服叼走了。八戒听说女妖精在洗澡，急忙赶去，也被蛛丝缠住了。蜘蛛精为避风头，决定去师兄那里避难。悟空是如何救得唐僧的？谁帮助悟空制服了多目怪？七个蜘蛛精的最终结局如何？

　　师徒四人离开朱紫国，爬过千山，涉过万水，不觉又到了春光明媚的季节。

　　唐僧师徒们一边赶路，一边欣赏春色。这天，快到中午时分，几人又累又饿，在林中找了一片空地休息，孙悟空听见附近有水声，心中一动，循着水声找到一处瀑布悬崖，越看越像花果山上的水帘洞，一时很开心，跳进去玩耍了一番。唐僧回身见孙悟空不见了，就站到高处查看，结果一低头看到远处有一处庄园，这时孙悟空也回来了，唐僧就对自己的三个徒弟说："徒儿们，你们来看，这里有户人家。我想去化些斋饭吃。"孙悟空说："原来师父饿了，俺老孙这就去。"唐僧接着说："我的意思是我去化斋。"孙悟空说："师父说的什么话，师父想吃斋饭，我们去化斋，哪里有弟子高坐，师父去化斋的道理？"唐僧说："话不能这么说，平日里都是你们前去化斋，没远没近的，很是辛苦，今日这庄园这么近，还是让为师去化斋吧！"猪八戒也不同意："师父你这话就不对了，你是长辈，我们是弟子，师父有事，弟子化斋是应该的，还是让我去吧。"说着拿着东西就要走，沙和尚拦住孙悟空和猪八戒："师兄们，师父的脾气你们还不知道吗？你们要是不让他去，就是化了斋饭来，师父也不会吃的。"孙悟空和猪八戒只好不情不愿地答应了，一再嘱咐唐僧小心。唐僧见大家都同意了，就拿起钵盂，迈步向那村庄走去。

　　到了村前，只见前面有一座石桥，桥那边有几间茅屋，唐

僧正要过石桥，忽然间听见林子那边传来一阵女子的嬉戏声，原来是一群女子在玩"摸瞎子"，唐僧急忙避开，可还是慢了一步，被蒙住眼睛的人一把抓到了。那女子觉得不对，摘下眼罩，发现是个男人，就喊自己的姐妹："姐妹们！你们快来呀！这里有个和尚！"随着这女子的喊声，一群身姿婀娜的女子走了过来。唐僧见躲不过去，只好硬着头皮说："女施主，贫僧是来化缘的。"有一个红衣女子，像是这一群女子的老大，众女子都听她的话，她仔细打量了唐僧一番，说："既然是化缘的，那就请去屋里坐吧。"说完领着一众女子转身走了，唐僧没办法，只好跟随在后。

　　几人到了屋内，唐僧仔细打量，心中只觉不自在，里面都是石门、石桌、石凳，阴森森的。开口说话的依旧是红衣女子："不知长老化的是什么缘啊？"唐僧说："我不是化缘的和尚，贫僧是路过此地，想来化些斋饭，即刻就走。"唐僧说着就将钵盂拿出来，那红衣女子并没有急着接过去，反而又接着询问："不知长老是打哪儿来的啊？"唐僧此时更不自在了，只想化完斋饭，赶紧走，就匆忙回答："贫僧是东土大唐派往西天雷音寺取经的。"话音未落，先前被蒙住眼的那个女子"哎呀"一声，吓得唐僧浑身一颤，只听那女子接着说："原来你就是从东土大唐来的和尚啊！"那红衣女子和其他女子对视了一下，眼中意味不明，红衣女子说："既是从东土大唐来的，我们姐妹一定要好好款待啦！妹妹们，你们快去备些斋饭！"说着，七个人留下三个看守唐僧，其余四个出去准备斋饭去了。

唐僧只觉得更不自在了："贫僧不在此地用斋，贫僧还有三个徒弟在等着。"可是那三个女子拦住他不让走，还一直问东问西，唐僧不好失礼，只能耐着性子坐在那里。过了好长一段时间，终于有人进来通知他："斋饭已经准备好了。"几个女子鱼贯而出，不一会儿就将斋饭备好，红衣女子还很客气："仓促之间，没有准备什么好斋饭，请长老将就着用一些吧。"几人簇拥着唐僧到桌子前坐下，唐僧低头一看，桌子不大，但是摆了七八个盘子，盘子里都是一些肉食什么的，唐僧见状急忙起身："有劳各位女施主了，贫僧一向吃素，沾不得荤腥。"说完就要走。那几个女子不满意了："我们姐妹费心为你办斋饭，你是不是嫌弃我们茶饭粗淡？有的吃就不错了，还挑挑拣拣！"唐僧听了，连番道歉，又见那女子还要逼他用斋饭，就跑了出去。那些女子堵住门，哪里肯放，七个人将唐僧团团围住，一个个动起手来，把唐僧捆起来，吊在屋梁上。那些女子又脱了上衣，露出肚脐眼，从肚脐眼里冒出丝绳来，足有鸭蛋粗细，一会儿把庄门封了起来。那几个女子封住了庄门还不算，回身又找来几个刚刚开了灵智的小妖怪，让他们去看守唐僧，她们自己则去后边洗澡休息一下，回来之后再吃唐僧肉。

孙悟空、猪八戒、沙和尚在路边等了好一会儿，还不见唐僧回来，不觉着急起来。猪八戒还恶意揣测（chuǎi cè，推测），会不会是唐僧在那儿吃热乎的，所以还没有回来。悟空跳上树

枝，朝庄院望去，只见银光闪闪，白亮亮的一片，不知是何东西。悟空让八戒、沙和尚在原处等候，自己前去打听情况。

　　悟空跑到庄院前一看，只见那里有厚厚一层东西，还有一群孩童在玩耍，孙悟空张开火眼金睛，哪里是什么孩童，分明是一群小妖怪，自己师父肯定是被妖怪抓走了。孙悟空拿出金箍棒，直接将这些小妖怪打死，又跑到那妖精洞前边看了好半天，发现这是丝线，但是又有一些黏黏的，怎么都弄不断，悟空没办法，只好念咒语，把土地请来，询问具体情况。土地告诉孙悟空：这儿叫盘丝岭，洞里的七个女妖精是蜘蛛精，封住洞口的是她们吐的丝，不好对付。她们每日三次要到濯垢（zhuó gòu）泉洗澡，这个时辰，正好是她们的洗澡时间。悟空一听，辞别土地，急忙去后山那儿了。

　　孙悟空到了后山，正在四处寻找那七个妖怪，忽然听见一阵声音，只听一个女子声音："姐姐，我们洗完澡，就去蒸那个胖和尚吃。"孙悟空循着声音到了那里一看，果然是七个妖怪，旁边有一座亭子，那亭子上面搭着这些妖怪的衣服。孙悟空本来举棒就要打那些人，可是又转念一想：现在我要打死这些女妖精，易如反掌，可是传出去一定会被人笑话。想了想，悟空念动咒语，变成一只老鹰，把女妖精的衣服全叼走了。

　　猪八戒和沙和尚正在等候消息，忽然间一阵风吹来了好多女子衣服，猪八戒还开玩笑："师父该不会是被开当铺的给抓走了吧，你看这衣服。"悟空回到岭上，把事情的经过说了一遍。

沙和尚质问孙悟空为什么不杀了她们，孙悟空将自己的想法说了一通，猪八戒在一旁听说有女妖精洗澡，动了心思，就装模作样地说："依我看，还是斩草除根的好。"孙悟空顾及自己的名声："要去你去，我不去。"猪八戒正愁没有借口呢，孙悟空的这句话正好给了他一个借口，他抓起九齿钉耙，喜冲冲地跑去了。沙和尚提醒猪八戒不要去了，省得坏了自己的名声，但是猪八戒已经鬼迷心窍了，满不在乎："我去杀了这些妖精，好救师父！"一边说，一边马不停蹄地跑了。

猪八戒找了半天，终于找到孙悟空说的那个地方，运目一望，果然见七个女妖精在泉中洗澡，个个貌美如花，激动得连九齿钉耙都扔了，忍不住笑嘻嘻地说："女菩萨，你们洗着呢？也带和尚我一块儿洗洗怎么样？"说完，脱了衣服，"扑通"一声跳进水里。那七个女妖精正在洗澡，忽然看见一只老鹰将自己的衣服给叼走了，几人很生气，正在骂老鹰，突然见猪八戒出现，又羞又气，让猪八戒滚开，可是猪八戒不管不顾，脱好衣服之后就直接跳进濯垢泉，七个妖精恼羞成怒，一齐来抓猪八戒，抓住之后，直接将猪八戒的头按进水里，想要淹死他。猪八戒情急之下变成一条鲇鱼，妖精们怎么也抓不住。猪八戒本来想占女妖精的便宜，谁想女妖怪太厉害，自己什么好处没落到，还被戏耍了一番。过了好一会儿，八戒上岸，穿上衣服，回身骂那群女妖精："大胆！我乃是东土大唐派往西天取经高僧的徒弟、天蓬元帅猪悟能！你们竟然敢戏耍我，看我不打死你

们！"拿起九齿钉耙朝女妖精砸去。蜘蛛精们慌了神，性命要紧，顾不得别的了，她们全跳上岸，肚脐眼里"嘟嘟嘟"冒出丝绳，把猪八戒的九齿钉耙缠住刮飞了，猪八戒一看兵器被刮走了，急忙去追，结果被妖精们困住了，妖精们见危机解除了，就匆匆忙忙跑回家，穿上衣服。

红衣女子思维缜密，刚才听猪八戒自报家门时，她就有一些担忧："这唐僧有三个徒弟，老大还是当年大闹天宫的孙悟空，猪八戒既然在这儿，难保孙悟空不在这儿。保险起见，还是出去避避风头吧。"然后又召唤出来一批小妖精，对他们说："孩儿们，快点把庄园里的那个和尚抬到舅舅家里去，一会儿蒸了吃，听见了吗？"小妖怪们答应一声，高高兴兴地去了。一个女子问那个红衣女子："姐姐，那个肥头大耳的和尚怎么办？也要带走吗？"红衣女子想了想："不用，有唐僧就够了。等一会儿我们走远了，就解了法术，放他走吧。"几人也动身赶往自己师兄处避难。

过了一会儿，八戒见蜘蛛网没有了，赶紧捡起自己的九齿

钉耙，跌跌撞撞跑回来，讲了事情的经过，和悟空、沙和尚一起
赶往盘丝洞。几人到半路，正好看见一群小孩弄着被蜘蛛网裹
得严严实实的唐僧，孙悟空跳出来，那些小妖怪吓得四散逃窜，
孙悟空将那些妖怪都打死，救了唐僧。几人又拐回去，想去找
那些蜘蛛精，找了半天，没有找到，只好一把火把盘丝洞烧得
干干净净，才放心上路。那些女妖精走到一半，无意间回头一
看，见是自己的庄院起火了，顿时大怒，那个红衣女子还很庆
幸自己有先见之明，要不然，现在不知道还有没有性命。几人
这样一想，顿时又加紧赶路。

四人上了路，走了不远，看见前边有一座楼阁，门上一块
石板上写着"黄花观"三个大字。唐僧有一些犹豫："原来是道

观。"八戒认为，道士和和尚虽不是同门，但也是修行的，和尚也能进去，不管怎么样，先去看看情况，歇歇，吃些斋饭，要是实在不行，离开就是了。唐僧觉得有理，就和悟空、八戒、沙和尚一起进走黄花观。

可是这道观却不是个一般的道观，这道观的观主是一个妖精，每日里装模作样，还收了几个弟子，不过他隐瞒得好，谁都不知道他的真面目。这日他正在闭目养神，忽然听见童子前来传信："师父！外边来了四个和尚！"那个观主一听，心里一动，让道童将唐僧师徒四人引进来。正在此时，有人敲响了黄花观的后门。

唐僧师徒走进黄花观，见观主在门口迎接，几人相互见礼之后，那观主将唐僧师徒引到大厅。几人落座之后，观主问："长老是从何处而来啊？"唐僧说："贫僧是从东土大唐而来，前往西天取经。"那观主一听，证实了心中的猜想，很激动，孙悟空注意到这一点，留了一个心眼，那观主见孙悟空在看他，就装作很崇拜东土大唐的样子，让童子奉茶。童子应声去了。

有一个道童听见有人敲后门，赶快跑过去开门，只见敲门的不是别人，正是孙悟空的仇家——那七个女妖精，那童子见了这七个女妖精，也不害怕，反而说："参见师姑！"原来这七个女妖精和这观主是师兄妹！唐僧几人可真是刚出了狼窝，又进了虎口！那女妖精询问开门的小童："你师父可在观中？"童子说："正在前厅陪客人说话。师姑请先去后厢房歇息。"说着就领了几个女妖精去了。

这女妖精进去的时候，正好看见童子在倒茶，红衣女子就顺口问了一句："是什么客人？"道童说："是四个和尚！"红衣女子一听就长了个心眼："且慢，是什么样的和尚？"其他几个女妖精也回过神来，将道童围在中间："是不是有一个白白胖胖的和尚？"那道童说："对对对，确实是有一个白白胖胖的和尚。"还有人问："是不是还有一个肥头大耳的和尚？""对对对，确实是！"红衣女子一拍桌子："姐妹们！是我们的仇人到了！童儿，去把你的师父请来！"道童放下茶盘，去了前厅，在观主耳边耳语一番。那观主听了小童的传话，眼珠一转，就对唐僧师徒四人说："各位长老，我去去就来，失陪了。"说完就退出去了。

观主到了后厢房，刚进去，就看见自己的师妹们跪在地上："师兄，求你为我们报仇啊！"观主急忙把她们扶起来："师妹们快快请起，有话慢慢说。"蜘蛛精将事情添油加醋地说了一遍，观主顿时大怒："哼！想不到这些和尚竟然这么无礼！"气得将桌子上的茶盏扫到了地上。那观主生了一番气，稍稍平静之后，回身安慰蜘蛛精："师妹们少安毋躁，在此稍稍休息一番，我去收拾这些和尚。"说完转身要走。红衣女子拦住他："师兄，那个白白胖胖的和尚是唐僧，吃了他的肉可以长生不老。"其他的女妖精说："师兄，要是和他们打架，我们帮你！"观主笑呵呵地摇摇手说："不用打，不用打，一打弱三分，你们放心，我自有办法。"说完，他召来道童，端来四杯茶，又取出一条蜈蚣，

那蜈蚣通体发红，看着就很吓人。

那观主将蜈蚣血滴到四杯茶中，做好记号，又将一杯没有放毒的茶端上来，然后准备领着道童去前厅。女妖精问观主这是什么，那观主对七个女妖精说："妹妹，我这宝贝，若是凡人吃，只消一厘，下肚就死；就是神仙，也只要三厘，这些和尚恐怕有些道行，就给他三厘吧。"蜘蛛精们这才知道，原来这蜈蚣是剧毒，几人觉得这个计策很好，纷纷夸奖观主。

观主离开之后，唐僧师徒在那儿干坐了好久，也没有人上茶，气得猪八戒直骂："真是的！这么小气，纵使不备斋饭，也不用躲着不见人啊！"沙和尚还是觉得有一点不踏实，悄悄对孙悟空说："师兄，是不是又要生祸端啊？不如我们悄悄走吧。"孙悟空不太在意，觉得自己几人这么多大风大浪都过来了："不着急，我们再等等看。"

"各位长老，失礼了失礼了，让你们久等了。各位长老，贫道适才是到后边吩咐小徒准备斋饭去了，故此失陪了。"观主人未到，声音先到，唐僧急忙站起身来客套："客气了。"观主又从身后道童端的托盘上端起一杯茶说："贫道适才寻出十二枚红枣，奉请长老，以表诚意。"说完，道童将托盘放在桌子上，几人纷纷道谢，并端起一杯茶，孙悟空比较精明："慢！为什么我们杯子里是红枣，你的杯子里却是黑枣？"那观主暗骂："这贼精的泼猴！"一边满面笑容地向唐僧几人解释："贫道杯中乃是隔年的黑枣，不及长老杯中的红枣香甜啊！"听他这么一说，唐僧觉得孙悟空小题大做。猪八戒说:"管他是红枣、黑枣,我们先弄几个尝尝吧!"一边说,一边捡起杯中的红枣,扔进嘴里。沙和尚急忙拦他,可是没拦住:"师兄,吃不得呀!"猪八戒满不在乎:"没事没事!"孙悟空还是不放心:"俺老孙自幼就爱吃黑枣,老观主,不如咱们两个换换如何啊?"唐僧劝孙悟空:"悟空,道长这么做乃是好客之意,不要生事。"孙悟空还是死皮赖脸地让那观主和自己交换。唐僧这时觉得很丢脸,人家好心好意拿出自己珍藏的东西来招待自己,可自己的徒弟却对别人百般刁难,唐僧又管不住孙悟空,又羞又气,端起茶杯,一饮而尽。沙和尚吓了一跳:"哎呀,师父,这喝不得啊!"这时猪八戒开始喊肚子疼,紧接着唐僧也晕倒了。孙悟空大怒:"好你个妖怪,竟然敢害我师父和师弟!"

这时那观主哈哈一笑,扔了杯子,拿出宝剑:"你们几个为什么在那山上温泉中欺我师妹,还烧她们的洞府?"猪八戒这时反应过来:"师兄,他和那几个蜘蛛精是一伙的!"孙悟空一听,直接掏出金箍棒,一棒子打去,那观主也不甘示弱,拿起剑就砍。猪八戒和沙和尚在一旁抽空偷袭,几个人战成一团。打着打着,孙悟空引着那观主到了院中,那观主不敌孙悟空,只好弃了兵器,转身就跑,一路还让自己的道童拦住孙悟空,孙悟空被这一耽搁,就让那观主逃走了。

沙和尚扶着唐僧,拉着猪八戒,几个人慌慌张张跑出道观,刚出门就碰上几个小道童拦住他们,唐僧昏昏沉沉的,也帮不上忙,还拖累他们,猪八戒现在也中了招,使不上力气,只有沙

和尚迎敌，一边还要照顾两个伤患，好不容易将两个道童制服，猪八戒也晕了过去，沙和尚急得没办法。最后，沙和尚想了一个主意，将猪八戒和行李放到白龙马身上，自己背着唐僧，牵着白龙马，这样才能继续赶路。沙和尚带着他们离开道观，想先去树林中避一避，顺便等候孙悟空。

这边，孙悟空仔细探查了一番，发现了那观主的踪迹，直接追了上去。原来那观主向野外逃去了，孙悟空和那观主斗法，那观主也不正面迎敌，只是使一些不入流的手段，要不然就躲起来，但是每一次都被孙悟空破解了招数，不管他躲到哪里，孙悟空都准确地将他找出来。就这样，孙悟空打得兴起，渐渐地被这观主引得离道观越来越远。最后，那观主见自己实在打不过孙悟空，就把上衣一脱，露出上身来，只见他腹部长满了眼睛，孙悟空没在意："我的儿，打不过，就是脱光了也没用啊！"谁知道话音刚落，那观主身上的眼睛突然一齐放出万丈光芒，刺得孙悟空眼睛生疼，还头疼欲裂，孙悟空被折磨得四处乱撞，撞碎了一座山，跑到河边，将脸浸到河里，这才好一些。

孙悟空歇了好一会儿才缓过来，忽然听见不知道从哪儿传来一阵哭声，孙悟空凝神细听，然后循着声音找了过去，走近一些之后，渐渐听清说的是什么了，好像是在哭诉谁"死得好惨！"孙悟空走近一看，原来在半山腰的一座亭子里，有一个穿着丧服的女子，一边从胳膊上挽着的篮子里向外撒纸钱，一边哭诉："我的夫啊！你死得好惨啊！"孙悟空被那妇人勾起了自己的愁绪，想起自己师徒几人这一路走来的经历，觉得很辛酸，也开始哭，顺便直接去妇人挽着的篮子里抓着纸钱撒了起来。

那妇人忽然间发现自己身边多了一个人，这人也在哭泣，不由得有些好奇："小和尚，你哭什么？"孙悟空反问："你哭什么？"那妇人说："我哭我丈夫！"孙悟空说："我哭我师父！"那妇人接着说："我的丈夫三日前和那黄花观的观主吵了几句嘴，就被他用毒药毒死了！"孙悟空一听："我的师父和师弟也是被那黄花观的观主用药枣茶给药倒了！"那妇人说："我是一个妇道人家，不能为我的夫君报仇，你为什么不给你的师父报仇啊？"孙悟空一提这个就来气："哎呀呀！那观主肋下有千道眼睛，会发出金光，哎呀呀呀！好生厉害啊！哎呀呀！"那妇人说："那黄花观主是一个百眼魔君，又叫多目怪，想要制服他，需要找一位菩萨！"孙悟空一听能制服这个妖怪，顿时来了精神："什么菩萨？还请女施主指教！"那妇人接着说："恐怕是来不及了！"孙悟空不解："为什么？"妇人说："那观主的毒药很是狠毒，要是被药倒了，三日之内，骨髓就要烂掉！那菩萨远在千里之外，去晚了，可就来不及了！"孙悟空说："没事没事！我会走路，不管多远，我半日就回来了。"那妇人见孙悟空如此说，就给他指明方向："此去千里，紫云山千花洞有一位毗(pí)蓝婆。"孙悟空想了半天，没听说过这个神仙啊，那妇人接着说："她是昴日星官的母亲。"孙悟空想了想："那昴日星官不是只大公鸡嘛，那这么说，她就是只老母鸡喽？"那妇人笑而不言，化

成一阵清风飘走了，只留下一句话："快去救你的师父吧！"孙悟空见此情景，知道是哪一路神仙见自己师徒落难，前来相助，便谢过神仙，前去请毗蓝婆了。

那观主使出绝招将孙悟空逼走之后，哈哈大笑，正在得意，忽然看见自己的师妹们匆匆赶过来："大师兄，唐僧不见了，快想想办法！"观主大怒："谅他逃不出我的手掌心！"说着，带着自己的几个师妹追唐僧去了。孙悟空到了那紫云山，找了半天，都没看见菩萨说的那个人，正在心急，忽然看见一个中年女道人出来了，孙悟空情急之下没管住嘴，喊了一声："老鸡婆！"那道士扭身查看，没看见人，正要走，孙悟空跳了出来："毗蓝菩萨！"毗蓝婆一看："哦，原来是孙大圣！你来这里有何贵干啊？"孙悟空说："别提了！我师父西天取经，路过那黄花观，被那黄花观的多目怪给药倒了，所以前来请菩萨帮助我降服那妖怪！"毗蓝婆很奇怪："你怎么知道我能降服那个妖怪？"孙悟空说："受菩萨指点，毗蓝菩萨可不要推辞了。"毗蓝婆知道自己推辞不了，还不如顺水推舟做个人情，就答应了，还拿出两枚解毒的丹药，然后两人前往那黄花观降服妖怪。走的时候，孙悟空见毗蓝婆没拿兵器，就问她，她说自己的兵器就是一根绣花针，孙悟空不信，毕竟他可是在那妖怪的手下吃了大亏。那毗蓝婆就拿出自己的绣花针让孙悟空看，告诉他，自己的绣花针非金非银，非铜非铁，是从自己儿子的眼睛里炼出来的。孙悟空见那绣花针果然非凡，这才相信。

孙悟空带着毗蓝婆回了黄花观，四处寻找自己的师父，终于在半山腰的小道上找到了沙和尚几人。孙悟空急忙过去，将解毒丸给唐僧和猪八戒服下，两个人好多了，正在这时，那些妖怪也赶过来了："唐僧！孙悟空！我看你们往哪儿跑！"沙和尚急忙护着唐僧离开，孙悟空、猪八戒前去拦住那几个妖怪，可是妖怪人太多，总有防不到的地方，唐僧几次都险些被抓走。那观主又使出同样的招数，脱下上衣，露出那许多眼睛，孙悟空见此大喊一声"菩萨"，毗蓝婆会意，就拿出绣花针，有眉毛粗细、五六分长短，往空中一抛，掷向多目怪。只听半空中传来一声响，金光顿时消失，那小小的绣花针瞬间把那妖怪扎住了，妖怪动弹不得，毗蓝婆又吹出一口气，就见那妖怪彻底死透了，他现出原形，原来是一只多目蜈蚣。

猪八戒拦着那七个蜘蛛精，非要打死她们，毗蓝婆急忙拦住他："天蓬元帅！手下留情，我那后山还缺几个守山的，待我收了她们去看守门户！"蜘蛛精一听，急忙跪下磕头，猪八戒也不好驳了毗蓝婆的情面，就同意了。毗蓝婆一挥手，那七个蜘蛛精顿时现出原形。唐僧师徒四人谢过了毗蓝婆，毗蓝婆辞别几人，带着自己新收的七个小妖怪回去了。唐僧师徒在黄花观休息了一天，第二天，悟空放火烧了黄花观，牵马挑担，继续往西天而去。

西游趣闻

蜘蛛精为什么会是七个

蜘蛛精，可以说是《西游记》里比较庞大的一个妖精团队了。作者为什么偏偏写了七个，而不是五个六个或者八个十个呢？因为，七个蜘蛛精隐含的意思是人的七情，即喜、怒、忧、惧、爱、恶、欲。

故事中，唐僧主动要求化斋，结果被蜘蛛精抓住了，这里其实是在说，唐僧还没有彻底清除自己的七情六欲，凡根未净。

猪八戒也是，当他得知有漂亮的女妖精在洗澡，而且不止一个的时候，哈喇子湿了衣襟，三步并作两步地赶去了，结果，也被蜘蛛丝缠住了。也就是说，好色的猪八戒也不能摆脱情网的束缚。

第二十四回

狮驼岭斗三魔

精彩预告

　　唐僧师徒来到一个由妖怪把持的国家——狮驼国。这里有三个魔头，分别是青毛狮子怪、黄牙老象精和大鹏金翅雕。孔雀公主化身为村姑，警醒唐僧师徒要小心妖怪。妖怪们使用了哪种宝贝？悟空用什么法子保住了被蒸的唐僧、八戒和沙僧？那大鹏金翅雕与如来佛祖又有什么渊源呢？

悟空放火烧了黄花观，和唐僧、八戒、沙和尚继续往西天而去。

几个月后，唐僧师徒来到了一处地方，这里地势险峻，唐僧几人走累了，前边又出现了一座拦路的大山，几人心中有一些胆怯，孙悟空说："常言道，山高自有客行路，水深自有渡船人。这山上一定有路，就不要担心了！只要走路就行了。"几人继续赶路，进了那座大山。殊不知，前边有妖怪在磨刀霍霍地等着他们。

这座山是狮驼岭。不久前，三个魔王带着四万八千妖兵来到这里：老大是个青毛狮子怪，老二是个黄牙老象精，老三是个大鹏金翅雕。三个魔头都神通广大，本领高强。原来，他们是得到消息说唐僧要经过狮驼岭，于是就想捡个便宜。这一天，青毛狮子怪把小妖怪们聚集到一块儿训话："小的们！听说那唐僧前去西天取经，会路过此处，你们这些日子都打起精神来，日夜巡山，一旦发现唐僧，立即报告。抓到了唐僧，人人有赏！"又给妖怪们发放了腰牌，还提醒他们，说孙悟空神通广大，变化多端，让他们都长一点儿心。

可是这山上有一个成了精的小妖，心地善良，知道三个魔头的打算后，就变成村姑去提醒唐僧师徒四人。唐僧师徒四人正在低头赶路，忽然间听见有人在喊他们："长老们，不要再向前走了。山上有一群妖怪，专门吃路上的行人！"唐僧让孙悟空前去问个明白。

　　孙悟空到那儿之后说："贫僧有礼了！刚听你说这山上有吃人的妖怪，就特地来问问。不知是哪里的妖怪，俺老孙收拾了他，也好赶路啊！"那村姑听了，说孙悟空不知深浅："那妖怪神通广大，说出来，怕吓着你。听说那妖怪到了灵山，五百罗汉都要前来迎接，四海龙王是他的好友，四殿星君常和他聚会，十殿阎罗是他的兄弟！"孙悟空一听就笑了："那是因为他不知道俺老孙来了，要不然，他早就卷铺盖走了！"村姑不相信，还说孙悟空吹牛。孙悟空说："我祖居傲来国花果山水帘洞，姓孙名悟空，五百年前也曾上天宫下地府，十殿阎罗对我毕恭毕敬，土地、城隍随我呼来喝

去。他们都是我的晚辈后生呢！"村姑不信，孙悟空见打听不出来什么消息，就下山了。

回去之后，唐僧问孙悟空这里是什么山，怎么走，有什么妖怪，结果孙悟空答不上来，于是又让猪八戒去了一次。猪八戒到了之后，吸取孙悟空的教训，彬彬有礼地问那村姑说："这山是什么山，这洞是什么洞，洞里有什么妖精，去西天的路在哪儿？"村姑说："这山名叫八百里狮驼岭，中间有一个狮驼洞，离开此处四百里，还有一座狮驼城。这洞里有三个魔头，神通广大，手下还有许多小妖怪，南山上有五千，北山上有五千，东路口有一万，西路口有一万，还有巡哨的、看门的、砍柴的、烧火的，加起来四万多人！专门吃路上的行人！"猪八戒被吓得逃下了山。猪八戒回去，夸大了一番，唐僧吓得要回去换路，孙悟空劝他们："没事，不就一群妖怪吗！我把金箍棒拿出来，变大，四五十丈长，磨盘粗细，东南西北滚一滚，一会儿就把妖怪打死了。"然后叫八戒和沙和尚保护着唐僧，自己先到前面去探路。

悟空来到山前，碰到一个巡山的小妖，那小妖怪一边敲着梆，摇着铃，一边唱着自己编的小曲："大王派我来巡山，咿呀哟！要提防那孙悟空呀，咿呀哟！听说他会几十种变化，咿呀哟……"孙悟空嘿嘿一笑，觉得这个小妖精挺傻的，就决定逗逗他。孙悟空看了一下这小妖怪的模样，就变得和这妖怪一模一样，然后走近那妖怪，那妖怪和孙悟空打了个照面，本来没在意，忽然间觉得不对劲：这个人怎么这么眼熟呢？妖怪摸着下巴想了半天，恍然大悟："前面那个，你站住！你怎么和我长得一模一样啊！"孙悟空说："我还奇怪呢！你怎么和我一样呢？"妖怪又想了想："你是哪个洞里的？"孙悟空说："我是烧火的，没怎么进过洞！"妖怪说："烧火的怎么会来巡山啊！"孙悟空说："大王见我烧火烧得好，提拔我来巡山，不信你去问问大王啊！"那妖精傻乎乎地就要回去，走了几步，觉得不对，又拐回来："你有腰牌吗？没有腰牌就是假的！"孙悟空自然没有腰牌，就骗妖怪："你的腰牌呢？谁知道你有没有？谁知道你是不是假的！"那妖怪傻乎乎地拿出自己的腰牌，孙悟空一看，上面写着"小钻风"，孙悟空就变出来一个腰牌，只见上面写着"总钻风"。妖怪很奇怪："为什么我们是小钻风，你的却是总钻风？"孙悟空说："大王提拔我的，我是你们的头头！"孙悟空哄着那个妖怪回了驻地，在一群小妖怪里面打听这山上三个魔头的事情。然后把妖怪们骗走，自己装作小钻风，回了狮驼岭。

　　孙悟空离开之后，许久都没回来。唐僧几个人等得心急，这时候，忽然间那位村姑又出现了，给他们送来一些野果。唐僧和猪八戒没有戒心，但是沙和尚警惕性很高，不让他们吃："不能吃！你们忘了白骨精变成村姑之后，给咱们送的是什么了吗？"那村姑见唐僧几人不吃，就邀请他们去她家里，唐僧几人说要等孙悟空回来，村姑说不必，再三劝说，唐僧坚持等孙悟空回来，后来女子着急了，直接要上前拉唐僧离开，沙和尚

一把将她推倒在地，那女子很生气，变了模样，原来也是一个妖精，她将猪八戒、沙和尚迷倒，卷起一阵风，将唐僧卷走了。

那两个魔头在山洞里商议事情，见小妖怪抬进来一只宝瓶，这宝瓶十分有分量，妖怪说："这是三大王命令我们送过来的宝贝，这宝贝里面有阴阳二季，所以十分沉重，三大王还说这宝瓶是用来对付孙悟空的！"两个魔头就着这个话题聊开了。

说来也巧，孙悟空变成的小钻风回来了。守洞的小妖见了悟空，上来打招呼："小钻风来啦！"悟空应了声，直往洞里走去。走过三层洞门，才看见大厅里坐着两个魔头，中间还摆了个瓶子，两个大王说着"三弟""宝贝"什么的。悟空走上前，喊了声"大王"。两个魔头笑着问道："小钻风，打听到唐僧、孙悟空的下落了吗？"悟空忙报告说："我正在巡山，没有看见唐僧，倒是看见一个毛脸雷公嘴的和尚，他说他叫孙悟空。"两个魔头急忙问："你在哪儿看到的？"孙悟空说："小的在山涧水边看见了他，他像个开山神，站起来恐怕有十几丈高，正在磨棍子，那棍子少说也有七八丈长，还说他那棍子好久不曾显过神通，这回磨磨亮，要来打大王。"老魔王一听，就仔细询问，孙悟空说："他估计是知道了大王要吃他师父，所以想来打我们。他还说抓住了大王，就扒皮、抓住了二大王，就刮骨；抓住了三大王，就抽筋！"魔王一听就害怕了，老大说："兄弟，我说不要惹唐僧，孙悟空神通广大，现在又有了准备。"老二说："要我说啊，不如就放他们过去吧。"老大说："也好，省得抓不着狐狸还惹得一身臊。"老大同意了，老三不在这儿，也没法说什么，于是魔王忙叫小妖关门，放唐僧过山。

悟空心想：不好，关了门，万一我被识破，往哪儿跑？不如再吓他们一下，于是悄悄拔根毫毛，变成一只苍蝇，主要是想吓吓他们，好叫他们开门。那苍蝇"嗡嗡嗡"地在大魔王面前飞来飞去。那魔王一想：这么凉快的洞里，怎么会有苍蝇？孙悟空神通广大，会七十二般变化，这苍蝇不会是他变的吧？魔王急忙下令打苍蝇，大小妖精见了苍蝇，一个个拥上来抓苍蝇。悟空见了，忍不住"扑哧"（pū chī，象声词）一声笑，露出自己的雷公嘴。二魔头见了，一把抓住孙悟空的衣领说："孙悟空！"孙悟空急忙辩解："大王，我不是孙悟空，我是小钻风啊！"大魔头看了一会儿："哈哈哈，我认得他，他不是孙悟空！"二魔头说："他刚才一笑，露出猴样！"正在这时，外边又跑进来一个小钻风："大王，不好了！我们路上遇见了孙悟空！"进来一看，孙悟空就在那儿站着，就指着说："就是他！他变成我的模样，骗我说他是大王新提拔的总钻风，偷了我的腰牌！"这下子，两个魔王迷糊了，究竟谁是孙悟空？

大魔王拿来捆仙索，将两个人都捆起来，二魔头上前去试探他们，结果孙悟空露了馅，魔王说："小妖是孙悟空变的，把他抓起来，扔到宝瓶里。"妖精一拥而上，把孙悟空扔到瓶里去了。大魔王见抓住了孙悟空，十分高兴："原来还害怕这孙悟空找我们的麻烦，谁知道他这么弱，还主动送上门来了，如今，孙

悟空被我们抓住了，这唐僧肉我们可以吃啦！"大魔王吩咐设宴庆功。

悟空被装进瓶里，里面很冷，孙悟空也不害怕，不着急，拿着金箍棒左边捣（dǎo，砸）捣，右边捣捣，正玩得开心，忽然间，温度不一样了，只见满瓶都是火焰。悟空一见，赶紧念起避火诀；可是好像没什么用，悟空念动口诀，身体一下变得有几丈高，想把瓶子撑破，谁知那瓶子也跟着他变大。悟空没办法了，忽然想起当年观音菩萨曾赐给自己三根救命毫毛，忙拔下来一根，变成金刚钻，好不容易在瓶底上钻了一个洞，连忙变成一只小虫子，飞了出来。孙悟空在里面折腾，外边两个魔头听见了，还以为是孙悟空融化时的声音，就让打开宝瓶去看看情况。小钻风打开一看，里面什么都没有，拿起来很轻，很奇怪，大魔王走过来一把拿起宝瓶，小钻风无意间注意到："大王！瓶底上有一个洞！"两个魔王一看，确实如此，正在这时，孙悟空说："俺老孙就在你们头顶呢！找找你们的孙爷爷吧！"大魔王见悟空钻出宝瓶，还把宝瓶打破，又惊又怕，忙叫小妖关好洞门。

孙悟空逃出洞府，回到休息的地方，见猪八戒和沙和尚在吵架，师父不见了踪影，知道又碰上了妖怪，孙悟空、猪八戒几人很生气，以为是魔王派女妖精将唐僧抓走的，就到了妖怪洞府骂战。洞府里面正在举行宴会，忽然听见小妖怪禀告：孙悟空带着一个长嘴和尚在洞门口挑战。大魔王此时也不害怕孙悟空了，他抖擞精神，带领妖兵来到洞门口迎战。孙悟空骂道：

"大胆妖怪，你们抓住我师父，挡住我们前去西天取经的道路，该当何罪！"大魔头喊道："你这猴头！谁见你师父了？你打破我们的宝瓶，这笔账该怎么算？"孙悟空说："打碎了又怎么样？看你还有什么把戏？"大魔王说："有本事我们单打独斗！"孙悟空乐了："好啊！怎么比？"大魔王说："猴头，你站在这里不要动，让我砍上三刀，要是你没事，那我们就收了兵器，回洞府，不拦你们的路，让你们师徒过去。你要是禁不住，那你师父就得成为我的下酒菜！"孙悟空问："你说话算不算数？"大魔王说："算数！"孙悟空说："好，俺老孙就站在这里，要是皱一皱眉头，就算我输！"大魔王举起刀，向悟空头上砍去，只听"当"的一声响，悟空头皮红也不红。大魔王大惊，又砍了第二刀，把悟空劈成两半，变成了两个悟空，悟空笑着打个滚，又变回了一个孙悟空，说："你已经砍了我两刀，不要走，吃我一棒！"举起金箍棒向大魔王打去。两人斗了二十几个回合，不分胜负。八戒忍不住了，举起九齿钉耙朝大魔王砸去，大魔王招架不住，迎风一摇，现了原身，一口把孙悟空吞下了肚，猪八戒见势不妙，急忙躲开了。

大魔王吞了悟空，非常高兴，回到洞里，准备庆功。二魔王说："恭喜大哥啊！那孙悟空呢？"大魔王说："我把他吃进肚子里去了！"二魔王听说老魔王把孙悟空吞下肚，大吃一惊说："大哥啊！这孙悟空不能吃！"话还没说完，孙悟空就在大魔王肚子里喊："吃得吃得！怎么吃不得！"二魔王说："你看，

惹出祸来了吧！"大魔王满不在乎："二弟，没事，我既然敢吃了他，就不怕他捣乱！小的们，拿盐水过来！"小妖怪领命去了。不一会儿，就端上来一大碗盐水，大魔王拿过来，一口气喝完，还让小妖怪去端水，就这样一连喝了几大碗，把肚子都装满了，实在是喝不了了，才停了下来。大魔王对二魔王说："二弟呀！我这样肯定能把他淹死！"话音未落，忽然觉得胃里不舒服，吐出一口水来。二魔王上前扶住他："大哥！你这是怎么了？"就这一会儿时间，大魔头就疼得冷汗直冒，说不出话来了！

大魔王在那吐了半天，基本上把喝的水都吐出来了，妖怪们仔细检查了一下，发现孙悟空没被吐出来，应该还在大魔王肚子里。孙悟空在大魔王肚子里连踢带抓，大魔王痛得昏倒在地。二魔王喊："孙悟空！你快出来！"孙悟空说："我既然来了，就不出去！俺老孙衣衫单薄，这里暖和，我不出去，过了冬再出去！"把两个妖怪急得没办法。大魔王威胁孙悟空："你要是不出来，我就一冬天不吃东西，饿死你！"孙悟空

说："不碍事，我就在你肚子里支个架子，把你的心肝肠胃都吃了！"大魔头又气又怕，说："你再不出来，我就用我的药酒把你毒死！"然后就喝了一瓶药酒，谁知道这对孙悟空根本没什么用。孙悟空喝了酒，有了一些醉意，折腾得更厉害了。二魔王见了，使个激将法，大声喊道："孙悟空，你平时也是一世英名，如今你在人家肚子里，拿一根棍子搅来搅去，算什么本事。就是赢了也不光彩，传出去也不好听！有本事出来大战三百回合。"孙悟空想想也对，叫大魔王到洞门口去。

二魔王先出去，让妖兵躲在一旁，等到孙悟空从大魔王的肚子里蹦出来，二魔王一声号令，妖怪们都出来了，孙悟空生气了："你们这群妖怪，不守信用！"二魔王说："孙悟空，你在我大哥肚子里搅来搅去，弄得我大哥半死不活，我不会放过你的！"孙悟空将金箍棒变成一个带钩绳，将大魔王又收拾了一顿，二魔王急忙赶来，举枪朝悟空便刺，悟空不慌不忙，举棒相迎。两人你来我往，斗了几十回合，二魔王见胜不了悟空，就伸出长鼻子来卷悟空。悟空瞅准机会，把金箍棒一下子插进了二魔王的鼻孔，二魔王又害怕了，松开鼻子，被悟空一把抓住，拉了就走。最后两个魔王服服帖帖的。孙悟空让两个妖怪把唐僧送出来，两个魔王说唐僧不在这儿，孙悟空一想：是不是在三魔王那儿？两个魔王说："我们到时候带着孙爷爷过去看看，要是在那儿，我们就让他送出来。"孙悟空同意了，让两个魔王准备一顶轿子，到时候救出来自己师父，好让妖怪们抬

着唐僧过山，说完，就驾着筋斗云回去找两个师弟。孙悟空被抓走之后，猪八戒哭哭啼啼地回去了，沙和尚问他孙悟空去哪儿了，他就把事情的经过讲了讲，沙和尚不相信，孙悟空本领高强，肯定会打败这些妖怪的。猪八戒不听劝，非要分行李，回高老庄。沙和尚拦着不让，正在这个时候，孙悟空收拾了两个魔王，回来了，一见这状况，哪还有不明白的，直接又揍了猪八戒一顿，师兄弟三人这才一起去狮驼城，准备营救唐僧。

再说唐僧被那女子抓走后，那女子将他带到一处风景秀美的地方，那里还有许多精灵，十分单纯可爱。女子告诉唐僧："我不是妖怪，我也是得道成仙之人，只是你我有夫妻缘分，所以我才在此地等候。"原来这女子是孔雀公主，是正经的得道修仙之人，算是一位小神仙了，而且心地善良，从未做过什么坏事。这仙姑抓了唐僧之后，并没有逼迫唐僧，而是以礼相待，只不过，不管唐僧怎么说，她就是不愿意放唐僧回去，非要和他成亲。这一天，那孔雀公主吩咐下面的人摆宴，宴会正在进行时，忽然刮过来一阵黑风，将唐僧和那孔雀公主一起卷走了。这黑风正是那第三个魔王刮出来的，原来，他算着日期，唐僧应该已经到了这里，派遣小妖怪前去打探，知道这唐僧被这孔雀公主抓走了。他早就对孔雀公主上了心，一直没来求亲，听说那孔雀公主相中了唐僧，很生气，就急急忙忙前来抢人！这三魔王将两人带到狮驼城，非要逼着这孔雀公主和他成亲，公主不同意。正在这时，妖怪前来禀告："大魔王、二魔王来了，他们还带来三个和尚！"那三魔王命令妖怪看好唐僧和孔雀公主，自己迎了出去。

此时，孙悟空正好带着猪八戒、沙和尚、两个魔王前来找三魔王，那三魔王一出来，就喊："大哥！二哥！还不动手！"孙悟空几人一惊，就见刚刚还服服帖帖的大魔王和二魔王拿出兵器来打他们。孙悟空三人急忙拿出兵器，结果魔王们以有心算无心，三魔王举着方天画戟，向他头上打来。悟空急忙起身，举棒相迎。这时，大魔王举起钢刀砍向八戒，二魔王举枪朝沙和尚刺去。斗了几十回合，八戒渐渐招架不住，大魔王张开嘴，把八戒一口咬住，交给小妖捆起来。大魔王抓住八戒后，又来帮助二魔头，沙和尚一见不妙，转身想逃，被二魔王用长鼻子卷住交给小妖捆起来。孙悟空见八戒和沙和尚被抓，感到有点心慌，用棍子隔开三魔王的兵器，翻起筋斗云就走。三个妖怪收兵回府。

大魔王命令小妖打水的打水、刷锅的刷锅、烧火的烧火，准备一会儿吃了唐僧几人，让小妖怪们把猪八戒拉下去先泡泡。这天晚上，孙悟空变成了小虫子，飞进洞府，找着了唐僧，又听说魔王们要先吃了猪八戒，就想去捉弄捉弄他。孙悟空变成了无常鬼，骗猪八戒说："你取经道路上不专心，一直想着回去，阎王爷生气了，于是派我前来捉拿你，勾你的魂。再派别的人前去取经！"猪八戒快吓死了："千万不要了！我大师兄和阎王爷有交情，能不能放我一马！"孙悟空不同意，非要带着

猪八戒走，猪八戒着急了："别急别急！我这儿还有几两碎银子，我给你，你放过我吧！"孙悟空拿了银子，揪着猪八戒的耳朵说："呆子！你竟然瞒着师父存私房钱！"猪八戒一见是孙悟空，就嚷嚷了起来，孙悟空急忙捂住他的嘴，但还是惊动了两个妖怪。

两个妖怪看见孙悟空，也不多说，直接拿出捆仙索，将两个人捆住了。孙悟空也不傻，吃过这个捆仙索的亏，在他们捆住自己之前就逃走了，魔王们捆住的是孙悟空用猴毛变出来的替身。这时候，一切都准备好了，众妖一起动手，把八戒抬到蒸笼的最底层，把沙和尚抬到第二层；把假孙悟空抬到第三层；最后才把唐僧抬来，放在最上层。孙悟空去了北海龙王那里，把北海龙王叫来。北海龙王忙把冷气吹入锅下，盘旋围护。唐僧几人正觉得被熏得难受，忽然间觉得很凉快，几人在里面猜测说是不是小妖怪换班了。那小妖怪本来想着：烧了这么长时间了，几个凡人说不定已经熟了，自己可以先歇歇。可是又忽然听见里面有说话声。小妖怪一听里面还有说话声，立刻添柴火，要把唐僧师徒几人蒸熟。

那三魔王又去逼迫孔雀公主，孔雀公主假意和他交好，套问他的来历，那魔王说："我乃是西天灵山上的大鹏尊者！"孔雀公主问他为什么非要吃唐僧肉。原来，那魔王也不是想吃唐僧肉，只是嫌弃唐僧，觉得东方人愚钝，不配得到如来真经。孔雀公主拿出一把宝扇，对着魔王一扇，那魔王顿时就昏睡过去了。孔雀公主偷偷将这个消息传给了孙悟空。悟空一个筋斗来到西天拜见如来，"如来！俺要和你辩理！你要是诚心传授真经，派人送去不就行了嘛，或者让俺老孙送过去也行，结果非得让我师父以凡人之躯前来取经，一路上经历了多少磨难，如今，又被那狮驼岭的妖怪给抓住了。你今天必须得给我说出个理由来，要不然，俺老孙不走了！不走了！"说着，还耍赖地躺在地上。如来、菩萨、罗汉等全笑开了，如来说："你这猴头，竟然还耍赖！"悟空把事情的经过讲了一遍。如来笑着说："当初混沌初开，又出来了飞禽走兽，走兽以麒麟为首，飞禽以凤凰为首，凤凰生下孔雀和大鹏，孔雀好吃人，一口将我吞下，我刨开他的脾胃，来到了灵山，成了佛祖，后来我想要杀了他，结果仙家说，我若伤了他，犹如伤害生身之母。因此我就将他留在身边，封他为孔雀大明王菩萨，尊他为佛母。如今，我亲自

走一趟，帮你收服那妖怪。"说完，带着文殊、普贤二位菩萨和悟空一起来到狮驼国。

如来叫悟空前去挑战。三个魔王听说孙悟空来了，各持兵器，出来围攻悟空。悟空且战且退，来到半空。那三个魔王紧追不舍。文殊、普贤二位菩萨忙念动真言，喝道："孽畜，还不皈依！"大魔王、二魔王打了个滚，现出本相。两位菩萨把莲花台抛在他们背上，收服了青狮、白象。三魔王不服，现了原形，展翅张爪来抓悟空。孙悟空引着他到了灵山，罗汉们都治不住他，如来用手一指，那妖精就只能在佛祖头顶上盘旋，飞不走、逃不脱，没办法，只好皈依佛门。

如来带着三个魔王朝西天而去。悟空拜别如来，按落云头，进城救了唐僧、八戒和沙和尚，继续往西天而去。

西游趣闻

金翅大鹏雕和如来佛是什么关系

金翅大鹏雕是继六耳猕猴以后，又一个法力不输孙悟空的、恶贯满盈的妖怪，原著中有："小钻风道：'我大大王与二大王久住在狮驼岭狮驼洞。三大王不在这里住，他原住处离此西下有四百里远近。那厢有座城，唤作狮驼国。他五百年前吃了这城国王及文武官僚，满城大小男女也尽被他吃了干净，因此夺了他的江山，如今尽是些妖怪。'"这妖怪祸害人间，为什么就没神仙来管管呢？因为他和如来佛还有亲戚关系，是如来佛的娘舅。

文中已说，孔雀乃如来佛生身之母，其实这大鹏雕和这孔雀一样，都是凤凰所生。佛教经典《六度集经》中有讲述，释迦牟尼未成佛之前以鹦鹉、孔雀、九色鹿等身行菩萨道。依据佛教轮回说，最早凤凰族生的都是凤凰，但是后来渐渐衰退了，凤凰所生的一代不如一代，就生下了孔雀，再后来又生下了金翅大鹏雕。

第二十五回

比丘国救儿童

精彩预告

　　比丘国国王为妖魔所缠，身染重病。昏庸的国王听信王后和国丈的妖言，竟然要用一千一百一十一个小孩的心肝做药引子！为此，国王还传下圣旨，命城中百姓选送小儿，装进鹅笼里，听候使用。悟空识破了王后和国丈的伎俩，打败了妖怪，救了那些孩子，全城百姓感恩戴德。

唐僧师徒在路上又走了几个月，来到了比丘国的京城。

正好有一位老者出城，唐僧就拦住了他："请问老者，这是哪里？"那路人给他指了指城门说："这里是比丘国，现在改名啦！"唐僧很奇怪："为什么要改名呢？"那老人说："你们是外地来的吧！这都不知道！从哪儿来的呀？"唐僧说："贫僧从东土大唐来，要去西天求取真经。"那老人说："原本啊，这确实是比丘国，可是现在改成小儿城啦！"唐僧更奇怪了："本来是比丘国，怎么改成小儿城了呢？"猪八戒猜："是不是老的都死了，只剩下小的了，所以叫小儿城啦！"那老者不愿多说，好像很害怕："你们既然是过路的，就什么都不要问，赶紧走吧！"孙悟空还想问他什么，可是那老者好像怕惹上祸事，急忙跑了。

唐僧师徒进了城，发现比丘国的京城和别的城市一样繁华，人来人往，买卖兴隆，可奇怪的是，每一个人都很不开心，哭丧着脸，而且大家行色匆匆，都不怎么交流，再一看，家家户户门口放着一个鹅笼，外面用五色彩缎做成围幔遮掩着。悟空觉得奇怪，就掀开看了看，只见鹅笼里坐着一个小孩子，正在吃水果。悟空一连看了七八个鹅笼，里面都坐着小孩，小的三五岁，最大的也不过六七岁。悟空把看到的告诉唐僧他们，大家都感到奇怪，不知道是什么风俗。

正走着呢，忽然间看见几个官兵要从一个女子手里抢一个小孩，那小孩一直哭闹，官兵也不管他，只粗鲁地将他从自己母亲怀里抢出来，那女子不从，官差就将那女子杀了，孙悟空几人快气死了，直接上前将那小孩抢过来，将官差赶跑了。几人看那小孩儿小小年纪没了母亲，很是可怜，就决定先带着他，等到了城里再做打算；接着，几人又将那女子埋了，让猪八戒抱着小孩，继续赶路。

唐僧师徒一边议论，一边往前走，见到前面有个客店，几人进了客店，驿丞（yì chéng）见了，忙叫人打扫房间、安排斋饭。正在这时，原本安安静静趴在猪八戒怀里的孩子忽然间哭闹起来，还尿了猪八戒一身，几人正不知如何是好，店主进来了，看见猪八戒怀里的孩子，就很担心："几位长老，你们大白天的带着孩子在路上走就不怕招来祸事吗？"猪八戒很奇怪："有什么麻烦？"店主说："长老，你们是远方来的，这事你们不知道啊！"但是问他为什么，他却不说。唐僧吃完饭就问驿丞："贫僧进城时，见家家门口放个鹅笼，里面坐躺一个小孩子，不知是怎么回事？"驿丞一开始不肯讲，只是让唐僧师徒赶紧吃饭，然后早日离开这个是非之地，结果孙悟空几人不放他离开，唐

僧要问个明白，驿丞没办法，把唐僧引进内房，将孩子藏好，就慢慢讲了实情。

这儿原来叫作比丘国，可是后来发生了这些事，百姓就把它改成小儿城。

三年前比丘国国王出外打猎，发现一只狐狸，国王带着士兵追赶，但是那狐狸跑到了一棵大树那里，忽然间不见了踪迹，士兵们仔细搜寻，在不远处一棵大树下发现了一个昏睡的妙龄女子，这女子才十六岁，长得貌若天仙，娇美动人。国王一见就动心了，问这个女子的来历，她自称是一早起来要去外婆家，路上走累了，就在这里休息一下，结果一不小心就睡着了。国王将她带回宫中，封她为妃，这个女子能歌善舞，国王对她十分宠爱，寸步不离，没多久，就将后宫的妃嫔都贬出宫了，还废了皇后，封这个女子为王后。到了册封的那一天，那女子的父亲突然出现了，国王又封那道士为国丈，赐给他无上的权力。近来，国王贪图享乐，不理国事，他的身体越来越差，太医想了许多办法，可毫无效果。后来，国丈就献了个药方，说是从海外仙山求来的，服后可以长生不老，可药引十分古怪，要用一千一百一十一个儿童的心肝，煎汤服药。这些鹅笼里的小孩，就是选来做药引子的。谁家门前有鹅笼，就说明谁家的孩子被选中要做药引！那家人必须把孩子放在鹅笼里，要是不这样做，就得被抄家！

唐僧听后，止不住眼泪直流，孙悟空几人大骂那王后和国丈是妖怪，骂那国王是昏君，悟空对唐僧说："我看这个国丈是个妖怪，他这个药方肯定不是真的，估计是糊弄国王的。师父不必伤悲，等到明天上朝倒换关文时，老孙跟你一起去看看，那道士如果是妖怪，我就把他拿住，给国王看看，叫他悔悟，绝对不会让他伤害这些儿童的性命。"

当晚，悟空前去解救这些孩子，可是孩子太多，他一个人没办法弄回来；再说了，这么多孩子，救下来之后，得先藏起来，等到自己揭穿王后和国丈的真面目，让国王解除禁令，这些孩子才不会被再次捉走。怎么救，救下来藏在哪儿，这可是个大问题！孙悟空想了想，念动咒语，将城隍、土地、五方揭谛、四值功曹等一起找过来，吩咐各路神仙把鹅笼里的小孩全都带到城外，好好照顾。众神领命，立即照办，不一会儿，所有的鹅笼都没了踪影。孙悟空见了，就回去了，回去之后将自己所做的事都告诉唐僧，唐僧这才放心睡觉。

此时，皇宫里面，王后将国王哄睡着之后，偷偷出来见国丈。如果此时来了一个见过国丈的人一定会大吃一惊——这绝对不是平日里的国丈！此时的国丈哪里还有那副垂垂老矣的样子，分明就是一个正值壮年的男子！只听那国丈对王后说："只要国王死了，到时候我就会是这比丘国的国王，好不容易下界一遭，定要享受一下这荣华富贵，到时候，我不会亏待你的！"

第二天一早，唐僧穿了锦襕 (jiǎn) 袈裟，拿了九环锡杖，准备上朝倒换关文。悟空变成一只小虫，伏在唐僧的帽子上，一

起前去。唐僧见了国王，急忙施礼："东土大唐唐三藏见过陛下。"国王见唐僧仪表不凡，就夸赞了一通，唐僧顺势让国王倒换通关文牒，国王举止迟缓，将关文看了又看，才哆哆嗦嗦地盖了印。正在这时，国丈来了，他大摇大摆走上殿，见了国王，也不行礼，昂然坐在左边的绣墩上，就好像没看见唐僧一样，直接问国王："国王已经很久不上朝了，今日怎么有时间过来了？"国王说："因为今天有东土大唐来的法师。"国丈仿佛这才看见唐僧。

唐僧见了，忙上前施礼："贫僧是东土大唐派往西天取经的，来这儿倒换关文。"那道士听说是唐僧，心中暗暗高兴，但表面上还是装作很不屑的样子："西天取经之路十分遥远，有什么好的。"唐僧辩解："西方乃是极乐世界，自然很好！"国王急忙打圆场："和尚是佛家弟子，不知做和尚能不能长生不死啊？"唐僧说："陛下，佛家弟子诸法皆空，只要六根清净，自然能够长寿。"国丈讽刺说："这和尚瞎说！你们苦修参禅，忙活瞎练，怎么比得上我们修仙的逍遥呢！我们采天地之灵气，得日月之光辉。"唐僧不同意，两个人说着说着，忽然间就变成了佛道之争。那国丈度量不大，越说越恼，最后直接截断唐僧的话头，让人将药引子端上来。孙悟空自唐僧上了大殿之后就一直没说过话，直到这个国丈提到"药引子"的时候，孙悟空才悄悄给唐僧传音入耳，让唐僧稳住国王，赶紧出宫。唐僧现在很生气，不想和国丈说话，正好向国王说自己远道而来，现在很累，想先下去歇息一下，国王听了，急忙传令叫光禄寺安排素斋，送到驿站，好生款待唐僧师徒。唐僧谢过国王，顺势走出宫殿。悟空在唐僧耳边悄悄说："师父，你先回去，这国丈是妖怪，我在这儿听听消息。"唐僧就直接拿着倒换好的关文离开了。唐僧走了，孙悟空却没走，他停留在大殿里看后续情况。

悟空又飞回宫殿，这时，几个官员前来报告国王说："昨夜城里起了一阵阴风，把做药引的儿童全部刮走了。"国王听了，又惊又恼地对国丈说："这真是天意绝我啊！"那道士不慌不忙地说："不必着急！"国王还以为国丈要再派人去捉，就问会不会耽误时间，国丈说："不必再去捉了，也是陛下的缘分到了，我刚刚发现一个更好的药引！"国王大喜："是什么？"国丈说："刚才来的大唐和尚，他是几世修炼的高僧，如果用唐僧的心肝做药引，可延寿万年，比用孩童的心肝更好。"国王有一点犹豫："但他是大唐派去取经的，我们杀了他，这合适吗？"国丈诱惑国王说："为了长生不老，非如此不可！"国王想了半天，最后一咬牙，决定杀了唐僧，但是又埋怨国丈没有早点说，要不然刚才就可以直接将唐僧留在宫里，现在就能杀了唐僧。国丈说："陛下不必懊悔，我们可以假意给他饯行，把他请到大殿上来，然后等他一过来，就抓住他！"那国王听了，忙下令关闭所有的城门，派御林军前去捉拿唐僧。悟空听后，忙赶回客店："师父，师弟，不好了！我昨天救了那些小孩子，如今国王已经知道那

些孩子不见了。可是那国丈又想出一个更歹毒的主意，要用师父的心肝做药引子！"唐僧几人正在说今天在皇宫的遭遇，忽然听见国王要来抓唐僧的事，都很着急。猪八戒和沙和尚赶紧收拾行李，准备逃出去，唐僧却说："我们要是走了，不除掉那妖怪，那些孩子还是会被抓起来的。"叫悟空赶紧想办法。孙悟空其实早就有了主意，只不过不知道唐僧的意思，如今唐僧这样一说，他正好顺势说出自己的办法："师父，办法是有，就是你得受一点罪！"唐僧大义凛然道："受罪算什么，只要能救那些孩子！"孙悟空大喜，喊过来猪八戒，让他去弄一点儿泥过来，把泥巴抹在唐僧脸上，悟空把唐僧变成自己的模样，自己变成唐僧的模样。不一会儿，御林军来了，他们抓住假唐僧，一直来到宫殿。

这一次，国王、妖后、国丈都在大殿上等候他，悟空到了大殿上，也没行礼，直接坐到了那里，还跷起了二郎腿，然后说："多谢国王给贫僧践行！"国王几个人觉得很奇怪，感觉唐僧好像和上一次有一些不一样，但是看了半天，也没看出来什么。几个人互相看了一眼，最后国丈说："你既然是圣僧，想必也有慈悲心怀。如今我们国王生病了，长久未曾治愈，如今觅得仙方，但是还缺一味药引，还请长老拿出来借用。"孙悟空说："哦？贫僧出门在外，身上也不曾带有什么东西，不知道国王要什么药引？"国丈说："我需要长老腹中的一颗心！"悟空笑着说："一颗心啊！好说好说！不就是一颗心吗！"国丈觉得这"唐僧"的态度有一些奇怪："和尚！你听好了，我要的是你的心！"孙悟空满不在乎："拿刀和盘子上来！不过，心倒是有几个，不知你要什么颜色的？"国丈在旁边答道："你是不是得了疯病？自然是要你的黑心。"孙悟空说："那我得好好找找！"说着，悟空接过盘子，在盘子上吐了好多心。吓得文武百官个个失色。悟空还笑着说："让我给你们找找，这颗是拜佛求经的诚心！这颗是普济众生的佛心！这颗是悲天悯人的善心！这颗是救苦救难的慈心！这颗是矢志不渝的忠心！这颗是斩妖除魔的决心！都是好心！就是没有你要的那一颗黑心！"那昏君也吓得目瞪口呆，连忙说道："没有便罢，快收起来吧！"那国丈却说："少废话！拿下他！"悟空收了法，现了本相，那王后和国丈一看，觉得不对劲，那国丈认得他是当年的齐天大圣，急忙抽身，带着那个王后，两人腾空而起，逃走了。

孙悟空也不急着追赶他们，反而回来对昏君说："我是唐三藏的大徒弟孙悟空。你那个王后和国丈都是妖怪！要是我再晚来一步，你连命都没了！陛下全没有一点眼力，我们和尚都是一片好心！"国王吓得浑身发抖，他请悟空务必把妖怪捉住，以绝后患。孙悟空说："你快去把我师父接过来，我好去捉拿妖怪！"国王急忙派人去接唐僧，临走之时，孙悟空问国王："陛下可知道那妖怪的来历。"国王告诉悟空说："三年前，他刚来时，朕曾问过他，他说他住在城南七十里的柳林坡。"悟空告别国王，追妖怪去了。那两个妖怪出了皇宫，直奔柳林坡，到

了那里，那国丈围着一棵柳树转了几圈，忽然间出现一个村落，再仔细一看，牌匾上写着"清华庄"，两个妖怪急急忙忙地跑进去，不见了踪影，那庄园也忽然间消失得无影无踪。正在这时，孙悟空到了那里，只见一条清溪，岸边是千千万万棵的杨柳，却不见村庄。孙悟空找了半天都没找到，这时候，猪八戒忽然过来了，原来是唐僧怕孙悟空一个人打两个妖怪会吃力，就派他来帮孙悟空。猪八戒见孙悟空急得团团转，就说："猴哥儿！你怎么糊涂开了，找这里的土地问问不就行了。"悟空没了耐性，直接拿出金箍棒，把它变大，在地上一砸，就见那里出来一个被砸得晕乎乎的小老头。孙悟空问道："我问你，刚刚有两个妖怪逃到了这里，据说老窝也在这里，你可知道他们的老窝在哪儿？"土地说："那两个成精的精灵就住在清华庄！"问道："清华庄？俺老孙在周围方圆百里之内没见过什么庄子啊？清华庄在什么地方？"土地说："大圣请随我来！"土地领着孙悟空和猪八戒来到那南岸一棵九叉头杨树下，土地说："只要你围着这棵树，左转三下，右转三下，再双手扑在树上，连喊三声开门，那清华洞府就现出来了。"孙悟空说："有劳了！"悟空和八戒寻到九叉头杨树，孙悟空让猪八戒藏起来，等那妖怪出来之后，再出来打他一个措手不及。等猪八戒藏好之后，孙悟空照土地说的办法，左转三下，右转三下，再双手扑在树上，连喊三声开门。只听"呼啦"一声，眼前果然出现了一个庄子。悟空叫八戒守在路口，自己跳进门。

那两个妖怪躲到自己洞府之后，心中很是忐忑（tǎn tè，心神不定），那国丈一直安慰王后："没事没事！我们的洞府如此隐蔽，不会被发现的，他不会逗留很长时间，毕竟他们还得赶路，如果一直在这儿找不到我们，那他肯定就回去了，到时候，我们再回去，杀了那国王，比丘国就是我们的了！"两人正在互相安慰，忽然间听见一声大喊："妖孽！"紧接着，金箍棒就迎面打过来，两个妖怪慌忙分开，躲到一旁。老妖抡起蟠龙拐，和悟空打了起来。老妖迎战悟空不住，忙将身一晃，化作一道寒光，向东逃去，悟空紧追不舍。

孙悟空在里面迎战那个国丈，那女妖见势不妙，就偷偷逃出了清华庄，猪八戒正好堵在正门口。那女妖见了猪八戒，就想用美人计迷惑猪八戒，趁猪八戒色眯眯地流口水时，用袖子带出一股妖风，想迷晕猪八戒，可是她武艺不精，猪八戒马上就清醒了，然后追上前去，一耙将那妖精打倒在地，那妖精被打死之后，现出原形，原来是一只成了精的狐狸。猪八戒带着那只狐狸精回去了。

孙悟空追那老妖精追出几十里，忽然听到鹤鸣声。悟空抬头一看，原来是南极仙翁来了。只见他袍袖一展，将那团寒光罩住。悟空举棒要打，南极仙翁连忙拦住求情，原来，这国丈是南极仙翁的坐骑，是一头梅花鹿，前些日子，南极仙翁和东华帝君在荒山闲聊，两个人来了兴致，下了一盘棋，但是两个人下得太专心了，一直等到下完那盘棋，南极仙翁才发现自己的坐骑不见了，赶快掐指卜算，原来这梅花鹿化成人形，到了这比丘国，联合一只狐狸精，迷惑了国王，想代替国王。说着，南极仙翁就让那妖怪现出了原形，确实是一只白鹿！

孙悟空也不好驳了南极仙翁的面子，就让南极仙翁和自己去那比丘国走一趟，毕竟那国王差点被他害了性命。悟空和南极仙翁一起来到清华洞府，点起火，把清华洞府烧得干干净净，然后带着白鹿一起来到比丘国，正好此时猪八戒也带着那只狐狸回来了。国王见国丈是头白鹿，王后是只狐狸，羞愧得无地自容。国王率领文武百官向悟空、八戒和南极仙翁致谢，又派人用轿子把唐僧和沙和尚抬进王宫，吩咐大摆酒宴，款待唐僧师徒和南极仙翁。

吃完酒宴，南极仙翁起身告辞。孙悟空拦住了他："寿星老！且慢！"然后又对国王说："你还不赶快去求一个益寿延年的方子！"国王忙跪在南极仙翁面前，乞求祛病延年的良方。毕竟是自己的坐骑惹的祸，受害人开口了，也不能推辞，但是自己出来得急，什么也没有带。最后，南极仙翁想了想，笑着说："我因出来寻鹿，未曾带丹药，只有三个枣儿，是与东华帝君下棋时献茶的，送给你吧。"国王谢了，接过枣儿吃下，顿时觉得病全好了，身体也轻松了许多。八戒见了，忙叫道："老寿星，有枣儿也送我几颗。"南极仙翁说："今天未带，等以后送你几斤。"说完，骑上白鹿，驾起祥云，飘然而去。气得猪八戒直骂寿星小气！

几人送走了南极仙翁，又教育了国王一顿，国王也十分懊悔，最后，唐僧说："悟空，那些孩子现在在哪儿？既然已经除去了妖怪，就把这些孩子送回来吧，让他们早日和自己的父母团聚！"孙悟空急忙念了咒语，叫城隍、土地、五方揭谛、四值功曹等各路神仙把小孩送回京城。过了一会儿，只听半空中一阵风吹，从空中落下一千一百一十一个鹅笼。国王宣布撤销自己以前的命令，城里人各自把小孩领回家。一时间，满城欢天喜地，跳的跳，笑的笑，高兴极了。

唐僧师徒看到这样的情况，都很欣慰，秉着一贯的做好事不留名的习惯，师徒几人悄悄离开了，但是百姓们感念他们的恩德，家家户户给他们立了牌位，画了神像，日日焚香拜祭。

西游趣闻

为什么要用小孩的心做药引子

国丈要用小孩的心做药引子给国王治病，为什么偏偏是小孩的心呢？先从《西游记》故事本身说说。

在西游世界中，小孩的心是一种可以让神仙还有人长生不老的药，而这个方子，最开始是由南极仙翁研究出来的。故事中的国丈，是南极仙翁的坐骑——梅花鹿。至此，也就不难理解了吧，梅花鹿成天在老头儿身边，自然知道这个"秘密"，所以他要用小孩的心给国王治病。

再从故事中隐含的意义说说。作者借此其实是讽刺和鞭挞明朝的统治者惨无人道、昏庸荒诞，揭露当时社会的黑暗现实。明朝的嘉靖皇帝为求长生不老，沉迷于采阴补阳。据说，这位皇帝曾挑选数百名女童入宫用以炼制"红铅"。另外，他还命人收集男童的小便，用以炼制"秋石"。

这就是作者写用小孩的心做药引子的原因。

第二十六回

三探无底洞

精彩预告

取经途中，唐僧命徒弟救下一个自称是被强盗绑在树上的女子，怎料那女子是妖精变的，随唐僧师徒借宿镇海禅林寺时，吃了两个好色的小沙弥，还使出妖风将唐僧摄入陷空山无底洞中。悟空四次深入妖精洞，是如何和女妖精斗智斗勇的，又是如何探知那女妖精的底细，救出师父的？

唐僧师徒离开比丘国，起早贪黑，加紧赶路。

这天，他们来到一片黑松林前，唐僧走得累了，坐在树荫下休息，叫孙悟空前去化些斋饭。悟空取了钵盂，驾起筋斗云，前去化斋饭了。孙悟空离开之后，唐僧坐在树下，正在默念《多心经》，忽然听到远处有人喊"救命"。唐僧还以为自己出现幻听了，就喊猪八戒和沙和尚，让他们仔细听听，是不是有什么人在喊"救命"。沙和尚和猪八戒仔细听了半天，确实是有人在求救，就对唐僧说："师父，你在这里安心等候，我们前去看看情况。"唐僧同意了。猪八戒和沙和尚两个人在林子里面四处寻找，终于找到那个喊"救命"的人了。只见那是一个貌美的女子，被五花大绑地绑在树上，猪八戒一看是女子被绑着，就急忙上前，要给这女子解开。沙和尚急忙拦住："哎，二师兄，这女子不知是人是妖，我们还是等到大师兄回来再说吧！"猪八戒不同意："等那猴子干吗！救人要紧！"沙和尚生拉硬拽地拉着猪八戒走了，猪八戒一边走一边唠叨。

等到回到他们休息的地方，唐僧问他们有没有找到人，猪八戒直接前去告状："找着了！"唐僧左右看了看，就他们两个人，哪里有什么人，就问情况，猪八戒说："是一个落难的女子，被绑在树上，可怜死了！可是沙师弟不让我救！"沙和尚急忙解释："师父！这荒郊野岭的，大师兄又不在，若是妖怪，我们可怎么办啊？"唐僧一想也是，猪八戒不乐意了："哪里有什么妖怪啊？师父，他就是见死不救！师父，你跟我过去看看。"说完拉着唐僧就走，沙和尚拦都拦不住，只好随他们去了，大不了自己到时候警惕一点。

唐僧到了那里，只见确实是一个弱女子被绑在树上，可怜兮兮的，顿时动了恻隐之心。那女子见唐僧神色之间有一些怜恤（xù，怜悯），就说："师父，我是出来替自己父母扫墓的，路遇强盗，那强盗想要强抢我为妻，但是我誓死不从！那强盗就把我绑在此处，绑了好几天，眼看就要丧命了，求师父救我一命！"唐僧一听更可怜她了，就让猪八戒上前去给她解开绳子，猪八戒应声上前，突然听见一声大喊："妖怪！"原来是孙悟空见树林里黑气浓厚，放心不下，忙回到树林里，正好看见八戒上前给那女子松绑，忙叫道："呆子，不要给她松绑，她是吃人的妖精，哄骗我们呢！"唐僧不相信，还是觉得这个女子是好人，不像是妖怪，孙悟空就说："这荒郊野岭的，哪里有什么良家女子啊？你还记得红孩儿吗？"唐僧顿时犹豫了，可是唐僧还是觉得她不是妖怪，孙悟空又加了一把火："师父，妖怪惯会变化，你还记得白骨精吗？"唐僧害怕了，沙和尚说："师父，大师兄经常除妖，一定不会出错的！"猪八戒就要上前去打死这个女的，唐僧又拦住了猪八戒："八戒，现在还不确定她是人是妖，不要伤害了她的性命！"然后，师徒四人离开了。

那女妖精见孙悟空识破了自己，恨得咬牙切齿，心想：都说孙悟空神通广大，果然名不虚传，我一番苦心，居然给他识破。那妖精眼珠一转，又想出一个招数，就使一阵顺风，把话

送到唐僧耳朵里："师父，救救我啊！你放着活人不救，还取什么经，拜什么佛！"唐僧听了，勒着马说："那女子又在叫了，回头救救她吧，救人一命，胜造七级浮屠啊！为师怎能见死不救？"悟空一再劝阻，可唐僧不听，带着八戒前去，给那女子松了绑，唐僧让孙悟空把这个女子送回家里。女妖精一听，这可不行，自己本来就没有家，现在去哪儿找一个家？而且要是真被送走了，那自己的计划可怎么办？急忙低头掩面哭泣："事到如今，我已经没有家了！"唐僧一听，就动了恻隐之心："要不，我们带着她走吧！"孙悟空说："带着她走？师父！这可是犯王法律条的！"唐僧说："怎么说？"孙悟空解释说："我们是和尚，怎么能带着一个女子上路，倘若我们被官府拿住，肯定会说我们拐卖人口的！"那女妖精也不说话，看见唐僧看过来了，就假装很伤心，显得很可怜。唐僧最后还是答应带着这位女子走，可是让谁驮那个女子，谁都不答应，最后没办法，就让那女子坐在马上，几人步行。

唐僧师徒四人带着那女子，走了几十里，来到一座寺院，叫"镇海禅林寺"。师徒四人叩响寺门，寺院里的住持出门迎接。唐僧回礼说："贫僧是从东土大唐来的，奉唐王之命，前去西天取经，途经宝刹，想借宿一晚。"寺院住持将师徒四人迎进去，可是落座之后，那住持注意到唐僧身旁带着一个女子，就询问唐僧，唐僧说："这位女子是我们在路上所救，与我们并没有什么关系，就请住持随意给这位女施主安排一个住宿之处。"住持一听就放心了，然后让小沙弥领着这个女子前去天王殿休息。众人吃了斋饭，分头安歇。

这个女妖精对这个小沙弥使出迷魂之法，迷惑住他，借口自己口渴了，让那个小沙弥给自己找一些茶水来。那个小沙弥又回去，收拾好之后，已经过去了好长时间，小沙弥就端着茶水给女妖精送过去，路上遇见一个师弟。两个人还聊了一会儿天。那小和尚去给那女妖精送茶水，结果被那妖精取了性命。这边，这个小和尚的师弟见他去了好长时间还没回来，就去了天王殿看看情况，结果也被女妖精取了性命。

那女妖精又悄悄去了唐僧几人休息的地方，悄悄推开房门，只见孙悟空、猪八戒、沙和尚都在睡觉，唐僧还在看书，就对着唐僧吹了一阵妖风，唐僧顿时晕了，孙悟空被惊醒，那妖精见不能抓走唐僧，就赶快跑了。唐僧觉得不舒服，孙悟空就守了唐僧一夜。

第二天，唐僧生病了，师徒几人不得不在禅林寺

住下。悟空到香积厨取水，只见那些和尚个个眼睛通红，哽咽悲啼，悟空一问，才知道寺里出了妖怪，那森森白骨在那儿摞（luò）了一堆，吓死人了。孙悟空近前一看，发现旁边有昨日那女子穿的一件外套，悟空立即想道：肯定是那女妖精。他安慰和尚，今天晚上他就除掉那妖怪。

晚上，悟空让八戒、沙和尚好好照顾师父，自己摇身变成一个小和尚，到佛殿上去撞钟敲木鱼念经。二更时分，忽然听到一阵风吹，那女妖精来到殿前，勾引孙悟空变成的小和尚，说："半夜三更的，念什么经啊！"悟空说："写下的经文自需多念。"那妖精一把掀掉孙悟空头上的兜帽，孙悟空早有准备，回身看了那妖精半晌，突然叹了一口气，妖精很奇怪，孙悟空说："我叹你命不好！"妖精心中暗自发笑：你这小和尚，不知道我是妖精吗，还相面！嘴上却夸小和尚："你还会相面啊？"孙悟空说："我看你的面相，应该是被公婆从家里赶出来的吧？"那妖精顺口胡说："对对对，我就是被公婆赶出家门，所以才深夜来到宝刹！不想却遇到了小师父！"那妖精一边说，一边把手伸到了孙悟空后面，变成利爪，孙悟空一直暗自提防，觉得不对，回身抓住那妖精的手，自己现出本来面目，那妖精一见是孙悟空，知道自己中了计，口吐一股白烟，直接喷到孙悟空脸上，孙悟空一嗅（xiù，闻）到白烟，头一晕，让那妖精逃脱了，孙悟空赶紧追出去。

那妖精被孙悟空戏弄了一番，很是生气，但是又转念一想，既然孙悟空在这儿，那唐僧那儿肯定只有猪八戒和沙和尚，这两个人好对付，不如趁机去捉了唐僧。说干就干，这妖精悄悄脱下一只绣花鞋，变成替身，真身化作一阵清风来到唐僧的房间。此时，唐僧忽然觉得腹中饥饿，就让沙和尚给自己找些吃的来。猪八戒守护着唐僧，两人正说着话，忽然间平地起了一阵大风，那风将门刮开了，猪八戒想师父还病着，就赶快去关门，结果风太大了，关了半天。猪八戒一直在关门，没注意到身后，只见那妖精悄悄将窗户打开，将唐僧迷晕，用妖风驮着唐僧出去了。

悟空和妖精的替身打了一会儿，一棒把妖精打倒在地，一看是只绣花鞋，知道上当，忙来到房间，可师父却不见了踪影。悟空大怒："中了那妖精的调虎离山之计了！"猪八戒埋怨孙悟空："都怪你！不好好看着师父，非要捉什么妖！这下好了吧！"孙悟空一听这话更生气了，拿起棒子一阵乱打，打得八戒直讨饶。沙和尚急忙劝孙悟空："大师兄，单丝不成线，孤掌难鸣。现在师父被妖精捉走，生死不明，我们还是救师父要紧！"悟空这才住了手，对猪八戒说："这次先记着！"然后师兄弟一起到黑松林去寻找师父。

在黑松林里，兵分三路，找了好久，也不见师父的影子。正在这时，猪八戒捂着头找到孙悟空和沙和尚，原来，猪八戒按着自己的方向前行，忽然听见说话声，走近一看，发现是两个女子在接山泉水，猪八戒现在对女子很不信任，这一路走

来，碰见多少女妖精了！猪八戒举起九齿钉耙，大喊一声妖怪，就要打死那两个女子，谁知道迎面却被泼了一脸水，弄得猪八戒一激灵，那两个女子趁这时机，拿起水瓢在猪八戒身上一通乱打！猪八戒耐不住疼，转身逃走了。孙悟空一听猪八戒说的话，哈哈大笑："八戒，见了小的，要叫姑娘！见了老的，要叫奶奶！说话和谐，才能打探出消息！"猪八戒明白了，又回去了。

猪八戒看见那两个女子抬着水桶过来，就拦住她们："二位奶奶！"又见那两个女子脸上的表情不对，就赶快改口："二位姑娘，贫僧有礼了！"两个女子见他还算有礼貌，就好声好气与他说话，问他从哪儿来，要到哪儿去，猪八戒问她们你们住在哪儿啊，女子说："我们住在陷空山无底洞。"猪八戒又说："为什么要跑这么远来打泉水啊？"那女子一时说漏了嘴："洞中的水不如这泉水甘甜，今日我家要办喜事，奶奶要摆宴席和和尚成亲……"猪八戒一听，了不得了，忙来告诉孙悟空。悟空听后骂道："你这呆子，你怎么不跟着她们，看看洞在哪里。"悟空、猪八戒、沙和尚急忙下山，远远地跟着那两个女妖，看她们抬着水进了深山。突然，那两个女妖一晃，不见了人影。三人赶紧走过去，只见陡崖前有座牌楼，上面写着六个大字：陷空山无底洞。悟空走到洞前一看，那洞深不见底。悟空叫八戒、沙和尚看好行李，自己进洞去打探情况。悟空跳进洞里，足踏云彩，好一会儿，脚才踩到地上，睁眼一看，里边明明朗朗，跟外面一样，有日色、风声，有花草果木。但是那洞里有好多岔（chà）道，拐来拐去，也不知道通向哪里，孙悟空一会儿就迷路了，不知怎么一抬头，忽然看见唐僧就在那里坐着，那妖怪却不见了踪影。孙悟空叫了声："师父！"唐僧高兴极了，急忙回身，师徒两人相聚，唐僧很后悔当时没有听孙悟空劝，现在吃了一个大亏，被那妖精抓来了。唐僧说那妖精要和他成亲，让孙悟空赶快送他出去。孙悟空想了一会儿，不知在唐僧耳朵边说了什么，唐僧赶快拒绝："不行不行！"原来，孙悟空要唐僧装出高兴的样子，陪妖精喝茶，悟空准备乘女妖喝茶时钻到她肚子里去。孙悟空接着劝说，唐僧正在犹豫，忽然那妖精过来请唐僧赴宴，悟空又变成一只小虫子，跟着唐僧飞进屋，见那女妖精已经备好宴席，就等着和唐僧成亲了。唐僧跟女妖精来到草亭里，妖精捧了一杯茶，请唐僧喝，唐僧喝了一口，想了一想，又急急斟（zhēn，往杯盏里倒）了一杯，悟空变的小虫子急忙钻到茶杯里。唐僧一看见小虫子，很高兴，将茶杯递给妖精。那女妖接过茶，把茶杯放下，和唐僧叙了几句，才端起茶杯，见茶里有只小虫，用小指挑起，弹在地上。悟空见计谋落空，随即变成一只老鹰，掀翻了酒桌，飞出洞去。

　　孙悟空刚出来，猪八戒就着急地问："师父在里面吗？是要被蒸了，还是要被煮了？"孙悟空摇摇头说："都不是！这次是要成亲！"猪八戒一听，就要分行李散伙，气得孙悟空又把他打了一顿！最后，孙悟空想了一个办法，和猪八戒、沙和尚一说，两

个人都觉得这个计策不错，三人就分头行事，孙悟空又跳到洞里，找到唐僧，唐僧一见孙悟空，很着急："悟空，你刚刚掀起一阵狂风，惹恼了那女妖精，她又回去准备素斋去了，非要和我成亲！你快去想想办法！"孙悟空劝唐僧不要着急，要唐僧请女妖到花园去玩，他变成桃子，再想办法钻到女妖的肚子里去。两人商议好后，唐僧招呼那女妖，说要出去走走。那女妖很高兴，便带着唐僧来到花园。两人慢慢走着，走到一棵桃树旁，孙悟空变成一颗桃子，见唐僧走过来，就轻轻地晃了一晃，唐僧会意，就把悟空变的桃子摘下来递给女妖，女妖刚张口想咬那桃子，那桃子骨碌一下滚到女妖的肚子里。

孙悟空到了女妖的肚子里，高声喊道："师父，你不要和她周旋了，老孙已得手了。"那女妖精正在奇怪，忽然间听见有人说话，唐僧说是自己的大徒弟孙悟空在说话，唐僧说："徒弟，你莫伤她，叫她送我出去就是了。"这时，孙悟空在女妖肚子里拳打脚踢，女妖痛得倒在地上，连喊饶命，唐僧说："只要你肯放我出去，我那徒弟绝不会伤害你。"那妖精眼珠一转，答应了，喊来小妖精，要他们将唐僧送出去，孙悟空却说："我要你亲自去送！"妖精一口答应送唐僧出洞。悟空这才住了手。那女妖背着唐僧，纵起云光，直到洞口。出了洞，悟空叫女妖张口，把铁棒变成一个枣核，撑住她的上颚（è），这才纵身一跳，跳出口外，顺手把金箍棒带出。悟空现了原形，举棒向女妖打去，那女妖也随手取出宝剑相迎，猪八戒、沙和尚急忙领着唐僧离开这里，正在走的时候，沙和尚忽然发现那妖精在后边跟着，直接举起兵器去打那妖精，那妖精回身就跑，沙和尚紧追不放，不知不觉被引开了，谁知道那妖精只是一个化身，沙和尚追了好久，好不容易追上，一棒子打去，那妖精化成一只绣花鞋，沙和尚知道中计了，赶快回去。猪八戒牵着马，拉着唐僧赶快跑，忽然看见那妖精在前边拦路，直接拿起九齿钉耙打去，猪八戒一耙把那女妖精打倒在地，一看，原来是只绣花鞋。谁知道那妖精的真身化成一股清风，将坐在白龙马身上的唐僧又给抓回去了。

悟空见了，急得连连跺（duò）脚说："你们这两个呆子，你们看着师父就行了。谁要你们来帮忙。"三人急忙回到洞口，这一次，猪八戒和孙悟空一起下去，两人进去之后，却怎么也找不到一个人影。原来这无底洞周围有三百余里，洞穴很多，那女妖怕孙悟空再来，不知搬到什么地方去了。孙悟空找了很久，仍然没找到师父，忽然闻到一股香味，两个人顺着味道发现一张大供桌，上面供着一块牌子，牌子上写着"尊父李天王之位"，孙悟空赶紧喊猪八戒："八戒，快来！"猪八戒满不在乎："这还不清楚，那妖怪的父亲姓李，她自然也姓李了！"孙悟空又仔细一看，发现还有一行小字：尊兄哪吒三太子之位。孙悟空很高兴："有主了！走，我们去玉帝那里告他去！"猪八戒还很迷糊："这没凭没据的，你告谁呀？"孙悟空把牌子扔给猪八戒，让猪八戒仔细看看，出了妖精洞，孙悟空嘱咐两人看好行李、马匹，自己上了凌

霄宝殿。

孙悟空拿了牌位，一个筋斗到天宫，向玉皇大帝告状。"玉帝，俺老孙今天要状告托塔李天王！他门户不紧，纵女行凶，在下界兴风作浪！这事儿你管不管？"玉皇大帝叫太白金星来询问："李天王可有一个女儿？"太白金星说："确实有一个女儿，不过年刚七岁！"玉帝一听就笑了："才七岁，怎么兴风作浪？"孙悟空说："你不要包庇那托塔天王，正是他的女儿在逼我师父与她成亲呢！"孙悟空见众人还是不相信，就将那个牌子指给玉帝和众人看，玉帝有些奇怪，就下旨让太白金星宣托塔天王前来相见，孙悟空眼珠一转，怕太白金星和托塔天王串通一气，要陪太白金星去，玉帝同意了。两个人到了那里，将事情说了一通，李天王听说悟空告他纵女为妖，抓了唐僧，十分生气，不相信。孙悟空就说天王想赖账，天王更生气了，就要去打孙悟空，太白金星拦住他说："天王息怒，现在已经有你的灵牌在玉帝面前做证！"天王说："太白金星，我有三个儿子，大儿子金吒侍奉如来，二儿子木吒侍奉观音菩萨，三儿子哪吒在我身边，我只有一个女儿，才七岁，还没有成人，哪有下界做妖精的道理！不信，抱出来给你们看。这猴头分明是在诬陷我！罪加三等！"托塔天王越说越生气，当即喝令手下将士用缚妖锁把悟空捆了，太白金星死活劝不住，那托塔天王又拿出砍刀要砍悟空。

太白金星见事情越闹越大，怕不好收场，连忙劝解："天王莫闯祸，悟空是奉旨和我一起来宣你的，你杀了他，恐怕难交代。"托塔天王不管他，拿着刀追着孙悟空跑，非要杀了他。这时，哪吒来了，对李天王说："父王请息怒，你是有个女儿在下界！"天王奇怪地问："哪里又有个女儿？"哪吒答道："父王忘了？那是金鼻白毛鼠精，三百年前，在灵山偷了如来的香花宝烛，如来命我们父子前去捉拿她，当时本该打死，但是父王怜悯，饶了她一命，她感恩，便拜父王为父，拜孩儿为兄。"李天王一听，恍然大悟，连忙让手下来给悟空解绳索。悟空却放起刁来，不让人接近，托塔天王就让哪吒三太子给他松绑，孙悟空又一脚将三太子踹开，嚷道："不要松绑！哪个敢解我，就这样去见玉帝。我要去见玉帝评理！俺老孙岂是好惹的！俺要去见玉帝！"李天王无计可施，求太白金星说个情。太白金星也有点气李天王不听自己的劝，就说了天王一通："凡事留三分，以后好相见！你却这么冲动。这个猴子本来就是一个泼猴，我看你这次怎么办！"哪吒说："当日老伯下凡几次招安，对付那猴头有经验，还请老伯帮忙！"太白金星答应了。

孙悟空也不是傻子，见太白金星过来了，知道他肯定是来

说情的，就在地上撒泼打滚，不听，非要去玉帝面前评理，还说："俺老孙先礼后兵，你们这样欺负俺老孙！俺老孙今日一定要到玉帝面前评理！不然俺老孙就不走了！"太白金星见孙悟空这样耍赖，眼珠一转，就劝道："大圣，你要知道，天上一日，下界就是一年。你再唠叨，耽误一年时间，那妖精别说是和你师父成亲，就是小和尚都生出来了！还是赶快去救你师父吧。"孙悟空一听，也是这个道理，就服了软，最后，李天王亲自为悟空解了绳，又向悟空赔礼。悟空牵挂师父，忙和李天王、哪吒三太子一起来到陷空山。

悟空和李天王、哪吒三太子带领天兵天将把无底洞寻了一遍，也没有找到那妖精，孙悟空直接拿起金箍棒一阵打砸，可是还不见那妖精出来，孙悟空就问哪吒该怎么办，哪吒将金项圈摘下，变成一只猫，那妖精本是老鼠精，一见猫，顿时逃了出来。孙悟空几人将那妖精逼出洞府，托塔李天王将其收到宝塔里关押起来。李天王用缚妖索捆了那妖怪，回天宫复旨。悟空救了师父，几人谢过了李天王等人，又继续向灵山而去。

西游趣闻

为什么说"救人一命胜造七级浮屠"

妖精被孙悟空识破以后，又是生气又是不甘心，于是，她便用风传话于唐僧，说"救人一命胜造七级浮屠"。

很多人对此可能会有疑问，不知道"救人"和"浮屠"之间有什么关系，因为"屠"有屠杀、宰杀的意思，有点想不通。

其实，这里的"浮屠"，是梵语"buddha"的音译，是"佛塔"的意思。这下，是不是就很好理解啦？所以，"救人一命胜造七级浮屠"的意思是：救人一条性命，犹如建筑一座七级宝塔，功德无量，是用以劝人行善，或向人恳求救命的。

第二十七回

天竺国降玉兔

精彩预告

天竺国，布金禅寺的后园里传来女子的哭
声，这引起了唐僧师徒的关注。天竺国公主选亲，
选中了唐僧。国王为公主和唐僧举行盛大的婚
礼。寺院后园的女子投河自尽，被悟空暗中救起。
原来，这女子才是天竺国的真公主！那她是如何
沦落到寺院中的呢？皇宫中的假公主又是什么妖
怪变成的呢？

　　唐僧师徒不辞而别，悄悄离开金平府，上了大路，继续向西赶路。

　　这一天，师徒四人到了天竺国地界，师徒四人走了半天，见路旁有座寺院，寺院的外边伫立着一尊大佛，山门上有"布金禅寺"四个大字，从寺门进去之后，一路全都是佛像，猪八戒不知道"布金"是什么，就问唐僧，唐僧在马上自言自语地说："布金……布金……这儿难道是舍卫国地界吗？"八戒很奇怪，因为平日里唐僧从来不认识路，怎么今天路倒熟了！唐僧给他们解释了一下，原来唐僧经常诵读佛经，每路过寺院借宿，也都会借阅他们的藏经，佛经上有这么一个故事：给孤独长者向舍卫国太子买片园，想请释迦摩尼佛祖来讲经说法。太子不肯卖，说除非用黄金把园子铺满才行，其实他不打算卖，这样说也只是为了让那些想买他园林的人知难而退。可是给孤独长者当真了，后来，给孤独长者就用黄金做成砖，铺满园子，这才买下园子，请佛来说法。孙悟空几人都感叹唐僧读书多，唐僧说："我猜这布金禅寺应该就是那经书上所记载的园林了！"猪八戒一听很开心，就开玩笑说想去地上抠（kōu，用手指或细小的东西挖）几块金砖，唐僧师徒有说有笑，来到布金禅寺求宿。

　　布金禅寺的和尚听说唐僧是大唐派往西天取经的，十分客气，把唐僧师徒请进大厅。又给他们准备了斋饭，招待唐僧师徒。猪八戒饿疯了，狼吞虎咽，一群小和尚见有陌生人来，都偷偷地围在窗户那儿，观察唐僧师徒。见猪八戒这个样子，都

在偷偷笑。

唐僧师徒吃过斋饭，坐下和寺里的和尚叙谈。住持问他们从哪里来，唐僧说是从东土大唐而来，住持一听："原来是从中华来的！师父是东土圣僧，来我们这儿，实在是我们的荣幸。"还夸赞唐僧仪表不凡。几人歇了一会儿，住持就带着唐僧师徒到了奇缘精舍的旧址，又感叹了一番。唐僧问道："刚才进玉山时，看见门两边歇着许多做买卖的客商，不知是怎么回事？"和尚回答："我们这座山叫百脚山，以前一直很太平，近来不知怎么生出个蜈蚣精，常拦路伤人，行人到这里晚了，就不敢过去，只好在这里留宿。"

住持领唐僧师徒逛了一下寺院，陪唐僧师徒闲聊了一会儿，就领他们进客房休息。唐僧师徒几人因赶路，早就疲累不堪，又逛了大半天院子，更累了，就想早点歇息。正在这时，有个小和尚走了出来，说是白天那位老师父有请。唐僧师徒几人到了厢房，只见老和尚，手持竹杖，过来行礼说："我有一件事，想请长老帮忙。"说完，把唐僧悟空领到了后院。

进了后园，就听到一阵哭声，循声望去，只见一个妙龄女子坐在那里哭泣，唐僧忙回头问老和尚："这是怎么回事？"老和尚遣走小和尚，然后对唐僧和悟空下拜。唐僧急忙把他扶起，老和尚说："去年这个时候，一天夜里，忽然刮起一阵大风，这阵狂风把一个女子刮到后院，当时，正好我一个人在后院打坐，见这个姑娘昏昏不醒，就先把她关在了寺院里，我怕她一个女子在寺里不方便，就把她锁在一间空房子里，紧闭门窗，只有一个老和尚天天给她送饭，对寺里的众僧就说她是妖精。后来，我到京城化缘打听，想看看有没有哪家人丢了女儿，可是一直到现在都没打听出来。这件事实在让我一筹莫展。幸亏圣僧和高徒来到这里，望你们广施法力，辨明真相，不仅救了这女子，也了却我一桩心事。"唐僧师徒四人答应了这件事，又问了那女子的一些事情，仔细查看了女子的面貌。

当天晚上，孙悟空顾不上休息，直接找到那蜈蚣精的老巢，将他给打死了，算是解了大家的心头大患。

第二天，唐僧师徒吃过早饭，辞别布金禅寺的众僧，向京城而去。一到京城，见街上人来人往，十分热闹。猪八戒就随手拉了一位路人："大哥，今天是什么日子啊，怎么这么热闹呢？"那人说："你们是外来的吧！今天是我们天竺国的公主选亲的日子。"猪八戒几人要前去看热闹，唐僧说："我们身为出家人，到那儿多有不便，还是不要去吧。"师徒四人继续前行，可是很不巧，公主的车驾也走到了这里，围观的群众太多，直接将师徒四人给冲散了，四人没办法，只好一边向一块靠拢，一边尽量退出人群。

正在这时，那公主揭下了面纱，拿起自己手边一直摆放着的精心装饰好的弓箭，那箭头是钝的，木头的，还包着厚厚一层棉絮，伤不了人。只见那公主直接拉弓射箭，一下子射中了唐僧，周围的人大喊："射中了！射中了！射中那个穿红衣服

的人了！"随行的士兵驱散人群，将唐僧架到大象身上，要带着他离开，唐僧急忙回身寻找孙悟空，孙悟空冲着唐僧大喊："师父，你且先跟着他们去吧，俺老孙自有办法，一会儿就来救你！"唐僧没办法，只好跟着那些人走了。其实，刚才那个公主射箭的时候，将自己的面纱取了下来，孙悟空正好瞅了一眼，只见那公主和寺院里锁着的女子一模一样，孙悟空当时心里就有一个想法：这个该不会是妖精吧！谁知随后那公主用来选驸马的箭就射中了唐僧，而且唐僧站的位置按说是不能被射到的，倒是就这么巧地被射中了，要是其他人，可能会说一句"天定姻缘"，可是唐僧是观音菩萨选中前往西天取经的人，不可能会在此时成亲，这么巧的事，只能说是有人在背后故意捣鬼了。孙悟空现在有很大的把握，这个公主就是假冒的，是妖精变的，寺院里面的那个女子才是真正的公主。其实，正如孙悟空所料，这个公主真是妖精变的。她算准唐僧这个时候要经过天竺国，就使妖法把真公主刮走，自己变成公主。又请国王让她亲自射箭选驸马，专门等唐僧来。唐僧被侍卫带到宫中。

国王见是一个和尚，很不高兴，问道："你是哪里来的和尚，怎么偏偏射中了你？"唐僧连忙向国王讲："贫僧是东土大唐皇帝派往大雷音寺拜佛取经的，贫僧是出家人，不敢高攀金枝玉叶，望陛下倒换关文，好让贫僧早赴灵山。"国王听了很高兴，忙要大臣取来关文。

那妖精一见这种情况，就很焦急，自己布这个局已经好久了，不能毁了，急忙跪下叩头说："父王，女儿有誓言在先，现在不管怎么样，他是什么人，都只能说是天意，怎能随便更改？"国王听了，觉得有理，那妖精又使了迷魂计，迷惑了国王，国王一糊涂，觉得唐僧一表人才，又是从大国而来，虽 说是要前去西天取经，取了经，还俗就是了，而

且他能走这么远的路，说明他是一个意志坚定的人，而且他一路走来，见多识广，真是个优秀的后生。国王越想越觉得唐僧不错，自己刚才险些铸成了大错，坏了这么好的一桩姻缘。最后，国王对唐僧说："不愧是中华人物，果然一表人才！我这女儿年方二十，容貌秀丽，你们二人果然是般配啊！而且你远道而来，路过此地，正好被公主选中，只能说你们是千里姻缘一线牵啊！哈哈哈哈哈……"

唐僧不肯答应，要国王放他去西天取经，那边公主又说这是天定的缘分，就是不松口，非要和唐僧成亲。国王非常疼爱自己的女儿，见自己的女儿心意已定，就强制要求唐僧和公主成亲。最后，国王还下令让在后院摆宴，给唐僧接风，唐僧急忙推辞："陛下，万万使不得啊！贫僧是出家人，不会成亲的！"国王很生气，对唐僧说："你要再提取经两个字，马上推出去斩首。"唐僧没办法，这时，他忽然间想起来女儿国的事情，当时孙悟空就是让他假装答应那个女王，哄骗她给倒换关文，等到关文换好之后，自己再离开，于是只好假装答应国王，对国王说："我有三个徒弟在客店，请陛下让他们进宫，倒换关文，让他们早日到西天取经。"国王答应，立即派人去召孙悟空他们。公主见唐僧答应了成亲的事情，就退下了。

悟空回到客店，正和八戒等人讲唐僧被选驸马的箭射中，不知道该怎么办，几人正在说着，国王派来的人到了，把孙悟空三人请到宫中。悟空三人来到大殿，见了国王，站在那儿不肯下跪。悟空见师父站在一边，不满地说："陛下轻慢贵客！既然将公主许配给我师父，为什么让他站在这里？我师父也是大唐皇帝的御弟，许多国家都尊他为上宾，怎么到了你们这里就得站着！"猪八戒、沙和尚也很不满，几人说着就要前去和国王理论。国王在孙悟空师兄弟三人进来的时候就被吓了一跳，这几个人也太吓人了，一个毛脸尖嘴，一个肥头大耳，另一个凶神恶煞。又见几个人要来找自己麻烦，吓得慌忙请唐僧上坐。这时，有官员奏报国王："本月十二日为良辰佳日。"国王大喜，决定三天后为公主完婚。

公主到了后边，很不满，虽然唐僧答应成亲，可谁都看出来他答应得很勉强，而且孙悟空三人也来了，时间一长，谁也说不准会有什么变故。公主就想该怎么办，而且下了决心，一定不能够放了唐僧，说什么都得把唐僧弄到手。忽然，公主有了一个好主意，她叫来自己的贴身侍女，让她去大殿上请自己的父王过来一趟。

那侍女到了大殿，对国王说公主找他，国王正在害怕，不知道该怎么和孙悟空几人说话，正好借着这个机会说："寡人失陪了！你们师徒四人远道而来，一路风尘仆仆，辛苦了，快去歇息吧。"又给他们安排好住处，打点好一切，接着就找自己的女儿去了。

那公主见了国王，一味地撒娇，询问自己的婚期，国王说："婚期就定在三天之后。"公主不同意，国王说："怎么？嫌

弃太晚？那就两天之后。怎么样？"公主还是不答应，国王说："那就一天？"公主不理他，最后国王说："明天？"公主很开心地转过头，可谁知国王接着说："明天恐怕不行，时间太紧。"最后两个人商量了好半天，国王才同意，说是明天办婚礼。临走的时候，公主问起孙悟空三兄弟，国王心有余悸地说："别提了，你是不知道，他们长得太吓人了！"公主说："既然这样，孩儿不敢见他们了，不如赶快给他们换了文书，让他们走吧！"国王一想，是这个道理，就说："对对对！即刻倒换关文，今天就打发他们出去。"

唐僧师徒几人刚进了休息的地方，就有太监将早就准备好的成亲的喜服送进来，请唐僧试穿，唐僧死活不穿，孙悟空、猪八戒、沙和尚几个人翻看着仆人送进来的衣服，猪八戒还一直劝唐僧穿上试试，惹恼了唐僧，唐僧就叫孙悟空打猪八戒二十棍，孙悟空意思意思打了他几下。唐僧烦恼了半天，不知道怎么办，就问孙悟空怎么办，还说如果孙悟空不帮他，就念紧箍咒！孙悟空一听，赶快求饶，说自己已经有了办法，正要说给唐僧听，只见殿外转进来一个人："圣旨下！国王召见圣僧及三位徒弟前去大殿，国王要发放通关文牒。"唐僧师徒很高兴，相视而笑。

到了大殿，国王也不多说废话，直接拿出玉玺在关文上盖了印，孙悟空一把将文书拿过来收好，国王又命取来黄金十两、白银二十锭(ding，量词)送给他们："这是盘缠，送你们去灵山见佛祖，你们三个即刻启程。等你们取经回来，还有重谢！"唐僧不想收，孙悟空师兄弟三人却直接道谢，快手快脚地将银子收好。孙悟空见文书已经拿到手了，还赚了几分盘缠，心中十分欢喜，就说："多谢陛下好意！师父珍重！陛下，我们先走了！"说着三兄弟就要离开，唐僧大惊："悟空！你们这就离开了？怎么不顾师父？"孙悟空说："师父，你就安心地留在这里成亲吧！等我们取完真经回来，再来见你！"唐僧忙拉住悟空的手，说："你们怎么不管我！"悟空向他使了个眼色，说："请师父放心，我们一定会取来真经的。"唐僧有些疑惑，眼巴巴地看着悟空他们走出宫门。

正当孙悟空几人出宫门要离开的时候，忽然听见皇宫门口有人喧哗，好像是官兵在呵斥一名女子，孙悟空几人走近一看，原来是熟人！那原本应该在布金禅寺后院的女子，不知怎的竟然到了皇宫门口，哭闹着说自己是公主，非要进去见国王，可是守门的官兵不相信，还驱赶她："你这女子，竟然擅闯宫门，假冒公主！公主刚刚选完驸马回到宫中！不追究你假冒公主的过错已经是开了大恩，还不快滚！"那公主见没有人相信自己，只好落寞地离开。孙悟空想起来那个宫中的公主的面容，心想：这其中一定有缘故！他对猪八戒、沙和尚说："二位师弟！你们在此严密看守皇宫，留意师父的情况，俺老孙前去打探一下情况！"追着那个女子离开了。

且不说孙悟空有没有追上那个女子，又问出了什么，单说

这被孙悟空几人留在了皇宫的唐僧，真是要愁死了！孙悟空几人走后，国王就告诉他婚期定在明日，时间紧迫，让他赶快回去准备准备。第二天正是黄道吉日，唐僧被逼着穿上喜服，参加下午就开始的篝火晚会，举行婚礼。众人都很快乐，诚心地载歌载舞，为他们的公主开心，猪八戒和沙和尚在附近的一棵大树上看着周围的情况。

那被守门的士兵驱赶的姑娘转来转去，最后还是来到了皇宫附近，那女子呆呆地看着众人欢乐的样子，忽然间流下了两行清泪。那女子看了半天，好像是下定了决心，直接转身想要投湖自尽！孙悟空跟了这个女子一路，本来就觉得这个女子是公主，只不过不知怎么回事，流落在布金禅寺，还被人顶替了身份。孙悟空正在奇怪，忽然间看见那女子要跳水自尽，他赶快将她救起来。

孙悟空变成一个老婆婆，安慰这个女子："姑娘，看你像个富贵人家的姑娘，一定是受了什么委屈，来，快和我说说吧，说不定我能帮上你！"那女子摇摇头："谁也帮不了我！"那老婆婆劝道："说说吧，说不定我真的能够帮助你呢！"那女子将这件事压在心里已经很久了，也想找人倾诉一下："我……我……我是国王的女儿！"老婆婆很吃惊："啊？你是国王的女儿？可是那宫中的是谁？也没有听说宫中丢了公主啊？"公主摇摇头，回忆起了自己当时的情况："说来话长，当时正值我十九岁生日，那一天，我在宫中与父王闲聊，给父王采摘了一捧鲜花，父王很开心，就说等到我二十岁生日的时候，给我挑选一个合心意的驸马，我当时非说要自己选，还说二十岁生日那天，我要骑着大象，挎着弓箭，在街上游行，看见合心意的人，我就把箭射向他。后来父王离开了，我又去采花，走到了一个偏僻的地方，忽然间一阵风刮来，我就好像做梦一样，不知怎么的到了布金禅寺，多亏方丈心地好，救了我一命，还收留了我。后来，我按照记忆中到皇宫的路走来，可是那守门的士兵却说我是假冒的！"公主说着说着就又伤心地哭了起来。老婆婆说："好姑娘，别伤心，你要回宫重见你父王，我自有办法！"真公主不相信："老婆婆，你这么大的年纪了，怎么帮我啊？"老婆婆说："哈哈哈，你要相信我！你先回布金禅寺休息，过两天自然会有人来接你回宫！"真公主千恩万谢地走了。孙悟空转身找自己的师弟们去了。

孙悟空找到猪八戒和沙和尚："果然不出我所料！那宫中的公主是假的！不知道是何方妖孽要逼着师父和她成亲呢！"猪八戒和沙和尚大惊。几人聚在一起商议，不知道该怎么办。

到了晚上，仪式结束之后，几人将唐僧送入了新房之中，过了没多久，公主也进来了，百般戏弄唐僧，正在这时，屋中忽然又进来一位公主，两个公主互相对峙，原来其中一个是孙悟空变的，正在这时，猪八戒、沙和尚带着国王回来了，假公主见自己被孙悟空识破，慌了神，赶紧将身体一晃，挣脱了悟空，最后夺窗而出，化作一阵清风跑到御花园土地庙，孙悟空紧追不

放，两人一路走一路打。

女妖精取出自己的兵器和孙悟空打了起来，只见那兵器甚是奇怪，是一根一头粗、一头细的短棍。那妖精的棍子打起来虽然不成章法，却很难对付。悟空把金箍棒往空中一抛，喊声"变"，那金箍棒一变十、十变百，转眼间变成千万条，朝那妖精打去。那妖精抵挡不住，化道金光，向正南方逃去，逃走时较为匆忙，将自己那奇怪的兵器落下了。悟空紧追不舍，只见那金光落到一座大山上，忽然不见了。孙悟空没办法，就拐回来捡起那女妖精遗留下来的武器，想看看究竟是什么，看了半天不知道到底是什么，就想着去天庭问问，也许有人知道这兵器的来历。

孙悟空到了天庭，正好遇见太阴星君，孙悟空将兵器拿给他看，太阴星君想了想："这好像是捣药的玉杵（chǔ，用长形的东西戳）！"孙悟空说："玉杵？"正在想哪个仙人的仙兽有这种兵器的时候，太阴星君接着说："听说近日广寒宫里走丢了玉兔，你可以去问问嫦娥仙子。"孙悟空一听这话，立刻辞别了太阴星君，直奔广寒宫。

到了广寒宫，孙悟空询问玉兔走丢之事，嫦娥证明确有此事，孙悟空又将那件兵器拿给嫦娥看，嫦娥一眼认出这就是自家玉兔用来捣药的玉杵，对悟空说："这个妖精，是我广寒宫里捣药的玉兔，那短棍是捣杵，她私自偷开玉关金锁，逃出月宫。"又听孙悟空说玉兔在下界假冒公主，还要逼迫唐僧与她成亲，顿时

大怒，立时就要孙悟空带她去收了玉兔。

两个人到了玉兔消失的地方，嫦娥喊了几声，玉兔见自己的主人来了，知道没有办法再躲藏，只好出来，嫦娥命她给唐僧师徒赔罪，然后现出原形，孙悟空一看，原来那女妖精是只可爱的白兔。嫦娥仙子要离开，被孙悟空拦住了："仙子留步，这玉兔当年用一阵妖风将真正的公主刮走，自己假冒公主，如今她既然已经被仙子收服，还请仙子带着玉兔和俺老孙走上一趟，去和国王说明缘由，也好将真正的公主迎回皇宫，我们师徒几人也赶快了结这里的事情，早日上路！"嫦娥仙子一听，觉得有理，就带着玉兔随着孙悟空去了天竺国。

其实在孙悟空追着那女妖精出去之后，留下来的猪八戒和沙和尚就先给国王说了一下事情的缘由，可是国王还是有一点儿怀疑，孙悟空带着嫦娥仙子到那儿之后，找到国王，又让那玉兔说明缘由，至此，国王才相信，原来自己的女儿竟然受了这么多的委屈，心中伤痛，赶快吩咐人前去迎接公主回宫。

嫦娥仙子了结了这里的事情，辞别了众人，带着玉兔回了广寒宫。唐僧叫过孙悟空，让他先去布金禅寺给那方丈和公主报信，孙悟空点头答应了，直接一个筋斗云先到布金禅寺，把经过一一告诉了老和尚。老和尚磕头感谢悟空，又带全寺的和尚到山下迎接国王。国王和王后下车，跟着老和尚直奔后院，见了公主，抱头痛哭。国王感念老方丈救了公主性命，又收留了公主，就把百脚山改为宝华山，命令工部备料整修布金禅寺，又封老和尚为"报国僧官"，这才带着公主起驾回朝。

　　回到王宫，国王命画师画了唐僧师徒的画像，供在华夷楼上。又颁布旨意，将公主之事昭告天下，解除了唐僧和公主的婚约，又一连几天大办酒宴，感谢唐僧师徒。一直到第五天，唐僧师徒好不容易才辞别了国王，离开天竺国，继续往灵山而去。

西游趣闻

玉兔为何要变成公主的模样

很多人都知道，假公主是嫦娥的玉兔所变，这玉兔为什么不好好地待在广寒宫，偏要下凡生出这许多事呢？这还得从天竺国的这位真公主说起。

真公主其实并不是普通的凡人，西游记原著中有写："行者道：'你那真公主也不是凡胎，就是月宫里素娥仙子。因十八年前，他将玉兔儿打了一掌，就思凡下界，投胎在你正宫腹内，生下身来。那玉兔儿怀恨前仇，所以于旧年间偷开玉关金锁走下来，把素娥摄抛荒野，他却变形哄你。这段因果，是太阴君亲口才与我说的。'"

原来，玉兔下凡是为了报前仇的，确是有果必有因。关于天竺国真公主的这段身世之谜，读者也要牢牢记住。

知识链接

广寒宫 嫦娥仙子

　　传说中月亮上的仙宫。旧题唐柳宗元《龙城录·明皇梦游广寒宫》记唐玄宗中秋节游月中，见一大宫府名曰"广寒清虚之府"。故称月中仙宫为广寒宫。

　　嫦娥仙子又作"姮娥"。传说中是后羿的妻子，后从人间飞升到月亮，居住于广寒宫内。

第二十八回

西天取真经

精彩预告

　　唐僧师徒过凌云渡，乘无底船，终达彼岸，得以脱胎换骨，来到灵山。佛祖命令两位尊者，引领唐僧师徒去吃斋、选经书。不料，那两位尊者竟然向唐僧师徒索取礼物。悟空不肯行贿，结果取来的竟是无字白经。唐僧师徒重返灵山，将什么宝物送给那两位尊者，才取得了有字真经？唐僧师徒各自得到了什么佛号？

唐僧师徒离开天竺国京城，夜宿晓行，直往灵山而去。几天后，终于来到了西方佛国，这里风景秀丽，路边是奇花异草，古柏苍松，所到之处家家行善，户户斋僧。

唐僧师徒一边欣赏，一边继续朝灵山而去。到了半路，唐僧忽然下了白龙马，恭敬地参拜路旁的一棵大树，孙悟空几人很奇怪："师父，你为什么要拜大树？"唐僧说："这是一棵菩提树。当年释迦牟尼佛祖为了解脱世间的苦难，放弃迦罗国王子之位，离别贤妻爱子，就在这棵树下，他静坐多日，冥思苦想，终于得到解脱，参悟菩提正果，成了佛身。"几人都说，多亏了唐僧这番话，他们如今才知道佛的来历。最后，几人决定在此打坐半日再走。唐僧在这棵树下打坐时，心有所感，想起了自己的身世，又想起了自己成长中的点点滴滴，还想起这取经道路上的艰难险阻，心中感慨万千。几人打坐半日，又继续前行。

又走了半天，忽然前面有一座高山，祥云缭绕，瑞气纷纷。山脚下有一片高楼，唐僧师徒知道这是到了灵山脚下，要更加恭敬，此处祥和之气笼罩，想必是哪一位有大功德的人居住之所，为表尊敬，唐僧也下了马，几人步行前进。

一会儿，唐僧师徒来到那楼阁前，只见有个道童正在那里等候，见了唐僧师徒，问他们是不是从东土大唐来的取经人，唐僧师徒连连称是，那童子又接着说："我家师尊是灵山脚下玉真观的金顶大仙，如今知道会有取经人来此，特来迎接。"金顶大仙领着唐僧师徒进了玉真观，命童子献茶摆斋，又烧了香汤给唐僧师徒沐浴。看看天色不早，唐僧师徒就在玉真观中安歇。第二天一早，唐僧换了衣服，披上锦斓袈裟，戴上毗卢帽，手持锡杖。金顶大仙把唐僧引出后门，将佛祖居住的灵鹫（jiù）高峰指给唐僧师徒看，只见那里有五色祥光，唐僧听了，连忙倒身下拜。悟空笑着说："师父，还没有到拜的时候，俗话说，望山跑倒马，还远得很呢。"

唐僧师徒辞别了大仙，缓步登上灵山。走了六七里路，前面有条河拦住了去路。这河有八九里宽，急浪飞流，唐僧见了对悟空说："悟空，莫非我们走错了路？你看这河水如此宽阔汹涌，我们又没有舟楫（jí，划船用具），这可如何过得去啊？"悟空也很疑惑，他们四处张望了一下，猛然间看见不远处有一座木桥，笑着对师父说："师父，你看那边不是有座桥吗？"悟空领着唐僧、八戒、沙和尚来到那桥边。几人走近一看，这桥虽然说是桥，可也不算是桥，桥很窄，又很滑，看着就很吓人。这桥原是一座独木桥，桥边有块匾，匾上写着三个字：凌云渡。唐僧试探着将脚放了上去，可是不小心却滑了一下，顿时心里更害怕了。

唐僧看到桥下急浪翻滚，自己刚才试过，这桥又如此的滑，一旦不小心掉了下去，肯定尸骨无存，胆寒地说："悟空，这桥如何走得，我们还是另外找路过去吧。"悟空说："这是正路！就是要走这条路。"猪八戒连连摇头："这哪是路啊？你看这就是一根木头，又窄又滑，这怎么走得了啊！走不了！我们还是

回去吧！"孙悟空一把拉住猪八戒，非让他去试试，猪八戒到那儿死活不上。孙悟空说："要不我先过去，你们看看？"悟空说完，跳上独木桥，摇摇摆摆跑到了对岸。悟空招呼唐僧、八戒、沙和尚过去，而他们谁也不敢。悟空没办法，只好又跑过来。悟空拉着猪八戒说："呆子，你先跟我过去。只有从桥上过去才能成佛！"可猪八戒死也不肯，最后索性躺在地上不肯起来。孙悟空却不放过他，非要他去上桥，两个人正在打闹，忽然听见一阵歌声传来："莫看滔滔碧波，有船就能渡河……莫看船儿无底，有心就能渡河，有心就能渡河。"几人远远望去，只见从下游撑过来一条船。

　　几人都很高兴，孙悟空睁开火眼金睛，认出这撑船人就是接引佛，他也不点破。船很快就到了岸边，那船夫主动将船停靠在岸边招呼唐僧："几位长老，坐我的船吧！"唐僧本来看到有船过来，很高兴，可是等那船近了一看：是只无底小船。唐僧感到十分疑惑，心想：这无底的船如何渡人？悟空对唐僧说："师父，你尽管放心！这船虽然无底，却非常平稳。再说了，你没听说过吗？无底的船儿好普度众生啊！"唐僧还在犹豫，悟空却等不及了，一把抓住唐僧，把他推到船舱。船太小，装不下这么多人，而且师徒四人，除了唐僧是凡人之外，其余几人都有法力护身，算是神仙，不坐船，也可以用法力飞过去，白龙马更不用提了，他本就是龙王三太子，生来就会控水，这点波浪对他来说不算什么。于是唐僧在船上坐着，孙悟空、八戒、沙和尚，连同行李和白龙马一起在后边跟着。接引佛祖把船轻轻一撑，船就向对岸飞驰而去。这时，唐僧见河里漂着自己的尸体，大吃一惊。那撑船的船夫却说："长老莫怕！那是你的凡胎。恭喜长老，你已经脱胎换骨了！"唐僧明白了船夫的话，心中很高兴，双手合十，喊了一声："阿弥陀佛！"一会儿，船就到了对岸。唐僧师徒刚上岸，那无底船已经不知去向了。唐僧师徒继续前行，过了没多久，就看到一片林立的庙宇，来到雷音寺门外，只见那里早有四大金刚在等候，见到师徒四人，问明身份，就让四人先在门口等候，他们进去通报如来佛祖。

如来听报，随即召集八菩萨、四大金刚、五百罗汉，两边
排列整齐，然后传旨召唐僧进殿。唐僧师徒一起来到大雄宝殿
面前，倒身下拜然后将通关文牒呈上。如来看了，还给了唐僧。
又仔细查看了唐僧几人，见他们虽有疲惫之色，但面容坚毅，
不由点头。唐僧说："阿弥陀佛！弟子玄奘，奉东土大唐皇帝之
命，前来求取真经。"佛祖说："兀那东土大唐，人口众多，不忠
不孝，不仁不义，造下无边罪孽，我有三藏真经，共三十五部，
一万五千一百四十四卷，乃是修真之经，修善之经，我想传给
东土，普度众生。"说完，就叫阿傩、伽叶："你们二人引他们到
珍楼吃斋，再到藏经宝阁，在三十五部经书中各选几卷，让他
们带回东土。"两人领命去了，可是这二人有一些私心，竟然也
露出贪婪之相，抢夺起来，孙悟空讽刺了他们几句，那二人面
上不显，可是心里已经有些不舒服了。阿傩、伽叶遵旨带唐僧
师徒吃了斋，又来到藏经宝阁，只见藏经宝阁内满屋是霞光瑞
气、彩雾祥云，经架上摆着许多经卷：《涅槃经》《菩萨经》《宝
藏经》等。

阿傩、伽叶领唐僧浏览了一遍，唐僧就请这两个人赶快传
经，可是这两个人却拦住了唐僧几人："我们这些经文都是无价
之宝，从不轻易传人！"孙悟空就问："那你说该如何传经啊？"
两人笑了，拉住孙悟空："哈哈哈哈！怎么传经？大圣一向聪
明，怎么不懂这个规矩呢？"一边说，一边轻轻拍拍孙悟空的
手，孙悟空不理解："什么规矩啊？"又去问唐僧几人，结果几

人都不懂："我们都是头一回来，哪里懂这里的规矩！"孙悟空又问："这规矩究竟是什么？"

那两个人见唐僧师徒死活不明白，就直接挑明了："圣僧从东土来，带了些什么礼物送给我们，快拿出来，我们好把经传给你们。"唐僧听了，为难地说："弟子大老远赶来，不曾准备礼物。"阿傩、伽叶说："空手把经传给你们，后人岂不是要饿死。"也就是没有礼物就不给真经。悟空本来就是暴脾气，见他们不肯传经，还非得要礼物，就闹着要去见如来，猪八戒和沙和尚也要拉着他们走。两人怕把事情闹大，又见孙悟空几人厉害，就打圆场说："大圣！三藏真经一共三十五部，各取几部给你们，就请大圣放我们一马。"孙悟空也不想把事情闹大，毕竟在别人的地盘上，闹大了，自己少不得吃亏，就同意了。谁知道那两个人没有安什么好心，他们背着众人互相使了一个眼色，彼此心照不宣地走开。悟空和八戒、沙和尚忙着接经，根本没有细看，只是一卷一卷地收在包里，驮在马上，最后又捆成两担，由八戒、沙和尚挑着。四人来到宝座前叩头，谢了如来，又辞别了各位，这才顺原路下山。

阿傩、伽叶传给唐僧的是无字经，宝阁上的燃灯古佛正好看见了。燃灯古佛心善，心想："远道而来的和尚把这无字的白本子取回去，岂不枉费了这场跋涉（bá shè，形容旅途艰苦）！"燃灯古佛让大鹏尊者前去追赶唐僧。但是因为这是灵山上的人办的蠢事，大鹏尊者又不便向唐僧明讲，只好变成一只雄鹰，掀起一阵狂风，将孙悟空几人掀翻在地，又趁他们不注意的时候，用爪抓起掉落在地上的包裹，抓到半空，抓破了包裹，那经卷从半空中飘飘荡荡落到了地上。悟空、八戒和沙和尚连忙走过去，把经卷一包包拾起来，几人一边捡经书，一边说，怎么这灵山上还有猛禽为害呢？忽然间，孙悟空说："师父，你看，这经书上并无半点字迹！"唐僧几人一听，赶快打开其他的经书，果然都没字。唐僧悲泣："这些无字的经书，让我回去可怎么见唐王啊！"正在这时，空中传来声音："唐玄奘！不要悲伤，我乃藏经阁上燃灯古佛身边的大鹏尊者，特来助你们一臂之力，你们快回灵山上换取真经吧！"几人现在也想通是怎么回事了，悟空生气地说："这一定是阿傩、伽叶捣的鬼，他们向我们要礼物，我们没给，他们就把这无字的白本传给我们，我们回去，到如来面前和他们算账。"唐僧师徒憋了一肚子火，又回到了雷音寺。

孙悟空几人回了灵山，孙悟空一脚踢开大殿的门："哼！如来！我们师徒四人历尽艰难险阻，终于来到灵山，谁知阿傩、

261

伽叶故意作弊，叫我们将无字的真经拿去，谁想这灵山上也有这种事！望我佛重重处置！"如来佛祖见了唐僧师徒，笑着说道："猴子不要吵闹，阿傩、伽叶向你索要礼物的事，我已经知道了。只是经既不可轻传，也不可重取。以前比丘僧下山，曾在舍卫国赵长者家，把三藏真经念了一遍，收了他家三斗米粒黄金，我还说他们卖得太贱了，叫后代儿孙无钱享用。你们如今是空手来取经，所以也传了空本。其实这空白本子是无字真经，只是你们没人懂得。"孙悟空笑言："如来老爷子，原来这贪财的头是你打起来的啊！"唐僧呵斥孙悟空，上前再次求取真经，如来佛吩咐阿傩、伽叶给唐僧他们传有字的真经。

阿傩、伽叶又把唐僧领到藏经宝阁，路上巧遇弥勒佛，几人谢过了弥勒佛相助之情，弥勒佛又提醒他们要多加小心。到了藏经阁，阿傩、伽叶领着他们上前取经，又忽然间拦住他们："刚才在大殿上，佛祖已经说得很清楚了，这经书可以给，但不能白给，礼物什么的还是必须得给。"唐僧左右思量了一下，不知如何是好，最后一咬牙，把沙和尚喊过来，让他把紫金钵盂拿来，给了阿傩和伽叶，还说："这是唐王所赐，还请尊者收下，等到我回了大唐，还会禀明唐王。"两个人这才同意师徒取经。唐僧对徒弟们说："这次好好看看，不要再像上次那样。"他们接过经书，翻开一看，上面果然有字。唐僧师徒拿到的真经有：三藏真经共三十五部，每部拣出五千零四十八卷，佛本行经一部，共八百卷，西参论经一部，一百三十卷，菩萨经一部，一千零二十一卷，菩萨借经一部，一百一十六卷，金刚经一部，一百卷，宝藏经一部，四十五卷，维摩经一部，一百七十卷，正法论经一部，一百二十卷，光明经一部，三百卷，王龙经，三十二卷，大吉经，一百三十卷，本格经，八十五卷，大孔雀经，二百二十卷，共传了五千零四十卷。如来佛又封唐僧为"论坛功德佛"，封孙悟空为"斗战胜佛"，封猪八戒为"净坛使者"，封沙和尚为"金身罗汉"，让白龙马送他们回去，回去之后就会修正正果，恢复身份。

　　孙悟空找到观音菩萨，想让观音菩萨将金箍取下来，观音菩萨笑着说："你摸摸看！"孙悟空一摸，金箍不见了，观音说："你当时不听管束，所以才给你戴上金箍，如今，你已经修成正果了，自然就用不着金箍了。"他们一一收拾整齐，驮在马上，剩下的又装了一担，叫八戒挑着，拜别佛祖，出了山门。如来又叫八大金刚施神威，把唐僧他们送回东土。金刚领旨，随即赶上唐僧师徒。他们一个个随着金刚腾空而起，驾起云头，直往东土而去。

　　唐僧师徒离开之后，如来问观音："唐僧一路经过了多少劫难？"观音菩萨一算，唐僧共经历了八十难，才取得真经。如来对揭谛说："佛门中九九归真，圣僧已经历了八十难，还少一难，你去告诉金刚，让他们再生一难。"揭谛领旨，赶上了金刚，把观音菩萨的话告诉他们。八大金刚听了，忙止住风头，把唐僧师徒连人带马落到地上。

唐僧很奇怪："我们既已成佛，为什么还会跌落云头啊？"孙悟空想了想："凡事自有定数！"劝唐僧不要多想，几人走一步看一步。唐僧忙叫悟空认认这是什么地方。悟空纵身跳到半空，仔细张望了一阵，正在这时，沙和尚忽然说："师父，这儿是通天河西岸。"一提通天河，猪八戒也想起来了，对唐僧说："师父，这河东岸有个陈家庄，那年我们经过这里，大战鲤鱼精，救了陈庄主的一双儿女。"几人最后终于确定这就是通天河了，然后又想这儿没有船，该怎么过去。

只听一声高喊："唐圣僧，到这儿来！"四人抬头一看，正是只大白鼋（yuán，大鳖）爬上岸，唐僧一开始没有认出来，就问孙悟空，孙悟空说："师父，你不记得了？这是当年驮我们过河的白鼋！"那大龟到了岸边："几年不见，你们取经回来了？快上来吧！我带着你们过去！"唐僧师徒连人带马上了鼋背，大白鼋踏开四足，踏水面如履平地，直向东岸游去。快到岸边时，老鼋开口问道："圣僧，当年我送你们过河，曾请你问一下如来佛祖，我的年寿还有多久，如来有何指示啊？"唐僧听后慌了，这才想起来，自己师徒到了灵山后，只顾着取经，把老鼋托的事忘掉了，唐僧又不肯讲谎话，只好闭口不言，老鼋说："你到底问了没有啊？"唐僧只好说："我给忘了。"老鼋知道唐僧没有问，一生气沉入水中，唐僧师徒连人带马落到水中。幸亏唐僧已脱了凡胎，没有沉到水底。几人慌忙抢救真经，可是衣服和经书全都被水浸湿了，唐僧师徒连忙爬上岸。唐僧见经书都湿了，很焦急，孙悟空提议说："一会儿太阳出来之后，就将经书搬到太阳下晒晒。"

过了一会儿，太阳出来了。唐僧师徒忙找了一块平坦的地方，把经书和衣服小心翼翼放在石头上晾晒。如来佛祖见唐僧几人已经历了最后一难，说："九九八十一难，都已完成。取真经之路算是完成。"观音菩萨松了一口气，终于交差了。唐僧师徒几人将晾晒好的经书收拾好，可是猪八戒一时毛躁，将经书扯烂了，唐僧有些心疼，也怕自己不好向皇帝交差，孙悟空劝慰他说："天地还有不全呢，经书破损也是合理的。"几人最后收拾好，准备离开，这时，陈庄主的几个打鱼的人来到河边，看见了唐僧师徒，忙回去报告陈庄主。陈庄主带着家人跑来，跪拜唐僧，请唐僧师徒到庄上休息，等到众人都离开之后，那原本用来晾晒佛经的大石头，忽然发出一道金光，上面出现了三个字——晾经石。陈庄主吩咐家人摆下丰盛的酒宴，宴请唐僧师徒。第二天，唐僧师徒要走，可陈庄主执意不让，唐僧没办法，只好留下来。但是唐僧师徒既然已经取得真经，自然想早日将真经传回去，就商议好，等到晚上夜深人静的时候悄悄离开。到了晚上，他们刚出陈家庄，忽听半空有人喊："逃走的，跟我来！"原来是八大金刚驾云而来，金刚们向唐僧师徒解释了先前自己那样做的缘故，唐僧师徒听说自己劫难未了，也一阵唏嘘（xī xū，悲叹声）。唐僧师徒跟着金刚，飘到半空，直往东方飞去。

师徒四人乘着云，一会儿就来到了大唐地界，到了那里之

后，他们按下云头，落到了京城。再说大唐，唐太宗自送唐僧出城取经已十四年，他建了一座望经楼，日夜盼唐僧归来。今日他闲来无事，又在楼上眺望，随着阵阵香风，唐僧师徒从云头降落，正好落到望经楼旁边。太宗见了，忙下楼迎接。唐僧见了太宗，倒身下拜，说自己不负重托，已经取回真经，还修成了正果，又把悟空、八戒和沙和尚介绍给太宗，说自己这一路能取回真经，多亏这几个徒弟相助。唐太宗见唐僧回来，十分高兴，将唐僧师徒留在宫中，看了唐僧的通关文书，与唐僧探讨这一路的经历，感叹唐僧一路的艰难。师徒四人休整了一番，唐僧整理了自己带来的经书，在各处开坛讲经，将取来的真经传给众人。

这天，唐僧随太宗来到雁塔寺，登台讲经。刚讲完真经，八大金刚来了，他们在空中高喊："唐僧，快跟我们回西天去。"唐僧听了，辞别了太宗，和悟空、八戒、沙和尚还有白龙马，一起腾空而起，随八大金刚回西天去了。唐僧历尽了千辛万苦，终于取到了真经，成佛以后，他们留在灵山，继续听如来说法。

西游趣闻

接引佛和无底船有什么奥秘呢

唐僧一见无底船，甚是疑惑，悟空却道："无底的船儿好普度众生啊。"之前撑船的船夫也有唱道"有心就能渡河"。船夫为什么会这么说呢？为什么一定要用无底船引渡唐僧呢？

其实，无底船所渡的，并不是凡胎肉体，而是心静如水的圣人及圣人的明心。佛家认为，"空"是修行的最高境界，当修行之人内心一片空明，没有世俗之杂念时，便轻如羽毛，无底船自然能渡他过河。所以，接引佛用无底船渡唐僧过河。而有底船，渡的只是凡人。

这个船夫，也不是一般人，他是阿弥陀佛所化。阿弥陀佛名号阿弥陀，又叫无量寿佛、无量光佛，是西方极乐世界的教主。十劫之前，他潜心积累功德，修行圆满之后成阿弥陀佛。因为他能接引念佛之人去往西方净土，故又称接引佛。